光復前
中國 朝鮮民族 文學研究

권 철 지음

한국문화사

책 머리에 ·

중국에서 조선민족이 중국에 이주한 이래 이룩한 문학을 한낱 문학 사적 과제로 삼아 그에 대한 본격적 연구를 시도하기는 1950년대 말에 이르러서부터 이다. 당시 연변대학 조문학부에 몸담고 있던 필자는 그 때로부터 중국 조선민족 문학사 편찬에 참여하여 연구진에 가담한 이들 과 함께 우리 민족의 문학선구들이 그같이 많은 어려움을 겪으면서 창 조한 문학자료의 수집을 다그치는 한편 그에 대한 정리와 연구활동으로 번망히 보냈었다. 그러나 1966년에 모질게 인 ≪문화대혁명≫의 광풍 속에서 필자는 ≪반동문예노선의 추행자≫, ≪민족문화혈통론자≫, ≪반 동적 학술권위≫ 등으로 치부당한 나머지 조선민족 문학을 접촉하고 연구할 기본적 권리마저 박탈당하였다. 오늘 ≪대동란≫기의 나날에 ≪반란파≫에게 몰려 모진 시달림을 받던 때를 생각만 하여도 마음 아 프지만 그보다도 그렇게 학자들이 동원되어 많은 어려움을 겪으면서 건지며 수집하였던 진귀한 문학자료들이 그 동란 속에서 일조에 다 산 실 된 것을 상기할 때 그에 대한 아쉬움으로 하여 아픈 가슴을 달랠 길 없다.

그 후 중국 조선민족 문학연구를 다시 일정에 올리고 본격적 연구를 시도하기는 개혁개방의 물결이 세차게 일기 시작하던 1980년대 초부터 이다. 이런 새로운 정세 하에서 필자는 학교에서 강의를 맡는 한편 중국 조선민족 문학사 연구진에 가담하여 기타 학자들과 다시 문학자료의 수집과 발굴에 힘쓰면서 나름대로 중국 조선민족 문학에 대한 보다 전일적이며 계통적인 연구를 시도하였었다. 그러나 막상 연구에 달려들어 보니 원체 문학자료가 부족한테다가 천학비재인 나로서는 그런 소망을 가진 것 조차부터가 시기상조였음을 깨닫게 되었다. 그러면서도 필자는 다시 조선민족 문학현상과 일부 문학자료 등을 접하는 과정에서 그것들을 진일보 정리하고 탐구하기 위한 일환으로 틈틈이 부딪친 문제거나 자료, 그리고 일부 문학현상에 대하여 천견을 피력한 졸문들을 써보았다. 오늘 그 중의 일부분을 중국 조선민족 문학자료의 정리작업과 연구에 만의 하나만이라도 보탬을 줄 수 있지 않을까 하여 외람되게 ≪광복전 중국 조선민족 문학연구≫라 제목을 달아 내 놓는다. 이 졸저 중에는 이런저런 연유로 하여 괴뢰 만주국 시기에 중국 조선민족 시단에 나섰던 여러 시인과 그들의 시작 등을 다룬 글들을 수록하지 못하였다. 이에 대하여서는 필자가 앞으로 그에 대한 연구에 정진하는 과정에서 보완하려 한다. 그리고 수록된 졸문들은 그 내용이 천박함은 물론이고 또한 일부 미흡점이거나 오류를 동반하고 있기에 선배 동학 여러분의 기탄 없는 지적과 조언이 있기를 바라마지 않는다.

끝으로 퍽 어려운 여건임에도 불구하고 이 졸저의 출판을 맡아주신

한국문화사 김진수 사장님께 진심으로 감사드리며 노고도 마다하고 이 책의 편집과 교열에 참여하여 주신 여러분에게도 심심이 사의를 표한다.

1999년 2월 일

권 철

차 례

1. 중국 조선민족 문학개관

중국의 조선민족은 유구한 역사와 찬란한 문화를 가지고 있는 민족이다. 지금 중국에서 살고있는 근 200만에 달하는 조선민족은 주로 동북 3성에 분포되어 있다.

중국의 조선민족은 조선반도로부터 중국에 이주하여 뿌리박은 민족이다. 역사적 기재에 의하면 조선민족의 선조들은 일찍 조선반도와 대륙에서 오랜 역사시기에 걸쳐 생활하면서 부동한 사회발전 단계를 거쳤다. 그러다가 장기간의 역사적 변천과정에서 그 중의 대륙에 거주하던 대부분이 조선반도로 남천하고 남은 일부분은 기타 민족들과 함께 생활하는 과정에서 동화되었다. 그 후 조선민족이 다시 중국 동북지역에 이주하기 시작한 것은 17세기 초엽이고 보다 많은 이주민이 들어와 정착하기는 19세기 중엽부터이다. 이주하여 온 조선민족은 이 고장 기타 민족들과 함께 중국의 동북 변강을 개척하고 건설하였으며 장기적으로 제국주의 침략을 물리치고 봉건통치 제도를 뒤엎는 투쟁에 참가하였다. 이렇게 조선민족은 평탄치 않은 역사적 행정에서 자기의 피땀으로 중화민족의 역사에 빛나는 한 페이지를 장식하였다.

중국의 조선민족과 조선반도의 인민은 본시 동일민족으로서 장기간 부동한 역사발전 단계를 함께 걸어오면서 힘써 자기의 문학을 가꾸어 풍부한 문학유산을 남겨놓았다. 중국 조선민족은 18세기, 보다 명현하게는 19세기말로부터 본 민족의 문화전통과 문학유산에 토대하여 중국 조선민족의 생활과 밀착된 자기 나름의 새로운 문학을 창출하기 시작하였다. 그러면서도 중국 조선민족문학은 자기 발전의 전반행정에서 조선인민과 동일민족으로서의 공통한 지향, 장기적인 역사적 연계, 처한 지리적 환경 등의 특수한 인연관계로 하여 조선문학의 영향을 많이 받았을 뿐만 아니라 때로는 함께 문학창작을 진행하기도 하였다. 이런 역사과정에서 취득한 풍부한 문학성과들은 이미 조선민족의 공통한 유산으로 되고 있다.

중국 조선민족문학은 또한 중국에서의 한족을 위시한 다른 민족의 문학과 세계 진보적 문학의 우수한 성과들을 부단히 섭취하면서 민족적 특색을 보다 짙게 구현한 문학으로 발전하였다.

본문에서는 지금까지 수집된 일부 문학자료와 이미 취득한 연구성과들에 기초하여 19세기 후반기부터 1989년에 이르기까지의 중국 조선민족 문학발전의 행적과 그 과정에서 취득한 문학성과들을 윤곽적으로 살펴보려 한다. 그 실태고찰의 편리를 위하여 근대와 현대, 당대의 세 부분으로 나누어 약술한다.

1

19세기중엽으로부터 많은 이주민들이 황막한 중국 동북지방에 들어와서 기타 민족들과 함께 생활하면서 민족문학을 발전시키기 위하여 피타는 노력을 기울였다. 하지만 초기 이주민 중의 절대 부분이 극빈상태에 처한 농민들이었고 자체의 문필가와 출판기관을 가지지 못한 등 제반 여건의 제한으로 말미암아 문학활동을 발랄하게 전개할 수 없었다. 그 뒤 20세기에 들어와 새로운 사회정치적 환경하에서 일어난 조선애국문화계몽운동의 영향과 흥기된 문화교육사업에 힘입어 문학활동이 날로 심입 전개되게 되었다.

이 시기 조선민족문학의 새로운 성격적 특징은 우선 그 주제내용이

제국주의와 봉건주의를 반대하고 중세기적인 권위와 관습을 타파하며 《민권옹호》와 《자유평등》, 《문명개화》를 주장하는 자산계급 민주주의를 기본으로 한 데 있다.

이 시기 문학의 새로운 성격적 특징은 또한 시대의 전초에선 신형의 전형적 형상을 묘사한데서 집약적으로 표현되고 있다. 이 시기 문학의 중심에 등장한 긍정적 주인공들은 많은 경우 민족해방의 성스러운 위업에 떨쳐나서서 자기를 헌신하는 의사들이 아니면 중세기적인 몽매와 무지를 반대하고 자유와 평등, 민권옹호, 문명개화 등의 근대적 의식을 고취한 선각자들이었다.

이 시기 문학실천에서는 사회의 초미의 문제에 중시를 돌리고 민족적 현실에 토대한 생활의 논리와 언문일치원칙 등에 좇아 인민대중의 시대적 의식과 지향을 진실하게 묘사하려는 노력들을 보이고 있는 것이 또 하나의 특징으로 되고 있다.

이 시기에 새로운 시대적 요구와 조선민족의 사상미학적 수요에 따라 일련의 새로운 문학형식이 산생되었으며 기유의 문학형태들도 새로운 내용을 담으면서 계속 발전하였다.

근대 조선민족문학에 있어서 시가문학은 다른 장르보다 풍부한 성과를 올린 분야다. 그 중에서도 창가가 퍽 중요한 위치를 차지하며 또한 보다 큰 영향력을 산생하였다.

근대적인 반일 문화계몽운동의 조류 속에서 성행된 창가는 민족의 독립적 염원과 개화의 의지를 대언하여 시대적 사조를 여러모로 구가하였다.

이제 이 시기에 널리 불렸던 창가들을 그 주제별로 나누어 보면 우선 중세기적 몽매와 질곡에서 한시 급히 벗어나 날로 문명개화하는 시대적 조류에 따를 것을 권유하는 내용을 담은 것이 중요한 자리를 차지하고 있다. 창가 《학도가》, 《권학가》, 《수학가》와 각지 사립학교 교가, 그리고 여성해방, 남녀평등, 혼인자유 등을 노래한 《동심가》, 《자유가》, 《여자는 근본》, 《사랑의 축복》 등이 그 예증으로 된다.

이 시기에는 또 비운에 처한 민족을 구원하고 자주독립을 이룩하기 위하여 떨쳐나설 것을 고취한 창가가 널리 보급되었다. 창가 ≪3월가≫, ≪독립운동가≫, ≪복수설치가≫, ≪절개가≫, ≪작대가≫, ≪동원가≫, ≪소년모험 행진가≫ 등과 ≪용진가≫를 비롯한 여러 수의 ≪독립군가≫를 그 대표적 작품으로 들 수 있다.

이밖에 불우한 운명에 허덕이는 조선민족의 망향의 한을 달랜 ≪망향가≫, ≪도강가≫, ≪사향곡≫, ≪나비가≫ 등도 광범한 인민대중 속에서 보다 넓은 공명대를 획득하였다.

이상에서 밝히다 싶이 이 시기 창가는 시대적 조류에 따르면서 민족독립과 개화의식을 신속하고도 열렬히 선양함으로써 당시의 문화계몽운동과 반일투쟁에 유력하게 이바지하였다. 그리고 그 예술형식과 기법에서도 시대적 사조와 조선민족의 심미적 정서에 맞는 참신한 형식과 표현수법들을 도입함으로써 조선민족 시가의 혁신과 발전에 기여하였다.

이 시기에 이르러 창가의 창작보급과 더불어 시조와 한문시도 적지 않게 창작되었으며 현대 자유시도 나타나기 시작하였다. 그러나 여러 가지 원인으로 말미암아 적지 않은 작품들이 인멸되어 지금까지 남아 있는 작품은 많지 못하다. 그리고 현존하는 일부 시편들이 당시의 우국지사거나 진보적인 지식인들에 의하여 지어진 것으로 추단할 수 있으나 그 작자들을 똑똑히 밝힐 수 없는 것이 유감스럽다.

이 시기에 창작된 시조작품들에서 현재 전해지고 있는 것으로는 ≪유화절(柳花節)≫, ≪청년아≫, ≪장부사≫, ≪갑중검≫, ≪벽공월(碧空月)≫, ≪지사음≫ 등이 있다. 이런 시조들은 민족의 운명에 대한 시인과 작자들의 깊은 심려와 절절한 염원을 감명 깊게 토로한 것들이다. 그중 시조 ≪유화절≫에서는 역사적 전환기의 거세찬 시대적 조류를 봄소식에 비기면서 봉건적 몽매 속에서 깨어나지 못하고 있는 겨레의 현 상태를 개탄하며 하루속히 개화발전의 길로 나갈 것을 간곡히 바라는 정을 감명 깊게 읊조리었다. 그리고 1919년 ≪3·1≫ 운동 전야에 지은 것으로 추정되는 ≪갑중검≫, ≪장부사≫와 같은 시편들은 고시조의 풍격에 좇아 창작한 작품들이다. 민족적 향기가 짙은 이런 시조들에서는 정중하고도 심오한 서정세계를 통하여 민족의 정기를 한 몸에 지닌 우국지사들의 충정과 비장한 결의를 읽을 수 있다.

이 시기에 한문시도 많이 창작되였다. 한문시 ≪월강곡≫과 ≪기다림≫1)은 청조정부가 봉금정책을 엄하게 실행하던 시기에 중국으로 이주해오던 우리 겨레들의 비참한 처지를 보여준 의의 있는 시편이다. 이런 시편들에서는 19세기 이조 봉건통치의 혹정과 계속되는 기근에 못이겨 살길을 찾아 강을 건너간 님을 애타게 기다리며 혹여나 님의 신변에 불상사나 생기지 않았나 하여 애간장을 태우는 농촌여인의 순정을 절절하게 토로하였다.

1910년대에 들어서면서 저명한 시인 김택영, 신정 등이 한문시를 많이 창작하였을 뿐만 아니라 반일투사들과 문필가들도 한문시를 적지 않게 지었다.

저명한 시인 김택영(1850~1927)은 훌륭한 역사학가이고 열렬한 반일계몽사상가이며 조선민족문학을 더욱 높은 차원에로 끌어올린 탁월한 문호이다. 그는 한문시창작에서 출중한 문학적 재예를 과시하였을 뿐만 아니라 전기(傳記), 수필 등 산문창작과 사실주의 미학이론의 연구 그리고 조선문학의 성과를 소개하는 등 국제적 문화교류에 있어서도 빛나는 업적을 쌓았다. 김택영의 대부분 작품은 1911년 이래 여러번 재판한 바 있는 그의 문집 ≪소호당집≫2)과 ≪차수정잡수≫3)에 수록되었다. 한문시 ≪의병장 안중근이 나라 원쑤 갚았다는 소식 듣고≫(1909년), ≪어허, 애달파!≫(1910년), ≪중국 의병사에 대한 느낌≫(1911년), ≪조공정의 노래≫(1921년) 등이 그의 대표적 작품들이다. 이

---

1) 이 두 수의 시는 한문시다. 1910년대에 한글로 번역되어 사립학교 교과서에 수록되었었다. 그러나 지금에 이르기까지 그 원문을 찾지 못하고 있다.

2) ≪소호당집≫(제1판)은 1911년에 출판된 ≪창강고≫(전14권 6책)이다. 그 후 ≪소호당집≫으로 개제하여 네 번 재판하였다. 제5판 ≪중편(重編) 소호당집≫(전15권 7책)은 1924년 7월에 출판되었다.

3) ≪차수정잡수≫는 통주 한묵림서국에서 간행하였는데 출판연대 미상.

시편들에서는 민족에 대한 진지한 사랑과 일제 및 그 주구에 대한 증오와 중조인민간의 두터운 친선의 정 등을 심각히 반영하였다. 그의 시는 함축성과 여운이 풍부한 것이 특징적이다. 시형식에 있어서는 율시, 절귀, 고시가 절대다수를 차지하고 있다. 김택영은 조선민족의 한문시의 제재와 주제영역을 확대하고 생활세태에 대한 구체적 묘사 등으로써 새로운 시풍을 개척한 탁월한 사실주의 시인이다.

저명한 시인 신정(1880~1922, 원명 신규식)은 일찍 민족독립운동에 나선 선구자이고 교육가이며 문필가로서 그 명망이 높았다. 그는 중국에 온 후 손중산 선생이 영도한 신해혁명에 참가하였으며 유명한 시인단체 ≪남사≫에 가입하여 활동하면서 많은 훌륭한 시편들을 발표하였다. 그에게는 시집 ≪아목루(兒目淚)≫(일명 ≪예관시집≫)와 장편정론 ≪통언≫(일명 ≪한국혼≫)4)이 있다. 시집 ≪아목루≫에는 시인이 1909년부터 1922년에 이르기까지의 사이에 창작한 160여 수의 율시와 산문시들이 수록되어 있다. ≪아목루≫라는 제목이 암시하여 주고 있다싶이 이 시집은 나라를 빼앗긴 ≪소년의 피눈물≫로 엮어진 고통과 울분의 호소로서 자유, 민주에 대한 열렬한 지향과 더불어 불굴의 투지를 불러일으키고 있다. 시 ≪여순에서 처형당한 이를 애도하여≫(1910년), ≪보검≫(1911년), ≪남사에 드리는 글≫(1915년), ≪연시조약이 체결되었다는 소식을 듣고≫(1921년) 등은 그의 대표적 작품들이다. 그의 시는 서정 - 정론적 성격을 다분히 띠고 있고 진실하고도 호방한 것이 특징적이며 5언 및 7언의 절귀, 율시가 대부분이다.

그리고 이 시기의 반일투사들인 유린석(의암), 이상룡(석주), 이정 등도 적지 않은 훌륭한 시편들을 남기었다. 그 중 유린석의 시 ≪원통의 눈물≫(1911년), ≪의를 위해 몸바친 의사를 추모하여≫(1912년), ≪방취옥에서 책 읽다가 읊노라≫, 이상룡의 ≪내 어찌 무릎을 꿇리≫(1911년), ≪군사요원을 내두산으로 보내면서≫, 그리고 이정의 ≪진중음≫

---

4) ≪韓國魂曁兒目淚≫는 그의 탄생 60주년을 기념하여 예관 선생 기념회에 의하여 1939년에 중경에서 출판 됨.

(1920년), ≪생사관≫과 같은 작품은 보다 큰 영향력을 산생시켰다.

1910년대 중기에 들어서면서 새로운 주제의식과 시형식이 결합됨으로 하여 지난날의 가사거나 창가 등과는 다른 현대자유시가 출현하기 시작하였다. 이를테면 신채호의 ≪너의 것≫(1910년대 중기), ≪맴의 노래≫(1910년대 중기), ≪새벽의 별≫(?) 등과 일부 시창작자들이 창작한 ≪아, 경술 8월 29일≫(해일)5) ≪새빛≫(유영)6)과 같은 시편들이 그 좋은 설명으로 된다.

1910년대에 들어서면서 시대의 발전과 더불어 근대적 성격을 띤 소설과 여러 가지 형식의 산문작품들이 출현하였다. 조선의 신소설은 이곳에도 크나큰 영향을 주었다. 신채호의 단편소설 ≪꿈하늘≫(1916년), ≪유화전≫(창작연대 미상), ≪백세노승의 미인담≫(창작연대 미상), 공월의 ≪피눈물≫(1919년) 등의 출현은 이 시기 소설창작의 수준을 집약적으로 과시하였다. 이 소설들은 민족독립 자주의식을 고취하였으며 그 구성에서도 고대소설의 틀을 벗어나 시대적 현실에 토대하여 생활을 진실하게 묘사하고 있다. 그리고 문체에서도 언문일치를 기함에 있어서 새로운 발전을 보여주고 있다. 하지만 이런 소설들은 그 내용과 구성 그리고 형상화의 수법, 언어구사 등에 있어서 고대소설의 틀을 적지 않게 가지고 있다. 그러면서도 이런 소설들은 현대소설에로 발전하는 행정에서 개척적 의의를 가지고 있다.

소설창작과 더불어 이 시기에 우후죽순처럼 나타난 반일민족주의 단체거나 진보적인 지식인들에 의하여 꾸려진 간행물들에는 창의문, 취지서, 성토문, 장편정론 등이 적지 않게 발표되었다. 예를 들면 1910년 남만주에서 결성된 반일민족주의단체 ≪경학사≫가 창립될 때 살포한 ≪경학사 취지서≫(이상용 집필), 이 시기에 발표된 유린석의 저술 ≪우주문답≫, 지용담과 김정규가 오록정에게 보낸 ≪관리에게 드리는 글≫, 1915년에 신정이 남사에 올린 ≪동사여러분께 드리는 글≫

---

5) 상해 ≪독립신문≫ 1919년 8월 29일 제1면에 실림.
6) 상해 ≪독립신문≫ 1920년 3월 1일 제1면에 실림.

과 같은 격문과 신정의 장편정론 ≪통언≫(한국혼), 김택영과 신채호의 다채로운 산문들이 있다. 이상에서 볼 수 있는 바와 같이 이 시기 산문들은 주로 반일에 앞장선 선각자들에 의하여 씌여졌는 바 이러한 격문과 정론 등 산문들은 그 주체의식이 명백하고 격정적이며 선동력이 강한 것이 특징적이다.

이 시기에 신파극과 근대적 연극이 출현하였다. 구전된 자료에 의하면 당시 일본에 가서 유학한 문예청년들이 이 고장에 와서 당지의 문예청년들과 함께 조선에서 성행하던 신파극 또는 근대적인 연극형식을 본따서 자체로 극본을 창작하고 공연하였다고 한다. 일찍 이 시기에 연극을 직접 보았다는 이들의 회고담[7]에 따르면 1914년을 좌우하여 용정, 연길 그리고 기타 도시와 농촌에서 연극활동이 벌어짐에 따라 민권자유, 남녀평등, 자유혼인, 미신타파와 같은 주제를 담은 ≪신가정≫, ≪미신타파≫ 등 극들이 공연되었다. 그리고 또한 역사적 기재[8]에 의하면 1915년 4월 10일부터 17일 사이에 길림시 조선민족 중학생들이 기동선전극 ≪원흉≫을 공연하여 일제의 야만적 침략죄행을 폭로단죄하였다고 한다. 이 시기에 반일단체와 사립학교들에서도 연극활동을 널리 전개하였다. 하지만 당시에 공연된 연극대본이거나 연극공연 상황을 밝힌 자료들을 수집하지 못하였기에 이 시기의 극문학 발전면모를 보다 자상히 고찰할 수 없는 것이 유감스럽다.

이 시기에 서사문학과 더불어 구전민요와 설화들을 비롯한 구전문학이 많이 창작보급되었다. 민요 ≪북간도 벌판≫, ≪신아리랑≫, ≪부모처자 다 이별하고≫, ≪이사길≫, ≪광복군아리랑≫, ≪의병대가≫와 민담 ≪용천골≫, ≪용드레촌≫, ≪무빈골≫, ≪삭발갱의≫, ≪포태마을의 이야기≫, ≪물≫, ≪은혜≫, ≪소가죽 한 장만큼≫ 등이 그 예로 된다. 이런 구전문학작품들에는 조선민족 인민들의 생활투쟁과 열망과 추구가 진실하게 반영되었으며 저항, 비판적인 성격이 강한 것이 특징

---

7) 민족 독립운동에 참가하고 건국 후 연변대학 역사학부에서 교편을 잡고 있던 지희겸 교수의 회고담.
8) 길림시 조선민족문화관에서 조사한 문헌자료에 따름.

적이다.

이 시기 문학은 당시 우리 나라 사회발전의 역사적 제반여건과 창작자들의 인식의 제약성으로 말미암아 이러저러한 결함들이 있었음에도 불구하고 그 반제반봉건적인 성격과 예술적 성과로 하여 당시 조선민족 인민의 생활과 미학적 요구를 반영함에 있어서 그리고 중국 조선민족문학의 새로운 발전에 있어서 커다란 기여를 하였다.

2

현대 중국 조선민족문학은 1920년 전후시기로부터 1949년 중화인민공화국의 창건에 이르는 시기에 복잡다단하고도 치열한 반제반봉건 투쟁의 사회적 현실 속에서 발전하였다. 이제 특정한 이 시기 문학을 시대적 현실과 문학발전의 실정 등에 비추어 1920년~1931년, 1931년~1945년, 1945년~1949년의 세 개시기로 나누어 살펴본다.

1. 1920년~1931년

1920년대에 들어서면서 10월 사회주의 혁명과 기타 선진적 문화사조의 영향 밑에 일어난 ≪3·13≫ 민중운동과 ≪5·4≫ 문화운동에 힘입어 조선민족은 그같이 험악한 정치환경 하에서도 민족의 선구자들과 조기 맑스주의 단체의 지도 밑에 반제반봉건적인 신문화운동을 널리 벌리었다.

이 시기 문학은 급격히 변화하는 현실생활에 토대하여 반제반봉건과 민족해방의 기치를 더욱 철저하게 내세웠으며 반동통치를 뒤엎고 새로운 사회제도를 건설하려는 인민대중의 염원과 동경을 진실하게 반영하였다. 또한 이 시기 문학은 지난날의 민족문학의 전통을 참답게 계승하고 부단히 혁신창조하였으며 조선민족의 현실생활을 진실하게 증언하면서 성과들을 거두었다.

역사적 기재에 의하면 이 시기 문학은 비교적 활약적이었다. 1920년
대에 간행된 ≪독립신문≫, ≪민성보≫ 등에서 문학의 본질에 대한 토
론들이 비교적 높은 차원에서 진행되었었다. 이를테면 1928년에 있은
≪문예연구회≫와 ≪문우회≫의 활동, 그 해에 진행된 ≪백악산인≫,
≪황무촌≫ 등과 ≪북극성≫, ≪문봉≫ 등과의 문학비평에 관한 논쟁
은 그. 좋은 실증으로 된다.

이 시기에 새로운 투쟁현실을 진실하게 반영한 시가와 소설, 연극
등 다양한 양식의 작품들이 쏟아져 나왔다. 그 중에서 혁명가요를 위
시한 시가창작이 보다 활성화되었었고 그 영향력도 컸다.

이 시기에 창작된 혁명가요는 그 전 시기 시가에 비하여 소재와 주
제범위가 더욱 확대되었고 착취제도와 암흑한 현실에 대한 폭로가 신
랄하며 미래에 대한 동경과 추구가 강렬한 등 특색을 구유하고 있다.

10월 사회주의 혁명의 승리는 온 누리에 영향력을 산생한 획기적
인 사건이었다. 이에 사회주의를 격조높이 구가한 혁명가요들이 많이
창작 보급되었는데 그 대표적인 작품들로는 ≪붉은 봄 돌아왔다≫,
≪10월 혁명가≫, ≪의회주권의 노래≫, ≪혁명가≫, ≪소련 옹호가≫
등이다.

이 시기 혁명가요 중에는 또한 민족적, 계급적 모순과 불합리한 사
회제도를 폭로비판하는 내용을 담은 것들이 적지 않은 비중을 차지하
고 있다. 혁명가요 ≪현대사회 모순가≫9), ≪자유가≫, ≪불평등가≫,
≪빈농민자탄가≫, ≪가난한 자의 노래≫ 등은 바로 그와 같은 주제를
힘있게 표현한 작품들이다.

당시 많이 불리운 혁명가요 가운데서 계급적, 민족적 투쟁의 앞장에
선 투사와 영웅들의 숭고한 품성을 격조높이 칭송한 ≪총동원가≫, ≪
계급전가≫, ≪혁명자의 노래≫, ≪기사전가≫, ≪추도가≫ 등이 또한
중요한 자리를 차지하였다.

---

9) 김중건이 지었다고 전해지고 있음.

이밖에도 ≪여성해방≫, ≪혼인자유≫ 등의 주제를 다각적으로 다룬 창가 ≪여성의 노래≫, ≪나의 가정≫, ≪여성해방가≫, ≪이혼가≫ 등이 널리 애창되었다.

이런 혁명가요는 그 내용면에서 자기의 특색이 있고 그 시적 형식이 간소하며 시어가 소박하고 평이하여 인민대중의 환영을 받았다.

이 시기에 자유시와 한문시, 시조 등도 많이 창작되었으나 지난날 모진 세파에 그 대부분 작품이 산일되었다. 하지만 현재 남아있는 일부 시작품을 통하여 당시 창작성황의 일각을 더듬어 볼 수 있다. 이때 발표된 자유시, 한문시, 시조 등에서도 당시의 기타 문학양식에서와 마찬가지로 반동통치제도의 죄악을 폭로하고 우리 겨레의 연원과 지향을 노래한 작품들이 주류를 이루었다. 그 중에는 고국을 그리는 겨레의 고매한 감정과 민족자주의 절절한 숙원을 피타게 토로한 서정시 ≪향수≫(김여)10), ≪내가 죽었어? 용화에 꽃구경하고≫(목신)11), ≪웬 일이냐?≫(작자미상)12), ≪조선심≫(백악산인)13), ≪님 찾는 마음≫(이월촌인)14), ≪연가해≫(철주)15), 눈물 없이는 보지 못할, 망국노로 전락된 민족의 불우한 운명을 통절히 읊조린 서정시 ≪님을 찾으며≫(근파)16), ≪단오절≫(초래생)17), ≪여름의 농촌≫(김근타)18), 시조 ≪유랑인≫(P.A.S)19) 등이 그 실례로 된다.

저명한 시인 김택영, 신정, 신채호 등도 이 시기에 많은 한문시를 남기었다. 그리고 이 때 민족독립운동에 투신하여 활약하던 일부 시창작 작자들도 상해, 북경, 광동 등지에서 간행된 ≪진단≫, ≪천고≫, ≪광

10) ≪독립신문≫ 1920년 5월 11일 제1면에 실림.
11) ≪독립신문≫ 1922년 4월 15일 제1면에 실림.
12) ≪독립신문≫ 1922년 8월 1일 제1면에 실림.
13) ≪민성보≫ 1928년 5월 27일 제4면에 실림.
14) ≪민성보≫ 1930년 5월 21일 제3면에 실림.
15) ≪민성보≫ 1928년 6월 3일 제4면에 실림.
16) ≪민성보≫ 1928년 6월 10일 제4면에 실림.
17) ≪민성보≫ 1928년 6월 29일 제4면에 실림.
18) ≪민성보≫ 1930년 5월 7일 제3면에 실림.
19) ≪민성보≫ 1928년 6월 30일 제4면에 실림.

명≫ 등 잡지에 정치적 격정으로 충만된 시편들을 발표하였다. 또한 역사적 기재에 의하면 1921년에 용정에는 한문시를 짓는 시인들로 무어진 ≪신유시사≫[20])가 나왔으며 그 시우들에 의하여 많은 시편들이 창작되었다고 한다. 그러나 그 작품들은 거의 다 산일되어 지금까지 전해지고 있는 것으로는 근근히 ≪모춘(暮春)≫(이장원), ≪잠두봉≫(작자미상), ≪모아산≫(작자미상) 등 몇 수가 남아있을 뿐이다.

1920년대에 산문과 소설문학도 상당한 정도로 발전하였다. 이 시기에 격문, 수필 등 산문형식이 성행되었는데 그것은 당시의 혁명적 정세와 깊은 연관이 있다. 신채호, 김중건 등의 현실을 고발하고 통치제도를 반대하여 쓴 많은 격문과 정론, 수필 등이 그 좋은 예로 된다. 이 시기 소설창작에 있어서 주요섭, 최상덕, 신채호 등이 이채적인 작품들을 내놓았다.

작가 주요섭(1902~1972)은 20년대 초에 중국 상해에서 사회의 최하층에서 허덕이는 조선사람들과 당시 근로인민들의 극도의 빈곤상과 사회의 부조리를 사실주의적으로 묘사한 단편소설 ≪인력거꾼≫(1925년), ≪살인≫(1925년), ≪개밥≫(1927년), ≪할머니≫(1930년) 등 훌륭한 작품을 써서 자기 나름의 문학적 풍격을 보여주었다.

작가 최상덕(1901~1970)도 1920년대에 ≪상해일일신문≫의 기자 등을 지내면서 최하층에서 시달리는 근로인민들의 생활을 진실하게 묘사한 단편소설 ≪소작인의 딸≫(1926년), ≪유모≫(1926년), ≪바보의 진노≫(1927년) 등을 세상에 내놓았다.

이 시기에 신채호(1880~1936)도 단편소설 ≪용과 용의 대격전≫을 창작하였는데 이것은 20년대 새로운 사조의 영향하에서 창작한 것으로서 이 시기 진보적 낭만주의 문학의 성과로 간주되고 있다.

1920년대부터 대중적 연극창작 활동이 널리 전개되었다. 일부 자료에 의하면 1920년대 초기에 남만 길흥학교 대강당에서는 ≪안중근 의사가 할빈역두에서 이또 히로부미를 저격한≫ 내용을 담은 극이 공연

---

20) ≪문학예술연구≫ 1982년 제1호 58p.

되었었다.21) 그리고 1923년에 남경 기독여자청년회에서는 ≪독립운동을 위하여 활동하다가 곤욕 당하던 광경을 묘사한≫ 연극을22) 무대에 올렸고 1924년에 상해 예수교회에서는 새해를 맞으면서 연극 ≪탕자회개(蕩子悔改)≫를 공연하였으며23) 1925년 3월 1일에 상해 의성학교에서는 역사극을(작품명 미상), 남경의 어느 단체에서는 독립운동을 반영한 연극 ≪백년의 공(功)≫(임창모 등 연출)24)이 선을 보이었다. 그리고 1920년대 후반기에 ≪간도≫ 일대에는 연극단체 ≪예우사≫, ≪연극호≫ 등과 문학예술동인인 ≪문우회≫와 같은 문학단체들이 나타나 많은 극작품을 무대에 올렸었다. 그러나 지금에 이르기까지도 그 상황자료들을 수집하지 못하였는 바 이는 우리들이 이 시기 극문학을 연구함에 있어서 막대한 곤란을 주고 있다. 이에 당시 극 출연에 직접 참가하였거나 그 극들의 공연을 본 목격자들의 회상 도는 일부 전해지고 있는 극 줄거리 등 편단적인 자료에 의하여 당시 연극활동의 일각을 더듬어 보는 수밖에 없다.

이 시기에 우수한 극작품들로는 ≪경숙의 마지막≫(1925년), ≪파랑새≫(1925년), ≪수상한 청년≫(1929년), ≪야학으로 가는 길≫(1920년대 후기), ≪학우지정≫(1928년), ≪어디로 갈 것인가≫(1930년?)와 벙어리극 ≪이렇다≫(1927년) 등이다. 그 중에서도 1925년에 훈춘 일대에서 공연된 극 ≪경숙의 마지막≫은 광범한 인민대중의 환영을 받았다. 이런 극작품들은 당시의 새로운 사조에 발맞추어 다양한 주제를 다룸으로써 사회적 현실투쟁에 크게 기여하였다.

1920년대에 있어서도 새로운 사조와 인민들의 생활을 환상적으로 진실하게 반영한 민요와 설화 등 구전문학이 많이 창조되어 널리 전파되었다. 그러나 지금에 이르기까지 채집사업이 따라가지 못한데서 그 당시 구전문학의 실태를 딱히 밝히기는 어려운 일이다. 지금까지 전해져

---

21) 박영석 ≪한민족 독립사 연구≫ 일조각 1982년판, 제31p.
22) ≪독립신문≫ 1923년 3월 1일 제3면.
23) ≪독립신문≫ 1924년 1월 ?일 제3면.
24) ≪독립신문≫ 1925년 7월 28일 제1면.

내려온 민요로는 암흑통치 하에서 허덕이는 민족의 불우한 처지를 노래한 ≪뉘라서 간도가 좋다더냐≫, ≪헛농사≫, ≪새 아리랑≫, ≪우리 살림≫ 등과 만난을 극복하여 새 보금자리를 마련하려는 인민들의 염원과 의지를 읊조린 ≪벼가 자라네≫와 같은 작품들이 있다. 또한 이 시기에 창작된 것으로 추단되는 설화로는 근로여성의 미덕과 슬기를 구가한 ≪어머니의 마음≫, 일제 놈을 감쪽같이 속이고 역경을 모면하는 기민한 반일투사들의 예지와 용맹, 그리고 일제 순경나부랭이들의 추태를 핍진하게 보여준 ≪혼나간 오장≫, ≪청산리전투≫, ≪불행중 다행≫등이 지금까지 널리 전해지고 있다.

2. 1931년~1945년

≪9·18≫ 사변으로부터 1945년 8월 광복을 맞기까지의 14년 동안 조선민족은 전국항일민족 통일전선에 가담하여 가열처절한 투쟁을 진행함으로써 끝내 일제 침략자를 물리치고 항일전쟁의 승리를 취득하였다.

≪9·18≫ 사변 후 날로 깊이 있게 전개된 항일무장투쟁의 거창한 현실은 우리의 문학 앞에 새로운 요구를 제기하였다. 이 시기 문학은 바로 항일구국의 절박한 시대적 요구와 광범한 인민대중의 사상미학적 요구를 반영하면서 발랄하게 발전하였다.

항일시기에 있어서 조선민족의 문학활동은 일제의 통치하에 있던 동북의 적 점령구에서와 당의 직접적인 영도 하에 있던 동북 항일유격구(대), 그리고 관내에서 항일에 나섰던 조선의용군과 여러 반일부대들에서 진행되었다.

이 시기 일제의 통치하에 있던 전 동북지구의 정치적 환경은 실로 험악하였다. 더욱이는 항일투쟁이 심입됨에 따라 멸망의 운명을 만회할 수 없게 된 일제는 더욱 혹심하게 파쑈통치를 감행하였다. 이런 역경 속에서도 조선민족의 진보적 작가들은 문학창작 활동을 끈질기게 진행하였다. 당시의 우리의 문단에서는 저명한 여류작가 강경애를 비롯하여 시인 윤동주, 이학성, 함형수, 유치환, 김조규, 이수형, 김달진, 송철리, 조학래, 천청송, 이호남, 손소희, 손상보 그리고 소설가 현경준, 김창걸, 안수길, 박영준, 최명익, 황건, 한찬숙, 김국진, 신서야, 극작가 이주복, 이헌, 평론가 김우철, 엄무현 등 수십 명으로 헤아리는 작가들이 활약하였다.

30년대 초기에 용정에서는 작가 이주복 등이 발기한 문학동인단체 ≪북향회≫가 발족되어 문학창작을 발전시키고 문학후진양성 사업을 활발히 진행하였다. 그리고 이 시기 시단에서는 또한 모더니즘을 수용한 ≪시현실≫ 동인들이 활약하였다. 이들은 당시 문학동인이거나 교회 등에서 간행한 ≪북향≫, ≪카톨릭 소년≫ 등과 조선에서 꾸린 여러 잡지에, 그리고 일제문화 경찰의 눈을 기이며 ≪만선일보≫와 같은 신문에 자기의 작품을 내보내었다. 그리고 작가들이 출판자금을 마련하여 소설집 ≪싹트는 대지≫(1942년), 시집 ≪만주시인집≫(1942년), ≪재만 조선시인집≫(1942년), 종합작품집 ≪만주조선문예선≫(1942년) 등을 출판하였다.

상술한 바와 같이 이 시기 적 점령구에서의 문학창작은 어려운 환경 속에서도 일정한 발전을 가져왔는 바 이는 작가대오의 장성, 작품수량의 증가, 현실생활을 폭넓고 깊이 있게 형상화하는 기능, 예술방법의 도입 등 면에서 족히 볼 수 있다.

이 시기에도 시가문학이 보다 활약적이었다. 많은 진보적 시인들은 자기의 시작품을 통하여 민족의 주체의식을 고취하며 인민대중을 항일 민족투쟁에로 궐기시켰다. 그 중 대표적인 시인들로는 윤동주, 이학성, 함형수, 유치환, 송철리 등이 있다.

시인 윤동주(1917~1945)는 이 시기에 많은 시를 쓴 것으로 알려지고 있으나 그 시들은 거의 다 그가 옥고를 겪는 때에 발표조차 하지 못한 채 산일되었다. 지금 남아있는 시들로는 유고집 ≪하늘과 바람과 별과 시≫에 수록된 ≪자화상≫(1939년, ≪십자가≫(1941년), ≪별 헤는 밤≫(1941년), ≪새로운 길≫(1938년) 등 100여 수가 있을 뿐이다. 시인 윤동주는 항일투쟁 말기에 이지러지는 민족의 얼과 존엄을 수호하고 되찾기 위하여 민족시인으로서의 주어진 사명을 수행하기에 진력하였다. 그의 시문학은 해방 전 조선민족 시문학을 더욱 빛내었으며 또한 이 시기 시문학의 수준을 한결 높은 차원에로 끌어 올렸다.

시인 이학성(1907~1984)은 1930년대 초에 시단에 나섰다. 그러나 이 시기에 쓴 그의 대부분 작품은 거의 다 산일되어 지금 찾아볼 수 있는 시편으로는 서정시 ≪척촉화≫(1935년), ≪별≫(1942년), ≪북두성≫(1945년) 등 30여 편이 남아있을 뿐이다. 그의 시편들에서는 보다 다양한 제재와 주제를 다루면서 강한 민족의식으로 겨레의 고매한 지조와 품성 그리고 미래에 대한 드팀없는 지향을 구가하였다. 그의 시는 호방하고 낭만적이며 철리적인 색체가 짙다.

시인 항형수(1914~1946)는 일찍 조선에서 ≪시인부락≫ 동인으로 활약하다가 1937년경에 중국에 이주하였다. 그 후 그는 육속 서정시 ≪나의 신(神)은≫(1941년), ≪정오의 모랄≫(1940년), ≪화석의 고개≫(1941년), ≪가족≫(1940년), ≪비애≫(1943년)등 역작을 발표하였는데 이런 시편들에서는 자존의 의지와 미래에 대한 정열적인 이상주의를 읊조리고 있다. 그는 그 어떤 시적 형식에도 구애되지 않고 자유롭고 허식없이 감정을 드러내 보이였다.

시인 유치환(1908~1967)은 1938년에 중국에 이주하였는데 그는 조선에서 이미 우리 겨레의 삶의 본질과 운명을 깊이 있게 파헤친 시편들로써 시단의 주목을 끌었었다. 중국에 이주한 후 그가 내놓은 많은 시편들 가운데서 대표적인 시편으로는 ≪생명의 서≫(1938년), ≪편지≫(1942년), ≪할빈 또리공원≫(1942년), ≪음수≫(1942년) 등을 들 수 있다. 이런 시편들은 회한과 자학, 그것을 극복하려는 의지와 지향을 소박하고도 구김 없는 표현 속에 담고 있다.

시인 송철리(생존연대 미상)는 1930년대 후반기에 시창작에 나선이래 ≪노변음(爐邊吟)≫(1940년), ≪도라지≫(1942년), ≪설야≫(1939년), ≪고향≫(1940년) 등 수십 편의 작품을 발표하였다. 일제 통치말기에 뚜렷한 시의식으로 시창작에 나선 시인은 감명 깊은 시편들을 많이 남기였다.

상기한 시인들 외에 김조규, 박귀송, 김달진, 조학래, 천청송 등도 자기들의 시작으로써 이 시기 시단을 장식하였다.

항일시기 소설문학에서도 보다 뚜렷한 성과를 거두었다. 이 시기 저명한 여류작가 강경애를 위시하여 현경준, 김창걸, 안수길, 박영준 등은 자기의 주제의식과 의식성향을 기본으로 하여 꾸준히 소설창작을 진행함으로써 보다 뚜렷한 성과를 거두었다.

작가 강경애(1906~1944)는 전반 창작생애를 거의 용정에서 지내면서 사회적 주제를 다룬 중편소설 ≪어머니와 딸≫(1931년), ≪소금≫(1933년), 장편소설 ≪인간문제≫(1933년), 단편소설 ≪축구전≫(1933년), ≪채전≫(1933년), ≪지하촌≫(1936년) 등 수십 편을 발표하였다. 그의 대표작 ≪인간문제≫에서는 일제통치하의 불합리한 사회제도를 뒤엎고 새 사회를 건설할 일련의 문제들을 제기하고 그에 대해 해답을 주려 하였다. 소설은 구성이 째이고 언어적 표현이 섬세하며 몹시 정서적인 것이 특징적이다. 그는 뚜렷한 창작성과로써 우리 중국 조선민족 문학발전에 빛나는 한 페이지를 아로새겨 놓았다.

일찍 조선에서 문단에 진출하였던 작가 현경준(1910~1951)은 중국에 이주한 이래 꾸준히 창작에 진력하였다. 그는 도문에서 교편을 잡고있는 동안 중편소설 ≪선구시대≫, ≪류맹≫(1943년), ≪인생좌≫(1943년), 단편소설 ≪오마리≫(1939년), ≪사생첩(寫生帖)≫(1941년), ≪급료일≫(1939년) 등 적지 않은 소설을 발표하였다. 그의 초기작품은 거의 다 경향파적 내용을 다루고 있다. 그의 이 시기 작품에서는 암담한 현실 속의 타락된 인간들과 세태를 진실하게 묘사하면서 현실을 고발하고 작중인물들에게 재생의 길을 제시하려는 시도를 보이고 있다. 현경준의 이와 같은 작품들은 이 시기 중국 조선민족문학의 중요한 실적으로 되었다.

중국 조선민족의 ≪향토작가≫로 불리우는 작가 김창걸(1911~1991)은 1936년에 처녀작 ≪무빈골 전설≫을 쓴 때로부터 1943년 붓을 꺾기까지의 8년 사이에 단편소설 ≪암야≫(1936년), ≪낙제≫(1940년), ≪두번째 고향≫(1938년) 등 많은 작품을 창작하였다. 그의 단편소설 계보에서는 암흑한 현실 속에서의 근로인민들의 수난과 원과 한을 묘사하고 그들의 민족의식과 저항의 의지를 심각히 파헤친 작품들이 주조를 이루고 있다. 그의 단편소설 ≪암야≫ 등은 그가 거둔 예술적 성과로 하여 그의 소설창작에서 이정표로 될 뿐만 아니라 이 시기 소설창작의 중요한 성과로 간주되고 있다.

장기간 용정에서 문학활동을 진행한 작가 안수길(1911~1977)은 이 시기에 단편소설 ≪벼≫(1942년), ≪새벽≫(1943년) 등 14편을 수록한 단편소설집 ≪북원≫(1943년), 장편소설 ≪북향보≫를 출판하였다. 이 시기 그의 소설창작에는 이러 저런 문제점들을 드러내고 있었지만 그는 중국에 들어온 조선민족의 수난사를 역사적 연계 속에서 사실주의적으로 폭넓게 묘사함으로써 이 시기 소설문학의 발전에 남다른 기여를 하였다.

일찍 30년대에 조선문단에서 농민작가로 불리우던 박영준은 중국으로 이주하여서도 소설창작을 꾸준히 하였다. 이 시기 그의 작품의 주제는 작가의 초기작품과는 달리 주로 소시민층의 고민과 애정 및 윤리를 묘사하는데 모를 박고 있다. 이와 같은 ≪전향≫은 당시의 현실 및 작가의 의식성향과 관련된다. 이 시기의 그의 주요 작품으로는 단편소설 ≪아름다운 길≫(1939년), ≪의수≫(1940년), ≪중독자≫(1940년), 장편소설 ≪쌍영(双影)≫이 있다. 이 작품들은 당시 일정한 영향력을 가지고 있었다.

위에 예거한 소설가들 외에 이 시기 문단에서 창작에 정진한 최명익, 황건 등도 창조적 노동으로 소설문학의 발전에 적지 않은 기여를 하였다.

이 시기 적 점령구에서의 연극창작과 활동은 일제의 파쑈적 문화전제주의의 통제로 하여 큰 저애를 받았다. 그리하여 이 때 공연된 연극들이란 기껏해야 조선에서 순회공연을 온 ≪조선유일극단≫이거나 ≪호화선≫에서 공연한 비극 ≪울고 갈 길 왜 왔는가≫(작자미상), ≪인생의 향기≫(송영), ≪무정≫(이광수), ≪그 여자의 방랑기≫(이운방), ≪고향에 돌아갈 사람들≫(작가 미상), ≪장한가≫가 있을 뿐이다. 그리고 당시 지면을 통해 발표된 희곡도 그리 많지 못하였다. 지금 볼 수 있는 것으로는 장막극 ≪파천당(破天堂)≫(이주복, 1936년), ≪여명전후≫(이무영 원작, 이갑기 개편, 1940년), 단막극 ≪곽첨지 사는 마을≫(이헌, 1940년), 아동극 ≪리야왕≫(김상덕, 1939년) 등이 있다. 그 중 단막극 ≪곽첨지 사는 마을≫은 부동한 계층의 생동한 형상의 창조를 통하여 19세기 말 조선농민들의 빈궁화와 봉건통처에 대한 항거의식을 보여주고 있다.

항일 유격구의 광범한 조선민족 인민과 전투원들은 가열 처절한 무장투쟁에 투신하는 한편 다양한 형태로 대중적 문예사업을 전개하였다. 이 과정에서 산생한 대중적 혁명문학은 항일무장투쟁에 힘있게 이바지하였다. 이 때 항일가요, 연극, 격문 등 여러 가지 문학양식이 출현되었으나 그 중 항일가요와 연극창작이 더욱 활기를 띠었었다.

항일무장투쟁 가운데서 널리 보급되었던 항일가요에서 다룬 주제는 퍽 다양하였다. 그 중에서도 일제의 침략적 죄악을 폭로, 단죄하고 광범한 인민대중을 항일에로 동원한 노래들이 아주 많은 비중을 차지하였다. ≪항일전가≫, ≪9·18 사변가≫, ≪인민의 처지≫, ≪민족해방가≫, ≪일어나라 무산대중≫ 등이 그 대표적인 가요들이다.

이 시기에는 또 민족과 계급의 해방을 위하여 몸바쳐 싸우는 항일투사들의 숭고한 품성과 굴함 없는 의지를 찬미한 노래들이 많이 창작보급되었다. 항일가요 ≪붉은 군인 되련다≫, ≪끓는 피는 더 끓어≫, ≪혁명군의 노래≫, ≪연길 감옥가≫, ≪빨찌산 추도가≫, 등이 그 좋은 예로 된다.

이밖에도 10월 사회주의 혁명과 국제적 친선을 구가한 ≪소련혁명가≫, ≪메데가≫, 항일투사들의 낙관적인 정서생활을 다감하게 보여준 ≪유희곡≫, ≪무도곡≫, 그리고 고국과 부모처자를 그리며 향수를 달랜 ≪추억의 고향≫, ≪고아의 노래≫, ≪감추가≫ 등도 널리 불렸다.

항일가요에서의 대립된 두 개 세계의 갈등과 대조적인 전시, 정론성과 시적 격정의 통일, 서정과 서사적 내용의 유기적 결합, 선명한 민족적 특색 등은 자못 특징적이다.

이 시기에 항일유격구에서는 항일가요의 보급과 더불어 대중적인 연극활동이 널리 전개되었다. 당시 연극창작자들은 의의 있는 내용과 생신한 형상의 무대화를 통하여 직접적으로 항일을 선전하고 고동하는 역할을 훌륭히 수행하였다. 당시 무대에 올린 대부분의 연극은 항일무장투쟁에 직접 투신한 군민들에 의한 집체작들이다. 그들은 적은 등장인물과 명료하고도 직선적인 슈제트를 통하여 심오한 주제를 다룬 연극들을 간소화된 무대장치로 간명하고도 통속하게 표현하기에 힘썼다. 이 때 공연된 연극종목 가운데서 보다 영향력을 가졌던 것들로는 연극 ≪혈해지창≫(까마귀, 1937년), ≪싸우는 밀림≫(까마귀, 1938년), ≪4·6제≫(1932년), ≪유언을 받들고≫(1930년대), ≪군과 약≫(1930년대) 등이 있다.

연극 ≪혈해지창≫은 30년대 후반기 장백산 지구의 항일 무장투쟁을 그 배경으로 삼고 일련의 영웅적 형상을 부각함으로써 항일 무장투쟁의 본질적 특성을 서사시적 화폭으로 집약하였으며 조한민족 인민간에 피로써 맺어진 친선을 찬미하였다. 연극 ≪싸우는 밀림≫은 일제와 백열전을 벌리던 1938년 이른봄에 벌어진 항일 유혈투쟁의 생동한 화면을 통하여 영웅적 항일 군민의 군상을 성공적으로 조각하고 있다.

항일시기 관내 여러 지역에서도 조선군민들에 의하여 문학활동이 전개되었다. 이 때 화북, 화중 등 지대에서 활약하던 의용군과 광복군은 ≪조선의용대통신≫, ≪민족해방≫, ≪전고≫, ≪한국청년≫, ≪한민≫ 등 근 20여 종에 달하는 잡지를 간행하였다. 당시 문학창작자들은 이런 잡지들에 문학작품을 발표하였으며 전투원들로 이뤄진 선전대들이 많은 가무와 연극들을 무대에 올렸다.

이 시기에 의용군부대에서도 항일가요창작이 널리 진행되었다. 그 대표적 작품들로는 ≪어둠을 뚫고≫(김학철). ≪자유는 빛난다≫(작자미상), ≪진군가≫(작자미상), ≪조선의용군 추도가≫(김학철) 등이 있다. 당시 일부 시작품도 발표되었는데 그 가운데는 민족의 재생을 갈망하며 앞날에 대한 동경을 읊조린 ≪광복과 부흥의 길로≫(여전), ≪압록강≫(백치), ≪어머니를 그리여≫(운청) 등과 같은 감명 깊은 시편들이 있다.

그리고 특기 할만한 것은 장기간 혁명활동에 투신한 시인 이육사의 시문학이다. 그는 장기간 북경, 상해 등지에서 민족 독립운동을 전개한 투사이다. 시인은 1931년부터 민족 독립운동에 뛰어들어 조선과 중국을 오가며 싸우다 1944년 북경에서 옥사하기까지의 10여 년 사이에 많은 시편을 창작하였으나 지금은 그 중의 30여 수(조선의 간행물에 발표 된)가 전해지고 있을 뿐이다. 서정시 ≪황혼≫(1933년), ≪청포도≫(1939년), ≪절정≫(1940년), ≪교목≫(1940년), ≪광야≫(?)는 그의 대표적 작품들이다. 그의 시는 거의 다 식민통치하에서 유린 받는 민족의 비운이 소재로 되거나 주제를 이루고 있다. 그의 시는 잃어버린 고국과 고향에 대한 실향민의 비애와 더불어 강렬한 저항정신과 광명의 세계를 염원하는 민족의 의지를 표현하였다.

이 시기에 산문, 소설작품도 창작되었다. 산문 ≪적진에서 보내온 편지≫(작생, 1940년), ≪한 청년의 망명생활수기≫(최동운, 1940년). ≪하루생활≫(열부, 1940년) 등이 지금까지 전해지고 있다. 그리고 30년대에 중국에 들어온 후 광복에 이르기까지 상해 등지에서 문학창작에 나섰던 작가 김광주(1910~1973)는 문학동인들과 함께 ≪보헤미언≫지를 발간하였으며 동시에 ≪밤이 깊어갈 때≫(1934년), ≪파혼≫(1934년), ≪북평서 온 영감≫(1935년), ≪남경로의 창공≫(1935년). ≪야지(野鷄)≫(1936년) 등 단편소설을 발표하였다. 그의 소설에서는 최하층에서 허덕이는 지식인과 여인들의 불안상과 고통으로 충만된 생활을 고발하였다.

이 시기에 관내지역의 반일부대 내에서는 늘 연극활동을 벌리었다. 당시 공연된 연극 ≪승리≫(김학철), ≪황군의 꿈≫(김창만), ≪북경의 밤≫(김창만) 등은 투항을 일삼는 국민당의 반동적 소행을 폭로하였다. 연극 ≪강제징병≫(고철)에서는 조선의 한 노모가 일제놈들에게 강제징병되어 전쟁터로 나가는 외아들을 바래는 기막힌 장면을 무대화하여 관중들의 마음을 울려주었다. 1940년 여름 서안 의용대에서 무은 ≪전지공작대≫에서는 단막극 ≪국경의 밤≫(집체작), ≪한국의 한 용사≫ (박동운, 한유한)와 가무극 ≪아리랑≫(한유한)을 공연하여 일대 성황을 이루었다.

항일시기 민요와 설화 등 구전문학이 민중들 속에서 널리 창작, 전승되었다. 그렇지만 아직까지 이 시기 구전문학에 대한 전면적인 수집과 연구사업이 뒤따르지 못하여 항일시기 구전문학의 실태를 보다 전면적으로 고찰, 개괄하는 작업은 일후로 미룰 수밖에 없다. 지금까지 전승되어온 민요 중에는 전투에서 패배 당한 일본군대들의 추악상을 여지없이 폭로, 야유한 ≪유격대≫, ≪왜호박≫, ≪어이 앵고댕고≫, ≪개눈≫, ≪왜놈병 벼락 맞았네≫, ≪하루밤 사이에≫ 등과 당시 인민들의 생활세태를 반영한 이를테면 ≪새아리랑≫ 등과 같은 작품들이 있다.

이 시기의 민담을 보면 항일투쟁의 역사적 현실중의 인물과 사건들을 다룬 작품들이 절대 부분을 차지한다. 민담 ≪박지형≫, ≪신창동 전투≫, ≪신출귀몰≫, ≪제1루 사건≫, ≪오랍누이≫, ≪별천지≫, ≪정찰반장 김봉숙≫ 같은 작품들이 그 예로 된다. 이와 같은 민담의 사상미학적 특성은 항일투쟁의 현실에 대한 폭넓은 일반화와 환상적 수법에 의한 생활반영의 진실성 그리고 그 격조가 명랑하고 대담한 과장과 상징, 비유 수법의 애용 등에서 표현되고 있다.

3. 1945~1949년

1945년 9월 3일 항일전쟁의 승리와 더불어 조선민족 인민은 드디어 일제식민통치의 기반에서 해방되었다. 따라서 조선민족 집거구들에서는 일련의 민주개혁이 힘있게 추진되었다. 세차게 타오르는 민주개혁의 열화 속에서 우리 조선민족의 문학도 발전하기 시작하였다.

이 시기 각지에서는 문예단체들이 우후죽순 마냥 출현하였다. 그 때 연변에는 ≪동라문인동맹≫이 나왔고 목단강 지구에는 ≪동북 신흥예술가협회≫가 설립되었으며 선후로 간행물들을 꾸려 문학창작자들에게 원지를 제공하여 주었다.

이 때 조선민족 문단은 날로 활성화 되여 갔고 창작에 일떠난 작가들에 의하여 다양한 형태의 문학작품들이 쏟아져 나왔다. 그 중에서 가사를 포괄한 시문학과 연극이 보다 활약적이었다.

이 시기 시단에서 성과를 거둔 시인들로는 해방전부터 시가창작에 나섰던 이욱, 윤해영, 채택용, 김예삼 등과 새로 시단에 데뷔한 설인, 김태희, 신활, 임효원, 김순기, 장만연 등이다. 이 시기에 종합시집 ≪태풍≫(연길 한글연구회 편, 1947년), 이욱의 시선집 ≪북두성≫ (1947년), ≪북류의 서정≫(1949년)이 출판되었다. 이 시집들은 광복 후 새로운 현실을 격정적으로 구가한 첫 시집들이라는데 그 문학사적 의의가 있다.

참신하고도 벅찬 현실을 맞은 시인들은 해방된 인민들의 민족적 감격과 기쁨, 근로대중의 창조적 노력과 강항 민주개혁의 승리, 그리고 국내 인민해방전쟁에 대한 인민대중의 전폭적인 지지들을 목청 돋구어 노래하였다. 해방의 감격과 아름다운 미래를 격조높이 환호한 서정시 ≪환호성≫(설인), ≪그 날의 감격은 새로워≫(이욱), ≪승리의 감격≫ (김순기), ≪동북인민행진곡≫(윤해영)과 토지개혁을 중심으로 한 각항 민주개혁을 노래한 서정시 ≪토지 얻은 이 기쁨 쏟아쏟아≫(김진), ≪ 내 땅에 내 곡식≫(채택용), ≪석양의 농촌≫(이욱), 국내 인민해방전쟁의 승리와 전사들의 숭고한 품성을 감명 깊게 읊조린 ≪동북자치군 송가≫(윤해영), ≪폭파영웅 조성두 용사≫(최득화 등), ≪전우의 영령 앞에서≫(장만연), ≪승리의 전선으로≫(김창석), ≪편지≫(임효원), ≪전선지원의 노래≫(홍성도), 그리고 가열 처절하였던 지난날의 투쟁을 읊조린 ≪혁명가의 안해≫(신활) 등이 이 시기 대중들 속에서 널리 애송되었다.

해방 후 연극활동은 인민대중의 관심과 지지 속에서 널리 전개되었다. 이때 각 지구와 각 부대들에서 성립한 연극단과 문공단 그리고 각

공장과 농촌의 구락부에서도 연극활동을 널리 벌리었다. 당시 연길 일대에서는 장막극 《승리의 혈사》(김평, 천일, 신영준), 《꼬맹이참군》(고철), 《동지구》(박노을)가 공연되었고 목단강 지구에서는 장막극 《밀림의 고백》(이한용), 《너, 이놈》(신용검, 김태희), 《광명》(황봉용), 단막극 《봉기》(김태희), 그리고 할빈과 통화지구에서는 장막극 《안중근》(김진문), 《태항산의 혈적》(최채), 《우리의 맹세》(장만연), 《광영패》(최정연 등), 《민주연군이 오던 날》(최정연, 김우수), 《폭파영웅 조성두 용사》(최득화 등)를 무대에 올렸다.

산문, 소설 창작은 당시 여러 가지 여건의 제한성으로 말미암아 그렇게 활기를 띠지는 못하였으나 일부 성과작들이 선을 보이었다. 그중 지난날 항일투사들의 영웅적 모습과 풍덕을 찬미한 김학철의 단편소설 《담배국》(1946년), 《야맹중》(1946년), 《적구》(1948년), 해방을 맞은 감격과 새 생활에 대한 지향을 묘사한 이한룡의 단편소설 《고백》, 자기의 일체를 성스런 인민해방전쟁에 바치기 위하여 선열의 뒤를 이어가는 후대들의 숭고한 형상을 생동하게 부각한 김창호의 단편소설 《그들의 길》 등이 그 대표적 작품들이다.

3

1949년 중화인민공화국의 창건과 더불어 발전하기 시작한 당대 조선민족문학은 거창한 역사적 발전의 현실 속에서 이미 40년의 여정을 걸어왔다. 이 시기 문학은 중국 조선민족 문학발전의 전반 행정에서 획기적 의의를 갖는다.

중화인민공화국이 창건된 후 중국공산당은 반동적 통치계급들이 실시하던 민족 압박제도를 폐기하고 각 민족의 대 단결과 진정한 평등을 실시하였다. 조선민족은 《중화인민공화국 민족구역자치 실시요강》의 각 항 규정에 좇아 길림성, 흑룡강성, 요녕성 등의 조선민족 집거지구들에다 선후로 조선민족의 자치주거나 자치현 또는 자치향을 세우고 민족구역 자치를 실시하게 되었다. 이와 같은 새로운 사회적 현실은 중국 조선민족들의 생활과 운명에 근본적인 변화를 가져오게 하였으며 민족의 의지에 좇아 정치, 경제, 문화의 발전을 도모할 수 있도록 그 기본적 여건들을 마련하여 주었다.

새로운 역사적 시대를 맞은 조선민족문학은 자기의 민족적 문화전통과 유산의 토대위에서 민족의 생활과 지향을 반영하면서 장성발전하게 되었다. 이제 당대 조선민족 문학을 이 시기 역사적 상황과 자기 발전의 실제에 비추어 대체로 세 시기, 즉 1949년 새 중국의 창건으로부터 1966년에 이르는 17년 시기, 1966년으로부터 1976년에 이르는 ≪대동란≫시기, 그리고 1976년으로부터 1989년에 이르는 새로운 역사시기로 나누어 개략적으로 고찰하여 본다.

1). 새 중국의 창건으로부터 1966년에 이르는 17년 동안에 조선민족 문학은 새로운 사회적 환경 속에서 적지 않은 성과를 취득하였다. 그러면서도 또한 이 시기 문학은 ≪좌≫적 경향의 교란과 연속부절한 정치운동에 부대끼며 복잡다단한 길을 걷기도 하였다.

새로운 사회주의제도와 현실생활은 우리 작가들에게 삶의 보람을 주었고 그들을 앞날에 대한 희망으로 가슴을 벅차게 하였다. 이런 새로운 현실에 고무된 작가들은 문학창작 활동을 더욱 조직적으로 벌려나가기 위하여 각 항 제도의 개혁과 문단의 정비에 적극 참여하였다. 작가들은 기타 문예가들과 함께 1950년 1월에 연길에서 연변문예연구회를 성립하였다. 이 연구회는 분산상태에 있던 우리 작가들을 한데 뭉치고 문학창작 활동을 벌리는데 크게 이바지하였다. 1951년 4월에 이르러서는 정세발전의 요구에 비추어 연변문예연구회를 해산하고 연변문학예술계연합회를 설립하기 위한 준비위원회를 내왔다. 그 후 일련의 준비과정을 거쳐, 1953년 7월에 제1차 연변조선민족자치주 문학예술일군대표대회를 소집하고 연변문학예술계연합회를 정식으로 창립하였으며, 또한 그 기관지로 ≪연변문예≫를 간행하였다. 그리고 1956년 8월에는 중국작가협회의 소속단체로 되는 중국작가협회 연변분회를 설립하고 문학월간지 《아리랑》[25]을 창간하였다. 중국 작가협회 연변분회의 설립은 바로 조선민족 문단이 진일보 정비되고 작가대오가 초보적으로 형성되었음을 표징한다. 중국작가협회 연변분회는 작가들을 창작활동에 뛰어들도록 도와 나섰고 문학신진의 양성에도 큰 힘을 기울였다.

이 시기 우리 작가들은 인민대중과 호흡을 같이하면서 문학창작에 정진하였다. 작가들의 노력에 의하여 시문학과 소설, 산문, 희곡 등 분야에서 적지 않은 성과를 거두었다.

그렇지만 이 17년 내에 조선민족 문단은 실로 평탄치 않은 길을 걷기도 하였다. 1957년 하반년에 진행된 문예계에서의 반우파 투쟁의 확대화와 그에 뒤이은 1958년의 《대약진》, 《인민 공산화》 운동, 1959년의 《반우경투쟁》과 《지방민족주의를 반대하는 것을 중심으로 한 민족정풍운동》, 문예계에서의 《수정주의사조》를 비판하는 운동 등으로 하여 발전궤도에 들어서기 시작하던 조선민족 문학은 크게 파괴를 입었다. 연이어 진행된 정치운동 가운데서 시비가 전도되고 적아관계가 혼동되자 당시 문단에서 활약하던 김학철, 이욱, 김창걸, 채택룡, 주선우, 최정연, 김예삼, 서헌, 이홍규, 김순기, 임효원 등 중견작가들이 선후로 얼토당토 않은 죄명을 쓰고 창작의 권리마저 박탈당하였으며 많은 작가들이 농촌벽지에 《유배》를 당하였다. 그리고 상기 작가들의 역작들을 《독초》로 몰고 그 작품의 발행과 열독을 무단적으로 금지시키기까지 하였다. 이 시기에는 또 《문예는 정치를 위하여 복무하여야 한다》는 명제를 절대화하여 강요함으로써 문학의 공능을 부인하며 작가들의 문학창작의 적극성을 압살하는 등 많은 폐단들이 조성되었다. 이런 오류들은 그 후 《문화대혁명》 시기에 더욱 악성적으로 발전하였다.

1966년으로부터 10년간이나 지속된 《문화대혁명》은 《지도자가

---

25) 《아리랑》은 그 후에 《연변문학》, 《연변》, 《연변문예》, 《천지》등으로 개칭 됨.

잘못 발동하고 반혁명집단에 이용되어 당과 국가 및 각 민족인민들에게 엄중한 재난을 들씌운 일장 내란이다≫26). 10년간이나 지리하게 지속된 ≪대동란≫ 시기에 문예계에서 진행된 투쟁은 ≪혁명적 인민과 반혁명적 야심가, 음모가와의 투쟁이고 당의 <백화만발, 백가쟁명> 방침과 봉건파쑈적 문화전제주의 및 문화허무주의와의 투쟁이며 문예사상의 변증법적 유물론과, 주관적 관념론, 혁명적 사실주의와 공식주의 방팔고(幇八股)와의 투쟁으로서 매우 치열하고도 첨예한 투쟁이였다≫27). ≪문화대혁명≫이 시작되자 ≪4인 무리≫는 이른바 ≪건국이래 문예계에서의 모주석사상과 대치되는 반당반사회주의 검은 선≫을 파낸다는 허울을 내걸고 문예계에 대 토벌과 대 청산을 들이대었다. 조선민족 문단도 결코 예외로 될 수 없었다. ≪대동란≫의 광풍이 이곳에 휘몰아치자 곧 문학단체가 해산되고 이어서 문학잡지도 폐간당하였으며 나아가 김학철, 김철, 최정연 등 많은 작가들이 ≪나라의 반역자≫, ≪현행반혁명분자≫, ≪간첩≫등으로 몰려 ≪비판≫을 받고 심지어는 감옥살이까지 하였다. 그리고 ≪4인 무리≫와 그 파벌에 속하는 자들은, 조선민족 문단에도 건국이래로부터 ≪민족문화혈통론≫을 핵으로 한 매국투항주의적 문예노선이 통치적 지위를 점하였다고 역설하면서 소위 ≪민족문화혈통론≫에 대한 ≪대비판≫을 전개하는 것으로써 우리의 민족적 전통과 민족문화유산을 그 근본으로부터 거세하려 들었다. 이에 따라 지난 시기에 창작된 조선민족의 역사생활과 지향을 반영한 성과작들을 ≪매국적 투항주의≫의 ≪대독초≫로 몰고 부정하였으며 민족의 얼, 민족의 감정, 민족의 특성 등은 금기로 되어 아예 입에 올릴 수도 없게 하였다.

≪4인 무리≫가 통치하던 시기에 우리 문단은 산산히 흩어지고 작가들의 창작활동은 정지상태에 들어갔다. 1971년 임표반당 집단이 분쇄된 후 일부 문학잡지들이 복간되고 문학활동이 활성화되는 것 같은 기

---

26) ≪건국이래 당의 약간한 역사문제에 관한 결의≫에서.
27) ≪지난날의 것을 이어받아 앞날을 개척하고 사회주의 신시기 문예를 번영시키자≫ 문예보 1979년 제1~제2기에서.

분을 보였지만, 이 시기도 의연히 《4인 무리》가 독단하던 때였으므로 근본적인 전환은 가져올 수 없었다. 그러다 보니 10년 동란시기에 발표된 작품이란 거의 다 극 《좌》적 정치노선이나 개인숭배를 선양한 것들이었다. 이때 간혹 인민대중의 생활과 지향을 나타낸 작품들이 나오기는 하였으나 극히 적었으며 또한 그런 작품들마저도 그릇된 정치와 문예사조의 영향을 면치 못하였다. 이 《문화대혁명》 10년은 조선민족문단이 모진 어려움을 겪던 수난기이며 문학창작이 대퇴보를 한 시기이다. 그렇지만 우리의 작가들은 그런 역경 속에서도 자기의 지조와 의지를 굽히지 않고 침묵, 절필 등 각이한 자기 나름의 방식으로 《4인 무리》에 저항하면서 암흑이 가시여질 그 날을 고대하였다.

1976년 10월에 《4인 무리》가 분쇄되자 조선민족 문학은 소생과 번영의 새로운 국면을 맞이하게 되었다. 이어 우리의 작가들 앞에는 오래 동안 문단을 통치하였던 극 《좌》적 경향을 철저히 비판하고 우리의 머리를 짓누르던 정신적 질곡에서 벗어나 전도되었던 역사를 바로잡고 진정한 민족문학을 발전시킬 과업이 제기되었다. 민족적 사명감으로 불타던 우리 작가들은 《4인 무리》가 저지른 죄악을 폭로, 공소하고 그들이 날조한 일련의 유설을 비판한 토대우에서 시비를 가르고 억울한 사건과 그릇되게 처리된 사건들을 시정하였다. 이에 따라 장기간 무고하게 정치적 권리와 창작의 권리를 박탈당하였던 김학철, 김순기, 최정연, 김철, 이홍규, 김용식, 조용남 등 많은 작가들이 해방되고 그 명예를 회복하였으며 지난날 《대독초》로 몰리여 발행을 금지당하였던 많은 작품들도 다시 햇빛을 보게 되었다.

《문화대혁명》 후 《4인 무리》가 빚어낸 죄악에 대한 비판과 문예계의 정비작업이 심입전개됨과 더불어 우리 문단은 날로 활력을 회복하였다. 1978년 10월에는 중국작가협회 연변분회가 회복되고 또한 80년대에 접어들면서 연변 외의 조선민족집거구, 이를테면 할빈, 길림, 통화, 북경 등지에서 다양한 형태의 문학단체들이 새로이 발족되었으며 문학원지도 이에 대응하여 더욱 많이 늘어났다. 원유의 중국작가협회 연변분회의 기관지인 《연변문예》28)가 계속 간행된 외에도 문학평

론지 《문학과 예술》과 문학지 《아리랑》, 《장백산》, 《도라지》, 《송화강》, 문학번역지 《진달래》와 《세계문학》이 새로이 창간되었다. 그리고 기타 각 성의 신문과 출판사들에서와 종합지들에서도 많은 지면을 문학에 돌렸다. 그리고 이 시기 조선민족 작가대오의 상황을 보면 《문화대혁명》 전 중국작가협회의 조선민족 회원은 10여 명 밖에 되지 않았지만 1989년에 이르러서는 40여 명으로 증가되었고 중국작가협회 연변분회 회원은 원유의 100명 좌우로부터 300여 명으로 늘어났다. 이와 같이 새로운 역사시기에 진입하여 작가대오와 문학원지는 물론이고 문학활동의 지역적 공간도 전례 없이 확대되었다.

　문학활동이 날로 활성화됨에 따라 우리 문단에서는 전례 없이 많은 작품들이 쏟아져 나왔는 바 여러 문학지 외의 각 신문의 문예란, 종합지 등에 발표된 작품을 내놓고 연변, 북경, 흑룡강성, 요녕성 등에 있는 민족출판사(또는 문예편집실)들에서 정식으로 출판하여 광범한 독자들에게 선보인 작품만 하더라도 시집이 50여부, 단편소설집이 30여부, 중장편소설이 40여부에 달하였다. 이 시기에 산출된 많은 작품에서는 지난 시기에 있었던 바와 같은 행정의 부당한 간섭과 정치적 단속 속에서 벗어난 작가들이 개혁, 개방 조류의 고무 하에 현실생활에 대한 적극적인 참여의식과 고발의식 그리고 새로운 가치관으로써 민족의 역사생활과 인간의 운명, 도덕, 애정에 대하여 자아적 사색을 거쳐 예술적 창조를 진행하고 있음을 기껍게 보게 된다. 그리고 이 시기 작품들 가운데는 또한 민족의 역사와 현실에 대한 반성의식을 수용한 작품들이 많은 비중을 차지하였는 바 이런 부류의 작품들에서는 민족의 운명과 미래를 심려하는 우환의식을 짙게 보여주고 있다.

　예술적 형식과 표현기법 등에서는 어디까지나 자아의 창작실제의 요구에 비추어 대담하게 국내외의 우수한 성과를 도입하여 보다 높은 차원에서의 예술적 창조에 노력하였다. 그리하여 이 시기 문학운동과 창작실천에서 취득한 빛나는 성과와 경험은 금후의 문학발전에 아주 유

---

28) 1985년 1월부터 《천지》로 개칭.

리한 토대를 닦아 주었다.

2). 건국이후 40년 래의 우리 시문학은 조선민족 문학에서 보다 활약적인 한 분야였다.

새 중국이 창건된 후 정확한 민족정책의 빛발 아래, 우리 시단은 날로 정비되어 갔으며 그와 더불어 시창작 대오도 장성하였다. 건국 전부터 시창작에 나선 시인들인 이욱, 채택용, 김예삼, 설인, 주선우, 김태희, 임효원 그리고 새로 장성한 김철, 김성휘, 조용남, 윤광주, 김태갑, 이상각, 이삼월 등이 시단에 데뷔하였다. 이 시기에 종합시집 ≪해란강≫(1954년), ≪창작선집≫(1956년), ≪청춘의 노래≫(1959년), ≪아침은 찬란하여라≫(1961년), ≪푸른 잎≫(1962년), ≪변강의 아침≫(1964년), ≪연변시집≫(1964년) 등과 시인들의 자선시집인 이욱의 ≪고향사람들≫(1957년), ≪연변의 노래≫(1957년)[29], ≪장백산하≫(1959년)[30], 주선우의 ≪잊을 수 없는 여인들≫(1957년), 김철의 ≪변강의 마음≫(1957년), ≪동풍만리≫(1958년), 임효원의 ≪진달래≫(1957년), 이민창의 ≪김옥희와 팔거북≫(1957년) 등이 선후로 출판되었다.

이 시기에 보다 넓은 공명대를 획득한 성과작들로는 서정시 ≪어머니와 애기≫(이욱, 1956년), ≪지경돌≫(김철, 1956년), ≪피보다도 진한 눈물이≫(설인, 1959년), ≪다시 만나자 고향아≫(윤광주, 1956년), ≪아버지와 아들의 이야기≫(조용남, 1956년), ≪고동하시초≫(김성휘, 1958년), ≪숭선시초≫(이상각, 1958년), ≪옥중의 노래≫(김태갑, 1962년), ≪열사비≫(김창석, 1962년), ≪꽃피는 공소부≫(황상박, 1962년), ≪첫사랑≫(주선우, 1956년), ≪아, 산딸기는 익어가건만≫(임효원, 1956년), 서정서사시 ≪청송 두그루≫(서헌, 1955년), ≪고향사람들≫(이욱, 1957년), ≪산촌의 어머니≫(김철, 1956년) 등을 그 예로 들 수 있다. 상기 시편들을 보면 거창한 현실생활에서 일어난 심각한 변혁, 오늘의 새로

---

29) 한문 시집임. 중국 작가출판사 출판.
30) 위와 동.

운 역사를 펼치기 위하여 인민대중을 이끈 은혜로운 향도자들에 대한 다함없는 찬미와 송가가 중요한 자리를 차지하였다. 그리고 새로운 현실에서 발현되는 인민대중의 고상한 품성을 노래한 작품들과 조선민족이 걸어온 피눈물겨운 역사를 회고하면서 가열 처절하였던 전투의 나날에 피 흘린 선열들을 추모하며 그들의 빛나는 업적과 숭고한 정신을 찬미한 시편들도 상당한 비중을 차지하였다. 이밖에 ≪백화만발 백가쟁명≫ 방침의 빛발아래 사회주의 혁명과 건설과정에서 나타난 부정부패와 폐단 등 암흑면을 고발하고 풍자한 시편들과 애정, 윤리 등의 소재를 재치있게 다룬 시편들이 이채를 더하여 주었다.

시문학은 17년 내에 일정한 성과를 거두었으나 한편 연이어 일어난 정치운동의 교란을 받아 우여곡절을 겪었다. 그 시기에 정치성을 절대화시킴에 따라 예술적 민주가 압제되고 시인의 주체성과 개성이 짓눌리게 되었다. 하여 시단에는 시적 자아가 결여된 정치내용풀이 식의 개념화된 시들이 범람하고 암흑면을 고발하거나 애정, 윤리 등 소재는 금기적인 것으로 치부당하였으며 예술형식과 예술기법 등의 탁마가공도 아예 도외시 당하였다.

≪문화대혁명≫시기에 이르러 우리 시단은 퇴보의 길에 들어섰다. 이 때 ≪4인 무리≫의 ≪좌≫적 문예노선의 피해를 입어 많은 시인들이 붓을 꺾다보니 시단은 볼모양 없이 되었다. 이 시기에 나온 시편들이란 거의 다 ≪4인 무리≫의 정치노선을 선양하고 개인숭배를 고취한 것들이었다. 이런 시는 시적 감정이 진실하지 못할뿐더러 예술적으로도 조작감을 자아내는 것들이었다.

10년 대동란의 결속과 더불어 정치적으로 해방을 받은 우리 시단은 새로운 역사시기의 개혁, 개방의 물결 속에서 거족적인 발전의 길에 들어서게 되었다. 재생의 기쁨을 안은 노시인들과 새로 등단한 신인들이 시창작에 열성적으로 나서자 시단은 활력으로 차 넘쳤다. 이어 서정시, 산문시, 서정서사시, 장편서사시 등 다양한 체재의 시편들이 쏟아져 나왔다. 그 중에서도 서정시 창작이 보다 뚜렷한 성과를 거두었다. 이 시기에 종합시집 ≪시선집≫(1979년), ≪변강의 무지개≫(1979

년), ≪봄바람≫(1981년), ≪진달래의 노래≫(1981년), ≪서정시집≫ (1982년), ≪칠색무지개≫(1984년)와 시인들의 자선시집 50여 부가 출판되었다. 이 새로운 역사시기에 인민대중 속에서 널리 애송된 시편들로는 서정시 ≪북방의 성격≫(김철, 1982년), ≪북녘의 서정≫(임효원, 1980년), ≪벗들에게≫(김성휘, 1980년), ≪원혼이 된 시인에게≫(송정환, 1978년), ≪그때 우리는 어찌하여≫(한춘, 1979년), ≪해빙기의 강변에서≫(조용남, 1983년), ≪태양이 웃는 거리≫(박화, 1984년), ≪사랑의 애가≫(김응준, 1985년), ≪할머니≫(남영전, 1986년), 등을 들 수 있다. 상기한 서정시들에서는 ≪4인 무리≫가 저지른 죄악에 대한 폭로와 비판, 흘러간 역사와 ≪대동란≫에 대한 심각한 반성, 거세찬 개혁의 물결 속에 뛰어든 혁신자들의 격정과 희로애락, 현실에서 발로된 봉건의식과 각종 부패현상에 대한 고발과 타매, 애정, 윤리와 아름다운 경물에 대한 찬미에 이르기까지 자기 나름의 목소리로 노래하고 있다.

1980년 좌우로부터 장편서사시와 서정서사시 창작이 활기를 띠었었다. 이 시기에 20여부에 달하는 장편시들이 선을 보이었다. 그 대표적인 작품으로는 장편서사시 ≪새별전≫(김철, 1980년), ≪장백산아 이야기하라≫(김성휘, 1979년), ≪만무과원 설레인다≫(이상각, 1981년), 서정서사시 ≪아, 청산골≫(조용남, 1985년), ≪아, 전선길≫(이삼월, 1984년) 등을 들 수 있다. 상기한 시편들을 통하여 역사적 반성의식을 수용하여 지난 역사시대와 참신한 현실생활을 거시적이며 전일적으로 재조명하고 형상화하려는 시인들의 탐구적 노력을 볼 수 있다.

이 시기 시문학 분야에서 뚜렷한 창작성과로써 영향력을 산생시킨 대표적 시인들로는 이욱, 김철, 임효원, 김성휘 등을 들 수 있다.

원로시인 이욱(1907~1984)은 새 중국이 창건된 이후에도 줄곧 시창작에 정력을 기울여 많은 역작들을 발표하였다. 그는 이 시기에 시집 ≪고향사람들≫(1957년), ≪연변의 노래≫(1957년), ≪장백산하≫(1959년), ≪이욱 시선집≫(1980년), ≪풍운기≫(상집, 1982년)를 출판하였다. 그의 작품들은 장백산 아래에서 수난을 겪던 조선민족인민들이 새 생활을 펼쳐 가는 희열과 이런 아릿다운 생활을 가져다준 선열들에 대한 다함없는 추모의 정을 읊조리면서 미래에 대한 강한 지향으로 독자들의 심금을 울려주고 있다.

50년대에 두각을 보인 시인 김철(1932~)은 1950년대 초기에 첫 서정시 ≪피에 젖은 일기≫를 발표한 후 육속 많은 시편을 내놓았다. 그가 다년내 출판한 시집으로는 ≪변강의 마음≫(1957년), ≪동풍만리≫(1958년), ≪산향길≫(1979년), ≪가야금집≫(1982년), ≪태양으로 가는 길≫(1984년), ≪인간세상≫(1985년), ≪김철 시선집≫(1989년) 외에 장편서사시 ≪동틀 무렵≫(1978년), ≪새별전≫(1980년) 등 10여 부에 달하는 장시가 있다. 그의 초기 시작품 가운데는 민족의 보람찬 생활과 염원을 다감하게 노래한 송가가 대부분이고 ≪대동란≫후 새로운 시기의 시작품에서는 역사의 준엄한 시련 속에 숨은 인생의 철리에 사색을 모은 것들이 돋보인다.

건국 전부터 시단에 나선 시인 임효원(1926~)은 줄곧 시창작에 정진하였다. 그는 선후로 시선집 ≪진달래≫(1957년), ≪어머니품이여≫(1979년), ≪마음의 지평선≫(1982년), ≪장백의 비취옥≫(1987년), ≪인생살이≫(1988년)를 출판하였다. 그의 작품에서는 강한 전투성과 고동성, 시대적 예리성을 구현하고 있음과 더불어 서정이 풍부하고 구성이 간결하며 표현기법에서는 소박성과 함축미를 추구하고 있다.

60년대에 시단에 나선 시인 김성휘(1933~1990)는 선후로 시집 ≪나리꽃 피였네≫(1978년), ≪들국화≫(1982년), ≪금잔디≫(1985년)와 장편서사시 ≪장백산아 이야기하라≫(1979년)를 비롯한 10여 부의 장시를 내놓았다. 그의 작품가운데는 새 중국과 고향에 대한 자기의 심층세계를 파헤친 시편도 적지 않다. 그는 일상생활에서 시를 발견하고 자아적인 풍부한 상상을 통하여 거창한 시대와 날로 변모하는 현실을 노래하는 등에서 특색을 보여주고 있다.

3. 건국이래 우리 문단에서 소설, 산문 문학은 성과도 뚜렷하지만 오류적 문예 이론의 해도 퍽 많이 입은 분야이다.

새 중국의 탄생은 소설창작의 발전에 퍽 유리한 여건들을 마련하여

주었다. 그리하여 건국 초기 소설문학은 사회적 현실의 변천과 더불어 새롭게 발전하는 길에 들어섰다. 건국 후 문단에 등단한 작가들로는 전 시기부터 소설창작에 나섰던 김학철, 김창걸, 염호열, 백호연 등과 새로 데뷔한 이근전, 이홍규, 박태하, 최현숙 등이다.

소설문학이 발전됨에 따라 이 시기에 적지 않은 작품집을 펴내게 되었다. 이를테면 종합단편소설집 ≪세전이벌≫(1954년), ≪창작선집≫(1956년), ≪빨간 다리야≫(1958년), ≪병상에 핀 꽃송이≫(1959년), ≪장화꽃≫(1962년), ≪봄날의 이야기≫(1962년), 오체르크집 ≪강철≫(1958년), ≪푸른 전야≫(1965년) 등이 나왔고 작가 김학철과 이근전의 소설, 산문집 7부가 출판되었는데 이는 당시 소설, 산문문학의 성과를 표징하여 주고 있다.

그 중 대표적 작품으로는 해방 받은 농민들의 희열에 찬 생활과 강한 지향을 묘사한 김창걸의 단편소설 ≪새로운 마음≫, 염호열의 ≪소골령≫(1950년), 활력으로 넘친 새 생활에 대한 찬가로 엮어진 김학철의 ≪새집 드는 날≫, ≪뿌리박은 터≫(1953년), ≪고민≫(1956년), 새시대 신형농민의 형상창조에 모를 박은 이근전의 ≪과일꽃 필 무렵≫(1954년), 인민교원의 미더운 풍모를 찬미한 백호연의 ≪꽃은 새 사랑 속에서≫(1950년), 애정, 윤리의 소재를 소박하고도 다감하게 묘사한 최현숙의 ≪나의 사랑≫(1955년)과 사회주의 건설시기의 혁명적 영웅주의를 찬미한 ≪쇠돌골의 변천≫(1958년) 등이 있다.

그리고 이 시기에는 또 지난날의 역사시대를 거시적으로 포착하고 그것을 폭넓게 예술화하려는 작가들의 노력에 의하여 장편소설들이 창작되기 시작하였다. 이 시기에 선후로 김학철의 장편소설 ≪해란강아 말하라≫(1954년), 중편소설 ≪번영≫(1955년), 김동구의 중편소설 ≪꽃쌈지≫(1957년), 이근전의 중편소설 ≪호랑이≫(1960년), 장편소설 ≪범바위≫(1962년) 등이 출판되었는데 이것은 조선민족소설문학의 발전에 있어서 개척적 의의를 갖는다.

상술한 바와 같이 이 시기 소설문학은 일정한 성과들을 거두었다. 소설작품이 보다 많이 창작되었고, 다룬 소재와 주제범위도 넓어졌으며 예술창조에서도 심화되는 자세를 보이었다. 그러나 연이어 부딪친 정치운동과 오류적인 문예노선의 범람은 이 시기 소설문학의 발전을 크게 저해하였다. 정치를 절대화시킴에 따라 작가들의 개성이 무시되고 현실에 대한 참여의식과 고발의식이 부당한 비난과 간섭을 받게 됨에 따라 소설창작에서는 흔히 현실의 부조리에 대한 고발을 외면하지 않으면 안되었고 진정한 예술적 추구를 진행할 수 없게 되었다. 소설문학의 주제는 단일화, 도식화되고 현실을 미화하는 경향이 날로 조장되었으며 인물형상의 창조와 예술형식에 대한 다양한 탐구들이 홀시되였다. 1966년 이후 ≪대동란≫이 일어나자 소설창작은 더욱 쇠퇴의 길에 들어서게 되었다. 우리 작가들은 모진 시련을 겪으면서도 자기의 지조와 양심을 간직하고 다양한 방법으로 ≪4인 무리≫의 정치노선에 대처하면서 다가올 해빙기를 기다리었다.

≪4인 무리≫가 분쇄된 후 새로운 역사시기에 진입하자 소설문학은 다시 활력을 회복하였다. ≪대동란≫ 시기에 정치적 박해를 받아 붓을 꺾었던 원로작가들과 새로 진출한 신진작가들이 선후로 소설창작에 적극 나서게 되어 많은 작품들이 쏟아져 나왔다. 그 중에서도 단편소설 창작에서 많은 수확을 거두었는 바 이 시기에 ≪단편소설선집≫(1979년), ≪사랑에 대한 이야기≫(1980년), ≪불타는 백사장≫(1981년), ≪단편소설집≫(1982년), ≪군자란≫(1983년)과 작가들의 자선집 이를테면 ≪김학철 단편소설집≫(1982년), 임원춘의 ≪몽당치마≫(1984년), 정세봉의 ≪하고싶던 말≫(1985년), 유원무의 ≪아, 꿀샘≫(1986년), 이홍규의 ≪개선≫(1988년), 김순기의 ≪잔치 전날≫, 김훈의 ≪청춘의 활무대≫(1986년), 이광수의 ≪새로운 길≫(1987년), 유재순의 ≪여인들의 마음≫(1988년), 문창남의 산문집 ≪동집게≫(1986년) 등 30여부에 달하는 소설, 산문집이 출판되었다. 그 가운데서 대표성을 띤 소설작품으로는 ≪문화대혁명≫이 빚어낸 인간들에 대한 육체적 및 정신적 유린을 고발하는 상처문학의 계보에 속하는 정세봉의 ≪하고 싶던 말≫(1980년), 박천수의 ≪원혼이 된 나≫(1979년), 과거의 역사를 엄숙하게 돌이켜보며 한심스럽게도 우롱당하였던 지난날을 신랄히 고발한 이원

길의 ≪배움의 길≫(1980년), 유원무의 ≪비단이불≫(1982년), 거창한 개혁, 개방의 물결 속에서 변화하는 새로운 인간관계와 기풍을 찬미한 임원춘의 ≪몽당치마≫(1983년), 홍천용의 ≪구촌조카≫(1982년), 이광수의 ≪분홍적삼≫(1980년), 김훈의 ≪그 여자가 준 유혹≫(1986년), 지난날 ≪금지구역≫에 속하였던 애정, 윤리 등을 둘러싸고 보다 높은 차원에서 부동한 인간의 내심세계와 잠재적 심리를 파헤치고 그릇된 의식을 신랄히 타매한 김학철의 ≪짓밟힌 정조≫(1985년), 임원춘의 ≪도라지꽃≫(1978년) 등이 있다.

이 시기에는 또 민족의 역사와 현실을 보다 폭넓게 다면적으로 묘사하기 위한 작가들의 노력에 의하여 예술면에서도 일정한 성과를 과시한 중편, 장편 소설이 적지 않게 창작되었다. 이 시기에 출판된 중편, 장편 소설은 무려 40여 부에 달한다. 그 중 김용식의 ≪규중비사≫(1980년), 이원길의 ≪한 당원의 자살≫(1985년), 김훈의 ≪청춘략전≫(1985년), 최홍일의 ≪생활의 음향≫(1985년), 우광훈의 ≪시골의 여운≫(1985년) 등 중편소설과 김학철의 ≪격정시대≫(1986년), 이근전의 ≪고난의 연대≫(1982년), 유원무의 ≪봄물≫(1987년), 이원길의 ≪설야≫(≪땅의 자식들≫의 제1부), 이운용의 ≪새벽의 메아리≫(1986년), 윤일산의 ≪표효하는 목단강≫(1986년) 등 장편소설이 이 시기 문단을 더욱 흥성하게 하였다.

상기한 바와 같이 새로운 역사시기에 있어서의 소설창작은 부당한 정치적 단속에서 벗어나 인민대중이 펼친 새로운 생활을 구김 없이 묘사하는 한편 현대적 의식에 토대하여 지난날 ≪대동란≫의 역사적 근원을 파헤치고 존재한 부정면을 서슴없이 고발, 타매하는 등으로 사회적 문제를 보다 심각하게 다루었다. 그리고 예술형식과 표현기법 등의 탐구에서도 예술적 표현력을 높이기 위하여 ≪의식의 흐름≫파, 상징파, 황당파 소설 등 수법까지 대담히 도입한 탐구적 노력들을 기껍게 볼 수 있다.

이 시기에 소설창작에서 많은 역작을 냄으로써 보다 넓은 공명대를 획득한 작가들이 육속 출현하였다. 그 중 김학철, 이근전, 김용식, 임원춘, 이원길, 정세봉, 유원무 등이 거둔 창작성과가 보다 돋보인다.

원로작가 김학철(1916~)은 건국 후에 선후로 단편소설집 ≪군공메달≫(1952년), ≪새집 드는 날≫(1953년), ≪뿌리 박은 터≫(1954년), ≪고민≫(1957년), ≪김학철 단편소설선집≫(1985년), ≪김학철 작품집≫(1987년), ≪태항산록≫(1989년)과 중편소설 ≪범람≫(1952년), ≪번영≫(1955년), 장편소설 ≪해란강아 말하라≫(1954년) ≪격정시대≫(상·하. 1986년), 장편실기 ≪항전별곡≫등을 발표하였다. 그 중 장편소설 ≪격정시대≫는 이 시기 작가의 대표작일 뿐만 아니라 중국 조선민족 문학의 발전에 있어서도 이정표적 의의를 가지는 역작이다.

50년대에 문단에 나선 작가 이근전(1929~)은 선후로 단편소설집 ≪과일꽃 필 무렵≫(1956년), 산문집 ≪아름다운 생활을 위하여≫(1955년), ≪연변수기≫(1962년), 중편소설 ≪호랑이≫(1960년), 장편소설 ≪범바위≫(1962년), ≪고난의 연대≫(1982년), ≪창산의 눈물≫(1985년) 등 많은 작품을 세상에 내놓았다. 장편소설 ≪범바위≫는 제3차 국내혁명전쟁시기 조선민족 인민들의 투쟁과 그들의 미학적 이상을 보여준 첫 작품이라는 데서 이목을 끌었다. 그리고 장편소설 ≪고난의 연대≫는 19세기 80년대로부터 20세기 40년대에 이르기까지의 역사적 과정을 배경으로 하여 조선민족 인민들의 수난과 투쟁생활을 폭넓게 묘사하였다는데 그 의의가 있다.

새로운 역사시기에 두각을 나타낸 작가 김용식(1925년~1986)의 주요작품으로는 중편소설 ≪규중비사≫(1981년), ≪무영탑≫(1987년), 장편소설 ≪설랑자≫(1984년), ≪산골여성들≫(1984년)과 일부 단편소설이 있다. 그의 대표작 중편소설 ≪규중비사≫는 봉건사회의 애정비극을 소재로 하여 이미 붕괴기에 들어선 이조말기의 시대현실을 보다 심각하게 폭로함으로써 이 시기 문단에서 일정한 평가를 받았다.

50년대 말부터 소설창작에 나선 작가 임원춘(1937~)은 70년대 후기부터 단편소설집 ≪꽃노을≫(1979년), ≪몽당치마≫(1986년)와 장편소설 ≪짓밟힌 넋≫(1989년) 등을 출판하였다. 그의 대표작 ≪몽당치마≫

는 단편소설 창작에서의 그의 성숙을 표징하는 성과작으로서 당시에 보다 큰 영향력을 일으켰다. 새로운 역사시기에 진입하여 작가 이원길 (1944~)은 단편소설집 ≪백성의 마음≫(1984년), 중편소설 ≪한 당원의 자살≫(1985년), 장편소설 ≪설야≫(제1부, 1988년) 등 역작들을 발표함으로서 이 시기 문단을 더욱 빛내었다. 지난날 오류적인 정치노선이 빚어낸 인간들에 대한 육체적 및 정신적 유전을 리얼하게 고발한 정세봉의 단편소설 ≪하고싶던 말≫ 등은 비단 이 시기 조선민족문학에서 뿐만 아니라 중국에서도 한낱 역작으로 알려지고 있다. 그리고 오래전부터 소설창작에서 꾸준히 노력한 작가 유원무(1935~)도 80년대에 들어선 이래 장편소설 ≪숲 속의 우등불≫(1980년), ≪봄물≫(1987년)과 특색이 있는 단편소설 ≪비단이불≫ 등을 발표하여 이 시기 소설문단에 기여하였다.

4). 건국이후 40년 내 극문학 분야에서도 지난 시기 극 ≪좌≫적 경향의 해를 크게 입으면서도 또한 일부 성과들을 취득하였다.

건국 후 작가들은 당시 전민적으로 벌린 문화해방운동, 애국증산운동 등의 일련의 사회개혁운동에 보조를 맞추기 위하여 극문학 창작에 달라붙었다. 당시에 공연된, 이를테면 농업호조합작의 시책을 노래한 김태희의 장막극 ≪우리 조장동무≫(1950년), 농민들의 문화해방운동을 찬미한 최수봉의 단막극 ≪농민학교로 가는 길≫(1953년) 등이 그 좋은 실례로 된다.

50년대 중기에 농업합작화와 사회주의개조의 고조가 일자 이에 일떠선 농민들의 새로운 정신적 풍모와 낡은 사상의식의 전변을 묘사한 극작품들이 자주 무대에 올랐다. 그 대표적 작품들로는 새 인간의 정신미 발굴에 바쳐진 단막극 ≪새각시≫(황봉룡, 1954), 농업합작화에 일어선 농촌생활의 이모저모를 형상화한 단막극 ≪합작사는 내 집이다≫(윤지현, 1956년), ≪완두씨≫(최정연, 1954년), 전쟁에 의하여 빚어진 사회적 비극을 깊이 있게 파헤친 단막극 ≪귀환병≫(최정연, 1957년), 동북지구 항일무장투쟁과 항일투사들을 묘사한 장막극 ≪장백의

아들≫(황봉용, 박영일, 1959년), 노동자들의 드높은 노동열의와 선진
인물을 찬미한 단막극 ≪5·5전야≫(김세형 등, 1964년), ≪삼로인≫[31]
형식으로 농촌에서의 신구의식간의 투쟁을 묘사한 ≪풍년가≫(이영근,
1964년) 등이 있다.

상기한 바와 같이 건국 후 17년 내에 극문학은 일정한 성과들을 거
두었지만 기타 문학분야보다도 더 직접적으로 극≪좌≫적 문예노선의
교란을 받았다. 그 당시 당과 정부는 극문학분야에 정치적 중심과업과
밀접히 결부시키라고 강요한데서 많은 폐단들을 초래하였다. 이를테면
극문학창작에서 정치를 통수로 하다보니 작품의 주제는 단색화 되어갔
고, 작가의 각이한 문화적 시각이 도외시되었으며 그리고 극 형식에
있어서도 정극 외의 다른 희극, 비극, 풍자극 등이 거의 자취를 감추다
싶이 되었다.

≪문화대혁명≫의 결속과 더불어 우리의 극문학도 커다란 발전을 가
져왔다. ≪4인 무리≫가 타도된 후 지난날의 그릇된 노선을 시정하고
개혁, 개방의 새로운 방침이 시달됨에 따라 우리 극작가들의 정신면모
도 일신되었다. 그들은 새로운 시대와 인민대중의 미학적 요구를 반영
하기 위하여 보다 시대화한 안목으로 극 창작 실천에 뛰어들었다. 극
작가들의 고심한 노력에 의하여 많은 극작품이 산출되었으며 희곡집
≪장백의 아들≫(황봉룡, 1978년), ≪희곡집≫(1982년), ≪황봉룡 희곡
집≫(1985년), ≪울고 웃는 사람들≫(1985년), ≪망각된 인간들≫ 등이
출판되었다.

이 시기의 우수한 극작품들로는 홍성도, 박응조의 장막극 ≪눈 속에
핀 꽃≫(1980년), 최정연의 장막극 ≪해로무렵≫(1981년), 김훈의 단막
경희극 ≪두부장사≫(1982년)와 ≪울고 웃는 사람들≫(1984년) 등이 있
다. 이런 극작품들에서는 ≪4인 무리≫의 그릇된 노선이 빚어낸 악과
들을 심각히 고발한 동시에 모진 시련을 겪어내고 행복하게 살아가게
된 인민대중의 격정과 염원과 지향을 감명깊게 형상화하였다. 이런 극

---

31) ≪삼로인≫은 건국 전후시기에 창출된 조선민족의 구연형식의 일종이다.

작품들은 진실성과 구체성을 생활의 흐름 속에서 생동하게 구현하고 있으며 대체로 비극이 많고 신랄한 풍자적 요소가 다분한 것이 특징적이다.

극작가 황봉룡과 최정연은 이 시기 극문학분야에서 일정한 성과를 거둔 대표적 극작가로 널리 알려지고 있다.

1946년에 첫 극본 ≪광명≫(장막극)을 내놓은 극작가 황봉룡(1925～)은 그 후 수십 편으로 헤아리는 극작품을 발표하였고 희곡집 ≪장백의 아들≫(1978년), ≪황봉룡 희곡집≫(1985년)을 출판하였다. 그의 많은 극작품 중에서 단막극 ≪새각시≫(1954년), 장막극 ≪장백의 아들≫(1959년)은 그의 창작생애를 더욱 빛내어준 역작일 뿐만 아니라 이시기 극문학의 수준을 보여준 대표적 작품이기도 하다.

극작가 최정연(1920～)은 1950년대에 단막극 ≪완두씨≫(1953년), ≪귀환병≫(1957년) 등 역작들을 내놓았고 새로운 역사시기에 진입하여서는 장막극 ≪해토무렵≫과 같은 성과작을 내놓았다. 그의 이런 극작품에서는 사회생활에서 제기되는 새로운 문제들을 깊이 있게 포착하며 심오한 인생의 철리를 경구적 언어로 치밀하게 집약하고 생동하게 형상화하는 등 극작가의 미학적 안목과 세련된 필치를 보여주고 있다.

5. 건국후 40년 내 구전문학의 채집정리와 연구에서도 뚜렷한 성과들을 거두었다. 1958년에 연변 민간문예연구회(연변 구전문예가협회의 전신)가 성립된 후 구전문학 연구사업이 가일층 강화되었다. 구전문학의 수집, 정리에서 성과를 올린 이들 중에서는 정길운을 위시하여 김예삼, 박창묵, 김태갑, 김재권, 배영진, 김명한, 이용득, 임승환 등이 있다. 우리의 구전문학 수집 정리자들의 다년간의 노력으로 하여 선후로 ≪조선구전민요집≫(이상각, 1979년), ≪민요집성≫(김태갑, 조성일, 1982년), ≪배뱅이굿≫(장동윤 정리, 1982년)과 구전설화집 ≪천지의 맑은 물≫(정길운 정리, 1962년), ≪천도복숭아≫(김예삼 정리, 1982년), ≪연변민간문학자료집≫(도합 4권, 연변민간문학수집소조 편), ≪조선민족 구전설화집≫(1979년), ≪사랑산≫(박창묵 정리, 1982년),

≪삼태성≫(김명한 정리, 1983년), ≪불로초≫(이용득 정리, 1984년),
≪천생배필≫(황구연 구술, 김재권 정리, 1986년), ≪파경노≫, ≪김덕
순 구전설화집≫(김덕순 구술, 배영진 정리, 1983년), ≪팔선녀≫(차병
걸 구술, 임승환 등 정리, 1987년) 등 30여 부의 구전문학 작품집을 출
판하였다.

　상술한 바와 같이 중국의 조선민족 문학은 건국 이후 40년 동안 많
은 우여곡절을 겪으면서도 현저한 성과들을 취득하면서 날로 장성발전
하는 길에 들어섰다. 그러나 현시대와 인민대중의 미학적 요구에 비추
어볼 때 우리 조선민족 문학은 아직도 민족적이며 자아적인 특색이 짙
지 못하며 예술수준도 그다지 높지 못하다

　이런 현황은 조선민족 문학을 더 높은 단계에로 끌어올려야 할 보람
차고도 어려운 과업을 전체 작가들 앞에 제기하고 있다.

(1989년 9월)

2. 광복전 조선민족 소설문학 발전개요

중국의 조선민족은 풍부한 문학유산을 토대로 그 빛나는 전통을 계승발양하면서 18세기 특히는 19세기 후반기로부터 이주민족으로서의 특유의 성격을 가진 자기의 문학을 창조하였다.

중국 조선민족의 소설문학은 중국 조선민족 문학의 한 분야로서 기타 문학분야와 마찬가지로 특정된 중국의 역사적 현실 속에서 자기 나름의 길을 걸어왔다. 그러면서도 역사적 계승성, 지리적 환경 그리고 민족의 특수성으로 말미암아 줄곧 조선문학과 밀착된 특수한 관계 속에서 발전하였다.

지난날 조선으로부터 많은 작가들이 중국에 이주하였는데 그들은 조선민족 인민들과 운명을 같이하면서 중국을 배경으로 겨레의 생활과 미학적 이상을 반영한 소설들을 창작하였다. 이런 소설가들 가운데는 중국에서 장기간 창작활동을 하였거나, 창작생애를 마친 이들이 적지 않다. 이를테면 신채호, 강경애, 주요섭, 최상덕, 현경준, 김창걸, 안수길, 박영준, 김광주, 황건 등이 그러하다. 그들은 자기들의 창작실천으로 중국 조선민족 소설문학의 번영에 크게 기여하였다. 그러므로 이런 작가들을 중국 조선민족의 문학발전사에서 취급하는 것은 지당한 것이다.

조선민족 소설문학은 작가들의 끊임없는 창작실천 과정에서 자기 나름의 풍격과 특색을 보여주었다. 그것은 주로 소설창작에서 다룬 소재와 주제, 인물형상의 창조 그리고 예술적 형식, 창작방법 등에서 구현되고 있다. 중국 조선민족 소설문학은 다음과 같은 특색을 가지고 있다.

조선민족은 중국에 이주한 후 만청 봉건통치 하에서 모진 수난을 겪었으며 1910년 전후시기로부터 공화국 창건에 이르기까지는 또 줄곧 봉건통치와 일제침략자들의 이중으로 되는 압박과 수탈 속에서 더욱 비극적인 운명에 빠졌었다. 조선민족이 처하였던 이런 역사적 현실과 장기적인 투쟁의 체험은 조선민족으로 하여금 반동통치와 외세에 대한 저항의식을 격발하게 하였고 민족의 자주독립과 새로운 문명을 추구하도록 촉구하였다. 그러므로 해방 전 소설문학에서는 비참한 운명에 처한 조선민족의 수난의 생활을 묘사하고 반일민족해방투쟁과 문명개화의 주제를 다룬 소설작품이 많이 창작되었다. 이런 소설작품의 밑바닥에는 강한 민족의식에 토대한 원과 한 그리고 비운을 극복하려는 강한 지향이 여울치고 있다.

다음으로 조선민족은 장기간 농경문화에 물젖고 그 절대다수가 농업에 종사하여 왔다. 그러므로 조선민족 소설문학에서는 줄곧 농촌의 현실과 농민들의 생활을 묘사하고 농민들의 형상을 다각적으로 부각하는 것을 선차적인 과제로 삼았다. 따라서 우리의 소설문학계보에는 농촌의 현실을 묘사한 작품이 많고 또한 농민형상이 주요한 자리를 차지하고 있다. 이런 작품들에서는 민족적 숙원과 지향을 실현하려는 굳센 기개와 역경을 박차고 나아가는 투쟁정신과 낙관주의, 사회생활에서의 숭고한 도덕적 풍모와 고유의 성격들을 보다 생동하게 보여주고 있다.

그 다음으로 조선민족 문학은 19세기 말엽, 특히는 20세기 초엽으로부터 서방의 현대문예사조를 폭넓게 수용하였으며 이런 사조의 영향하에서 사실주의와 낭만주의 창작방법 및 기타 창작기법들이 도입되었다. 특히 20세기 20년대에 들어서면서 비판적 사실주의 창작방법이 널리 채용되었었다. 30년대와 40년대 전반기에 이르는 적 점령구의 문단에는 비록 여러 가지 창작방법이 유입되였으나 이 시기 소설창작에서 주로 쓰인 것은 비판적 사실주의였다.

그리고 조선민족의 소설문학은 자기의 발전행정에서 외국문학과 기타민족문학의 성과들을 부단히 섭취하고 혁신과 발전을 도모하였는 바이 역시 또 하나의 특색으로 된다.

아래에 조선민족 소설문학 발전의 실제와 현존한 자료에 토대하여지난 역사시기 중국 조선민족 소설문학의 흐름과 그 과정에서 취득한성과들을 개략적으로 살펴보려 한다.

중국에 이주한 초기 조선민족은 봉건통치의 압박과 수탈에 시달리다 보니 자기의 민족문화를 제대로 발전시킬 수 없었다. 게다가 당시이주민중의 대부분이 극빈한 농민들이였고 또한 자기의 문인과 출판기관을 가지지 못한 것 등으로 말미암아 소설창작은 거의 진행되지못하였다.

그러다가 1910년대에 들어서면서 널리 전개된 반일민족문화 계몽운동과 더불어 조선의 신소설의 영향하에 조선민족의 소설창작은 서서히발전되여 나아갔다. 특히 이 시기 조선으로부터 문인들이 중국으로 이주하여 반일운동에 뛰여듬과 함께 창작활동을 전개하였는데 이것은 중국 조선민족 소설문학 창작의 시발로 되고 있다. 신채호의 단편소설≪꿈하늘≫(1916년), ≪유화전≫, ≪백세 노승의 미인담≫(이상 창작년대 미상) 등과 공월(共月)의 단편소설 ≪피눈물≫(1919년) 등은 대표적인 실례로 된다.

작가 신채호(1880~1936)는 1914년에 중국에 온 후 북경에서 민족독립운동과 저술사업에 심혈을 몰부으면서 상기한 바와 같은 훌륭한 소설작품들을 세상에 내놓았다. 그의 단편소설 ≪꿈하늘≫은 작가의 열렬한 민족적 지향과 미학적 이상을 구김 없이 재현한 역작일 뿐만 아니라, 조선민족 소설문학의 발전에 있어서도 자못 중요한 의의를 가진다. 이 소설은 몽유록의 형식을 취하고 가상적인 인물과 환상적인 사건에 기초하였다. 그러나 그것들은 다 역사적 생활의 진실에 바탕을두었기에 결코 허황한 것이 아니였다. 작가는 단편소설 ≪꿈하늘≫에서 창조한 주인공 한놈을 비롯한 여러 감명 깊은 영웅적 형상을 통하여 일찍 민족독립운동에 나선 애국지사들의 평탄치 않은 투쟁의 노정과 모진 시련을 예술적으로 집약하면서 낭만주의적 격정으로 시대적 요구와 민족의 염원을 자유분방하게 보여주었다. 역사소설 ≪백세 노승의 미인담≫에서는 애국애족의 굳센 정신과 원수에 대한 적개심, 외세에 굴하지 않는 민족적 기개, 출중한 식견과 예지로 빛나는 애국여성 엽쁜이의 형상을 성공적으로 부각하였다. 이 작품은 그 내용에서뿐만 아니라, 이 시기 역사소설 창작에도 새로운 경지를 개척하여 주고 있다.

공월의 단편소설 ≪피눈물≫은 ≪3·1≫ 운동 당시의 겨레의 비참한 운명과 처지를 소재로 하여 일제의 야수적 만행을 폭로 규탄하고 민족의 독립투쟁을 호소함으로써 당시 광범한 인민대중의 공명을 일으켰다.

이 시기 소설문학에서는 대체로 역사적 현실생활의 단면도를 통하여 일제의 침략적 만행을 폭로단죄하고 겨레의 민족독립의 의지와 숙원을 묘사하는 데에 치중하였었고 이런 소설작품의 중심에는 거개 민족의 자주 독립을 위하여 자기의 일체를 다 바치는 투사들이거나 선각자들의 형상을 등장시키었다. 그리고 이 시기 소설문학은 고대소설에서 흔히 보게 되는 고진감래식의 틀을 벗어나 시대적 현실에 토대한 생활의 논리와 언문일치의 원칙에 좇아 진실하게 생활을 묘사하기 위한 노력들을 보이고 있다. 하지만 이 시기 소설문학은 그 내용에서나 작품의 구성에서나 그리고 형상화의 수법과 언어구사 등에서 아직도 ≪고대소설≫의 격식에서 완전히 벗어나지는 못하였다.

1920년대에 들어서면서 소련 10월 사회주의 혁명의 영향하에 일어난 ≪5·4≫ 애국운동과 조선민족의 ≪3·13≫ 반일운동은 중국에서의 반제반봉건투쟁을 더욱 심입전개하는 새로운 역사적 단계에로 진입하게 하였다. 날로 발전하는 이런 혁명적 현실은 이 시기 소설문학에 참신한 소재와 주제를 제공하여 주었으며 전시기 문학보다 더욱 선명한 혁명적 성격을 구현하게 하였다.

이 시기 문학은 변화하는 현실생활에 입각하여 반제반봉건과 민족해방의 기치를 더욱 철저하게 내세웠으며 착취제도를 뒤엎고 새로운 사회제도를 건설하려는 인민대중의 염원과 동경을 진실하게 반영하였으며 불합리한 현실을 반대하고 자기의 운명을 장악하려는 근로인민 더욱이는 농민들의 형상을 진지하게 묘사한 것이 특징적이다. 그리고 또 이 시기 소설문학은 현실생활을 역사적 구체성으로부터 진실하게 묘사하고 그 필연적 발전을 추구하면서 당시의 현실투쟁과 밀칙시키기 위하여 자각적인 노력을 기울이였다. 하지만 당시 문단에는 문학의 공리적 목적만을 강요하고 문학의 진실성과 예술의 공능을 무시하는 등 일련의 편향이 나타나기도 하였다.

1920년대의 소설문학은 일부 미흡한 점들을 동반하고는 있었으나 상당한 정도로 발전하였었다. 이 시기 소설문학의 업적을 과시한 대표적 작품들로는 주요섭의 단편소설 ≪인력거꾼≫(1925년)과 ≪개밥≫(1927년), 최상덕의 단편소설 ≪유모≫(1926년)와 ≪바보의 진노≫(1927년), 신채호의 단편소설 ≪용과 용의 대격전≫(1927년?) 등을 들 수 있다. 이밖에 상해 ≪독립≫신문에 실린 고송의 단편소설 ≪이순화≫(1920년), 잡지 ≪신동방≫에 실린 김산의 단편소설 ≪기묘한 무기≫(1930년) 그리고 잡지 ≪광명≫에 발표된 일부 단편소설들이 인기를 모았다.

작가 주요섭(1902~1972)은 1920년대 초엽에 중국에 온 후 상해의 호강대학에서 공부하면서 소설을 썼다. 그후 그는 미국에 가서 스탠포드대학에서 석사학위를 받았다. 1934년부터는 북경 보인대학 교수로 취임되어 광복전야에 이르기까지 많은 역작들을 발표하여 소설문단을 장식하여 주었다. 1920년대에 발표한 그의 작품에서는 빈민이거나 사회 최하층에서 허덕이는 타민족의 비참한 생활과 그들의 반항의식을 심각히 묘사하고 있다. 작가의 초기 창작생애를 장식하여 준 단편소설 ≪인력거꾼≫(1925년), ≪개밥≫(1927년) 등이 그 좋은 예로 된다. 작가의 이런 작품들은 그의 경향파적 성격을 더욱 선명하게 보여주고 있다.

작가 최상덕(1901~1970)도 1920년대에 중국에 이주하여 광복전야까지 상해 등지에서 생활하면서 문화사업을 하는 한편 소설창작을 진행하였다. 그는 상해 혜령전문학교 중문학과를 졸업하고 선후로 ≪상해일일신문≫의 기자, ≪중외일보≫[1]의 학예부장을 지냈다. 작가는 1920년대 후반기부터 소시민계층의 어려운 생활과 부조리적 현실을 조성한 유한계급과 빈민계급간의 모순과 갈등을 진실하게 형상화한 단편소설 ≪유린≫[2], ≪유모≫(1926년), ≪소작인의 딸≫(1926년), ≪바보의 진노≫(1927년) 등을 발표하였다.

작가 신채호도 1920년대 후반기에 단편소설 ≪용과 용의 대격전≫을 창작하였다. 이 작품에서는 침략자 및 그와 결탁한 착취계급의 압박과 수탈의 상징인 이른바 ≪천국≫의 충신 미리와 피착취계급의 이익과 힘의 화신인 드레곤 등 두 용의 대격전을 통하여 민족 모순과 계급적 모순이 첨예화된 1920년대의 전형적인 현실을 묘사함으로써 일본 침략자와 국내 착취계급의 반동적 본질을 파헤치고 그 멸망의 불가피성을 밝히였으며 민중혁명의 도래와 필연적 승리를 예시하였다. 이 작품은 조선민족의 진보적 낭만주의 문학의 계보에서 중요한 위치를 차지하고 있다.

1931년에 일본 제국주의는 ≪9·18≫ 사변을 일으켜 전 동북을 강점하고 1937년에는 ≪7·7≫ 사변을 일으켜 침략의 마수를 전 중국에 뻗치었다. 이런 급변하는 정세에 임하여 중화민족은 한결같이 일어나 항일민족통일전선을 결성하고 일제를 무찔러 민족의 해방을 전취하기 위한 혈전을 벌리었다.

항일무장투쟁의 이같은 거창한 현실은 우리 작가들 앞에 일제의 침략적 죄행을 폭로규탄하고 인민대중의 민족의식과 그들의 투쟁을 신속히 반영함으로써 성스런 민족해방투쟁에 이바지할 새로운 과업을 제기

---

1) ≪중외일보≫는 1926년에 조선에서 창간됨.
2) ≪상해일일신문≫에 실림, 발표연대 미상.

하였다.

당시 괴뢰만주국 통치하에 있는 적 점령구에서는 그 어떤 문필자유도 운운할 여지가 없었다. 더욱이 1940년대에 들어서면서 멸망의 운명을 만회할 수 없게 된 일제는 전체 진보적 문인들에게 전례 없는 단속과 강압을 감행하였다. 그럼에도 불구하고 우리의 작가들은 일제의 파쇼적 문화전제주의와 반동적 민족동화정책을 반대하여 항전문화운동을 벌리는 한편 열성을 다하여 소설창작에 나섰다.

당시 작가들이 소설작품을 발표할 수 있는 원지는 극히 적었다. 그 중 진보적인 문학간행물로는 ≪북향≫과 소년지 ≪카톨릭소년≫이 있었으나 그 편폭이 너무 작았으며 그것마저도 1935년 좌우에 몇 기를 내고 폐간당하였다. 당시 신문이라야 용정에서 간행한 ≪간도일보≫와 장춘에서 내는 협화회의 기관지 ≪만선일보≫ 뿐이었다. 하여 작가들은 상기 잡지와 신문 그리고 조선에서 출간되는 간행물에 반동당국의 눈을 기이며 은밀한 방법으로써 작품을 발표하였다. 그리고 때로는 작가들이 나서서 자금을 모아 소설작품집을 내기도 하였다. 그 가운데는 소설집 ≪싹트는 대지≫(1941년)와 안수길의 소설집 ≪북원≫(1943년) 등이 있다.

이 시기에 조선민족작가들은 의식성향과 처지의 부동으로 하여 같지 않은 양상을 보이였다. 이를테면 반동적 통치제도와 맞서 나선 혁명적인 작가들은 자기 작품에서 시종 강한 민족의식과 사회현실의 부조리에 대한 저항을 보여주었다. 일부 작가들은 날이 갈수록 일제의 단속이 심해지자 아예 붓을 꺾고 말았다. 일부 작가들은 현실생활에 대한 참여와 고발이 불가능해지자 하는 수 없이 ≪민감한 영역≫을 외면하고 생활세태거나 인륜, 애정 등을 썼는 바 그들은 이와 같은 ≪전향≫으로 당국의 단속에 응부하는 한편 자기의 주체의식과 민족성향을 견지하기에 힘썼다. 그리고 부분적인 작가들은 처음에는 민족성을 구유한 진보적인 작품을 내놓았으나 나중에는 일제 파쇼통치의 유인과 강압에 못이겨 점차 민족의 의지를 배반하고 일제의 현행정책을 수용하는 길로 나갔으며 심지어는 어용문인으로 전락되기까지 하였다. 상기한바와 같이 일제통치하에서 조선민족작가들의 의식성향은 아주 복잡하였는바 우리는 해당 식 역사적 실제를 감안하고 실사구시의 태도로써 실상을 분석하고 최적한 평언을 하여야 할 것이다.

이 시기 소설문학에서 다룬 주제들은 아주 다양하였다. 그 중에는 우선 일제와 ≪만주국≫의 통치하에서 농민대중을 비롯한 사회최하층에서 허덕이는 근로인민들의 비참한 생활과 민족적 및 계급적 압박에 대한 그들의 저항을 형상화한 작품들이 퍽 많은 비중을 점하고 있다. 강경애의 장편소설 ≪인간문제≫를 위시하여 김창걸의 단편소설 ≪무빈골 전설≫, ≪수난의 한토막≫, 안수길의 단편소설 ≪새벽≫, 형경준의 단편소설 ≪사생첩≫, 신서야의 ≪추석≫등이 이런 주제에 바쳐진 이 시기의 대표적 작품들이다. 이런 작품들에는 대체로 곡절적인 사건과 인물들의 수난의 생활화면을 통하여 당시 사회의 주되는 모순에로 육박하면서 인간의 운명을 짓밟은 민족적 및 계급적 압박과 악랄한 수탈을 깊이 있게 고발하였으며 인민대중으로 하여금 승리를 쟁취하는 길로 나아가도록 고무하였다.

이 때 발표된 많은 소설 가운데는 또한 여러모로 일본제국주의 ≪대륙정책≫과 ≪황민화운동≫의 반동적 실질을 까밝히고 그에 끝까지 저항하기 위하여 조선민족의 얼과 지조와 기개를 선양함으로써 민족적 기질을 소실치 말도록 은근히 주의를 환기시킨 작품들이 나타나 당시 문단의 이목을 끌었다. 단편소설 ≪낙제≫(김창걸), ≪개아들≫(김창걸), ≪장산곶≫(강경애), ≪벼≫(안수길) 등이 그 좋은 예로 된다. 이런 작품들에서는 강한 민족의식에 토대한 진정한 민족의 얼과 기백을 구유한 성격들을 묘사하는데 모를 박고 있다.

이 시기 소설의 계보에는 또 부패할대로 부패한 암흑한 현실 하에서 타락한 하층 지식인이거나 소시민들의 고뇌와 빈민 그리고 모진 세파에 여지없이 유린당한 여인들의 처참한 운명을 리얼하게 묘사한 작품들이 적잖게 나왔다. 이를테면 현경준의 중편소설 ≪유맹≫, 황건의 단편소설 ≪제화≫, 박영준의 단편소설 ≪중독자≫, 최명익의 단편소설 ≪심문≫ 등과 같은 작품들이다. 이런 작품들에서는 당시 사회가 초래한 부조리와 처참상을 심각히 폭로함으로써 현실을 고발하고 사람들에게 많은 것을 사색하도록 시사해주었다.

그리고 이 시기 소설문학에서 취득한 대부분의 성과작들을 보면 의연히 비판적 사실주의 창작방법이 주류로 되고 있는 것이 특징적이다. 이 시기에 일부 작가들은 서방의 현대파 문학 등의 창작 방법을 도입하기 위한 노력들을 보이기도 하였다. 상기한 많은 작가들의 소설창작 실태가 이를 충분히 설명해 주고 있다.

이 시기 괴뢰만주국 치하 소설문단에서 자기의 창작성과를 뚜렷이 떠올림으로써 보다 넓은 공명대를 취득한 작가들로는 여류작가 강경애를 위시하여 현경준, 안수길, 김창걸, 박영준 등이 있다.

저명한 사실주의 작가로 널리 알려진 강경애(1906~1944)는 30년대를 줄곧 용정에서 생활하면서 꾸준히 창작에 힘썼다. 작가는 1929년 겨울에 용정으로 이주해온 후 때로는 교편도 잡았지만 무직업과 가난의 고초를 겪기도 하였다. 그는 1939년에 이르기까지 줄곧 용정에서 창작을 하였는 바 이 시기에 사회적 주제를 심각히 다룬 장편소설 ≪인간문제≫(1934년), 중편소설 ≪소금≫(1934년), 단편소설 ≪채전≫(1933년), ≪축구전≫(1934년), ≪지하촌≫(1936년), ≪장산곶≫(1936년) 등 많은 소설들을 발표하였다. 강경애의 창작세계는 가난 속에서 시달리던 그 자신의 생활체험과 밀착되어 있었다. 작가는 항상 가난한 사람들의 눈물겨운 비극적 운명을 동정하였으며 늘 그들의 곁에 서서 그들이 염원과 지향을 대언하였다. 강경애는 자기의 작품들에서 광범한 인민대중의 수난의 생활과 한을 심각하게 묘사하였다. 뿐만 아니라 작가는 조선민족이 부딪친 가장 기본적이며 초미적인 문제는 일제통치하의 반동적 사회제도를 뒤엎는 데 있다고 여기고 현실의 원소(怨沼)로부터 빠져나오자면 어떤 길로 나가야 하느냐 대하여 예술적 해답을 주려고 하였다. 엄연한 사실주의로 묘사한 일련의 인물들의 형상에는 작가의 진지한 정이 깃들어 있으며 미학적 이상이 구현되어 있다. 작가 강경애는 자기의 예술적 성과로써 조선민족 문학에 빛나는 한 페이지를 남겨 놓았다.

작가 현경준(1910~1951)은 단편소설 ≪격랑≫이 1935년 ≪동아일보≫ 신춘문예에 당선됨과 더불어 문단에 정식으로 들어섰다. 작가는 1930년대 후반기에 중국에 이주한 후 광복날 때까지 도문의 한 소학교에서 교편을 잡았다. 이 사이에 그는 단편소설 ≪사생첩(寫生帖)≫(1938년), ≪오마리≫(1939년), ≪길≫(1941년), 중편소설 ≪유맹≫(1939년), ≪인생좌≫(창작년대 미상) 등을 발표하였고 1943년에 이르러서는 소설집 ≪마음의 금선≫을 출판하였다. 그의 초기작품들은 작가가 방랑생활에서 얻은 많은 인생체험을 형상화하고 있다. 그의 대표작 ≪사생첩≫은 중국으로 이사오는 무식하고도 가난한 농민들이 겪지 못할 어려움과 수모를 당하는 장면에 대한 진실한 묘사를 통하여 암담한 현실을 신랄히 고발하고 있다. 그의 후기의 역작 중편소설 ≪유맹≫에서는 부패한 현실 속에서 부식되고 타락된 인간들의 내심세계를 깊이 파헤치고 재생의 길로 나아가도록 편달하였다. 이 두 작품은 생활에 충실하고 묘사의 진실성을 기하기 위하여 많은 노력을 기울이였다. 이 소설은 이 시기 소설문학에서 거둔 중요한 성과로 간주되고 있다.

작가 안수길(1911~1977)은 1924년에 중국에 이주하여 1945년 6월까지 줄곧 용정에서 생활하였다. 그가 소설문단에 나서기는 1935년에 단편 ≪적십자병원 원장≫과 콩트 ≪붉은 목도리≫가 ≪조선문단≫지에 당선되면서부터이다. 작가는 이때로부터 광복 전야에 이르는 기간에 단편소설 ≪새벽≫(1943년), ≪함지쟁이 영감≫(1936년) 등과 장편소설 ≪북향보≫(1944년)를 세상에 내놓았다. 그의 이 시기 소설작품 가운데는 이주민의 고난의 생활과 처참한 운명을 형상화한 작품이 가장 많은 비중을 차지한다. 그리고 이 시기 소설창작에서 거둔 주요한 성과도, 그와 같은 암흑한 세상에서 모진 수난을 겪으며 삶을 영위해 가는 간도 이주민들의 처지를 역사적 견지에서 폭넓게 사실주의적으로 화폭화한데 있다. 그러면서도 당시 파쇼적 통치의 강압과 작가의 인식 등의 원인으로 하여 그의 일부 소설에서는 일정한 정도로 일제식민지 정책을 수용하는 등 제한성을 보이고 있다. 안수길의 해방전 소설창작에 대하여서는 보다 깊이 있게, 분석 연구한 토대위에서 실사구시적인 평언을 주어야 할 것이다.

작가 김창걸(1911~1991)은 6살에 중국에 이주하여 간도에서 전반 창작생애를 마무리지은 향토작가이다. 작가의 소설창작은 1936년에 처녀작 ≪무빈골 전설≫을 내놓은 때로부터 시작되는데 그의 창작전성기는 1940년대 좌우시기이다. 이때 작가는 당시의 문단에서 성과작으로 인정받은 단편소설 ≪암야≫(1939년)를 비롯하여 단편소설 ≪수난의 한 토막≫(1938년), ≪두번째 고향≫(1938년), ≪청공≫(1940년), ≪낙제≫(1940년), 중편소설 ≪건설보≫(1941년) 등 많은 작품을 발표하였다. 1940년대 좌우시기에 발표된 일련의 단편소설들은 작가가 당시의 생활에 대한 절실한 감수에 기초하여 20세기 초엽으로부터 30년에 이르는 조선민족 인민들의 수난의 역정을 생활의 화폭으로 펼쳐보이면서 시대의 본질을 파헤치고 민족의 운명과 지향과 이상을 예술적으로 집약한 작품들이다. 그의 단편소설 창작은 주제가 다양하고 시대적 색채가 선명하며 민족적 특색이 짙다. 그리고 작가의 날카로운 필봉, 신랄한 풍자와 아이로니, 엄연한 사실주의적 태도 또한 특징적이다. 그의 작품들은 해방전 조선민족 소설문학에서 중요한 자리를 차지하고 있다.

1930년대 중기에 조선문단에 나선 작가 박영준(1911~?)은 조선농민들의 궁핍과 영락피폐 되어가는 농촌현실을 핍진하게 화폭화한 단편소설들을 발표함으로써 일찍 농민작가라고 불리웠었다. 작가는 1934년에 용정 동흥중학에 와 1년간 교편을 잡으면서 ≪북향회≫의 활동에도 참가하였다. 그 후 그는 조선에 갔다가 1938년에 다시 반석으로 이주한 후 교편을 잡으면서 소설창작을 계속하였다. 이 시기에 발표한 주요작품으로는 단편소설 ≪아름다운 길≫(1938년), ≪의수(義手)≫(1939년), ≪중독자≫(1940년), 장편소설 ≪쌍영(双影)≫(1939년) 등이 있다. 농촌생활을 다룬 그의 초기의 작품들과는 달리 이런 작품들에서는 소시민층의 생활과 애정, 윤리 등의 주제를 다루고 있음을 보게 된다. 이는 당시의 사회문화적 환경과 갈라놓고 생각할 수 없다. 상기한 바와 같은 작가가 자기 나름의 주체의식과 의식성향의 토대우에서 창작한 작품들은 이 시기 소설창작에서 중요한 성과로 간주되고 있다.

그리고 이 시기에 상해, 북경 등 지역에서 활약한 작가 김광주, 주요 섭 등도 적지 않은 좋은 작품들을 발표하여 당시의 조선민족 문단에 기여하였다.

작가 김광주(1910~1973)는 1930년대 초에 중국에 온 후 광복날 때 까지 줄곧 문학활동을 진행하였다. 그는 1933년에 상해에서 동인지 《보헤미언》을 발간하고 또 《보헤미언 연극사》도 꾸렸다. 작가는 이 시기에 일본군국주의 탄압하에서 지식인들의 생활고와 시대적 불안 을 묘사한 단편소설 《남경로의 창공》(1935년), 《북평소 온 영감》 (1936년), 화류계에 몸을 둔 여인들의 비참한 처지와 내심의 고통을 파 헤친 단편소설 《애지(野鷄) – 이쁜이의 편지》(1936년) 등 특색이 있는 작품들을 세상에 내놓았다.

일찍 20년대에 상해에서 문학활동에 참가한 작가 주요섭은 1934년에 북경 보인대학 교수로 취임되었다. 그는 이 시기에도 당시 문단에 영 향력을 산생시킨 단편소설 《사랑손님과 어머니》(1935년), 《추물》 (1936년), 《아네모네의 마담》(1936년), 《봉천역 식당》(1936년) 등을 세상에 내놓았다. 6살 난 어린 딸을 화자로 하여 나 젊은 과부의 사랑 으로 불타는 내심을 한 폭의 그림처럼 선명한 색체로 숨김없이 묘사한 그의 역작 《사랑손님과 어머니》는 당시 문단에서 호평을 받았다.

3. 근대 중국 조선민족 문학론

1. 이주초기 수난의 현실과 민족문화 계몽운동

중국의 조선민족은 중국대지에서 형성, 발전한 토착민족과는 달리 조선반도에서 이미 민족으로 형성된 뒤에 중국에 이주하였다.

역사적 기록에 의하면 조선민족의 조상들은 아주 오랜 옛날부터 조선반도와 요하, 송하강 유역을 망라한 동북대륙에서 살았다. 그러나 그후의 장기적으로 되는 역사적 변천 속에서 동북대륙에서 살고있던 조선민족의 대부분 선조들은 조선반도로 이주하고 이곳에 남은 일부분은 장기간 기타 민족과 함께 생활하는 과정에서 동화되어 본 민족의 민족적 특성을 잃어버리게 되었다. 그러다가 조선민족이 여러 가지 원인으로 하여 다시 중국 동북지역에 이주하기 시작한 것은 17세기 초엽부터였다.

1677년(강희 16년)에 청나라 정부에서는 장백산과 압록강, 두만강 이북의 1천여리 되는 지역을 청조의 발상지, 이를테면 龍興之地라고 하여 봉금지구로 정하고 이 구역에서 개간하며 인삼을 캐고 진주를 채집하거나 벌목하고 사냥하는 것을 엄금하였으며 또한 수많은 초소를 설치하고 순라를 두어 이족의 이주를 엄금하였다. 그러나 생활난에 허덕이던 조선의 빈곤한 농민들은 그런 ≪봉금령≫도 마다하고 몰래 살길을 찾아 이주하기 시작하였다. 하지만 19세기 상반기에 이르기까지에는 청나라 정부의 ≪봉금령≫에 의한 심한 단속이 있었기에 그 이주인수가 그렇게 많지는 못하였다. 그러다가 19세기 중엽 이후 ≪봉금≫이 완화되고, 1860년대에 조선 북관지방에 연이어 심한 재해가 덮쳐들자 기아선상에서 모대기던 조선 이재민들이 남부여대하고 도강, 이주하였다. 청나라 정부에서는 이 때에 이르러 이런 이주풍을 막을 래야 막을수 없게 된데다가 또한 이런 이주민을 이용하여 황무지를 개간하여 나라의 경제수입을 늘이고 국경선 방어도 강화하려는데서, 1880년대에 이르러서 ≪봉금령≫을 폐지하고 이민실변 정책을 실시하였다. 이에따라 조선 변강지대의 농민들이 더욱 대량적으로 중국에 들어와 정착하였다. 그후 20세기 초, 더욱이는 1910년 8월 일본이 조선매국 역적들과 공모결탁하여 ≪일한합병조약≫을 체결하고 조선을 완전히 강점하게 되자 일본침략자의 무단적 통치와 잔혹한 수탈로 하여 파산된 많은 농민들과 반일 민족독립운동에 나선 우국지사들이 수많이 중국에로 들어옴으로써 그 이주인 수는 부쩍 늘어났다. 그리하여 ≪1920년대에 동북의 조선민족 인구는 이미 45만 9천 400명을 초과하였다.≫[1]

조선반도로부터 이주한 조선농민들은 기타민족들과 함께 황막한 동북변강을 개발하였다. 이들은 아주 어려운 환경 하에서 진 펄을 갈아번지고 물도랑을 빼고 강물을 끌어들여 수전을 일구었다. 그럼에도 불구하고 당시 만청 정부에서는 이주한 조선농민들에게 반동적인 민족동화정책을 실시하면서 소위 ≪薙髮易服, 歸化入籍≫을 강요하였으며 불복하면 땅과 재산을 빼았고 거주권을 박탈하였다. 그리하여 적지 않은 조선농민들이 자신의 피땀으로 일군 땅을 버리고 눈물을 흘리면서 떠나갔다. 오도가도 할 수 없는 농민들은 모진 치욕과 시련을 받아가며 제자리에서 삶을 영위하면서 봉건통치의 압박과 수탈에 반발하여 투쟁을 끈질기게 전개하였다. 1899년 초에 천보산 은광에서 일어난 노동자들의 파업투쟁, 1908년부터 1915년 사이에 국자가(지금의 연길)와 화룡

---

1) ≪조선민족약사≫ 제 2페이지. 1986년 연변 인민출판사 출판.

등 지방에서 여러 번 일어난 당지 관청, 향약, 패두의 수탈을 반대하여 일어난 쟁의가 그것을 사실로 말해주고 있다.

조선을 병탄한 일본침략자는 뒤이어 침략의 마수를 연변에 뻗쳤다. 일본통치자들은 연변을 조선식민통치를 확보하며 동북을 침략하는 ≪요충지≫로 간주하자 당치않은 구실을 조작하여 1907년 8월에 ≪조선통감부 간도파출소≫를 용정에 설치하였으며 1909년에는 무능한 청조정부를 협박하여 ≪두만강 증보변무조항≫(간도협약)을 체결하고 ≪조선통감부 간도파출소≫를 ≪간도주재 일본총영사관≫으로 간판을 바꾸었다. 1917년과 1918년에 이르러서는 선후로 ≪조선은행 간도지행≫과 ≪동양척식주식회사 간도출장소≫를 설립하였다. 일본침략자들은 이런 기구들을 이용하여 연변인민을 제멋대로 탄압, 수탈하면서 무단적으로 통치하였다.

이런 사태에 직면하여 연변 인민들은 일찍 조선서부터 민족독립운동에 나섰던 반일투사들의 조직 하에 분연히 일어나 일본침략자를 반대하는 투쟁에 뛰어들었다. 조선민족의 반일투사들은 1910년대 좌우시기로부터 선후로 ≪간민교육회≫, ≪친목회≫, ≪경학사≫. ≪부민회≫, ≪대한민회≫ 등 수많은 반일단체들을 결성하고 일본침략자와 그 주구들을 반대하는 투쟁을 벌리었다. 소련 10월 혁명과 조선의 ≪3·1 운동≫의 영향하에서 1919년 3월 13일 용정에서 일어난 반일 민중대시위는 당시 민중의 앙양된 투지를 과시하였으며 또한 인민대중을 반일 무장투쟁의 길로 나가게 하였다. 이때로부터 각지에는 반일 무장단체들이 널리 조직되고 투쟁의 규모도 상당한 정도로 발전하였다. 1920년 7월 일본 침략군 놈들에게 심대한 타격을 안긴 봉오동 전투와 1920년 10월 소위 일본 침략군이 발동한 ≪경신년 대토벌≫에 맞대매로 나서서 혁혁한 전과를 올린 ≪청산리 대섬멸전≫은 그 좋은 실례로 된다. 그러나 당시 역사적 제약성으로 하여 인민대중의 항쟁은 많은 어려움을 겪게 되었다. 이때로부터 조선민족 지구에서의 반일 투쟁은 새로운 역사적 단계에 진입하게 되었다. 상술한 바와 같이 중국 근대의 사회정치적 환경은 아주 복잡하고도 험악하였으나 시종 봉건적 반동통치와 일본침략자를 반대하는 투쟁을 견지하였으며 민족의 독립과 자주를 실현하기 위한 도경을 부단히 모색하여 나갔다. 이 시기에 개화사상과 조선애국문화운동의 영향하에서 그리고 광범한 조선민족 인민대중의 요구와 시대적 요구에 민감하고 민족적 위기를 자각한 지식인들에 의하여 민족문화 계몽운동을 세차게 벌이었다. 이 때 민족문화 계몽운동의 선각자들은 시종 민족의 해방과 근대적 발전을 지향하면서 민족의 해방과 근대적 발전을 기하기 위해서는 민족의 새로운 각성과 단합이 무엇보다 중요하다고 인정하였으며 또한 그것을 실현하기 위한 기본적 방도는 ≪內修外學≫에 있다고 인정하였다. 하여 그들은 민족문화 계몽운동 중에서 ≪內修外學≫을 활동강령으로 내세우고 구체적으로는 교육운동, 출판보급활동, 言文一致운동 등을 다양한 형태로 전개하였다.

당시 조선민족 중의 진보적 지식인들은 ≪교육이 불흥이면 생존이 부득≫ 이라는 사상을 깊이 접수하여 민족의 성취와 국가의 존망은 죄다 교육에 달렸다고 확신한 나머지 민족의 해방과 근대적 발전을 위하여 도처에서 신식학교를 설립하고 새로운 교육을 도모하였다. 그들은 조선민족 집거구의 실정에 비추어 도처에서 사립학교, 야학교, 강습소를 세웠다. 따라서 1916년 말에 이르러 동북지구 내에 세워진 조선민족 사립학교 수는 237개소에 달하였다. 이런 신식학교들에서는 민족의 해방과 개화발전을 위하여 민족의 의식을 심어주고 현대적 과학문화를 습득케함으로써 근대적 민주과학을 주요 내용으로 한 신학이 봉건적 구학을 대체하고 반일교육이 친일교육을 압도하였다. 이것은 하루 빨리 중세기적인 몽매에서 벗어나 문명개화를 이룩하여 민족의 자주적 독립을 쟁취하려는 시대적 지향과 민중 의지의 집약적인 반영이었다.

이 시기에 전개된 조선민족의 출판보급 활동은 민족문화 계몽운동의 한 부분으로서 중요한 역할을 수행하였다. 1910년 이전까지만도 이주한 인구가 적은데다가 몹시 분산된 상태에 처하여 있었고 또한 지식인과 경제, 인쇄설비 등이 결핍으로 하여 자기의 출판물을 간행하지 못하였었다. 이 때 조선민족 집거구들에서는 조선에서 발행되는 이를테면 《독립신문》, 《황성신문》, 《대한매일신보》, 《만세보》 등 신문과 《야뢰》, 《서부》 등 잡지 그리고 러시아의 올라지보스또크 등지에서 간행되는 많은 간행물을 직접 구독하였다. 그러다가 1910년 이후 반일 민족운동의 앙양과 민족문화 계몽운동이 심입 됨에 따라 조선민족 집거구에는 수십 종으로 헤아리는 근대적 신문과 잡지들이 출현하였다. 당시 간행된 《월보》(1909년), 《韓族新聞》(1911년), 《大震》, 《학우보》(이상 1916년) 등과 《3·13》 반일 군중운동이 일어나던 전후시기에 출간된 《독립》(후에 《독립신문》으로 고침, 1919년), 《인민보》(1919년), 《조선민보》(1919년) 등이 그 예로 된다.

이 시기에 발랄하게 전개된 言文一致운동은 민족문화 계몽운동의 중요한 조성부분이었다. 이 운동은 종래로 한문을 숭상하면서 말과 글의 불일치를 조성하던 폐단에 직면하여 조선문을 정종의 위치에 올려놓고 널리 사용, 발전시키려는 시대적 요구를 반영하였다. 이에 민족문화 계몽운동에 나선 지식인들은 언문일치 운동을 거쳐 말과 글의 일치를 보장하며 언어사용의 새로운 규범을 세우며 조선어문을 일떠나 보급함으로써 광범한 민중의 적극적인 호응을 받았다.

중국에 이주하여 온 이래로부터, 1920년대 초기에 이르는 사이에 조선민족은 모진 수난 속에서 생활을 영위하면서도 재래의 문화적 전통과 현실생활의 토대우에서 자기의 문화적 풍토를 다양한 형태로 가꾸어 왔다. 이 시기의 반일민족문화 계몽운동은 여러모로 시대적 제한성을 받으면서도 일제에 항거해 민족해방을 이룩하기 위한 투쟁에 적극적인 영향을 주었다.

2. 이 시기 문학창작 활동

근대 조선민족문학은 19세기 후반으로부터 1920년에 이르는 사이의 조선민족의 역사적 현실의 토대위에서 발전하였다.

이주 초기의 조선민족의 성분구성을 보면 그 절대부분이 극빈한 농민들이였으며 자기의 지식인을 가지지 못하였다. 게다가 그들은 몹시 분산 거주하는 상태에 처하였었고 자기의 출판기관 같은 문화적 여건을 구비하지 못한 탓으로 하여 중국조선민족문학은 20세기 초엽까지도 일부 계몽가요거나 개별적인 문인들에 의해 지어진 한문시 등이 있을 뿐 서사문학에서는 유별한 성과를 남기지 못하고 있다. 그러다가 20세기에 들어와서부터 개화적인 근대적 사회적 현실과 새로운 문화적 풍토 속에서 서사문학이 보다 다양한 형태로 발전하기 시작하였다.

20세기 10년대에 진입하여 조선민족문학은 시대적 정신의 각광을 받아가며 날로 심입되여가던 반제반봉건 투쟁의 현실 속에서 근대적 성격을 구현한 문학으로 발전하였다.

이 시기 문학의 새로운 성격적 특징은 우선 그 주제내용이 반제반봉건적이고 근대적인 데에 있다. 많은 경우 이 시기의 문학작품들은 중세기적인 몽매와 관습을 반대하고 ≪민권옹호≫와 ≪자유평등≫, ≪문명개화≫를 주장한 자산계급 민주주의를 기본으로 선양하고 있다. 이런 작품들에서는 일본침략자의 죄행을 폭로, 비판함에 있어서도 국내봉건통치배의 매국적 본성과의 밀착 속에서 묘사하면서 민족을 수호할 과업을 돌출하게 내세우고 있다.

이 시기 문학의 새로운 성격적 특징은 또한 선행시기 문학에서 찾아볼 수 없는 신형의 전형적 형상을 창조한 등에서 집약적으로 구현되고 있다. 이 시기 시대적 사명감으로 자기를 불태우던 작가들에 의하여 창조된 주인공들은 많은 경우 민족해방의 성스러운 싸움터에 떨쳐나 자기의 일체를 헌신하는 투사들이 아니면 중세기적인 몽매와 무지를 반대하고 자유와 평등, 민권옹호, 문명개화, 민족진흥 등의 근대적 의식을 고취하는 선각자들이다. 이런 감명적인 신형의 형상들은 이 시기 문학에서 거둔 중요한 성과로 간주되고 있다.

이 시기에 시대적 정신의 각광을 받아 많은 창작자들은 사회생활과의 연계를 강화하고 사회적 정치적 문제에 적극 참여하며 인민의 생활 세태와 지향을 보다 진실하게 묘사하려는 노력들을 보이고 있다. 이 시기의 문학작품들은 작품의 소재나 사건이나 인물을 흔히 옛날이나 다른 나라로부터 가져오던 격식에서 벗어나 민족의 현실생활에 뿌리를 내리고 당시대의 사회현실적 소재를 다루면서 민족 앞에 제기된 과업과 시대적 정신을 두드러지게 표현하였다.

이 시기 적지 않은 작가들은 문학작품의 언어구사에 있어서도 어려운 한문식 표현과 한문투를 피하고 우리 민족의 생활적인 언어와 일상구두어를 쓰는데 큰 관심을 돌렸다. 그리고 이 시기에 이르러서도 한문문학이 있었으나 조선민족어문학이 중요한 지위에 오르게 되자 지난날 문학언어사용에 있어서의 이중구조를 청산하는 길로 나아갔다.

이 시기에는 또 새로운 시대적 요구와 심미적 수요에 따라 문학형식을 선택하고 그 주제를 구현하기 위한 작가들의 노력에 의하여 창가, 자유시, 신소설, 희곡 등과 같은 일련의 새로운 문학양식이 성행되었으며 시조, 한문시, 다양한 형식의 산문, 그리고 민요, 구전설화 등도 계속 발전하였다.

이 시기 시가문학분야에서도 1920년대 초엽, 근대적 문화계몽사조의 물결 속에서 조선으로부터 유입된 창가형식이 널리 성행하였다. 이 시기 창가창작은 조선시가의 발전에서 특정한 의의를 가지고 있다. 그리고 1910년대 중기로부터 자유시가 출현하였다. 이를테면 자유시 ≪나의 사랑≫, ≪너의 것≫, ≪새벽의 별≫(신채호), ≪새빛≫(유영), ≪아, 내나라≫(해일), 등이 그 예증으로 된다. 이 시기에는 또 시조, 가사, 한문시 등도 많이 창작되었다. 이런 부동한 형식의 작품에서도 시대적 사조와 조선민족의 의지와 미래에 대한 동경을 진실하게 읊조리고 있다. 한문시 창작에서 보다 뚜렷한 성과를 거둔 시인으로 김택영, 신정을 손꼽을 수 있다.

1910년대에 들어서면서 당시 반일투쟁, 민족문화 계몽운동의 발전과 더불어 근대적 성격을 구현한 소설과 다양한 형식의 산문들이 출현하기 시작하였다. 예를 들면 신채호의 단편소설 ≪꿈하늘≫, ≪백세노승의 미인담≫, 역사소설 ≪유화전≫, 공월의 단편소설 ≪피눈물≫ 등을 들 수 있다. 이와 같은 작품들은 당시 조선의 신소설의 영향하에서 창작된 시험작으로 간주된다. 그리고 당시 우후죽순 마냥 출현된 반일민족주의 단체거나 민족의식이 강한 지식인들에 의하여 창의문, 취지서, 성토문, 수필……과 같은 형식으로 쓰인 정론과 산문작품들이 많이 출현하였다. 이를테면 1910년 남만의 반일민족주의 단체 ≪경학사≫가 창립될 때 살포한 ≪경학사 취지서≫, 1915년에 신정이 ≪남사≫ 시우들께 보낸 ≪동사 여러분께 드리는 글≫, 같은 해 지룡담, 김정규가 오록정에서 쓴 ≪관리에게 드리는 글≫, 1918년에 살포한 ≪무오독립선언≫, 1919년 ≪3·13≫ 반일민중대회 시에 발표한 ≪반일선전포고문≫ 등을 그 예로 들 수 있다. 이런 격문과 정론 등은 당시 민중의 앙양된 정치적 격정과 투쟁의지를 대언하였기에 현실투쟁을 힘차게 고무하였으며 보다 큰 영향력을 산생시켰다.

이 시기에 용정, 연길 등 조선민족 집거구들에서는 조선을 경유하여 유입된 신파극, 신극 등의 영향하에 근대적 연극들이 출연 되었다. 전하는 바에 의하면 당시 일본이나 서울에 가서 유학하던 문예청년들이 돌아와서는 당지 청년학생들과 함께 일본이나 조선에서 성행하던 극형식을 본받아 자체로 극본을 창작 공연하였다고 한다. 예컨데 일찍 정치활동가로 활약하다가 건국후 연변대학 역사학부에서 교편을 잡았던 지희겸 교수(1903년~1984년)의 회고담에 따르면 1914년을 좌우하여 용정, 연길 그리고 기타 도시와 농촌에서 근대적인 연극활동이 벌어짐에 따라 민권자유, 남녀평등, 자유혼인, 미신타파 등을 선양한 내용을 담은 ≪신가정≫, ≪미신타파≫……라 제목한 극들이 공연되었다고 한다. 그리고 길림시 조선민족문화관에서 펴낸 ≪길림지구 조선민족발자취≫에서 인용한 역사적 기재에 의하면 1915년 4월 10일부터 17일 사이에 조선중학생들이 조선에 대한 일제의 야만적 침략죄행을 폭로, 단죄한 내용을 담은 기동선전극 ≪元凶≫을 출연하였다고 한다. 상술한 당시 상황을 보아 반일문화 계몽운동과 반일 무장투쟁의 앙양 속에서 반일단체거나 사립학교들에서는 여러 가지 형식의 연극들이 보다 널리 출연되였으리라 짐작된다. 하지만 당시에 출연된 연극대본이거나 연극 출연상황을 밝힌 자료들을 지금에 이르기까지 수집 못하고 있기에 이 시기의 극문학 발전면모를 구체적으로 고찰할 수 없는 것이 아쉽다.

이 시기에 서사문학과 더불어 민요와 구전설화들을 비롯한 구비문학도 많이 창작, 전승되었다. 이런 작품들은 당시의 시대적 상황하에서의 민족민간의 생활과 노동인민들의 염원과 이상을 진실하게 반영하였다.

이 시기의 문학은 당시 우리 나라 사회발전의 역사적 제약성 등으로 말미암아 이러저러한 결함들을 동반하고 있음에도 불구하고 그의 반제반봉건적인 성격과 다양한 성과들로 하여 당시 조선민족의 민족성 수호의 의지와 미학적 요구를 반영함에서나 중국 조선민족 문학을 새롭게 개척하고 발전시킴에 있어서 큰 기여를 하였다.

1) 근대 조선민족 문학에 있어서 시가문학은 보다 풍만한 성과를 거둔 한 분야다. 그 중에서도 창가가 보다 중요한 위치를 차지하며 일정한 영향력을 보여주었다.

오늘날 당시 성행된 창가형식이 내포한 의미에 대하여 부동한 해석들이 있다. 여기서 말하는 창가는 19세기 말엽으로부터 반일문화 계몽사조의 영향하에서 민족의 독립자주와 민권옹호와 문명개화의 의지를 선양하고 실현하기 위하여 지어진 운문시가이다. 이 창가는 가창을 위하여 왕왕 현대적 악곡과 결합을 기하고 있다.

이런 창가는 그 대부분이 당시 각지에 설립된 사립학교거나 진보적인 반일 문화단체내의 시문에 능한 창작자들에 의해 지어져 광범한 대중 속에서 널리 불리웠다. 나중에 창가는 사립학교 교수과목에 인입되면서 음악과란 의미로 씌여지기도 하였다. 이 시기에 나온 창가들에는 당시의 절박한 사회정치문제를 다룬 것들도 있고 인정세태나 자연경물을 노래한 것도 있으나 그 절대부분은 민족의 자주독립과 문명개화의 의지를 읊조리는 데에 모를 박고 있는 것이 특징적이다.

이제 이 시기에 지어져 널리 불렸던 창가들을 그 주제내용별로 나누어 고찰해보면 다음과 같다.

이 시기에 지어진 많은 창가 중에는 문명개화와 민권옹호와 자유평등을 구가한 것들이 상당한 비중을 차지하고 있다. 그 대표적인 작품으로는 ≪동심가≫, ≪자유가≫, ≪육대주가≫…를 들 수 있다.

잠을 깨세 잠을 깨세
어둠캄캄 꿈속에서
만국이 휘동하야
문명개화 한다더라
                    - ≪동심가≫의 일절

사람은 사람이란 이름을 가질 때
자유권을 똑같이 가지고 났다.
자유권 없이는 살고도 죽은 몸이니
목숨은 버리어도 자유 못버려

배달의 어린이야 어서 자라서
우리의 자유를 위해 싸우라
자유를 찾든지 우리가 죽던지
끝까지 기운 떨쳐 힘써 싸우라
                    - ≪자유가≫ 중의 두절

　이 두 수의 창가에서는 수 천년 동안 지리하게 지속되던 중세기적
몽매에서 벗어나 날로 개화발전하는 시대적 조류에 따라 문명개화를
이룩하고 잃어버린 자유를 찾아야하며 문명개화를 이룩하려면 만민이
한마음으로 단합하여 실천행동에 일떠서야 한다고 직서적으로 토로하
고 있다. 당시 인민대중이 즐겨 부르던 ≪육대주가≫, ≪세계일주가≫
에서도 민족민주혁명에 일떠선 동방과 구라파 각국의 발전한 모습을
생동하게 펼쳐보이면서 하루속히 근대적 문명에 따라나서라고 일깨워
주고 있다.
　이런 근대적 문명과 개화의식을 구가한 창가들 중에는 또한 남녀평
등, 여성해방, 자유혼인을 구가한 ≪여자는 근본≫, ≪가정가≫, ≪결
혼축하가≫, ≪이혼가≫, ≪사랑곡≫…과 같은 많은 창가들이 있는데
이 때 널리 불리운 ≪여자는 근본≫ 중의 한 대목을 들어보면 다음과
같다.

만물중에 우리인생 제일 귀하고
인간중에 우리여자 근본이로다
가정에도 나라에도 기초가 되는
온 세계 온 나라의 어머니로다.
......
- ≪여자는 근본≫의 일부분

이 창가는 당시 그 내용의 참신성으로 하여 비단 당시 부녀들에게서 뿐만 아니라 광범한 민중들 속에도 널리 애창되었다.
다음 이 시기에 창작된 창가들 중에는 민족의 독립과 진흥을 위하여 분초를 아끼며 새로운 과학과 문명을 습득하여야 한다는 민족자강의식을 여러모로 선양한 노래가 퍽 많은 비중을 차지하고 있다. 이런 주제에 바쳐진 대표적 작품으로는 ≪학도가≫, ≪권학가≫, ≪수학가≫, ≪수업가≫ 등을 들 수 있다.

동방의 붉은 해빛 명랑한 곳에
갱생의 큰소리 요란하지만
눈멀고 귀먹으면 어찌 알리오
눈뜨고 귀밝히자 청년학도야
- ≪학도가≫의 일절

약육강식 이 세상에
유식함이 힘이란다
티끌모아 태산이라
한자두자 배워가자
- ≪권학가≫의 일절

어떤 노래들에서는 민족의 장래인 청년학도들에게 ≪약육강식≫의 강권주의가 휩쓰는 정세 하에서 새로운 과학문화를 습득하지 않으면 날로 발전하는 세계의 조류에 뒤지며 먹히는 운명에 직면할 것이니 정신을 차려 학문을 닦으라고 간곡하게 타이르고 있다. 당시 널리 불리운 ≪수업가≫와 ≪수학가≫도 ≪학도가≫, ≪권학가≫와 유사한 주제를 부동한 시점에서 형상적이고도 천리적으로 노래하고 있다.

> 뒤동산 저송죽
> 굳센 절개 지키려고
> 찬서리 눈보라 견디어
> 홀로 푸르렀네
> 중한 책임 질머진 청년학생들
> 만학천험 두려워말고
> 우리 목적달하세
>   - ≪수업가≫

> 바위아래 솟는 샘 벽계이루어
> 여름낮 겨울밤 쉬지 않고 흐르네
> 산협사이 험한 길 굽이굽이 감돌아
> 천신만고 불고코 전진하여 나가네
>   - ≪수학가≫의 일절

이 두 수의 노래에서는 아주 재치있게 은유적인 형상수법을 빌어 ≪만학천험 두려워 말고≫ ≪천신만고 불고코≫ 이악스레 학문을 닦아나간다면 민족의 진흥에 기여할 수 있다는 철리를 심각하게 밝히고 있다. 이런 노래들은 ≪교육이 불흥이면 생존이 부득≫이라는 주장에 입각한 ≪내수외학≫을 활동강령으로 내세웠던 당시의 민족문학 계몽사조를 직설적으로 선양하고 있다.

그 다음, 이 시기에 널리 불려진 창가들 중에는 비운에 처한 민족을 구원하고 자주독립을 이룩하기 위하여 떨쳐나설 것을 호소한 노래들이 자못 중요한 자리를 차지하고 있다. 이것은 그 시기에 조선민족이 처하였던 불우한 정치적 처경과 관련되는 바 이 시기 백의동포들 앞에 제기된 초미의 문제가 바로 일본침략자를 타도하고 민족의 독립자주권을 찾는 과업이었기 때문이다. 이런 주제를 다룬 창가들로는 《소년모험맹진가》, 《행보가》, 《작대가》, 《한산도가》, 《거사가》(일명 <이등도살가> 안중근 사), 《복수설치가》(우덕순 사), 《명동학교 교가》……를 들 수 있다. 아래에 이런 창가 중에서 몇 편을 발췌하여 본다. .

단군성조 피받은 배달소년아
민족의 치욕을 네가 아느냐
천부의 자유권은 차가 없거늘
우리 민족 무슨 죄로 욕을 받는가

민족 사랑하는 자 적지 않지만
모험 맹진하는 자 몇이 되느냐
깰지라 소년들아 험한 마당에
조금도 사양말고 달려 나가서
            - 《소년모험맹진가》중의 첫 두연

무쇠골격 돌근육 청년남자야
애국의 정신을 분발하여라
다달았네 다달았네 우리 앞에는
청년들의 활동시대 다달았네
만인대적 연습하여 후일전공 세우세
절세영웅 대사업이 우리목적 아닌가
번쩍번쩍 번개같이 번쩍
쾌하다 장검을 비껴들었네
            - 《행보가》

이런 노래들에서는 일본 침략자를 내몰고 복수설치하여 빼앗겼던 민족의 자주권을 되찾으려는 드팀없는 결의를 노래하고 있다.

이상에서 보여주다 싶이 창가는 19세기 말엽으로부터 문명개화와 민족 자주독립의 의지를 고취하기 위한 수요에 부응하여 산생된 진보적 시문학으로서 자기의 특색을 가지고 있다. 이런 창가는 자기의 발전행정에서 주제범위를 확대하면서 민족의 계몽사업을 촉진하고 민족적 사명을 실현하는 과업의 수행에 이바지하였다.

창가는 그 형식면에서도 그 시기의 새로운 시대적 발전과 인민대중의 심미적 정서에 맞는 다양한 표현형식들을 채용하였으며 그 언어사용에 있어서도 이전 시기의 시가와는 달리 언문일치의 원칙에 따라 소박하고도 생동한 민중의 생활어를 도입하기에 공력을 들이었다. 그리고 동일한 음절수의 불규칙적인 반복과 단어반복 등 다양한 수법을 씀으로써 전통적인 정형시들과는 구별되는 새로운 특성들을 보여주었다. 이런 사정은 창가가 재래의 가사와 같은 정형시의 작시법을 계승하면서도 그 형식을 많은 부분에서 쇄신하고 있다. 따라서 창가는 우리 민족시가가 정형시로부터 현대자유시에로 넘어가는 행정에서 교량적 역할을 수행하였다.

창가창작의 성과를 서술하면서 부언할 것은 이 특정한 역사시기에 산생되고 보급된 창가들에는 일부 낙후하거나 심지어 퇴폐적인 것을 선양한 것도 있다. 그러나 이 시기의 창가를 전일적으로 분석, 평가하고 일부 미흡한 문제들에 대하여서는 역사적 견지로부터 평언을 하면서도 당시 창가가 조선민족 시가의 발전에서 가지는 의의와 위치를 충분히 긍정하고 평가하여야 할 것이다.

1919년 좌우시기에 각지에 독립군 등 반일 무장조직이 우후죽순처럼 일어서고 반일 무장투쟁의 불길이 타올랐다. 이에따라 반일 무장투쟁을 고동하는 가요들이 창작되고 널리 보급되었다.

이런 부류의 노래들은 일본 침략자들의 야수적인 만행을 폭로단죄하고 민족해방투쟁의 실현을 위한 인민대중의 기백과 의지와 결의를 구가하는 데에 모를 박고 있다.

그 대표적 작품들로는 ≪동원가≫, ≪작대가≫, ≪용진가≫, ≪독립군 행진곡≫ 등과 여러 가지 ≪독립군가≫……를 열거할 수 있다.

≪작대가≫는 군사학교거나 무장대오에서 군사 조련시에 널리 불렀다.

> 동포들 대열지어 전진전진
> 우리 권리 찾을 날이 오늘오늘
> 활발하고 용감한 우리 앞에
> 독립기발 휘날린다 펄럭인다
> 초연탄우 무릅쓰고 가는 곳에
> 독립자유 자유독립 마중온다
> 끓는피로 키운정성 묻힌곳에
> 원쑤놈의 창과검이 끊어진다
> 최후까지 쉬지말고 전진전진
> 자유의 복과 락이 찾아온다.
> 　　　　　　　　－ ≪작대가≫

이에서는 원수격멸에 자기를 바치려 조련에 몰두하는 투사들의 용감한 기세와 굳은 결의를 구김없이 보여주고 있다.

> 억눌린 동포들아 일어나거라
> 일어나서 총을 메고 칼을 차거라
> 잃었던 내 조국과 너의 권리를
> 원쑤의 손에서 도로 찾으라
>
> 한산에 외로 자란 초목까지도
> 무덤속에 누워있는 혼령까지도
> 유부녀까지도 다들 일어나거라
> 일어나서 총을 베고 칼을 차거라
> 　　　　－ ≪동원가≫ 중의 두 개 연

이것은 당시 널리 불리웠던 ≪동원가≫ 중의 두 개 연이다. 이 노래
는 침략자의 예속 밑에서 자유와 권리를 다 빼앗긴 망국노의 신세가
되어 부림을 받는 민족적 체험에 토대하여 반일무장투쟁의 필요성과
긴박성을 앙양된 격정 속에서 토로하고 있다. 노래 중에는 ≪무덤속에
누워있는 혼령까지도≫ 일어나 싸워야 한다면서 인민대중에게 일본침
략자를 처엎는 성전에 떨쳐나서라고 소리높이 호소하고 있다. 이와 같
은 주제는 또한 여러 가지 부동한 독립군들의 군가들에 한결 더 강렬
하고도 집약적으로 구현되고 있다. 아래에 부동한 ≪독립군가≫의 일
부대목들을 간추려 소개하면 다음과 같다.

　　　백두산하 넓고 넓은 만주뜨락은
　　　구국영웅 우리들의 운동장일세
　　　걸음걸음 때를 지어 앞만 향하여
　　　활발발 나아감이 엄숙하도다.

　　　……
　　　한양성에 자유종 떵떵 울리고
　　　3천리에 독립기가 펄펄 날릴제
　　　자유의 새정부를 건설하고서
　　　부궁화 동산에서 만세부르자
　　　　　　　- ≪용진가≫에서

　이 ≪용진가≫는 비교적 일찍 독립군들에서 불리운 군가로서 그 주
제가 명료하고 형식이 간결하며 격정으로 충만되어 있다. 이 노래는
지금까지도 광범한 대중 속에서 불리고 있다.

　　　요동반도 넓은 들을 쳐서파하고
　　　여진국을 토멸하고 개국하옵신
　　　동명왕과 이지란의 용진법대로

우리들도 그와같이 원쑤쳐보세

<후렴> 나가세 전쟁장으로 나가세 전쟁장으로
      검수도산 무릅쓰고 나아갈때에
      독립군이 용감력을 더욱 분발해
      기천만번 죽더라도 나아갑시다
                        - ≪독립군가≫의 일절

이 ≪독립군가≫는 일명 ≪용진가≫라고도 전해지고 있다. 모두 5절
로 이루어졌는데 이 가요는 민족의 기백과 억센 투지를 고취하여 투사
들의 기세를 북돋는 데에 모를 박은 격정의 노래다.

      나아가세 독립군아 어서 나가세
      기다리던 독립전쟁 돌아왔다네
      이때를 기다리고 10년동안에
      갈았던 날낸 칼을 시험할날이

      나아가세 조선민족 독립군사야
      자유독립 광복할 날 오늘이로다
      정의의 기발이 날리는 곳에
      적의 군사 낙엽같이 쓰러지리라

      ……
      독립군의 백만용사 달리는 곳에
      압록강 어별들도 다리를 놓고
      독립군의 붉은 피가 휘뿌리는 때
      백두산 굳은 바위 길을 열리라

      독립군의 날랜 칼이 비끼는 날에
      현해탄 푸른 물이 피빛이 되고

독립군의 벽력같은 고함소리에
부사산 높은 봉이 무너지누나
- ≪독립군가≫중 일부

  이것은 당시 독립군들에서 널리 불리운 일종의 ≪독립군가≫의 첫
부분과 중간에서 발췌한 네 대목이다. 이 노래는 4행씩 12절로 된 비
교적 긴 노래다. 이 군가에서는 반만년 피로 지킨 고국의 파란 많던
지난날의 역사를 비장하게 회고하면서 빼앗긴 주권을 되찾아야 할 후
대의 사명을 강조하였으며 일본침략자와 싸운다면 꼭 승리한다며 독립
군사들의 기세를 북돋워주고 있다.
  당시 불리운 여러 가지 ≪독립군가≫ 중에는 작사자를 밝힐 수 있는
노래도 있다. 이 때 북로군정서 등에서 애창된 ≪독립군 행진곡≫은
김좌진 장군이 작사한 것으로 전해지고 있다.
  위에 예거한 독립군의 노래들은 반일무장대오의 성스런 종지와 역사
적 사명과 전투적 과업을 예술적으로 집약하고 있는가 하면 민족의 해
방과 자주독립을 쟁취하려는 독립군 투사들의 민족에 대한 불타는 사
랑과 멸적의 기개를 박력 있게 구가하였으며 당시에 양양되던 반일무
장투쟁의 성세를 구김 없이 과시하고 있다.
  독립군 가요의 주제내용들을 보면 반봉건적인 문명개화와 민족적 각
성을 고취하는데 머무른 창가와는 달리 일본침략자의 침략죄행을 폭
로, 단죄하고 거족적 무장투쟁을 고동하는 데에 모를 박고 있다.
  하여 이런 가요들은 전투적 기백이 강하며 행동적이고 개방적인 면
에서 자기 나름의 특색이 있다. 그리고 그 형식면에서도 표현을 쇄신
하려는 노력들을 볼 수 있다.
  인민대중의 생활어를 재치 있게 도입하며 또한 다양한 표현수법들을
씀으로써 재래의 정형시와는 다른 색채를 보여주었다. 이를테면 가사
체 운율조성의 틀에서 벗어나 4·5조, 6·5조, 7·5조, 8·5조 등 다양
한 음수율에 의거하여 시의 운율을 살리고 있는 등이다.
  이토록 독립군 가요는 민족의 항일염원을 드높은 정치적 격정으로

보여주면서도 그에서는 또한 역사적 제한성과 더불어 예술표현상의 미흡점들을 동반하고 있다. 이에 우리는 역사적 실제로부터 실사구시적으로 분석하고 평가하여야 하며 독립군 가요가 이 시기 시가발전에서 가지는 의의와 위치를 충분히 긍정하여야 할 것이다.

이 시기에 진입하여 창가 등 가요와 더불어 시조와 한문시도 적지 않게 창작되었고 현대자유시도 나타나기 시작하였다. 그러나 여러 가지 원인으로 말미암아 그 작품들이 산일되다보니 지금까지 전해지고 있는 작품은 많지 못하다. 또한 현존하는 일부 작품들은 당시의 우국지사거나 진보적인 지식인들에 의하여 지어진 것은 사실이나 가석하게도 그 작자들을 밝혀낼 수 없다. 이런 형편에서 이 시기 시조, 한문시, 자유시 창작의 한모를 더듬으면서 당시의 시인들과 작가들의 예술적 추구를 가늠해 보는 수밖에 없다.

이 시기 시조창작도 이 시기 시가문학에서 일정한 위치를 차지하고 있다. 1910년대에 이르러 시조형식은 일부 근대적 성향에 어울리기 어려운 그런 제한성도 동반하였었다. 하지만 시조는 민족고유의 정형시로서의 특성을 구유하였기에 계속 맥을 이어가면서 창작되었다.

이 시기에 많은 시조들이 창작된 것으로 알려지고 있으나 현존한 것으로는 ≪유화절≫(실명), ≪청년아≫(실명), ≪단결력≫(실명), ≪새해≫(신도), ≪고려영≫(신채호), ≪갑증검≫(실명), ≪지사음≫(실명) 등 수십 수[2]가 있을 뿐이다. 이런 시조들은 당시 민족의 운명에 대한 시인들의 깊은 심려와 절절한 염원을 감명 깊게 토로하였다.

그리고 이런 시조들은 왕왕 나타내고자 하는 주제내용을 집약하여 제목을 달았는데 이것은 당시 조선에서 성행하던 방식을 본 딴 것 같다.

> 간밤에 비오더니 봄소식 완연하다
> 무령한 화류들도 때를 따라 피었는데
> 어찌타 2천만의 저 민중은 잠깰줄을
>   - ≪유화절≫

---

2) 이 시조들은 이곳에 유전되고 있는 것들을 수집한 것임.

이에서 보여주다 싶이 시인은 역사적 전진의 거세찬 새로운 시대적 조류를 ≪봄소식≫에 비기면서 봉건사회의 세기적 잠에서 깨어나지 못하고 몽매에서 허덕이는 겨레의 현 상태를 통탄하며 하루속히 개화발전하기를 바라마지 않고 있다. 실로 이 시조의 밑바닥에는 시인의 민족에 대한 우환의식이 여울치고 있다.

시조 ≪청년아≫에서는 자라나는 청년학생들에게 큰 기대를 걸고 민족의 진흥을 위하여 시간을 아껴 학문을 닦으며 실무에 투신하여야 한다고 일깨워주면서 그들을 시대의 전초로 부르고 있다.

> 금옥이 보배라도 연마않고 광채나며
> 인재가 출중한들 배양않고 영웅되랴
> 청년들 방심말고 공부하여 저 수치를
>   - ≪청년아≫

시조 ≪결단력≫에서는 민족의 비운을 초래하게 된 심각한 역사적 교훈에 입각하여 ≪만첩청산 드렁칙이 이리저리 얽혀있어/풍우상설 접안내고 사시장철 감겼고나/우리도 저와같이 단결하여 천만년을≫ 하고 민족단합의 응심 깊은 의지를 은유적으로 읊조리고 있다.

> 십년을 갈은 칼이 갑속에서 우는구나
> 시사를 생각하고 때때로 만져보니
> 장부의 일편단충을 그 어느때에 가서야
>   - ≪갑중검≫

> 그림자로 벗을 삼는 혁명객의 이신세라
> 사랑하는 동포에게 무엇으로 정표할가
> 받아라 신년선식 드리노니 이 내몸을
>   - ≪새해≫ 중의 제2장

1919년 ≪3·1≫ 운동 시기에 나온 작품으로 추정되는 시조 ≪갑중검≫은 정중하고도 심오한 서정세계를 통해 우국지사들의 민족적 비분과 울분, 민족을 위한 결의를 아주 절절하게 토로하였다. 시조 ≪새해≫(공3장, 신도작)는 1920년 1월 1일부터 ≪독립≫ 신문에 게재되었는데 이에서도 민족의 한과 한 몸을 다바칠 결의를 읊조리고 있다. 그런가 하면 시조 ≪벽공월≫은 남다른 시점에서 다가올 민족의 미래에 대한 동경과 드팀 없는 신념을 형상적으로 표현하였는데 퍽 감명 깊다.

　　　뚜렷한 저 명월이 벽공에 걸려있어
　　　만고풍상에 지금까지 밝았도다.
　　　저 건너 만천흑운이 젠들 어찌하리
　　　　　　　　－ ≪벽공월≫

　　이 시기 반일문화 계몽운동의 심입발전과 더불어 신문과 잡지들이 륙속 간행됨에 따라 문학형식은 퍽 다양하여졌다. 이때 한문시 등은 비록 그 독자가 한정되고 해독이 어려움 등으로 말미암은 제약성을 받으면서도 의연히 여러 형태의 시가와 공존하면서 자기 나름대로의 구실을 했다.
　　20세기이래 특히는 1910년대에 들어서면서 근대적 시대정신의 각광을 받아가며 새로운 내용을 담은 한문시들이 많이 창작되었다. 이 시기 한문시 창작에서 자기의 독특한 풍격을 과시한 저명한 시인 김택영과 신정, 그리고 신채호, 장지연 등이 수다한 역작들을 내놓았다. 그리고 또한 민족독립군 등 반일 무장대오의 장령들인 유린석, 안중근, 이상용, 김좌진, 이정 등과 반일 무장투쟁을 도와 나섰던 많은 진보인사들에 의하여 읊어진 한문시는 지금까지도 우리의 심금을 울려주고 있다.
　　유린석(1842~1915년)은 이 시기에 근 2,000편으로 헤아리는 시문을 남기었다. 그는 일찍 조선서 의병투쟁을 지도하던 으뜸가는 의병장이다. 조선의병투쟁이 실패하자 그는 중국 집안현 일대에 와 반일 민족

독립투쟁의 재기를 위하여 근거지를 세우고 새로운 투쟁을 벌리었다. 이 민족독립 투쟁과정에서 그가 내놓은 ≪충군애국≫, ≪위정척사론≫ 등 주장은 시대적 제약성을 동반하고 있음에도 불구하고 한 생을 민족 구국 투쟁에 바친 그의 일편단층은 온 겨레의 얼로 살아 있다.

나라 근심 거듭하노라니
천애지각에서 백발노인이 되였네
어떻게든 봄바람을 빌려서
태산같은 이내 근심 없앴으면
- ≪나라 근심≫

憂國復憂國
天崖老白頭
春風儻借力
吹撤隋山憂
- ≪憂國≫

가을날 방취동에
무리 떠난 병든 학이 슬퍼하노라
깊고깊은 강물을 보기도하고
고목우에 걸린 구름에 정신도 팔리네
나는 용을 흔연히 보기도하고
시름없이 새소리를 듣기도 하네
젊은 친구 고기 과일 내놓으며
이끼를 쓰니 돌무늬가 완연하구나
- ≪방취구에 우거하여≫

秋天芳翠洞, 病鶴恨無群.
註目深江水, 增精古木雲.

龍飛一忻睹, 禽鬪四愁聞.
少友進魚果, 掃開苔石綴.
　　　　- ≪寓芳翠溝≫

한질에 걸리어 누워있나니
겨울 봄 계절조차 가리지 못하네
그대 시에 눈녹는다 하였으니
따뜻한 날이 오면 술을 데우리
　　　- ≪병석에 누운 인백의 <눈녹이> 시운을 밟아서≫

一直臥寒疾
冬春無辨年
君詩消去雪
我酒暖來天
　　　　- ≪臥病次仁伯消雪韻≫

　한시 ≪나라 근심≫과 ≪방취구에 우거하여≫에서는 오매에도 조국의 광복을 그리며 한 생을 바쳤어도 소원을 이룩 못한 서정적 주인공의 그 구슬픈 회포를 터놓고 있는가 하면 또한 한시 ≪병석에 누워 인백의 <눈녹이> 시운을 빌어≫에서는 조국에는 이제 곧 ≪따뜻한 날≫이 온다는 드팀 없는 신념을 구김 없이 보여주고 있다.
　안중근(1879~1910년) 의사 역시 조선서 의병투쟁을 진행하다가 좌절당하자 중국 등 지역에서 계속 민족독립투쟁에 투신한 의병장이다. 그는 1909년 10월 26일에 일본침략자의 괴수 이등박문을 할빈역에서 쏘아 눕히고 여순감옥에서 옥고를 치르다가 장렬하게 최후를 마쳤다. 그가 이등박문을 격살할 큰 일을 앞에 두고 자기의 비장한 결의를 토로한 ≪거사가≫는 광범한 민중 속에서 널리 애송되였다.

장부가 세상에 처하노라 그 뜻이 크도다
때가 영웅을 만들고 영웅이 또한 때를 만드노라
천하를 응시하노니 어느 때에 대업을 이룰손가
동풍이 점점 차거워지는데 장사의 의기 끓도다
분개하여 사납게 나가노니 목적 반드시 이루리라
쥐도적 이등이여 어찌 이 한목숨 아낄손가
어찌 알았으리오 사세가 이렇게도 고연할줄을
동포 동포여 속히 대업을 이룰지어다
만세 만세! 대한독립이로다
만세 만만세 대한동포로다.

        – ≪거사가≫

丈夫處世兮其志大矣
時造英雄兮英雄造時
雄視天下兮何日成業
東風漸寒兮壯士義熱
憤慨一去兮必成目的
鼠窃伊藤兮豈肯此命
豈度至此兮事勢固然
同胞同胞兮速成大業
萬歲萬歲兮大韓獨立
萬歲萬歲兮大韓同胞

        – ≪擧事歌≫

 보다싶이 이 ≪거사가≫에서는 민족의 영웅 안중근 의사의 도고한 기상과 넘치는 기개와 절절한 염원을 읽고도 남음이 있다.

 이상룡(1858년~1932년)은 저명한 민족독립운동가이며 재예가 있는 문필가이다. 그는 남만주 은양보에서 斥邪衛正派의 수구적 주장을 부정하고 민족단합의 새로운 길을 개척하기 위하여 많은 일을 했다. 그는 자기의 투쟁실천과 생활체험에 토대하여 많은 감명깊은 시편들을 내놓았다. 그의 적지 않은 시편 중에서 ≪이십칠일도강(二十七日渡江)≫(공4수)은 그의 대표작으로 꼽히는 것이다.

칼보다 날카로운 삭풍은
나의 살을 에이는데
살은 깎이어도 참을 수 있고
창자는 끊기워도 슬프지 않다

놈들은 이미 내 전택을 빼앗고
또다시 나의 처자 넘보니
차라리 이 머리 잘릴지언정
어찌 내 무릎 꿇고 종될까 보냐
　　　　　　　　－ ≪이십칠일 도강≫ 중에서

朔風利于劍, 凜凜削我肌.
肌削猶堪忍, 腸割寧不悲.
旣奪我田宅, 復謨我妻孥.
此頭寧可斫, 此膝不可奴.

이것은 시 ≪이십칠일 도강≫ 중의 두 대목인데 ≪내 어찌 무릎을 꿇리(此頭寧可斫)≫란 시제로 널리 전해지고 있다. 이에서 서정적 주인공은 민족의 굳센 기개를 떨치며 끝까지 원수 일제를 물리치고 종이 되는 치욕에서 벗어나려는 비장한 결의를 격조높이 토로하고 있다.

일찍 민족독립의 실현을 위하여 무장투쟁에 앞장섰던 북로군정서의 총사령관 김좌진 장군(1889년~1929년)은 진중에서 ≪단장의 아픔≫, ≪조국항해 진군≫과 같은 민족적 격정으로 넘치는 시편들을 내놓았다.

적막한 달밤 칼머리의 바람세찬데
칼끝에 낀 찬서리 고국생각을 돋구누나
삼천리 무궁화동산에 왜놈이 웬말이가
밀려드는 비린먼지 쓸어버릴길 없구나
                    - ≪단장의 아픔≫

    刀頭風勁關山月
    劍末霜寒故國心
    三千槿域倭何事
    不斷腥塵一掃尋
            - ≪斷腸之痛≫

대포소리 울려퍼져 만방에 봄이오니
푸른뫼 우리땅에 새빛 아름다워라
달빛아래 산영에선 칼을 갈고
바람세찬 산채에서 말을 먹이네
전투의 기발 천리길에 휘날리고
울리는 군악소리 하늘을 울리네
풀섶에 누워 10년 쓸개핥던 그 의지로
원쑤 처부시고 피비린 싸움터 쓸어내세
                    - ≪조국항해 진군≫

    砲雷鳴送万邦春, 大地靑丘物色新
    山營月下磨刀客, 鐵寨風前秣馬人
    旌旗蔽日連千里, 鼓角掀天動四隣
    十載臥薪膽志, 東浮去海掃醒塵
           - ≪向祖國進軍≫

위에 예거한 한시 ≪단장의 아픔≫에서는 원수놈들의 말발굽에 짓밟

히는 고국을 못내 그리는 절통의 정을 읊조리고 있는가 하면 그의 ≪
조국향해 진군≫에서는 조국을 되찾으려 싸움터를 달리는 장군의 비장
한 결의와 멸적의 기세를 그 같이 신심에 가득 차 노래하고 있다.

   이 시기에 북로군 정서 총사령관의 비서관으로 있던 이정(1889년~
1942년)도 진중에서 많은 한시를 지은 것으로 알려지고 있으나 지금
전해지고 있는 것은 얼마되지 않는다. 이제 그의 시중에서 대표작으로
되는 ≪진중음≫ 한편을 들어보기로 한다.

        낙엽이 진 고요한 산골짜기
        높이 뜬 달 휘영청 비추누나
        장사의 마음속엔 일만군마 달리는데
        날새길 기다리자니 밤이 이리 길구나
                 - ≪진중음≫

        木落山容精,
        天高月影肥,
        壯士意万馬,
        待旦夜深長.

                 - ≪陣中吟≫

   이 시는 1920년 10월 화룡현 청산리에서 멸적의 매복진을 쳐놓고 이
제나 저제나 하고 놈들이 오기를 기다리는 시각에 읊조린 시편으로 알
려지고 있다. 그는 그와 같이 긴장된 전투적 시각에도 민족의 새아침
을 사무치게 그리면서 자신의 깊은 감회를 심절하게 털어놓고 있다.

   그리고 일찍 ≪황성신문≫에 온 겨레의 속마음을 울린 정론 ≪是日
也放聲大哭≫을 게재하였던 문필가 장지연(1864년~1921년)은 1908년
에 러시아 울라지보스톡으로 망명하여 ≪해조신문≫의 주필로 있다가
다시 중국 상해 등지를 전전하면서 민족과 나라를 건지기 위하여 자기
를 바쳤다. 그의 시 묶음 ≪북관기행≫은 망명의 길에서 나라 잃은 민

족의 한을 읊조리었다. 그리고 그가 울라지보스톡에서 상해로 가는 뱃 길에서 지은 《海上述懷》 28수는 타향에 와 민족구국을 일념하는 독립지사의 우국지정을 통절하게 읊조린 시편이다. 아래에 《向上海》의 첫 부분을 인용한다.

병든 몸을 일으켜 배에 오르니
망망한 바다 중천에 가 닿았네
서쪽 고국을 바라보니 비바람에 흐리고
북쪽 해삼 위 역시 안개 연기 자욱하구나

扶病起來强出船,
茫茫積水接中天.
西望古國迷風雨,
此眺威灣暗霧烟.
　　　　- 《向上海》의 첫 부분

이밖에 상해임시정부 군무총장으로 있었던 노백린 장군(1875년~ 1925년)도 일제를 처물리치고 복수설치의 원을 끄지 못한 한을 절절 하게 읊조리며 결의를 다진 시편들을 내놓았다. 그 중 상해에서 지은 《부끄러움》을 들어본다.

바람과 눈 몰아쳐 영웅의 칼을 울리고
달과 별 진을 친 듯 하늘에 펼쳐있구나
3군이 무너지고 다시 일어나지 못하니
국치에 모대긴 지 어느새 10년이 되었네

風雲鳴雄劍,　月星開陣張,
三軍不復起,　國恥十年長.
　　　　- 《부끄러움》

김중건(1880~1933)은 민족독립투사이고 사상가였으며 문학가이기도
하였다. 그는 1889년 12월 조선함경남도 영흥군에서 출생하였다. 그의
도호(道號)는 笑來이고 별호로는 蓮山, 不吠, 沒那 등이 있다.

1910년 망국의 설움에 모대기던 그는 조선독립의 일념을 안고 서울
에 올라가 天道敎에 가입하여 활동하는 한편 極元哲理를 체계화하여
新主義元宗을 창안하고 大共和無國思想을 창론하였다. 그는 1913년에
중국에 와서 元宗敎를 표방하고 자기의 정치理想을 선양하며 민족독립
운동을 벌리었다. 그는 1933년 3월 흑룡강성 영안현 팔도하자에서 피
살당하였다.

그의 시에서는 거개 자기의 철학사상이거나 애족의 사상을 읊조리고
있는데 그의 시가작품에서 핵을 이루고 있는 것은 민족에 대한 사랑이
다. 그의 한시 ≪백두산 유정≫은 자기의 애족의 사상과 민족독립 위
업에 헌신할 결의를 다진 대표적 작품 중의 하나다.

백두산의 山色은 사철눈이요
압록강의 물소리 천리파도에서 오네
용의 마음 어찌 민물고기 속에 머물러 있으리
학은 본래부터 물가갈밭에 머물지 않는데

白頭山色四時雪
鴨綠江聲千里波
龍心豈足三魚國
鶴行本非濕蘆洲
  - ≪白頭山有情≫

이 시기 한문시 창작은 실로 많은 성과를 거두었다. 그 중에서도 저
명한 시인 김택영과 신정의 시는 이 시기 한시창작에서 고봉을 이룩하
고 있으며 신채호도 적지 않은 감명 깊은 시편들을 남기었다. 이들의
시문학에 대하여서는 아래에서 전문제목으로 다루게 된다. 하여 위에

서 예거한 많은 시편들은 문학에 전문하는 문인들도 아닌, 민족 독립 운동가거나 싸움터에서 말 달리던 무사들에 의하여 읊어진 것이다. 이런 시편들은 한문시 작시법의 요구에 비추어보면 물론 엉성한 점과 이런저런 제한성을 보여주고는 있으나 그들 시에서 넘치는 기개가 예술적으로 다듬어진 적지 않은 시편들을 무색하게 하고 있다. 바로 이런 한시들은 한시의 고식적인 표현에 구애되지 않고 반일민족문화 계몽운동과 반일투쟁의 격동적인 현실에서 환기되고 앙양된 감정체험에 기초하여 도고한 민족적 기상과 원수격멸의 투지를 진실하게 노래하고 있다. 이런 한문시는 선명한 시적 형상과 심각한 서정이 밀착되고 격조가 높으며 박력이 있는 것이 특징적이다. 이런 시편들은 당시 민중을 민족적으로 각성시키고 반침략투쟁에로 불러일으키는데 이바지하였다.

중국 조선민족 시단에 그 어느 때부터 현대시의 성격을 구현한 자유시들이 출현하였는가 하는 쟁점에 대하여는 아직 합치를 보지 못하고 있다. 필자는 일부 시가창작의 역사적 자료에 비추어 1910년대 중기에 들어서면서 반일 민족투쟁이 발랄하게 발전되는 형세와 더불어 새로운 시대적 사조와 조선의 시가운동의 직접적 영향하에서 인민대중의 미학적 수요에 따라 자유시라 일컫는 현대시들이 나타나기 시작하였음을 볼 수 있었다. 이에 대하여서는 당시 창작된 많은 시편, 이를테면 서정시 ≪한나라 생각≫, ≪너의 것≫(신채호), ≪독립일≫, ≪아, 아 경술 8월 29일≫(해일), ≪3월 1일≫, ≪향수≫(김여), ≪새빛≫(유영) 등과 당시 중국 각지에서 간행된 신문과 잡지들에 게재된 일부 시편들이 그 좋은 설명으로 된다. 이제 그 중에서 대표적 작품이라고 할 수 있는 시 ≪아아, 庚戌 八月 二十 九日≫(海日) 과 ≪새빛≫(유영)의 두 연을 아래에 인용한다.

아아 이날 萬年의 神聖한 歷史가
아아 이날 二千萬의 귀여운 生靈이
暗黑의 첫덤을 쓰단말가

천고에 陋臭를 남기단 말가
十年의 苦楚 오오 祖國江山
얼마나 그대의 가슴위에 피눈물
자취가 남았느뇨
아아 몇번이나 斷腸의 곡성이 들리었느뇨
可憐한 노예의 可憐한 노예의
自由가 勒奪된 이날 正義가 유린된 이 날
오오 이날을 韓倍의 子孫들아
哭하여 새우리 億萬代 뉘우치리
오오 이날 韓倍의 자손들아 血을 바치라
肉을 바치라
祖國을 위하여 祖國을 우하여
아직도 惡毒한 저놈들은 칼을 품나니 毒藥을 붓나니
　　　　　　　　　－ ≪庚戌八月二十九日≫

어두운 밤의 막이 열린다
새빛을 띤 해가 동산에 떠오른다
아아 이날에 한(韓)족이
열광의 기쁨으로 새빛을 맞는도다
삼천리 산과 들에 서기어리고
삼천만 살과 뼈에 선혈이 뛰도다
영원히 이 땅에 광명을 비춰일
3월 1일의 새빛

자는 자는 아침이 이르렀다
간힌 자여 옥문을 깨뜨려라
아아! 이날의 한(韓)족이
붉은 피로써 자유를 부르짖는도다
삼천리 풀과 나무 2천만 입술이

뜨거운 만세로 떨도다
영원히 이 땅에 복락을 주고
영원히 이 자손의 자유를 비는
3월 1일 만세!
                    - ≪새빛≫의 첫 두연

  이는 3·1 만세 운동을 다함 없는 격정으로 환호한 노래다. 이런 서
정시는 그 내용과 형식면에서 현대자유시의 제반특성들을 구현하고 있
는 바 중국 조선민족의 시단에서 현대자유시의 효시로 되고 있다.

  2) 중국 근대의 소설문학은 민족문화 계몽운동과 조선 신소설의 영
향하에서 서서히 발전의 길에 들어섰다. 1910년 전후시기로부터 조선
서 신구문학관의 대립과 더불어 제기된 신소설에 대한 부동한 주장들
과 또한 이인직의 ≪혈의 누≫(1906년), ≪귀의 성≫(1906년), 이해조의
≪빈상설≫(1908년), ≪자유종≫(1910년), 최찬신의 ≪추월색≫(1912년)
…과 같은 신소설의 직접적 유입은 이 시기 소설창작에 심각한 영향을
주었다. 그리고 일찍 조선서부터 새로운 소설문학을 적극 창도하면서
소설창작 실천에 나섰던 저명한 문학가 신채호가 중국에 들어와서 창
작한 단편소설 ≪꿈 하늘≫(1916년), ≪고락유수≫(1913년), 역사소설
≪백세노승의 미인담≫(연대 미상), ≪유화전≫(연대 미상) 등은 이 시
기 조선민족 소설문학의 첫 실적을 이룩하였다.
  신채호는 일찍부터 사상의 혁신에 열성적으로 나서서 민족고유의
주체의식을 내세우고 유학을 비판하는 작업을 다면적으로 진행하면서
시대적 민족주의를 이룩하기 위하여 적극적으로 노력하였다. 하여 그
는 ≪과거의 영웅을 사(寫)하여 미래의 영웅을 초(招)할≫ 목적으로
영웅전기 이를테면 ≪을지문덕≫, ≪동국거걸 최도통전≫, ≪이순신≫
등을 세상에 내놓았으며 또한 문학은 곧 민족의 자아각성을 고취하고
일본 침략자에 대한 투쟁의 의지를 굳세게 하여 민족의 자주독립과
발전에 이바지하여야 한다고 하였다. 그는 이토록 소설문학의 사회적

역할을 강조하였으며 또한 그와 같은 미학적 견해를 자기의 창작실천 속에 구현시켰다. 그의 소설 문학창작에서 이정표적 의의를 갖는 단편소설 ≪꿈하늘≫ 그리고 또 하나의 역작 ≪백세노승의 미인담≫은 그 좋은 실증으로 된다.

단편소설 ≪꿈하늘≫은 1910년대 신채호의 민족에 대한 사랑과 낭만주의적 정신이 충분하게 구현된 작품이다. 그는 피치 못할 당시 시대적 상황하에서 가상적인 몽유록의 형식을 채택하였다. 하지만 작중에서의 환상과 허구는 결코 허망한 것이 아니라 ≪자유 못하는 몸이니 붓이나 자유하자고≫한다는 이 소설의 서문이 말해주다 싶이 현실생활에서는 직접적으로 묘사하기 어려웠던 작가의 민족적인 지향과 미학적 이상을 예술적으로 일반화하기 위한 수법으로 삼는 것으로써. 그런 환상과 허구는 특정한 역사적 생활의 진실에 뿌리를 내리고 있다.

그러므로 우리는 이런 환상과 허구에 의해 다루어진 그런 소설 중의 조건부적인 현실 가운데서도 근대사회의 시대적 현실과 작가의 미학적 추구를 꿰뚫어 보아낼 수 있다.

소설은 모두 6장으로 구성되었으며 날개를 달고 하늘과 땅, 천국과 지옥을 마음대로 날아다니는 비상한 인물인 ≪한놈≫을 주인공으로 내세우고 그를 중심으로 사건의 얽음새를 풀어나가고 있다.

소설의 주인공 ≪한놈≫은 천관의 영에 쫓아 무궁화 꽃송이에 안겨 지국으로 내려오면서 살수대전의 가열처절한 싸움을 직접 목도하고 못내 경탄을 금치 못한다. 그후 그는 무궁화 꽃송이와 을지문덕 장군 간에 나눈 정성어린 화답시를 통하여 겨레의 앞에 놓인 참담한 현실을 진일보 깨닫게 되며 또한 수나라 대군을 무찔러버린 을지문덕 장군의 가르침을 받아 민족의 유구한 역사와 자랑스런 문화와 민족의 슬기를 알게 된다. 그리고 또한 그의 교시를 통하여 동족상잔이나 박애주의 및 위정자들의 무위성의 본질을 진일보 간파하게 되며, 오직 원수와 끝까지 싸워서 이겨야만이 민족의 자주독립을 실현할 수 있다는 진리를 더욱 깊이 터득하고 굳센 의지를 연마하는 길로 나아갔다.

소설 ≪꿈하늘≫은 상술한 바와 같은 곡절적이며 험난한 인생과 투쟁의 역정을 통하여 ≪한놈≫의 성격을 풍만하게 부각하였다.

≪한놈≫의 형상에서 가장 본질적이며 특징적인 성격은 우선 민족에 대한 다함없는 사랑과 자유에 대한 갈망에서 표현된다. 소설에서 묘사하다 싶이 그는 민족의 비운으로 하여 몸부림치고 울분에 모대기며 나라와 민족을 위해서라면 자기를 잊고 투쟁에 뛰어들었다. 그는 민족의 유구한 역사와 문화전통에 대하여 무등 자호하고 긍지감에 불타며 민족을 비극적 운명에서 구원할 더욱 많은 애국자들의 출현을 목마르게 고대하였다.

이 소설은 또한 민족을 위해서라면 물불을 헤아리지 않고 나가는 불굴불요의 투사적 제반성격을 다면적으로 돋혀냈다.

물론 주인공 ≪한놈≫은 처음 등장할 때로부터 성숙된 인물로 묘사되지는 않았다. 그러나 작품 중에서 묘사하다 싶이 그는 항시 민족에 대한 태도여하로써 옳고 그름을 가리는 시금석으로 삼는 것을 잊지 않았기에 그는 부단한 실천 가운데서 점차 성숙되어 갔다. 그는 복잡다단한 투쟁 중에서 나라와 민족을 배반한 매국역적과 노예적 근성에 푹 젖은 사대주의자들을 무자비하게 타매하였다. 그리고 민족 내에서 분파를 이루고 싸워대는 파쟁을 반대하였으며 적이 침입하여 강토와 겨레를 마구 유린하는 것을 보면서도 도리어 무저항주의를 고취하거나 중교로써 민족의 투지를 마비시키는 사회적 악패들을 배격하고 줄곧 단호한 투쟁을 견지하였다. ≪한놈≫은 끝내 수다한 고난과 애로와 유혹을 물리치고 시련을 겪어내었으며 민족독립을 쟁취하는 투쟁에서 승리자로 되었다.

작품에서는 또한 ≪가설의 논리≫에 의거하여 자기의 애국적 이상의 구현자로서의 ≪무궁화 꽃송이≫, 을지문덕, 강감찬 등 영웅적 형상을 감명 깊게 일반화하였다. 이런 영웅적 형상은 죄다 주인공 ≪한놈≫과 한 계열에 속한 인물들이며 ≪한놈≫의 사상과 성격전환에 중요한 작용을 놓았다.

이밖에 작중에서는 또 새암, 옥동자, 풍신수길 등 부정인물들도 묘사하였다. 작자는 이자들에게 필묵을 얼마들이지 않으면서도 그자들의 음흉한 낯반대기를 적나라하게 발가 놓았으며 이 역사적 쓰레기들의 추악한 본질과 그 말로를 심각하게 보여주었다.

소설 ≪꿈하늘≫은 예술상에서도 새로운 탐구를 거쳐 일정한 성과를 거두었다. 역사적 진실에 바탕을 둔 환상적인 소재와 상징적인 정황의 설립, 의인화된 인간의 형상, 특이한 사건의 얽음새와 과장된 갈등의 첨예화, 강한 주정토로와 낭만적인 시가의 도입 등은 이 소설의 낭만주의적 색채를 짙게 하였다. 단편소설 ≪꿈하늘≫은 상술한 바와 같은 성과를 거두었으나 또한 시대와 작가의 인식으로부터 오는 제약성을 피치 못하고 있다. 이 작품은 그 의식상에서 협애한 민족주의적 한계를 벗어나지 못하였는 바 작중에서는 ≪선왕≫으로 불리우는 봉건제왕들을 민족의 비극을 해결함에 있어서의 지고무상의 존재로 내세우고 있으며 이른바 ≪화랑≫을 이상화한 나머지 ≪화랑도≫를 극구 찬양하고 있다. 그리고 작품에서는 역사에 관한 논설을 지나치게 전개하는 등 예술형식으로도 현대적 소설의 특성을 구현시키지 못한 점도 있다. 이 작품은 이런 문제점들을 가지고 있음에도 불구하고 당시대의 모순된 현실을 비판하고 민족을 위한 진보적 이상을 적극적 낭만주의로 전시함으로써 조선민족의 반일의식의 교양에 기여하였으며 이 시기 소설문학에 첫 실적을 남긴 중요한 작품으로 높이 평가되고 있다.

이 시기에 창작된 것으로 추정되는 역사소설 ≪백세노승의 미인담≫은 신채호의 역작의 하나이며 또한 이 시기 역사소설 창작에서 본격적인 경지를 개척한 작품이다. 이 작품은 남이장군이 호국사에 놀러갔다가 한노승에게서 회고담을 듣는 형식으로 엮어진 일인칭체 소설이다.

이 소설에서는 여종 예뿐이의 애국심에 불타는 고상한 성격을, 자기와 아내밖에 모르는 노승과의 선명한 대조 속에서 다각적으로 묘사하였다. 예뿐이의 애국심은 우선 외래 몽골침략자를 물리치기 위한 단호한 입장과 민중의 정치적극성을 제어하는 모든 사회적 악패를 폐기하려는 그의 의지와 상응한 방도를 제시하는 그의 지혜와 자아희생적 정신에서 표현되었다. 그리고 예뿐이의 성격은 또한 국가의 일에 대해서는 아랑곳하지 않고 자기의 안일이나 처자만을 생각하며 향략을 누리기에만 골똘한 통치자들을 타매한데서도 제시되고 있다. 북경거리에서 아내를 찾아 헤매는 노승에게 예뿐이는 ≪계집이 아무리 중요하지만, 네 계집 이외의 계집보다 중대한 것을 얼마나 빼앗겼더냐, 나라 안의 모든 것을 다 빼앗기고도 찾을 줄 모르면서 어찌 계집 찾을 줄을 아느냐, 네가 무슨 사나이냐……≫하고 수죄하면서 이토록 무위도식하고 부패한 반동통치배의 추악한 본질을 신랄히 폭로 규탄하였다. 이와 같이 소설 ≪백세노승의 미인담≫은 강렬한 애국애족의 정신과 원수에 대한 적개심, 외세에 굴하지 않는 민족적 기개, 출중한 식견, 웅대한 포부가 예지로 빛나는 예뿐이의 형상을 창조하였는 바 그 의의는 자못 크다.

그러면서도 이 소설은 주인공 예뿐이의 형상창조에서 그의 신분에 어울리지 않게 과분하게 묘사함으로써 성격의 진실성과 성격발전의 타당성을 기하지 못하고 있는 등 부족점을 동반하고 있다. 이런 미흡점들이 있긴 하지만 이 소설은 비단 그 내용에서뿐만 아니라 또한 이 시기 역사소설 창작에서 새로운 시도를 보여주고 있다. 비록 야사에서 취재하였으면서도 풍부한 상상과 대담한 허구로써 지난날 역사 속에 묻혀있던 여종의 형상에 당대 인민의 염원과 동경을 부여하였다거나 종전의 일인일대기의 전기체 문학의 틀에서 벗어나 현대적 소설수법을 잘 도입한 것 등이 이 점을 웅변적으로 말해주고 있다. 이와 같은 의의 있는 시도는 우리 역사소설의 발전행정에서 개척성적 의의가 있다.

상술한 신채호의 단편소설들은 다 완성은 하였으나 당시에는 발표되지 못하고 나중에 후세에 알려진 작품들이다. 그런데 이 시기에 발표된 단편소설로는 1919년 ≪독립신문≫에 11회에 걸쳐 연재된 ≪피눈물≫(공월) 등이 있다. 이에서는 3·1운동 때에 많은 훌륭한 열혈청년들이 민족의 독립을 위하여 유혈적 희생도 마다하고 만세운동에 나선 가열 처절한 투쟁을 다루고 있다.

1919년 3월 1일 일제는 적수공권으로 만세운동에 뛰여든 학생들에게 전례를 볼 수 없는 야수적 만행을 가하였다. 이제 작중의 한 단락을 들어본다.

≪몬지는 보얗게 일고 창검은 일광에 번뜩이며 황색복장 입은 일병(日兵)이 지나가는 곳에 남녀노유는 피를 흘리고 쓸어지며 만세소리가 여기저기서 일어난다, 본즉 17~18세나 되었을 여학생이 왼편 팔에서 흐르는 피를 공중에 내어뿌리며 태극기를 휘둘러 <대한독립만세>를 부른다. 하얀 그 여학생의 저고리와 치마에는 무섭게 피가 흘렀다. 일병의 손에 잡혔던 머리채가 풀려져 혹은 가슴으로 혹은 귀밑으로 흘러내렸다. 그는 높이 두 팔을 들어 태극기를 휘두르며 입을 열어 <대한동포여, 총과 칼이 우리 육체는 죽일지언정 정신은 못 죽이리라. 우리는 죽거던 귀신으로 되여 대한독립의 만세를 부르리라> 할 때에 장검이 번뜩이자 여학생의 우편 손목이 태극기를 잡은 대로 땅에 떨어지고 그리로 피가 솟아 주위의 그의 형제들의 의복을 적셨다. 불과 일이초 동안에 군중의 신경은 전기를 맞은 것 같이 충동되고 피는 끓어올랐다. 처녀는 남은 팔, 그것도 칼에 찍혀 피묻은 팔을 내어 두르며 <동포여 분을 참으시요, 대한독립만세를 부릅시다> 할 때에 또 한번 칼이 번뜩이며 처녀의 왼편 팔이 피묻은 저고리 소매와 함께 떨어질 때에 처녀는 팔의 피를 일본 헌병의 얼굴에 뿌리며 꺽구러졌다.≫

바로 이와 같이 작중에서는 박암, 윤섭, ≪처녀≫…… 등을 그 대표로 하는 온 겨레가 일제에 반기를 들고 태극기를 흔들며 일어난 거족적으로 되는 정치적 열의를 묘사하고 일제의 비인도적 잔혹한 탄압을 신랄히 고발하였으며 그 어떤 역경하에서도 굴하지 않는 민족의 독립, 자주의 의지를 표현하고 있다. 장편소설 ≪피눈물≫은 현대적 소설문학을 발전시킴에 있어서 개척성적 의의를 갖고 있다. 그러면서도 이 소설은 예술상에서 재창조와 탁마가공이 부족하고 언어사용에 있어서도 낡은 투를 답습하는 등 자연스럽지 못한 점들이 있음을 지적하지 않을 수 없다.

이 시기 소설문학을 총괄적으로 살펴볼 때 다음과 같은 특성을 찾아

볼 수 있다. 그것은 우리 소설창작에서 다룬 소재나 주제내용에 있어서 역사적 현실적 생활의 이러 저러한 측면에서 취재하여 일제의 침략을 폭로하고 민족독립을 고취하는데 모를 박았으며 그 구성에서도 고진감래 식의 틀에서 벗어나 시대현실에 바탕을 두고 생활현실을 진실하게 묘사하기에 힘썼다. 그리고 문체에서도 언문일치를 기함에 있어서 새로운 발전을 보여주고 있다. 하지만 이런 소설들은 그 주제내용에서나 구성조직에서나 형상화의 수법에서나 언어구사에 있어서 ≪고대소설≫의 낡은 틀에서 해탈하지 못한 점들이 적지 않다. 그럼에도 불구하고 이런 소설들은 중세소설에서 현대소설로 발전하는 행정에서 거둔 한낱 중요한 성과로 간주되고 있다.

반일 민족독립투쟁이 날따라 전개되던 이 시기에 한문으로 씌여진 다양한 형식의 산문들이 많이 창작되었다. 산문 문체를 보면 20여종도 더되나 그것을 대체적으로 전기문학, 수필, 문예성을 띤 정론으로 나눌 수 있다.

이 시기 산문창작에서 보다 많은 성과를 떠올린 작가들로는 김택영, 신정, 신채호 등을 내세우게 된다. 그리고 당시 민족독립투쟁의 지도자였던 유린석은 중국에 온 이후에도, 疏, 情辭, 書, 雜著, 序, 記, 跋, 銘, 贊, 頌, 檄,. 文, 祝, 哀辭, 碑, 墓碣, 誌, 狀, 語錄, 傳, 宇宙問答 등 문체로 씌여진 수백 편의 산문을 내놓았으며 저명한 민족독립운동가 이상용도 多樣한 문체로 된 많은 산문을 남기였다. 이 밖에도 당시 반일투사로 있던 김정규 등도 ≪回陽齊日錄≫. ≪鷄林家乘完山遺錄≫ 등 문집을 남기었는데 그 중에는 적지 않은 산문작품이 수록되어 있다.

이 시기 산문창작에서 이채를 띠는 것은 격문과 문예성 정론이다. 당시 우후죽순처럼 출현된 반일민족주의 단체거나 민족의식이 강한 문사들에 의하여 꾸려진 산문과 잡지들에는 창의문, 취지서, 성토문……과 같은 형식의 정론과 문예성과 정론성이 유기적으로 결합된 산문들이 적지 않게 발표되었다. 이를테면 1910년 남만 은양보에서 결성된 반일 민족주의 단체 ≪경학사≫가 창립될 때 살포한 ≪경학사취지서≫, 1915년 신정이 ≪남사≫동인들에 보낸 ≪동사 여러분께 드리는 글≫과 같은 격문과 신정의 장편정론 ≪통언≫(1920년), 김택영,·신채호의 많은 산문들 그리고 반일 민족독립단체들이 1918년에 내놓은 ≪대한독립선언서≫, 1919년 3·13 반일 군중대회에서 선독한 ≪반일선전포고문≫등이 좋은 예로 된다.

이 시기 반일 민족독립투쟁에 앞장선 지도자들과 민족계몽사상가들에 의하여 씌여진 격문과 정론을 비롯한 산문들은 그 나름대로 정치적 경향성이 명백하고 격정적이며 선동성이 강한 것이 특징적이다. 그 일례로 ≪경학사취지서≫의 몇 대목을 인용하면 다음과 같다.

≪…땅 없이 무엇을 먹고살며 나라 없이 어디서 살겠는가, 내가 죽으면 어느 산에 묻히며, 나의 커가는 아이들은 어느 집에서 살게 하겠는가!
......
<나는 모른다고 하지 말자> 우리가 민중의 재산을 돌보지 않는데 저놈들이 어찌 **빼앗으려** 하지 않겠는가. <나에겐 죄가 없다>고 말하지 말자. 내가 맡은 천직을 이행하지 않는데 저놈들이 어찌 노리지 않겠는가.
차라리 칼을 빼여 자결하고 싶어도 그러면 도리여 나를 죽여 적을 쾌하게 할 것이고 굶어 죽고 싶어도 그러면 나라를 팔고 제 이름만 사게 될 지니 어찌 그렇게야 하겠는가. 그렇다고 눈물을 흘리며 끝없는 치욕 속에서 살 것인가 그렇지 않으면 힘을 길러서 그 마지막 결판을 보겠는가.
마침내 더는 어쩔 수 없는 막다른 곳에서 다시 백절불굴의 뜻을 가다듬으며 한밤중에 종소리가 잠결에 울리듯 한갈래의 혈로가 우리 앞에 트일 것이다.
......
이에 남만주 은양보에서 여러 사람들이 열성을 융합하여 하나의 단체를 조직하니 그 이름을 <경학사>라 일컫는다.…≫(석주유

고에서)

("……無土何食, 無國曷生, 吾身且込, 何山可葬, 吾兒且長, 何居可居.……毋曰我不知. 我忘我公産, 被安得不窺, 寧引刀而自裁, 還賺戮身快敵, 欲絶粒而餓死, 不忍賣國罪名, 其將垂淚而受窮天之恥恥辱欤, 盖亦蓄力而看終局之結果也. 遂于万事無奈之地, 更勵百折不回之志, 半夜鍾聲, 忽落枕上, 一條血路, 旋在面前,……乃於南滿洲恩養堡, 融合衆人熱心, 組織一部團體, 名之曰耕學社……"(引自《石洲遺稿》)

이 창의문에서 작자는 일제의 야만적인 침략과 민족반역자들의 죄악을 준열히 단죄하고 일제놈들에게 나라와 주권을 빼앗기고 생사존망의 막다른 골목에서 몸부림치는 <백의동포>의 비참한 처지와 운명을 통탄하면서 자각적으로 힘을 뭉쳐 민족독립의 혈로를 개척하여야 한다고 인민대중에게 정열적으로 호소하고 있다.

1919년 3·13 운동을 좌우하여 수다한 선언, 격문 등이 여러 가지 형식을 통하여 인민대중에게 살포되었다. 1918년 말에 내붙인 《대한독립선언서》, 이를 일명 《무오독립선언》이라고도 한다. 《선언》 중에서는 《궐기하라! 일제히 독립군이여! 한번 죽음은 사람으로서 변할 수 없는 바이니 개 돼지 같은 일생을 누가 구차하게 원할 것인가. 殺身成仁하면 2천만 동포는 단체를 부활할지라, 一身을 어찌 아끼리오, 一切 邪網으로부터 해방하는 건국임을 확신하며 肉彈血戰으로써 독립을 완성할지어다.》라고 소리높이 외치고 있다. 뿐만 아니라 《3·1》독립운동의 잠시적인 실패와 더불어 조성된 참상을 공소, 성토하며 끝까지 싸워 민족적 숙원의 실현을 기할 것을 격한 산문들도 적지 않게 나왔다. 그 일례로 되는 1919년 10월 28일부 《독립신문》에 게재한 《청년아 大奮起하여라》(주영윤 작) 중의 몇 대목을 들어본다.

《我祖의 熱血을 受한 檀陰少年아 虎父에 無狗子하니라. 男兒十五歲에 佩劍拔刀하고 戰場에 赴함은 我祖에 傳來하든 國性이 아니냐!……

(中略)

千里沃野에 菽粟稻粱이 倭의 農作料가 됨이, 滄海의 魚鱉이 倭의 食床에 놓임이 錦繡江山의 水石林鳥가 倭의 玩賞物이 됨이 誰의 罪인지 知乎否乎, 此는 우리 靑年이 奮起치 못한 結果이니라. 半島江山半萬年主人翁檀君血族아 大聲疾呼하노니 눈을 들어 瀝血江山을 觀하라…….

(中略)

靑年아 大奮起하자 劍光戟影에 斷頭傷膚하고 車輪馬蹄에 塗肝瀝血하야 路上에 僵尸로 鳥鳶이 啄하고 孤猩이가 爭하여 一片白骨이 有하나 無하나 白草黃沙에 無主孤魂으로 天陰雨濕한 夜에 愁哭하더라도 仰不愧於天하고 俯不作於人한 萬古義鬼가 되어라. 水火라도 赴하자, 刀槍이라도 蹈하자 砲戰이라도 冒하자

噫라 南面을 바라보니 愁雲이 疊疊하고 北天을 回顧하니 劍山이 嵬嵬하다 劈破할자 누구며 超越할자 누군가.

이 시기 산문창작을 전일적으로 보면 물론 시대적 또는 작가들의 세계관의 부동과 인식상의 제한성이 일정하게 노출되고 있기는 하지만 당시의 진보적 산문의 밑바닥에 흘러 넘치는, 일제와 민족반역자들에 대한 증오와 전투적 기백과 예리한 비판성, 강렬한 호소성으로 하여 온 겨레를 민족적으로 각성시키고 침략자를 무찌르는 성전에 떨쳐나서게 함에 있어서 일정한 영향력을 산생하였다.

3. 시인 김택영과 신정의 시문

1) 창강 김택영(1850년~1927년)은 19세기말로부터 20세기 20년대에 걸쳐 민족문화 계몽운동에 헌신한 저명한 사상가이며 역사학가이고 문학가이다.

김택영은 1850년 10월 15일 조선의 개성부 자남산에서 태어났다. 그

는 자를 우림(于霖), 호를 창강(滄江), 당호를 소호당(韶護堂) 주인이라 하였으며 또한 장미옹이란 만호를 가지고 있다.

김택영은 7살부터 유학자를 스승으로 모시고 열심히 한문과 유가경전을 읽기 시작하였는데 17세 되던 해에는 성균시 초시에 입격함으로써 자기의 뛰어난 시적 재능을 보여주었다. 그후 그는 고심하게 중국과 조선의 역대문학, 역사대가들의 명문을 탐독하면서 산문에서는 사마천, 한유, 소동파, 귀유광의 풍격을 따랐고 시에서는 이백, 두보, 소동파, 왕사정의 기법을 숙습하였으며 ≪기(汽)≫와 ≪신운≫ 등에 대한 고전미학 명제들에 관심을 돌리기 시작하였다.

1876년 이래로부터 그는 당시 조선반도를 휩쓴 왕가물로 인한 심한 자연재해와 포악한 봉건통치배의 모진 수탈에 허덕이는 농민들의 생활상을 직접 목도할 수 있는 새로운 기회를 가지게 되었다. 이 시기에 김택영은 당시 현실생활에 대한 새로운 인식에 토대하여 괄목할 만한 시문들을 많이 내놓았다.

그는 이 시기에 이건창과 함께 전통 한문학을 수호하기 위하여 ≪고문운동≫을 일으켰다. 한문학을 대하는 면에서 그는 보수적인 견지에 섰었으나 당시의 척사위정파와는 그 경향이 완전 달랐다. 그는 시대적 현실을 정시하면서 서방 자본주의 국가의 선진문명을 긍정하고 문명개화를 주장하였으며 패정의 개혁과 일제에 대한 저항에 모를 박았다. 그는 이 시기에 시와 역사산문 등의 창작에서 남다른 성과를 취득함으로써 이조말기 한문시 창작을 대표하는 ≪3대 시인의 한사람≫으로 추대되기까지 하였다.

1891년 그는 여러 가지 연유로 하여 뒤늦게 과거시험에 합격하여 성균관 진사가 되었고 1894년 9월에 의정부주사, 서판임관 6등에 편사국주사로 임명되어 개성에서 서울로 이사해서 벼슬을 하게 되었다. 그 이듬해 그는 중추원 참서관 겸 내각기록국 사적(史籍)과장에 승진되어 조선의 국가역사문헌편찬에 일심정력을 다하였다.

1896년 그는 학부대신 신기선의 저서 ≪유학경위≫에 서문을 쓴 일로 하여 서양선교사들의 비난을 받고 사임하게 되자 낙향하여 조용한

나날을 보내며 힘써 학문을 닦았고 이건창, 황현을 비롯한 문인들과 교분을 나누면서 시문으로 일과를 삼았다. 그는 이 시기에 시창작을 하는 한편 백년간이나 유포, 발간이 금지되었던 실학대가 박연암의 문집을 편찬하여 냈으며 또한 ≪동국역대소사≫, ≪동사집략≫을 저술, 간행하고 영국, 일본으로부터 유입된 ≪영환개록≫, ≪만국지지≫등을 번역출판하였다.

1903년 정월 그는 조선문헌비고속전위원, 정3품 통정대부로 임명되면서 벼슬에 복직되고 을사년에 이르러서는 다시 내각의 학부위원으로 임명되었다. 그런데 이때는 이미 나라의 판국이 기울어져 패망에 임했을 때였다. 따라서 그는 민족의 자주독립을 찾는 길은 오직 망명의 길뿐이라 생각하고 중국으로 이주할 것을 속마음으로 다지었다.

1905년 10월 그는 굴욕적인 ≪을사5조약≫의 체결을 눈앞에 두고 결연히 중국으로 망명해왔다. 그는 중국에 온 후 그와 전부터 친분이 깊었던 장건의 주선으로 남통주 한묵림서국에 가 편집에 종사하면서 조선민족문화유산의 정리와 시문창작에 자기의 정력을 몰부었다.

김택영은 중국에 온 후 당시 학술계와 문단의 여러 명사들, 이를테면 양계초, 엄복, 유월, 도기, 장건 등과 널리 교제하였다. 이런 중국계몽사상가들의 진보적 사조의 고무와 추동은 그의 사상의식의 전변에 심각한 영향을 주었는 바 드디어 그로 하여금 자산계급 민주공화정치의 열렬한 옹호자로 나서게 하였다. 그는 이때로부터 자기의 생애를 마무리짓는 그날까지 줄곧 중국에서 일어나는 중대한 정치적 사변 등에 이를테면 신해혁명, ≪5·4≫ 애국운동, 북벌전쟁 등에 이르기까지 적극 찬동하고 열렬히 환호하였다.

김택영은 중국에 온 이래 자기의 저술들을 계통적으로 정리, 출판하였는데 문학작품으로는 1,000여 수의 시편과 500편에 달하는 산문을 수록한 시문집 ≪소호당집≫(전 15권 7책)과 ≪차수정잡수≫(2책) 등이 있고, 역사저술로는 ≪한국역대소사≫(전28권 9책), ≪한사계(韓史繁)≫(전6권 3책), ≪교정삼국사기≫(50권), ≪승양기구전≫(전2권 1책), ≪중편한대송양기구전≫(전2권 1책) 등이 있다. 이 시기에 그는 또 ≪박연

암선생문집≫(7권), ≪명미당집≫, ≪매천집≫(7권 속2권), ≪신자하시집≫(6권), ≪여한9가문초≫(3권), ≪기자국력대시≫(4권)등 10여 종의 조선작가들의 문집을 편찬, 간행하여 중국인민들에게 조선민족의 전통문화와 한문학 성과를 널리 소개하였다.

1927년 ≪4·12≫ 반혁명정변으로 하여 중국혁명이 좌절되게 되자, 그는 절망 속에서 모진 고통과 울분을 못이기고 그달 말에 78세를 일기로 자기의 생애를 마쳤다.

김택영은 조선민족 한문학의 최후를 장식한 걸출한 시인이며 문필가이다. 그의 시문활동은 1905년 그가 중국에 망명하여 온 때를 전후한 두 개 시기로 나누어 고찰할 수 있다.

시인 김택영이 자기의 시적 재능을 과시하기는 17살 되던 해에 성균시 초시에 입격한 때부터이다. 그 후 그는 시문학 창작의 길에서 정진하면서 점차 고루한 과시문체를 외면하고 보다 멋지고 풍치가 다분한 글을 흠상하고 추구하였다. 그런데다 1872년 4월부터의 평양, 해주, 금강산, 동해안에 대한 유람은 그에게 더욱 풍부한 사상과 창작의욕을 불러일으키었다. 이해에 그는 선후로 ≪금강산에서 단발령까지≫(1872년), ≪통천 총석정≫(1872년)……과 같은 아름다운 경물시편들을 내놓았다.

1876년 1878년에 조선 삼남지방을 편력하는 과정에서 그는 왕가물로 하여 모진 재해를 입은 데다 엎친 데 덮치기로 부패 무능한 봉건통치 배들의 포악한 정치와 잔혹한 경제적 수탈 밑에서 신음하는 농민들의 비참한 생활상을 목격하고 농민들을 몹시 동정하였으며 당시 패정의 심각성을 숙고하기 시작하였다. 그는 이러한 새로운 인식에 기초하여 현실적 사회문제와 농민들의 생활을 다룬, 이를테면 ≪추석 전날의 농사집의 탄식≫(1876년), ≪달밤에 기생집에서 흘러나오는 피리소리를 듣고≫(1878년)…와 같은 걸작을 내놓았다. 시인은 풍덕마을에 유숙하면서 목격한 처참한 생활상을 다음과 같이 읊조리고 있다.

외로운 연기는 빈터에 서리고
이랑마다 물소리 목이매네
때는 벌서 명절이 되였는데
조상의 무덤엔 무얼 가져가랴
낫들고 물에 잠긴 벼를 베니
짧은 이삭 쭉정이가 절반일세
관솔불 밝혀 방아를 찧느라
밤 깊도록 쉬지도 못하누나
저렇게 하여 조상은 섬기련만
손님대접은 무얼로 하나
그래도 집안엔 쥐가 있고
들판엔 참새가 떼지어 나는구나
참새야 제발 덤비지 말라
정말 이곡식 목숨마냥 소중탄다.

— ≪8월 14일 풍덕농가에서 묶으면서≫ 에서

孤烟灑空虛　哀流鳴阡陌
況玆逢吉辰　上塚無陳積
水中去刈禾　短穗雜黃白
松明照春歌　夜深不遑息
且然寧鬼神　何以留賓客
屋中有黠鼠　野外多黃雀
黃雀且莫積　我穀眞可惜

— ≪八月十四日豊德田舍 作田家歎≫

　이상은 ≪8월 14일 풍덕농가에서 묶으면서≫(1876년)의 몇 구절이
다. 이에서는 그의 초기시작에서 추구하던 탐미적 경향을 일소하고 신
랄한 현실비판 정신으로써 모진 자연재해와 패정이 초래한 처참한 사
회상과 그런 현실 속에서 허덕이는 농민들의 울분과 원한의 목소리를

진실하게 대언하고 있다. 이 시에 비유된 ≪외로운 연기≫, ≪목 메인 물소리≫ 등 형상적인 시어들은 다름 아닌 농민들 자신의 하소연과 절망의 울음소리이며 ≪집안에 쏘다니는 쥐≫와 ≪들판에 떼지어 날아다니는 참새≫와 같은 구절은 가난한 농민들을 모질게 수탈하는 봉건관료 지주들에 대한 신랄한 조소와 풍자이다.

시인의 이와 같은 사회현실에 대한 참여의식과 비판의식은 그 후의 시작에서 계속 발휘되었다. 이는 그의 농촌생활을 다룬 시 ≪호박탄식≫ (1885년), ≪가을 궂은 비를 한탄하노라≫(1885년) 등과 일제의 침략적 만행을 저주하고 민족의 기개를 읊조린 시 ≪달밤에 구성진 피리소리를 들으며≫(1894년), ≪봉황새≫(1894년) 등에서 선명하게 표현되고 있다. 뿐만 아니라, 그의 시재도 아주 높은 수준에 이르러 조선문단의 ≪거수≫로 추대되었으며 그의 명성이 중국에까지 알려지게 되었다.

김택영의 시문학 활동의 후시기는 1905년 그가 중국에 망명하여 남통에 거주하던 때로부터 1927년 4월까지이다. 이 시기는 그의 시창작의 전성기로서 풍만한 성과로써 자기의 풍격을 과시하였을 뿐만 아니라 봉건적 유학자로부터 자산계급민주혁명의 지지자로 그 의식의 전변을 이룩한 시기이다.

이 시기의 시작에서 가장 중요한 자리를 차지하는 것은 일제의 침략을 저주하고 망국의 한을 토로하면서 민족의 자주독립 투쟁의 앞장에 선 항일의병들의 장거를 격찬한 시편들이다. 그 대표적 작품들로는 ≪고국의 10월 사변을 회상하여≫(1905년), ≪9일 배길에 올라≫(1905년), ≪어허, 애달퍼≫(1910년), ≪누에 올라≫(창작년대 미상), ≪황현이 나라 위해 목숨 끊었다는 소식을 접하고≫(1910년) 등이 있다.

그중 시 ≪고국의 10월 사변을 회상하여≫에서는 일제가 조선을 병탄하기 위하여 체결한 ≪을사5조약≫으로 하여 초래한 망국의 설움을 이기지 못해 자결한 의관 조병세와 시종무관 민영환의 순국을 아래와 같이 비통하게 노래하였다.

야밤에 광풍이 휘몰아쳐와
엄동벽력이 서울에 지동치누나
해소의 피 귀신을 곡하게 하였으니
하늘이 인색하여 범려같은 인재 내주지 않았어라
난로안의 식은 재마냥 마음 싸늘한데
하늘가의 방초에 머리돌리기 어려워라
유신이 글을 해서 무슨 소용있더뇨
그저 강남에서 슬픔이나 읊었을 뿐
             - ≪고국의 10월 사변을 회상하여≫

半夜狂風海上來
玄冬霹靂漢城摧
朝衣鬼泣稽公血
犀甲天慳范蠡才
爐底死灰心共冷
天涯芳草受難回
蘭成識字知何用
空賦江南一段哀
        - ≪追國本國十月之事≫

　　이 시에서는 비분을 못이겨 자결한 애국자들을 중국 고대의 전기적
영웅 해소에 비유함과 더불어 나라 잃고 망명하여 온 자신의 불우한
처지를 남북조시대의 문인 유신에 비하면서 ≪글로 나라를 건지지 못
하니 무슨 소용있더뇨≫하는 의미심장한 질문으로써 자기 마음속의 울
분을 토로하고 있다.
　　일제놈들에게 조국을 빼앗기고 망명의 길에 오르는 그의 비분의 정
을 시 ≪9일밤 배길에 올라≫에서도 절절하게 토로하고 있다.

비류성밖 바닷물 쪽빛으로 푸르른데
만리에 바람부니 주흥이 거나하구나

뉘 알리 빨리 내닫는 화륜선이
문사를 태우고 강남으로 떠날줄을

동으론 살기가 어리고 궤계가 성하는데
그 누가 나라위해 이 환난을 구할고
저녁놀 뜬 구름 천지에 물드는데
몇번이고 머리돌려 삼각산을 바로보네

　　　沸流城外水如藍
　　　萬里風來興正酣
　　　誰謂火輪獰舶子
　　　解裝文士向江南

　　　東來殺氣肆陰奸
　　　謀國何人濟此艱
　　　落日浮雲千里色
　　　幾回回首望三山
　　　　　－≪九日發船作二首≫

　시인의 이와 같은 울분은 한일합병조약의 체결을 저주하여 쓴 그의
유명한 장편시 ≪어허, 애달파(嗚呼賦≫(1910년)에서 더욱 절통하게 토
로하고 있다.
　김택영은 경술년 7월 25일에 조국이 일제에게 완전히 병찬되었다는
비보를 접하고 상복을 지어 입고 사흘동안 통곡하면서 한가슴에 맺힌
울분을 터놓았으나 그래도 자꾸만 솟구치는 비통의 정을 제어할 길 없
어 이 장편시를 읊조리었다고 자술하고 있다.

　아, 동서남북 어디를 가도
　땅 아닌 곳이 없는데

난 어쩌다 이 땅에 태어났는고
고왕금래 하고많은 날가운데
이 몸은 어쩌다가 이때를 만났는고
하늘에 소리쳐 물어보고 싶어도
아, 하늘은 입다물고 말이 없도다
                    - ≪어허, 애달파≫

                嗚呼東西南北無非地兮
                余何生乎玆埉古往今來亦多日兮
                余又何丁乎玆辰呼皇穹而愁問兮
                穹嚜默而無言嗚呼穹旣邈然不
                我答兮
                ....

                    - ≪嗚呼賦≫

  이렇게 시작한 매 시행마다에서 시인은 빼앗긴 조국을 불러도 응해
주지 않는 입다문 하늘에 비유하여 자신의 더 달랠 길 없는 울분과 애
통의 정을 폭로하면서 일제침략자와 민족역도 놈들의 하늘에 사무친
죄악을 폭로하고 그에 저주를 보냈다.
  시의 마감부분에서 시인은 빼앗긴 조국에 대한 다함없는 사랑과 미
래의 광복에 대한 열렬한 지향을 다음과 같이 피력하고 있다.

      동풍이 어지러이 불어닥쳐서
      바다물이 하늘을 치솟아오르니
      육지를 뒤엎어 물바다되여
      인왕산을 뿌리채 뽑아 눕혔구나
      광화문 저녁종은 그 누가 칠것이며
      기자의 제사는 어느 민족이 받을 것인가
      아! 우리는 어찌하여 귀신도 없고

하늘도 없단 말인가
호올로 선조로부터 유교를 숭상하여
마지막에 의사 한분 안중근을 얻었구나
생생한 그 기상 아직도 늠름한데
뉘라서 나라가 망했다고 이르리오
틀림없이 혼령은 나를 돌아볼지어니
향기로운 난초를 들고 강가에서 기다리리요.

  東風晶晶兮
  海水暴揚涵陸浩浩兮
  橫拔仁王光化之鐘兮
  何人于夕箕子之神兮
  何族于食嗚呼哀哉已兮
  吾其無如鬼而无如天獨祖宗之崇儒兮
  其終也得一義士安重根彼生氣之凜然兮
  孰云國之盡圮庶英靈之顧我兮
  搴秋蘭以竢乎江之涘

  보다싶이 시의 마디마디, 구절 마다에는 실로 조국 잃은 지사의 피눈물의 원한과 우국의 심정, 자주독립의 열망이 굽이쳐 흐르고 있다.
  시인은 중국에 망명하여 있으면서도 한시도 조국과 고향을 잊지 않았다. 그의 시에는 고국과 고향에 대한 무한한 애착과 그리움 그리고 조국의 미래에 대한 열렬한 동경을 노래한 시편들이 실로 많다.

  남에서 날아오는 기러기 소리
  시름많은 나의 잠을 깨워
  밤에 홀로 높은 누에 오르니
  달빛만 하늘에 가득찼구나

하루 열두시 그 어느 때인들
고국생각 하지 않은 적 있으랴
머나먼 삼천리 밖 타향에서
또 이 한해를 보내야 하는가

형도 동생도 다들 늙어서
벌써 백발이 성성해있고
그리운 아버지와 할아버지께서도
깊이 푸른산에 누워 계시리

우리 힘써 나라를 찾아
무궁화 꽃이 만발하거든
봄물결 넘실거리는 압록강에
배 띄워 어서 돌아가리
              - ≪누에 올라서≫

一聲南雁攪愁眠, 獨上高樓月滿天
十二何時非故國, 三千餘里又今年
弟兄白髮依依裡, 父祖靑山歷歷邊
第待槿花花發日, 鴨江春水理歸船
              - ≪登樓≫

　　이는 시 ≪누에 올라서≫(창작연대 미상)의 전문인데 우리는 이 시
를 통하여 시인의 망향의식과 밀착된 조국광복에 대한 절절한 염원을
역력히 보아낼 수 있다. 고향과 조국에 대한 시인의 이런 절절한 감정
을 노래한 시들로는 이밖에도 ≪환갑날 아침에≫(1910년), ≪강매산이
상해에서 부친 시에 화답하여≫(1916년), ≪멀리서 개성 단풍누각을 그
리며≫(1914년) 등 몇십 수가 있다.

고향에선 소쩍새만 슬피 울고있네
온 하늘에 흑운이 덮이였기에
꿈에도 길을 외끼네
이내 몸 태여난 고장은
자남산아래 행정 서쪽일세
                    ─ ≪환갑날 아침≫ 제3연

        故園空有子規啼
        黑稷漫滿天夢路迷
        忍憶此身初現處
        子南山下杏亭西
                    ─ ≪回甲生朝≫ 第三段

    이와 같이 시인은 이역땅에서 환갑날을 맞으면서 고향과 고국을 덧
없이 그리며 하염없이 슬픔을 하소연하고 있다.

        한양의 봄풀마저 시름에 떠니
        손님은 속상해 길가를 울며 헤매네
                    ─ ≪강매산이 상해에서 보낸 시에

                            화답하여≫의 첫 귀

        漢陽春草極天愁
        有客傷心泣道周
                    ─ ≪姜梅山自上海寄詩奉和≫ 第一句

    고향의 경치 하냥 그리워
    맨 먼저 떠오르는 건 동편의 신석비여라
    ……
    난정엔 오늘 선비들이 모여왔는데

맑은 못 달갈아 물 속 모래알도 세일 수 있네
온산의 단풍은 내 바라는 바 아니니
　　　　－《멀리서 개성의 단풍누각을 그리며》
　　　　　　　　　　　의 첫 몇 귀

故園風景總依依
最憶城東神石扉
……
蘭亭今日集冠衣
澄潭如月沙堪數
紅葉滿山徑欲非
　　　－《遙題開城紅葉樓》 前半段

　위에 든 두 수의 시에서도 그의 우국의식과 밀착된 망향의 정과 더
불어 민족의 신생에 대한 절절한 염원을 족히 읽을 수 있다.
　시인의 이런 우국과 망향의 정은 일제에 대한 저주와 복수설치의 일
념과 밀접히 연결되어 있다. 시 《의병장 안중근이 나라 원쑤를 갚았
다는 소식 듣고》(1909년)에서 시인은 일제의 원흉 이또히로부미를 격
살한 안중근의 영웅적 거사에 대한 격찬과 그로부터 환기된 복수의 통
쾌한 심정을 다음과 같이 격동적으로 노래하고 있다.

　　평안도 장사가 두 눈을 부릅뜨고
　　양세끼 잡듯 나라원쑤 죽였구나
　　죽기 전에 들은 이 소식 하 좋아서
　　국화곁에서 미친 듯이 노래하며 춤추네

　　해삼 위 하늘가 맴돌단 독수리
　　할빈역두에서 벼락을 내렸네
　　육대주 호걸들이 다들 깜짝놀라서

추풍에 낙엽지듯 수저를 떨구네
······

平安壯士目雙張
快殺邦讎似殺羊
未死得聞消息好
狂歌亂舞菊花傍

海參港裏鶻摩空
哈爾濱頭辟火紅
多少六州豪健客
一時匙箸落秋風
······

　　- ≪의병장 안중근이 나라 원쑤를 갚았다는 소식 듣고≫

　이 시는 모두 세 수인데 우에서 인용한 것은 그 첫 두수이다. 보다
싶이 시는 할빈역에서 일제침략자의 우두머리 한 놈을 깜쪽같이 요절
낸 의병장 안중근의 대담하고 슬기로운 거사를 드높이 찬양하면서 의
사에 대한 찬탄의 정을 격조높이 토로하였다. 시는 그와 같은 형상적
표현속에서 원수들의 최후의 멸망과 민족의 독립자주에 대한 절절한
염원을 표달하고 있다.
　반일투쟁을 격찬하며 거족적인 항쟁을 호소한 시들로는 또한 명조
시기 남통의 반일애국장령 조정을 구가한 ≪조공정의 노래≫(1921년),
20년대 동북장백산 일대의 반일투쟁을 찬양한 ≪이시영 공을 위해 베
푼 주연에서≫(1921년) 등 여러 편이 있다. 그 중에서도 ≪조공정의
노래≫는 특히 중조 두 나라 인민대중의 반일투쟁의 연대성을 강조한
것으로 특징적이다.

　　그대여 신정의 눈물 훔치고
　　나더러 제단에 강신술 붓게 해주소

한잔은 부어 충무공께 올리고
한잔은 부어 조장사께 올리겠소
무양이 넋을 부르니 그 넋 돌아와
서슬 푸른 도광이 하늘을 가르누나
양국 군사의 도도한 기세 우뢰 지동치듯
인간세상 그 어느 땐들 영웅호걸 없으리오.

請君且攬新亭涕
與我賒酒向新豊
一盃酹我李兵仙
一盃酹君曹鬼雄
巫陽與招魂氣返
旗光劍色磨虛空
需鼓鼓動兩國氣
人間何代無勇忠
－ ≪曹公亭歌≫

　시인은 이와 같이 지난 역사시기의 증조 두 나라의 애국명장 조공정
과 이순신의 영웅적 위훈을 노래하면서 두 나라 인민대중은 함께 총칼
들고일어나 ≪우뢰가 지동치듯≫한 멸적의 기세로써 외세의 무력침략
에 단호히 반기를 들어야 한다는 민족의 기개를 찬미하고 있다.

　김택영은 단호한 반일민족시인 일뿐만 아니라 또한 열렬한 민주주
의적 시인이다. 그의 민주주의적 경향은 주로 그가 처하였던 역사적
현실 속에서 일어난 중대한 정치적 사변들을 다룬 시편들에서 집약적
으로 나타나고 있다. 그의 개화와 민주를 고취하고 암담한 현실의 질
곡을 저주한 ≪엄기도에게≫(1909년), ≪중국의 의병사에 대한 느낌 5
수≫(1911년), ≪정개석에게≫(1918년), ≪범구의 5언 율시 <시국에 대
한 느낌> 4수에 쓰노라≫(1925년) 등 작품들이 주목된다.

　김택영은 남통시에서 당시 중국각계의 명사, 문필가들과 널리 교제

하였으며 그 가운데서 중국 계몽사상가들의 진보적 사조는 그의 세계관의 전변에 심대한 영향을 주었다. 김택영은 엄복이 번역하여 발행한 혁슬리의 ≪천연론(天然論)≫(1909년)을 읽고 즉시로 자기의 느낌을 시로 적었다. 모두 3수인데 그 중의 첫 수를 들어본다.

한, 송의 경전을 그 누가 스승으로 받들랴
학술은 오늘따라 전진하고 있거니
엄공이 ≪천연론≫ 번역해 냈을 젠
황포강의 물귀신도 밤이면 쿨럭거렸네
                    - ≪기도 엄복에게≫의 첫수

誰將漢宋作經師
學術如今又轉移
黃浦夜來江鬼哭
一編天演譚成時
                    - ≪贈嚴幾道復三首≫ 的第一首

이 시에서 시인은 전통적 유학의 권위성을 부정하고 자연현상의 단초를 유물론적으로 설명한 새로운 진화론에 대한 긍정적 입장을 표명하였으며 그에 대한 열렬한 추구의 정을 토로하고 있다.

김택영은 줄곧 손중산 선생이 영도하는 신해혁명을 열렬히 옹호하고 지지하였으며 또한 그에 큰 기대를 가졌다. ≪중국의 의병사 소감 5수(感中國義兵事五首)≫(1911년)는 신해혁명이 성공되었다는 소식을 접하자 그 즉석에서 자기의 감회를 토로한 즉흥시다.

무창성안에서 우뢰 울자
음침하던 사면팔방 삽시에 뒤흔들렸네
천제는 300년간이나 취해있더니
가엾어라 오늘에야 깨여났구나

武昌城裏一聲雷
悠忽層陰蕩八亥
三百年間天帝醉
可憐今日始醒來
    - ≪중국의 의병사 소감 5수≫

　이는 그 중의 첫 수인데 이에서만도 신해혁명에 대한 시인의 감격의
정과 해박한 인식을 족히 읽을 수 있다.
　시 ≪정개석에게≫(1918년)는 당시의 남통변관 정개석에게 준 시편
으로서 이 시에서는 국내의 군벌혼전의 국면을 하루속히 결속 짓고 진
정한 민주공화정치를 실시하여 나라를 부강하게 만들며 전 민족이 일
치단결하여 ≪동해에서는 악어떼를 없애치우고 서해로는 큰고래를 가
두라≫고 호소하고 있다. 시 ≪범구의 5언율시 <시국에 대한 느낌> 4
수에 쓰노라≫(1925년)는 북벌정쟁의 애국적 주류를 격찬한 시편이다.

　　　언제가면 끝나랴
　　　개, 쥐가 살판치는 이 세상
　　　중국의 시국 어지럽기 그지없어
　　　이 얼마나 가슴아픈일이냐
　　　다행히 북벌군 일떠나
　　　애국충절 지켜싸우니
　　　만발한 수선화곁에서
　　　내 봄을 맞이하노라

　　　　　狗偷鼠窃斷何時
　　　　　燮局中州事可噫
　　　　　幸見北征忠愛作
　　　　　水仙花畔立春時

보다 싶이 이 시에서는 군벌혼전에 대한 시인의 혐오저주와 북벌전쟁의 정의성에 대한 그의 긍정적 태도가 형상적으로 완연하게 표명되여 있다.

김택영의 시작에는 벗과 문인들간의 정을 읊조린 시편과 그리고 조선과 중국의 명승고적, 자연경물을 노래한 것들이 아주 많은 비중을 차지한다. 이를테면 시 ≪통주로 가는 배안에서 사귄 벗에게≫(1905년), ≪기도 엄북에게≫(1909년), ≪박무원에게≫(1909년), ≪도경산과 함께 장무지의 국화모임에 초대되여≫(1915년), ≪왕세록에게≫(1915년), ≪서호≫(1909년), ≪담려가 그린 연꽃그림≫(1912년), ≪수목명실 정자에서 해당화를 감상하며≫(1914년) 등이 그 좋은 예로 된다.

이상에서 본 바와 같이 예술적으로 세련된 김택영의 시에는 근대의 진보적 사조와 애족적 감정이 진실하게 반영되어 있으며 반일민족독립운동과 민주주의 혁명의 승리에 대한 드팀 없는 신념으로부터 오는 낭만주의 정신이 표현되고 있다. 물론 그의 시작 중에는 재래의 유학자적 사고방식의 한계거나 이러저런 인식상의 제약성을 피면치 못한 점들이 있음에도 불구하고 그는 조선민족 한시의 창작에서 새로운 기여를 한 탁월한 사실주의적 시인으로 되기에 조금도 손색이 없다. 그의 다양한 시형식의 작품들은 19세기말~20세기초의 시대적 현실의 본질적 사변들을 자기 나름의 생활체험으로써 전형화, 서정화함으로써 사실주의 문학의 제반 특성들을 생신하고도 심각하게 구현하였다. 이를테면 영락되여가는 조선농촌의 시대상에 대한 예리한 관찰, 떠나온 고향에 대한 사무치는 애모, 민족에 대한 절절한 염원, 시대의 진보적 조류에 대한 열렬한 추구 등등 그 어느 하나도 그의 사회에 대한 심각한 인식과 밀착되어 있다.

김택영의 시는 무엇보다도 함축성과 여운이 풍부한 것으로 특징적이다. 그는 자기의 문학적 견지에 토대하여 자연과 인간, 신화와 현실, 추상물과 실재물을 하나의 통일체로 융합시키면서 자기의 시적 세계와 감수를 집약적으로 보여주고 있으며 또한 시의 여운을 심원하게 남기기 위하여 천착을 거듭하였다. 시 ≪아침에 임진강을 건느며≫, ≪국경도≫ 등이 그 좋은 예증으로 된다.

김택영의 시에는 신화전설에서의 환상적 수법이며 다채로운 비유수법과 의인화적 수법을 도입하여 시적 형상의 함축성과 예술적 매력을 함유케한 실례들도 적지 않다. 이를테면 박연폭포를 노래한 시에서 높은 벼랑에서 밤낮없이 쏟아져 내리는 폭포소리를 ≪바다의 신이 고래와 악어를 물고 가는≫ 신화적 세계와 연계시키면서 시의 여운을 강화한다든가 또한 자기의 시중에서 외래침략자를 ≪악어≫, ≪고래≫, ≪아수라≫에 비유하고 관료착취배, 반동군벌을 ≪참새≫, ≪쥐≫, ≪까마귀≫에 비유하며 반일의병을 ≪범≫, ≪용≫, ≪독수리≫에 비유한 것들이다. 그는 또한 의인화의 수법을 통하여 자연물과 인간의 감정을 연결시킬 수 있는 순간적 계기들을 교묘하게 설정하여 시의 함축미와 형상성을 살리고 있는데 예하면 매화의 아름다움을 천상의 상아와 직녀에게 비유하거나 매화의 굳은 절개를 전설에 나오는 나부의 형상에 비유한 것 같은 것이다.

시행의 조직에서 시인은 한시기 제반격식을 엄격히 지키고 있으며 고저, 장단이 잘 어울리는 5언, 7언 등의 다양한 형식으로써 음악적 리듬을 추구하고 있다.

김택영의 시는 당송시문체를 따르면서도 비장하고 호방한 격조와 청아하고 웅혼(雄悍)하며 화려한 표현으로 자기의 독특한 시적 풍격을 창조하고 있다. 청말 저명한 중국학자 유월이 말한 바와 같이 그의 시는 ≪당시의 엄격한 격율과 송시의 청신한 풍격을 겸비≫하고 있다. 이와 같이 김택영의 시문학은 국내외 시인들의 격찬을 받았으며 조선민족의 시문학 발전에 빛나는 한 페이지를 장식하였다.

김택영은 한문시에서 뿐만 아니라 산문과 문예론 연구에서도 괄목할만한 성과들을 거두었다. 그는 자기 창작생애에 무려 500여 편의 산문작품을 내놓았는데 그 중에서 문예성격을 띤 산문이 절대적인 비중을 차지한다.

김택영은 산문창작에서 중세기의 산문형식을 널리 이용하였는데 그

중에서 傳, 行狀, 遺事, 墓誌, 哀調 등의 전기문학부류, 記와 같은 수필 또는 기행문형식 序와 跋 잡언, 서한 등의 작가작품론적인 평론 그리고 論, 說, 辯, 解로 명명한 정론성을 구유한 문장들이 포괄되고 있다.

김택영의 산문 중에서 뚜렷한 성과로 간주되는 것은 전기문학작품이다. 그런 작품가운데에는 외래침략을 반대하여 목숨바쳐 싸운 애국지사와 민족독립운동가, 의병들을 묘사한 작품이 적지 않다. 그 대표적 작품으로 ≪안중근전≫(1916년), ≪이준전≫(1910년), ≪장지연간력≫(1907년), 그리고 이재명, 김정인, 안명근, 손상현, 유주량, 전견용 등의 전기가 있다. 그리고 민족문화의 금자탑을 쌓아올리는데 중대한 기여를 한 문학가, 사상가, 화가, 서법가, 가수 등 탁월한 명인들과 더불어 또한 무예에 능한 명사수, 힘 장사, 용감한 협객, 도술가들의 슬기로운 형상들을 생동하게 묘사하여 그들의 업적을 기린 ≪박연암 선생전≫(1903년), ≪황현전≫(1912년), ≪황진이전≫(1884년), ≪우평숙전≫, ≪석봉 한호전≫, ≪설승유전≫(1887년), ≪김리도전≫(1887년) 등 수 십편의 전기들로 다채로운 예술적 화랑을 이루고 있다.

장편전기 ≪안중근전≫은 그의 전기문학에서 대표작이라고 말할 수 있다. 이 전기는 작가가 1910년부터 집필하기 시작하여 1916년에 완성 발표한 그의 역작이다. 작품은 의사 안중근의 유년시절부터 그의 비장한 마지막 순간에 이르기까지의 전반 생애를 생동한 예술현상으로 일반화하였다.

안중근은 어려서부터 무예에 능하여 말우에서 나는 새를 쏴 떨구었으며 20세 좌우에는 큰 뜻을 품고 의로운 협객들과 사귀어 항시 열렬한 애국심으로 불타올랐다.

작중에서는 지난날의 여러 가지 사실을 통하여 안중근의 애국심을 두드러지게 묘사하고 있다. 말하자면 중국내지에서의 동지들과의 연계, 로씨야에서의 의병부대조직과 조선본토에로의 진격, 할빈에서의 이또 히르부미를 격살하기 위한 중요한 계획과 지혜로운 투쟁, 여순 공판청에서의 정의 열변, 죽는 날에 양복을 벗고 새로 지은 한복을 입고 웃으며 말하며 사형장에 나가는 장면 등 여러모로 되는 묘사를 통하여 안중근의 민족적 기개와 애국심을 감명깊이 돋혀냈다.

이 작품은 사건, 인물, 배경 등 서사문학의 요소를 구비하고 등장인물의 언어의 개성화와 심리묘사의 섬세성을 기함으로써 거의 근대소설에 접근하고 있다.

≪황진이전≫도 한편의 훌륭한 전기문학작품이다. 작가는 이 작품에서 16세기의 저명한 여류시인 황진이의 애정생활과 그의 시적 재능을 깊이있게 묘사하였다. 작가는 인민대중의 구비전설에 토대하여 주인공 황진이를 처음부터 전설적인 인물로 등장시키고 있다. 작가는 이 전기에서의 신비한 출생담, 전설적인 연애담, 기생이 된 후 풍류남아들과의 교류과정에서 발휘된 시적 재능과 죽으면서도 유언을 남겨 수의와 입관을 거절한 반전통적 정신 등의 생동한 묘사를 통하여 탁월한 여류시인 황진이의 예술형상을 성공적으로 부각하였다. 이 작품은 전설에 토대한 기발한 허구, 구성의 엄밀성, 인물성격의 개성화로하여 단편소설의 성격을 다분히 띠고 있다.

≪설승유전≫(1887년)과 ≪김리도전≫(1887년)은 근로민중의 대변자와 그들의 반봉건적 투쟁정신을 구가하였는 바 이런 작품들은 그의 전기문학 창작에서 독특한 의의를 가지고 있다.

김택영은 수필과 기행문 창작에서도 높은 예술적 성과를 이룩하였는바 그 대표적 작품으로는 ≪한묵임서국 연못에서 노닐며≫(1906년), ≪시진창강일기≫(1907년), ≪백운정기≫(1914년), ≪움직이는 정자≫(1915년) 그리고 ≪일송정기≫(1899년), ≪황주월파루 보수기≫(1903년) 등을 들 수 있다.

김택영의 산문은 형식상에서는 전기문학을 위주로 하고 그 제재상에서는 역사적 인물과 사건을 많이 다루고 있으며 표현수법에 있어서는 섬세한 환경묘사와 개성적인 인물의 언어 행동묘사를 주요한 묘사수단으로 삼았다. 그의 산문작품들은 기사에 능할 뿐만 아니라 동시에 주정토로를 유기적으로 결부시킴으로써 작품의 서정성과 형상성, 경향성을 한결 더 살리고 있다. 중국학자 손정계(孫廷階)는 김택영 산문의 예술적 풍격을 운운하면서 그는 ≪당, 송 8대 산문가≫와 같은 문풍이 있다고 드높이 평가하였다.

김택영은 또한 서(序)와 발(跋), 잡언, 서한 등으로써 작가, 작품론을 진행하고 일련의 선진적인 사실주의 미학주장을 내놓았다.

그는 문학과 형식의 관계, 문장의 주제내용에서의 기백, 시에서의 사상감정의 진실성, 산문에서의 이치, 법도의 의의, 언어문자의 사용, 시의 운율적 미 등 일련의 문예학적 문제들에 대하여 자기의 고명한 견해들을 제출하였다. 그리고 그는 또한 중세기 중국문예비평가들이 창도한 신운설(神韻說)을 비판적으로 계승발양함으로써 문학의 본체에 대한 동방고전 미학사상을 한결 더 풍부화시킴으로써 문예학연구에 중요한 기여를 하였다.

우선 그는 신운설을 문학의 본체론적 위치에 올려놓고 그의 기본함의를 다음과 같이 규정하였다.

≪이른바 신운이란 귀로 듣고 입으로 전달할 수 있는 것이거나 해박한 지식을 제멋대로 뽑내서 되는 것이 아니요, 엽기적인 취미거나 허무맹랑한 낭만성도 아니다. 그것은 진부한 언어를 깨끗이 제거한 토대우에서 길고 짧음, 높고 낮음, 앞 뒤 깊고 얕음이 각기 제 위치에 적절하게 놓이게 함으로써 이어놓으면 그 이치가 정연하고 음미해보면 그 여운이 사라지지 않는, 사람으로 하여금 읽고 나면 어깨춤이 절로 나게하는 그런 경지를 말한다.≫

보다 싶이 김택영은 신운을 형상의 외모거나 언어적 외피에 나타나 있지 않는 깊고 숨은 뜻, 다시 말하면 객체와 주체의 상호교류에서 형성되는 예술의 심리마당으로 이해하고 있으며 고상한 심령으로만 느낄 수 있는 정감과 사상의 융합체로 규정짓고 있다. 김택영의 신운설은 신운을 단순히 ≪함축, 온화, 태평, 표일≫을 기치로 내세우며 시의 영혼 – 기백을 떠나 운율적 기교만을 추구하는 형식주의적 경향을 부정하고 감정과 사상의 결합으로 나타나는 예술표현의 정감적 기능을 강조하여 주체창조에서 수요되는 특수한 정감의 심리상태와 자유로운 사상을 표현할 것을 강력히 주장하였다. 이것은 과학 및 이론적 사유와 구별되는 예술의 기본적 특징에 대한 올바른 이해이며 동방미학의 기유의 성과에 대한 긍정과 계승발양이다.

김택영은 사실주의적 미학관에 입각하여 중국과 조선의 한문학대가들의 풍격, 기질, 성과 등을 구체적으로 평가하고 또한 신운설에 기초하여 사마천, 이백, 두보, 한유, 소동파, 박지원을 한문학의 가장 걸출한 대가로 인정하였다.

신정(1880~1992)은 반일 민족독립운동의 진두에 섰던 걸출한 정치활동가이고 저명한 시인이며 작가이다.

2) 신정은 1880년에 조선 충청북도의 한 농촌마을에서 탄생하였다. 그의 원명은 신규식이고(1911년 중국에 오자 곧 신정으로 개명) 호는 예관(睨觀), 자는 공집(公執)이다. 이밖에도 산로(汕盧), 일여서(一餘胥), 일민(逸民), 청구한인(靑丘恨人) 등 별호가 있다.

그가 지나온 소년시절은 개화의 물결 속에서 이조봉건통치가 무너져가고 일본과 구미열강들이 조선본토에 침략의 마수를 뻗히기 시작한 내외우환의 암담한 시기였다.

그는 20세가 되던 1899년에 서울의 관립한어학교에 입학하여 3년간 공부한 후 다시 서울육군학교에 들어갔다. 그 뒤 그는 육군참위로 되어 보병영에서 근부하였다.

1905년 《을사조약》이 체결되었다는 비보를 접한 신정은 격분하여 즉시에 지방부대와 연통하여 동지들과 함께 왜구들과 맞대매로 싸우려 나섰다. 그러나 중과부적으로 실패하자 솟구치는 비분을 새기지 못한 신정은 음독하고 자재하려 하였다. 요행히 집안사람들에게 발견되어 생명만을 구원되었으나 바른쪽 눈의 시신경이 약기에 상하여 앞을 바로보지 못하고 흘기는 눈이 되었다. 이에 그는 험악한 세상, 악귀 같은 일제놈들을 영영 흘겨보리라는 데서 아호를 예관(睨觀)이라 하였다.

1910년 강압적으로 체결된 《한일합병조약》으로 하여 그는 격분을 억누를 길이 없어 또 한번 음독자살을 시도하다가 나철종사의 구원을 받아 불행을 피면하게 되었으며 민족독립운동에 몸바쳐 나설 결의를 재삼 다지었다.

그는 1911년 봄 항일구국의 길을 찾아 중국에 건너왔다. 잠시 요녕에 적을 두었던 그는 북경 등지를 거쳐 당시 중국자산계급 민주혁명의 선진인사들이 집결한 상해로 갔다. 그는 상해에 이르러 동맹회에 가입하고 그해 10월에 손중산 선생을 따라 몸소 무창봉기에 참가하였다. 조선사람치고 신해혁명에 참가하여 중화민국을 창건하는 진두에 나선 이로는 그가 첫 사람이었다. 그는 이 시기에 쓴 《보검》(1911년), 《손중산에게 드림》(1912년) 등에서 신해혁명의 영웅적 거동과 선구자들을 격찬하였다.

신해혁명 이후 신정은 상해에서 계속 동맹회의 활동에 적극 참가하였다. 그는 1912년 7월에는 상해에 모여온 조선 망명지사들과 함께 《동제사》를 무었고 아울러 동맹회의 중견들인 송교인, 진기미, 호한민, 요중개, 당소의 등 명사들이 가입한 《신아동제사》의 조직에도 나섰다. 같은 해에 신정은 당시 중국에서 가장 영향력이 컸던 문학단체 《남사》에 가입하여 유아자 등 진보적 문인들과 교분을 맺고 여러 차례나 《남사》 시우들의 모임에 참석하여 《남사에 드림》(1915년) 등 혁명적 격정이 흘러 넘치는 주옥같은 많은 시편들을 내놓았다.

1916년 이후 《남사》가 복고주의 길로 전락되자 그는 유아자 등 진보적 시인들과 함께 《남사》에서 결연히 퇴출하였다. 그 후에도 그는 애국지사들을 노래하고 황폐한 시대상을 고발한 우수한 시편들을 적지 않게 발표하였다.

이 시기에 신정은 또한 민족독립운동의 인재양성과 조직, 선동사업에 꾸준한 노력을 거듭하였다. 그는 상해에서 박달학원을 개설하여 유망한 조선민족 청년들로 하여금 구미로 유학 갈 수 있는 예비교육을 진행하였으며 100여명으로 헤아리는 조선민족 청년을 중국의 각 군사학교에 보내어 기량을 연마하게 하였다.

그의 생애의 최후 수년간은 상해임시정부의 독립운동사업에 바쳐졌다. 1917년 8월 스톡홀롬에서 개최된 만국 사회당 대회에 그는 조선독립을 요망하는 건의서를 보내어 만장일치의 찬성을 받았고 이듬해 12월에는 자기의 이름으로 빠리 강화회의에 조선독립을 갈구하는 전보를 보냈다. 그리고 비밀리에 일본, 만주, 서울 등지에 부단히 독립운동가들을 파견하여 민족의 해방투쟁에 불길을 지피었다. 그는 이 시기에 ≪진단≫(주간 1920년)을 간행하여 큰 영향력을 일으켰다.

1919년 6월에 그는 임시정부의 법무총장으로 피선되었고 1921년 5월 국무총리대리 겸 외교총장에 취임하였으며 그해 11월에 특명전권대사의 명의로 광주에 가서 손중산 선생과 회견하고 아울러 북벌전쟁을 적극 지지하였다. 허나 광동군벌 진형명의 반란에 의하여 손중산의 혁명위업이 좌절되자 이 소식을 접한 그는 ≪중국의 불행이 어찌도 이같이 심하던 말이냐?≫ 탄식하면서 드디어 병석에 느러눕게 되었다. 그는 여러모로 알뜰한 치료를 받았으나 못다 이룬 광복의 원한을 품은 채 1922년 8월 5일 43세를 일기로 상해에서 세상을 떠났다. 그가 서거된 후 그의 영구를 상해 만국공동묘지에 안장하였다.

시인 신정은 1908년 좌우시기부터 1922년에 이르는 10여 년 사이에 근 200수를 헤아리는 한문으로 된 주옥같은 율시와 산문시들을 세상에 내놓았다. 그의 이런 시는 신정탄생 60주년을 기념하여 중경에서 ≪예관선생기념회≫의 주선 하에 출판된 문집 ≪韓國魂暨兒目淚≫에 그 대부분이 수록되어 있으며 그리고 그의 일부분 시, 이를테면 시 ≪원담잡감≫ 등은 (≪남사에 드리는 글≫과 함께 1915년에 발표) ≪남사시집≫(제13집)에 실렸다.

신정의 한문시에서 우선 우리의 이목을 끄는 것은 망국의 비운을 통탄하고 민족의 자주독립을 쟁취하기 위해 몸바쳐 싸울 것을 호소한 서정과 정론이 밀착된 시편들이다.

시 5언절구 ≪생각한 바를 읊노라(述懷示)≫(1910년)에서 시인은 한일합방후 급속히 영락되어 가는 조선 농촌의 시대상과 일제의 총칼 밑

에서 무리죽음을 당하고 있는 조선민족의 역사적 비극을 생동한 시적
형상 속에서 보여주고 있다.

청산은 옛모습 잃고
낙엽은 지는 가을 알리네
밉살스럽구나 돈에 미친 장사꾼들
다투어 관장사에 달라붙으니
　　　－≪생각한 바를 읊노라≫

青山非舊日, 落木又深秋
可恨多錢客, 經營在棺頭
　　　－≪述懷示≫

여기서 시인은 금전에 눈이 어두워 동포의 죽음도 아랑곳하지 않고
무치하게 ≪관장사≫에 달라붙는 장사아치들의 가증스러운 몰골을 신
랄하게 폭로하고 있는바 이 시의 밑바닥에는 당시의 질곡적인 현실과
몽매 속에서 허덕이는 민중을 하루속히 계몽하여야겠다는 시인의 시대
적 사명감에 대한 자각이 깔려있다.

시인은 천백리 요동벌과 산해관, 북경, 천진, 교주만을 지나 강남땅
에 망명하여가는 수천리의 기나긴 방랑의 길에서도 그 언제나 두고 온
고국의 운명을 걱정하였으며 향용 민족의 자주독립을 실현하려는 정치
적 이상으로 자기의 가슴을 불태웠다.

청구땅엔 해가 지고
산해관엔 북풍이 몰아치는데
충정으로 불타는 섭군의 말씀
이 가슴 한없이 후덥게 하네
　　　－≪산해관에 이르러≫

落日靑丘子, 北風山海關
聶君多血語, 能使此懷寬
　　　　－《到山海關》

　　이는 시인이 산해관을 지나면서 읊조린 《산해관에 이르러(到山海
關)》(1911년)이다. 시의 첫 구절 《청구땅에 해가 지고》는 바로 조선
이 일제에 강점되어 빛을 잃었음을 뜻하는 것이고, 두 번째 구절 《산
해관에 북풍이 몰아치는데》라 함은 일제의 검은 마수가 이미 중국에
뻗치고 있음을 암시한 것으로 읽게 된다.
　　처음 중국에 발을 들여놓을 때만 하여도 그는 합법적인 외교의 길을
통해 민족의 자주독립을 위한 자기의 정치적 이상을 실현하려고 생각
하였다. 하지만 그런 기대가 당시 중국의 암담한 현실과는 너무나도
거리가 멀었기에 그는 더더구나 우국의 정을 달랠 길 없어 울분에 모
대기였다.

　　　　한가슴 맺힌 사연 터놓고 싶어도
　　　　그 사연 무엇인지 알길 없구나

　　　　……

　　　　다른 뜻 품은 것도 결코 아닌데
　　　　가슴만 답답하니 그 심사 무엇인고

　　　　알고보니 그것은 나라잃은 울분이라
　　　　쌓이고 쌓이는 건 설움의 덩이라네
　　　　　　　－《스스로 슬퍼하노라》

　　　　　胸海傾相吐, 疑雲擁不開
　　　　　……
　　　　　斷斷無他意, 區區有此來

始知喪國物, 累累獨悲哀
　　　 - ≪自憫≫

　시 ≪스스로 슬퍼하노라≫(창작연대 미상)에서 발표된 시인의 이와
같은 울분과 원한의 감정은 나중에 발표된 시 ≪남경의 동지들께≫
(1912년)에 이르러서는 민족적 사명의 실현에 대한 자각으로 전이되어
간다.

　　　......
　　　세상변천은 이제 몇번이냐
　　　쓰리고 아픈일들 겹겹이 쌓이누나
　　　말만으로 되는 일 없거늘
　　　실천에 옮겨야만 성공한다네

　　　그리운 강산 어디로 찾아가나
　　　풍랑에 같은 배를 탔나니
　　　제제다사들 장하기도 하구나
　　　백발이 성성해도 기개 떨치는 것이

　　　님계신 곳 찾아갈제
　　　모두가 사공이요 키잡이라
　　　일심으로 대안을 향해
　　　어이여차 노저어가세나
　　　　　　 - ≪남경의 동지들께≫에서

　　　......
　　　滄桑今幾日, 痛楚已三重,
　　　徒語皆虛事, 實行方有功,
　　　江山何處去, 風浪我舟同,

濟濟靑衿壯, 星星白髮雄,
宛在伊人者, 篙師又舵工,
一心登彼岸, 於起此聲中
……
- 《寄南京同志》

　　민족의 자주독립의 기치아래 모여온 반일투사들을 고무격려하여 지
은 이 시에서 시인은 민족 독립운동단체 《동제사》를 묻는 취지와 전
망을 그려주면서 백의동포 앞에 가로놓인 급선무는 일치 단결하여 일
제 침략자를 몰아내고 민족의 해방을 하루속히 실현하는 것이라고 깊
이 밝히었다.
　　민족의 독립운동가들과 운명을 같이하던 신정은 적지 않은 시편들을
통하여 반일 의병투쟁의 격동적인 현실을 격조높이 구가하였다. 반일
의병투쟁을 주제로 한 시 《할빈의거를 찬양하여》(1909년), 《여순에
서 처형당한 이를 애도하여》(1910년), 《의암 탄생 61돌을 축하하여》
(1912년), 《9월 1일》(창작연대 미상) 등에서 시인은 예리한 시대적
안목으로 일제원수들을 반대하는 성스러운 싸움의 마당에서 목숨 바친
안중근, 유린석 등 반일애국투사들의 위업을 칭송하면서 그들의 장렬
한 최후를 속마음으로 추모하였다.

　　　청천백일에 벽력소리 진동하니
　　　육대주의 많은 사람 혼담 놀랐으리
　　　영웅 한번 노하매 간웅은 처단되고
　　　독립만세 3창에 우리조국 신생하리
　　　　　- 《할빈의거를 찬양하여》

　　白日靑天霹靂聲, 六洲諸子魂膽驚,
　　英雄一怒奸雄斃, 獨立三呼祖國生.
　　　　　- 《濱事》

이 시는 시인이 안중근 의사가 일제의 원흉 이또히로부미를 처단했다는 쾌보를 들었을 때의 기꺼운 심정을 읊은 찬가로서 그 밑바닥에는 민족영웅에 대한 무한한 경모와 높은 민족적 긍지감이 굽이치고 있다. 같은 주제의 시 ≪9월 1일≫에서는 상기한 시와 시점을 달리하여 항쟁의 불길을 높이 추켜든 의병용사들을 ≪흑천용≫, ≪청천호≫ 등으로 상징하면서 당시 동북 장백산 일대의 민족 독립군용사들의 용맹과 슬기, 백절불굴의 반항정신을 열렬히 구가하였다. 상기한 시편들은 무엇보다도 거족적인 반일투쟁의 현실에서의 감정체험에 토대하여 애국의 격정으로 불타는 민족주의 정신과 원수들에 대한 증오를 토로한 것이 특징적이다.

그의 시 편중에는 또 중국 자산계급민주혁명에 대한 열렬한 지지와 민주주의 이상에 대한 추구의 정신이 강하게 구현되고 있다. 신해혁명 전야에 쓴 시 ≪연경에 이르러≫(1911년)에서 시인은 바야흐로 폭풍우마냥 거세차게 일어날 중국 자산계급 혁명에 대한 동경심을 다음과 같이 토로하고 있다.

> 서울 떠나 어언간 삼천리
> 해질무렵 연경에서 옛친구 만났구나
> 중화의 희소식 정말인지
> 눈물겨워 오래동안 말 못하였네
>   - ≪연경에 이르러≫

> 漢城一別三千里, 落日燕京訪古人,
> 有淚無言相視久, 中華消息倘其眞.
>   - ≪抵燕京訪晴簑≫

시인은 무너져 가는 청조봉건통치를 ≪낙일연경≫에 비유하면서 신해혁명 전야의 ≪희소식≫에 접한 자신의 북받쳐 오르는 혁명적 격정을 읊조리었다. 같은 해에 읊은 시 ≪서혈아에게≫에서도 곧 일어날

신해혁명을 캄캄한 아세아의 밤을 밝혀주는 등대로 격찬하였으며 반동
통치를 뒤엎는 ≪위기일발의 시각≫에 손잡고 싸울 동지를 찾게 된 희
열과 격동의 정을 터놓고 있다.
    시 ≪보검≫은 당시 동맹회의 저명한 영수의 한 사람인 황흥이 혁명
군 전시총사령으로 부임하려 무한으로 갈 때 보낸 명편으로서 자산계
급혁명의 승리를 위해 분투하여온 손중산, 황흥 등 민주혁명가들의 업
적을 노래한 많은 시편중의 하나다.

　　　　흉악한 원쑤부터 목을 자르고
　　　　이웃의 배신자도 소멸 하소서
　　　　요물들을 모조리 박멸하거든
　　　　태평양에 넣어서 피를 씻으소
　　　　　　　　- ≪보검≫ ― 황극강에게

　　　　先斬窮凶大懟人, 次殲渝約背盟隣,
　　　　餘鋒撲㓕群妖物, 投太平洋洗血塵.
　　　　　　　　- ≪寶劍≫ ― 贈黃克强

    이 시에는 청조통치에 대한 무한한 증오와 자산계급혁명의 승리에
대한 확고한 신념이 여울치고 있다.

　　　　험악한 세상에 거룩하신 분 태여났네
　　　　강남땅 험난한 길 누비시며
　　　　바라고 바란 무창봉기 일으키던 날
　　　　천군만마 한결같이 호응하여 나섰네
　　　　　　　　- ≪손중산에게 드림≫

　　　　荊天棘地一身輕, 楚水吳山路不平.
　　　　鐵血彊場當日願, 數千萬口是同聲.
　　　　　　　　- ≪贈孫中山≫

공화의 새 일월에
천지가 개벽했네
사해의 만백성 행복을 누리며
천대만대 모셔가세 중산선생을
        – ≪손중산 대통령을 축하하여≫

    共和新日月, 重辟舊乾坤.
    四海群生樂, 中山萬世尊.
        – ≪祝孫總統中山≫

  이 두 수의 시에서 시인은 손중산 선생을 광명과 희망의 상징인 ≪해와 달≫에 비유하고 ≪사해의 백성이 환호하는≫ 절세의 위대한 수령으로 높이 추대하면서 시대의 선구자들에 대한 다함없는 기대와 흠모의 정을 구김없이 개방하였다. 민주혁명 투사로서의 시인의 선명한 입장은 원세개에게 피살당한 오록정, 송교인, 진기미 등 근대자산계급혁명가들을 추모하여 쓴 많은 시와 ≪남사≫의 시우들인 저명한 애국시인 유아자, 서혈아, 태일을 찬미하여 읊조린 여러 수의 서정단시들에서도 선명하게 표현되고 있다.

  1913년 ≪제2차 혁명≫의 실패와 더불어 원세개는 신해혁명의 전취물을 앗아갔고 1915년 1월에는 중국 군벌정부가 일본 제국주의가 강요한 매국적 ≪21개조≫를 접수하는 수치스러운 국면을 조성시켰다. 시인은 이런 수모를 당하는 치욕의 날에 통분한 심정을 담은 시 ≪남사에 드림≫과 ≪동사 여러분에게 드리는 글≫을 시우들에게 보냈다.

새바람 불어치니 물결이 사나운데
이 나라는 상기도 깊은 잠 못깨누나
예로부터 연남엔 강개지사 많았건만
오늘은 상해가 제일 문명하구나

슬프도다 국권 잃고 전철을 밟는 것이
원쑤당할 힘 없다하니 옛 이름 아깝구나
5년동안 통곡하여 눈물 못거두니
아득해라 어디에다 구원바랄손가
　　　　　　　　　- ≪남사에 드림≫

東風獵獵浪相驚, 中夜沉沉夢未醒.
從古燕南多慷慨, 袛今滬上最文明.
秘密喪權哀後轍, 鼓吹無力惜時名
痛苦不乾五年淚, 茫茫何處覓秦廷
　　　　　　　　　- ≪寄南社≫

　　시에서 서정적 주인공은 ≪21개조≫ 매국조약 체결을 저주규탄하면
서 중화민족의 애국지사들에게 조선 ≪경술국치≫의 교훈을 거울로 삼
아 일제의 간계를 간파하고 원세개의 매국배족 행위를 단호히 제지시
킬 것을 간곡하게 호소하고 있다.
　　시국을 논한 시인의 많은 시작에는 또 국내 반동군벌간의 끊임없는
혼전으로 빚어진 암담한 현실을 신랄하게 폭로하여 ≪사랑과 증오엔
사심이 없고/받들거나 거역함은 공리에 달린 것이어늘/어찌하여 한종
족끼리 다투고 있을까/그새에 엉뚱한 제3자 이득보겠네 (愛憎無私意,
向背 惟公理, 何爲種族爭, 恐作漁人利)≫라고 하면서 원수들에게 ≪어
부지리≫를 보게 한 역사적 교훈을 피력하고 제국주의 열강들의 이간
도발음모에 경각성을 높일 것을 거듭 강조하였다.
　　암담한 현실에 대한 예리한 관찰과 제국주의 열강들의 무력침공에
대한 높은 경각성과 예리한 표현은 시 ≪연시조약이 체결되었다는 소
식을 듣고(聞燕市條約 勤成羊城軍 府道撤題感)≫(1921년)에 이르러 고
봉을 이루고 있다.

8년전 일 차마 말떼기 어려워라
중원땅 돌이켜보니 가긍하기 그지없네
조석으로 출몰하는 강도병 건드릴 자 없고
서남의 장사들도 옥신각신 하는 판에
용화의 지는 봄은 진형을 품에 안고
사자봉의 흰구름은 일선을 떠나보냈네
한심토다 4억만의 살진 고기덩이를
칼도마 생선처럼 맘대로 도륙내다니

　　　餘生忍說八年前, 回首中原極可憐.
　　　朝暮寇兵誰敢格, 西南壯士亦相煎.
　　　龍華春盡懷英士, 獅子雲空送逸仙.
　　　四萬萬斤胖大肉, 委人宰割若烹鮮.

시에서는 신해혁명의 실패의 교훈으로부터 원세개의 매국배족행위,
진기미, 송교인의 피살, 남북군벌의 끊임없는 혼전, 손중산 선생의 해
외망명에 이르기까지의 8년간의 복잡다단한 정치적 사변들을 생동한
형상적 화폭으로 그려내고 있으며 아울러 4억만 중국인민이 ≪칼도마
에 오른 생선처럼≫ 제국주의 열강에게 도륙당하는 가슴 아픈 현실을
상기시킴으로써 자유, 민주에 대한 열렬한 지향과 원수 격멸의 불굴의
투지를 불러일으키고 있다.
　이 밖에도 그의 시에는 또 노동민중에 대한 사랑과 동정이 흘러넘치
는 역작들이 있다. 중국 강남농촌에서 목도한 이재민들의 처참한 생활
정경을 진실한 사실주의적 화폭으로 전시한 ≪진문에 이르러 물피해정
경을 보고≫(1917년), ≪아침에 진문을 떠나며≫(1917년?), ≪배안에서
기도를 드리며≫(1917년) 등 시에서 시인은 큰물에 밀려 밭도, 집도,
가장집물도 죄다 잃어버린 궁지에 전락된 백성들을 등장시키면서 황하
의 큰물을 다스렸다는 전설 속의 ≪거룩하신 우임금≫이 재현하기를
기대하였으며 당세의 ≪천자의 뜻≫을 돌려세워 수난당하고 있는 억조

창생에게 먹을 것, 입을 것, 거주할 곳을 마련해 주기를 충심으로 바라고 있다. 이런 시편들을 통하여 근로인민과 운명을 같이한 시인의 진솔한 인도주의적 입장을 읽을 수 있다.

신정의 시는 형식상에서 5언 및 7언의 절귀, 율시가 대부분이고 간혹 고체시와 산문시도 있긴 하나 양적으로 그리 많지 못하다. 그의 시들은 다분히 서정과 정론적 성격을 밀착시키고 있으며 한시로서의 운율적 미에 중시를 돌리면서도 보다 더 주제적 내용과 감정의 진솔한 표현에 초점을 맞추고 있다.

시의 풍격에서 그의 시는 중국 위진시대의 시가와 비근한 바 활달한 필치와 비분강개한 정서, 호매롭고 자유분방한 풍격으로써 독특한 시적 개성을 이루고 있다. 따라서 그의 시창작은 그것이 달성한 성과로 하여 조선민족의 한문학에서 한낱 중요한 자리를 차지하고 있다.

신정은 비단 한문시 창작에서 독특한 시적 개성을 구현한 시편들로 하여 빛나는 업적을 과시하였을 뿐만 아니라 산문창작에서도 중요한 성과를 떠올렸다. 그의 이런 산문은 그의 시와 마찬가지로 애족애민의 격정과 일제침략자에 대한 불타는 증오심으로 일관되었으며, 격조가 높고 명랑하며 호소성이 강하다.

그 대표적 작품으로는 장편정론 ≪한국혼≫(일명 ≪통언≫이라고 함)과 서한체 산문 ≪동사여러분에게 드리는 글≫(1915년), 추도문 ≪진영사를 애도하여≫(1917년) 등이 있다.

장편정론 ≪한국혼≫의 기본내용은 일찍 1912년 ≪동제사≫ 창립에 즈음하여 한 연설에서 발표하였으며 그 후 신정은 1914년 11월 8일에 이 글을 정식 탈고하여 동인들 사이에 돌려가며 읽혀졌다. 1919년 ≪3·1 운동≫ 이후 민족 해방운동의 앙양과 더불어 그는 스스로 자기 논단의 정당성과 발표의 필요성을 재확인하고 드디어 1920년 10월 상해에서 간행한 ≪진단≫(주간)에 연재하면서부터 이 작품이 널리 알려졌다.

≪한국혼≫의 집필경위에 대하여 신정은 이 글의 서문에서 다음과

같이 밝히고 있다. ≪경술국치 이후, 나는 중국에 망명하여 왔다. 옛 왕터는 곡식밭이 되었으니 나의 서러움을 그 어디에 비기랴. <이소>에 담긴 굴원의 읍소, 진정에 올린 신포서의 곡성 마냥 계명의 비바람 소리 내 가슴을 후벼내었다. 이에 <한국혼>이란 글을 지었는 바 그 취지는 가슴 속의 고통을 세인에게 알려 민족주의와 복수의 큰 의리로써 민중을 환기시켜 보고자 함이었다.≫

≪한국혼≫은 신정의 의지와 이론과 격정이 결정된 우수한 산문이다. 이 글의 중심주제도 조선민족의 유구한 역사와 빛나는 애국주의 전통을 세계에 선양하고 그 우수한 전통을 발양하여 민족의 자주적 독립과 해방을 위해 끝까지 몸바쳐 싸울 것을 호소한 것이다.

글의 서두에서 작가는 ≪어두운 이 밤은 언제나 새려나?⋯⋯5천년의 옛 나라가 짓밟혀 조그만 고을이 되고 삼천만의 백성이 떨어져 노예가 되다니, 아아, 슬프다!⋯⋯우리는 기어이 망국의 백성이 되단 말가? 마음이 죽어버린 것보다 더 큰 슬픔이 없는 것이어니 이제 망국의 백성이 되어 온갖 슬픔을 겪으면서도 흐리멍텅 깨닫지 못한다는 것은 죽음 위에 또 한번 죽음을 더하는 것이다.⋯사람마다 그 마음이 죽지 않았다면 넋은 아직도 살아 돌아올 날이 있으리니 힘쓸지어다. 동포들이여!≫라고 쓰고 있다.

이 글에서는 민족주의적 역사적 의식에 입각하여 조선민족이 일제의 노예로 전략하게 된 주요원인들을 밝히고 민족주의만이 민족의 운명을 만구할 수 있는 유일한 길이라고 주장하면서 우선 ≪자존자신, 자력갱생, 대동단결, 분발도강≫의 가치 아래 민족의 자주독립을 쟁취하여야 한다고 호소하였다. 여기서 작가가 추구하는 민족주의 이상의 역사적 진보성과 시대적 제약성을 동시에 간파할 수 있으며 나아가 손중산 선생이 창도한 삼민주의 이념과 이어진 자산계급 민주혁명의 시대적 조류를 역력히 더듬어 볼 수 있다.

이 작품은 비단 그 주제내용이 심오하고 관찰이 예리할 뿐 아니라 작가의 주정토로가 힘있게 안받침됨으로써 비분강개한 정서와 웅장한 기백이 흘러 넘치는 풍부한 서정세계를 펼쳐 보이고 있다. 작품은 또한 논리적 서술에 설화적 성격을 부여함으로써 작품의 취미성과 통속성을 더해주고 있으며 따라서 읽는 사람에게 친절하고 다정한 기분을 안겨주고 있다. 이밖에도 작품은 인민들의 생활에 뿌리박은 생명력 있는 속담, 성구, 격언과 생동한 비유적 언어들을 적절하게 이용하여 설득력과 형상성을 높이고 있다.

철저한 반일 민족독립운동가로서의 신정은 줄곧 중국에서 일어나는 정치적 사변들에 깊은 관심을 돌렸으며 그 과정에서 혁명적 격정이 흘러 넘치는 시문들을 내놓았다. 1915년 1월 일제의 무력공갈과 원세개의 매국적 소행에 의하여 안출된 《중일21개조》 매국조약의 체결을 눈 앞에 두고 그는 불안과 통분을 억제할 길이 없어 즉시 붓을 들어 시 《남사에 드림》과 함께 《동사 여러분께 드리는 글》을 지어 시우들께 보냈다. 이 시문은 《남사시집》(제13권)에 수록되어 있다. 아래에 《동사 여러분께 드리는 글》을 발췌(역문)하여 본다.

《오호, 위태롭고 위태롭나이다. 폭풍우에 천지가 캄캄하고 검은 물결이 온 누리를 삼킬 듯 흘러드는데 막아서는 자 없나이다. 대사건이 발생된 후 어중이떠중이들의 담력이 더 커져서 외국신문들까지도 떠들썩하고 있나이다. 하찮은 저 역시 근심과 걱정이 되어 광분질주하며 정형을 살핀지도 어언간 열흘이 넘었나이다. 저는 여러분께 말씀드리기 어려웁고 황차 재야위인들께 여쭐 마음이 없었나이다. … 그런데 요즈음 평민단체에서 공개회의를 열었다는 소식도 듣지 못하였고 여론기관도 경고의 글 한편 없나이다. 너무 놀랄지경으로 이해가 되지 않아 조선의 망국의 교훈을 피력하는 바올시다. …… 나의 친애하는 중화민족을 인인지사들이여 조선의 뒤길을 걷겠나이까?……》

이와 같이 중화민족의 앞날을 심려하는 심정을 진솔하게 피력한 글들로는 《여원홍, 단기서에게 올리는 장편서한》등이 있으며 또한 원세개에게 피살당한 서혈아, 송교인, 진기미, 오록정 등 민주혁명가들을 추모하여 피눈물로 엮은 많은 글이 있다. 그의 이런 시문 역시 민주주의를 지향하는 시대적 인식에 토대한 애족애민의 격정으로 충만되었으며 격조가 높고 진솔호방하다.

4. 조선민족의 이주초기 구비문학

조선서 중국에 이주한 조선민족은 여기와서도 재래의 구전민요와 설화들을 전승, 전파하였을 뿐만 아니라 이 시기 인민대중의 생활과 의지와 동경을 담은 민요와 설화들을 많이 배출하였다. 그러나 오늘에 와서 그것을 문자로 고착시킨 구체적 자료거나 역사기재들이 많이 전승되지 못하고 있다. 하여 본고에서는 오늘날까지 전해진 구전민요나 설화들도 함께 고려하면서 개략적으로나마 이 시기 구전문학의 실상을 살펴보려 한다.

조선 민요는 인류역사의 초창기부터 조선민족의 생산노동과의 밀착 속에서 집단적으로 창작, 전승되었으며 중국에 이주한 후에도 재래의 조선민요를 전승하여 널리 불렀다. 이를테면 조선민요 중에서 가장 대표적인 형식으로 발전하여 온 ≪모내기 노래≫, ≪김매기 노래≫, ≪보리타작 노래≫, ≪초부가≫, ≪방아타령≫, ≪베틀노래≫, ≪그물당기며 부르는 소리≫…와 같은 노동가요를 위시하여 세태가요 ≪시집살이≫, ≪배따라기≫, ≪도라지타령≫, ≪양산도≫, ≪사발가≫, ≪자장가≫… 의식가요 ≪성주본풀이≫와 민속놀이에 따르는 일련의 노래들 그리고 ≪아리랑≫, ≪뽕타령≫, ≪수심가≫, ≪상사병가≫등 애정가요 등이다.

그리고 조선민족은 재래의 민요를 전승, 발전시켰을 뿐만 아니라 당시 시대적 현실과 생활 속에서 많은 민요를 창조하기도 하였다. 이런 민요들 중에서 괄목할 만한 것은 우선 이주초기 조선민족의 생활세태, 다시 말하면 당시 어려운 생활형편과 비운에 처한 불우한 신세를 개탄한 ≪북간도≫, ≪이사질≫, ≪신아리랑≫과 같은 민요들이다.

문전옥답 다 빼앗기고
거지생활 웬 말이냐
밭잃고 집잃은 벗님네야
어디로 가야만 좋을가나
아버님 어머님 어서 오소
북간도 벌판이 좋답니다.
　　　　　　－ ≪북간도≫

늙다리 황소 느린 걸음
쪽수레는 덜컥덜컥
누데기는 다 버리고
안해는 질그릇만 이고 가네

타향살이 떠나가는
우리네의 무거운 발길
이조건 당조건 알게뭐냐
우리는 땅있는 곳 찾아가네

정처없이 거니는 늙다리소야
천애지각 가더라도
생지옥만 벗어나면 되니
어서 걸음을 재우쳐라

안해여 속을랑 태우지 마소
우리 살 곳 꼭 있으리니

비옥한 산천 해살이 넘칠제
씨앗뿌려 농사나 지어보세
            - 《이사길》[1]

산천초목 젊어가고
인간의 청춘은 늙어만 간다,
[후렴]아리랑 아리랑 아라리오
        아리랑 고래를 넘어간다.

무산자 누구냐 탄식마라
부귀와 빈천은 돌고돈다.
[후렴]

밭잃고 집잃은 동포들아
어디로 가야만 좋을가 보냐
[후렴]

괴나리 보짐을 짊어나지고
백두산 고개길 넘어간다.
[후렴]

감발을 하고서 백두산 넘어
북간도 벌판을 헤메인다
[후렴]
            - 《산아리랑》

상술한 민요들에서는 일본 침략자와 이조통치의 가혹한 압박과 수탈

---

1) 《이사길》 이 노래는 1960년대 초 돈화현 목릉향에서 수집하였는데 지금 그
   원문이 산실 되었음. 이것은 당시 漢文으로 번역했던 것에 의해 중역한 것임.

로 인한 백의동포들의 비참한 생활처지와 그러한 처지에서 헤어나려는 열망과 추구가 진실하게 표현되고 있다.

이 시기 민요 중에는 또한 일제원수와 반동통치에 대한 치솟는 분노와 망국노로 전락된 우리 겨레들이 살길을 찾아 떠돌이 하는 가긍한 처경을 반영하고 있으며 또한 그 어떤 역경 하에서도 굴하지 않고 자리잡은 이 고장을 제 손으로 개척하여 아릿다운 생활을 이룩하려는 조선민족인민들의 의지와 숙원을 표달한 것들이 적지 않다. 그 중 민요 ≪뉘라서 간도가 좋다더냐≫, ≪방아타령≫, ≪새 아리랑≫ 등은 그 좋은 예로 된다.

> 뉘가 간도가 좋다더냐
> 가자 어서가자 하늘땅 잇대인 저 곳에로
> 앞에는 사막이요 뒤에는 미둥산일세
> 아 찐빵 한 개만 있어도 갈 수 있을 것을
> 대관절 가야느냐 돌아서야 하느냐
> 일이십리 더 걸을 수는 있는데
> ......
> － ≪뉘라서 간도가 좋다더냐≫의 첫수

이는 민요 ≪뉘라서 간도가 좋다더냐≫의 첫 번째 단락이다. 이 민요는 20년대에 일본영사관에서 민간에게 불려지고 있는 것을 채집하여 조선민족들의 실정과 동태를 요해하는 자료로 삼았다. 아직 그 원문을 찾아내지 못하였다. 이는 일역문의 중역이다. 우리는 이 민요에서만도 일제의 모진 탄압과 수탈로 하여 쫓기며 살길을 찾아 방랑길에서 허덕이는 슬픈 족속의 참담상을 읽을 수 있다.

민요 ≪방아타령≫ 등은 황막한 뜰에 와 자리잡고 살면서도 정두고 떠나온 고향 땅을 못내 그리는 향수를 읊조리었다.

가을 시골에는
연자방아가 쿵쿵
하루에도 몇번씩
가고싶은 내 고향
[후렴]에헤야 가다 못가면
　　　테헤야 기여나 가리
　　　아리아리랑 가고싶은 내고향

우리마을 시골에는
처녀들이 많고
하루에도 스물네번씩
가고싶은 내고향
[후렴]
　　　　　－ ≪방아타령≫의 전문

　이상은 민요 ≪방아타령≫의 전문이다. 일제의 등살에 떠나온 고향
땅, ≪하루에도 몇 번씩 가고싶은 고향 땅≫, ≪에헤야 가도 못가면,
데헤야 기여서라도 가고싶은 내고향……≫ 이에 깃든 향수의 정은 그
얼마나 절절하고도 깊은가!
　이 시기에 널리 전승되었다고 전해지는 민요 ≪헛농사≫ 등도 반동
통치제도하에서의 모진 수탈로 하여 가난에 쪼들려 살길마저 막막한
노동인민들의 신세를 읊조리고 있다.

풍년이라 좋은 곡식
입쌀 한말 넉량하고
좁쌀 한말 5각이니
세금 물고 변돈두고
키만 들고 나앉으니
추운 겨울 어찌하며

긴긴 여름 어찌할고

- ≪헛농사≫

사람마다 벼슬하면 누구 농사짓나
의사마다 병 고치면 북망산이 왜 생겨
어떤 년놈 팔자좋아 고기로 양치질하고
우리는 굶기를 부자집 밥먹듯 하네
우리네 살림은 불에 탄 소가죽인지
오그라만 들줄 알지 펴질줄 모르네
때마다 먹는 밥은 된장에 당콩밥이요
밤마다 자는 잠은 맨봉당에 토끼잠일세
동삼(겨울)에 쌀독은 먼지만 풀풀 나구요
요내라 가슴에는 재만 풀풀나누나

- ≪우리 살림≫

보는 바와 같이 이런 민요들에서는 당시 빈궁에 시달리는 조선민족 인민들의 생활세태와 희원을 깊이 있게 보여주었을 뿐만 아니라 그 형식과 언어구사 등에서도 자기 나름의 특색이 있다.

조선민족은 농경민족으로서 처음 간도 땅에 이주하여 허허벌판을 개간하면서도 무엇보다 먼저 물을 에워들여 논을 푸는 것을 잊지 않았는바 이 고장에 수전이 있는 곳이면 우리 겨레가 살고 있었다. 조선민족 인민은 그토록 벼농사를 중시하여 왔는데 그에 따르는 민요는 방대한 가요군을 형성하고 있다. 그 중 ≪벼가 자라네≫는 이 시기에 널리 불리운 생활요 중의 하나다. 당시 일제당국에서는 이 민요를 채집하고 일문으로 번역하여 해당 부서에 조선민족의 생활실태를 연구하는 자료로 제공하였었다. 아래에, 아직 그 원 민요를 찾아내지 못한 일역문으로 된 이 작품을 중역하여 참고로 제공한다.

만주땅 넓은 벌판에
벼가 자라네 벼가 자라네
우리 가는 곳에 벼가 있고
벼가 자라는 곳에 우리가 있네
우리가 가진 것 그 무엇 있나
호미와 바가지밖에 더 있나
호미로 파고 바가지에 담아
만주벌 거친 땅에 벼씨 뿌리여
우리네 살림을 이룩해보세.
　　　　　- ≪벼가 자라네≫

　보다 싶이 이 민요에서는 바가지나 호미밖에 없는 궁핍한 생활 속에서도 철따라 벼씨 뿌리고 가꾸어 살림을 이룩하려는 반농민들의 드팀없는 의지와 절절한 숙원을 노래하고 있다.
　이 시기에 우리 인민대중은 조선서부터 부르던 노동요를, 이를테면 농업노동, 토목노동, 가내수공업노동, 벌목노동, 어업노동…과 관련된 노래들을 전승하고 부르면서도 많은 경우 이곳 인민대중의 노동생활과 밀착된 적지 않은 변종을 배출함으로써 방대한 가요군을 이루고 있다. 이를테면 ≪모내기 노래≫, ≪배따라기≫, ≪물레타령≫ 등과 같은 수전작업, 어로작업, 여성들의 가내작업과 밀착된 계열에 속하는 민요들이 그 좋은 설명으로 된다.
　이 밖에도 노동의 갈래에 따라 수많은 노동요들이 창작되었는데 아래에 이 시기에 널리 불리운 수중작업을 반영한 이채적인 노동요 ≪떼목군의 노래≫를 인용하여 본다.

떼목에 실은 몸이
압록강 물결에
키잡고 가는 곳은
신의주란다.

[후렴]어야더야 어야더야
      허리여라 이 내 신세

물새와 벗을 삼는
외로운 신세
강역에 떼를 대고
밤을 보내요
[후렴]

강가에 뛰여노는
아해를 보니
달 넘는 집소식이
그리워지오
[후렴]

슬프다 하소연하며
혼자 살아가니
제김에 목이 메여
눈물 흐르고
[후렴]

눈 속에 벌목하는
동지섣달
띄워라 압록강에
얼음 풀렸다.
[후렴]

올해도 한행보의
떼목을 타고서

압록강 이천리
물에서 사오
- ≪떼목군의 노래≫

　이런 수중작업과 관련된 노래에서는 얼음이 풀리면 집 떠나 떼목을
타야하는 떼목꾼들의 부평초 같은 신세를 노래하고 있다.
　이 시기 민요들에서 이채를 띠는 것은 근대적 문화계몽운동의 발랄
한 발전과 더불어 시간을 아껴 과학문명을 습득하여 민족적 과업의 수
행에 힘 다하여야 한다는 개화의식을 고조한 작품들인데 그중 영향력
을 산생한 작품으로 ≪이팔청춘가≫를 들 수 있다.

이팔은 청춘의 소년몸되여서
문명의 학문을 닦아봅시다.

세월이 가기는 흐르는 물같고
사람이 늙기는 바람결 같고나

진나라 시황도 막을 수 없었고
한나라 무제도 어쩔 수 있었나

첨금을 주어도 세월은 못사네
못사는 세월을 허송을 할가나

노지를 말아라 노지를 말아라
젊어서 청춘에 노지를 말아요

우리가 젊어서 노지를 말아야
늙어서 행복이 자연히 이르네

청춘에 할 일이 무엇이 없어서
주사청루로 종사를 하느냐

바람이 맑아서 정신이 쾌커든
좋은 글 보며는 지식이 늘고요

월색이 명광해 회포가 있거든
옛일을 공부코 새일을 배우소

근근코 자자히 공부를 하며는
덕윤신하고요 부윤옥하리라

우리가 살며는 몇백년 사느냐
살아서 생전에 사업을 이루세

정신을 깨치고 마음을 닦아서
이팔의 청춘을 허송치 말아라
            - ≪이팔청춘가≫

　보다 싶이 ≪이팔청춘가≫는 전통적인 잡가의 선율에 창가의 시형식
을 준 민요이다. 이 민요는 계몽기의 교양적 전통을 살리고 있을뿐더
러 또한 그 시적 정서가 낙천적이고 표현이 소박하며 운율조직이 정제
되고 유창한 것이 특징적이다.
　이 시기의 민요 중에서 중요한 자리를 차지하는 것은 또한 반일투쟁
을 노래하고 반일무장대오를 격조높이 칭송한 노래들이다. 그 대표성
을 띠는 작품으로 ≪의병대가≫, ≪광복군아리랑≫ 등을 들 수 있다.

　　　홍대장 가는 길에는 일월이 명랑한데
　　　왜적군대 가는 길에는 눈과 비가 내린다.

에헹야 에헹야 에헹야 에헹야
왜적군대가 막 쓰러진다.

오연발 탄환에는 군물이 돌고
화승대구심에는 내굴이 돈다.
에헹야 에헹야 에헹야 에헹야
왜적군대가 막 쓰러진다.

괴택이 원성택 중대장님은
산고개 싸움에서 승리하였소
에헹야 에헹야 에헹야 에헹야
왜적군대가 막 쓰러진다.

도상리 김치갱 김도감님은
군량도감으로 당선됐다네
에헤야 에헹야 에헹야 에헹야
왜적군대가 막 쓰러진다.

왜적놈이 게다짝을 물에 버리고
동래부산 넘어가는 날은 언제나 될가
에헹야 에헹야 에헹야 에헹야
왜적군대 막 쓰러진다.
          - 《의병대가》의 전문

  이상은 민요 《의병대가》의 전문이다. 이 민요는 반일무장대오의
멸적의 기세와 빛나는 승리를 일본침략자들의 패망상과의 선명한 대조
속에서 형상적으로 보여주면서 반일무장대오에 대한 인민대중의 찬양
의 감정과 성원을 표현하였다. 이 민요는 전통적인 민요선율에 기초하
면서도 새로운 시대적 요구와 반일투사들의 전투적인 기백에 맞는 씩
씩하고 활력에 넘치는 운율을 살리고 있으며 민요전반에 맑고 낙천적

인 정서가 흘러넘치고 있다. 이 민요는 그 시기에 반일무장대오에서 불려졌을 뿐만 아니라 인민들 속에서도 널리 애창되었다.

이 시기 민요에서 애정가요는 또한 중요한 자리를 차지한다. 이에는 ≪아리랑≫, ≪노래가락≫, ≪각시타령≫, ≪배꽃타령≫, ≪사랑가≫ 등 남녀간의 상사의 정, 이별의 설음과 그리움, 사랑에 대한 충성을 노래한 부동한 내용의 서정가요들이 망라되었는 바 그 대부분이 개성해방의 지향과 결부된 반봉건적 주제를 담고 있으며 농후한 민족적 정서와 아름다운 음악적 운율로 하여 높은 예술성을 보여주고 있다.

그리고 당시 이채적인 동요와 참요 등 시정가요도 적잖이 배출되었다.

이 시기에 구전설화도 많이 창작되었다. 하지만 장기적인 역사의 흐름 속에서 인멸된데다 제 때에 채집하여 문자로 고착시키는 작업이 따르지 못한 등 원인으로 하여 지금까지 보존되고 있는 작품이 많지 못하다. 이제 전해지고 있는 작품들에 토대하여 당시 구전설화의 전승과 창작, 발전의 실태를 살펴보려 한다.

우리 민족의 구전설화는 장구한 시기를 두고 신화, 전설, 민담, 동화, 우화, 수수께끼, 우스운 이야기 등 여러 가지 형태로 발전하여 왔다.

우리 민족 신화의 대표적 작품들인 단군 신화, 주몽 신화, 혁거세 신화, 해모수 신화 등은 그의 독특한 예술적 매력으로써 당시 인민대중에게 널리 유전되었다. 이런 신화는 고대건국 신화의 원형을 그대로 완전하게 보존하고 있을 뿐더러 또한 그 전승과정에서 장백산의 향토풍물과 당시 현실생활세부들로 풍부화함으로써 신화의 지역적 특색을 짙게하고 있다.

전설은 설화의 기본형태의 하나로서 이 시기에 보다 드높은 성과를 올린 분야이다. 이 시기에 창조된 전설을 그 묘사대상과 내용에 비추어 대체로 역사전설, 인물전설, 지방풍물전설, 동식물전설…과 같은 여러 가지로 나누어 고찰할 수 있다. 그 가운데서 향토풍물전설과 생물전설이 더욱 성과를 떠올려 보다 많은 작품을 남기고 있다. 향토풍물전설과 생물전설의 그와 같은 발전은 바로 전설자체의 고유한 향토적 규정성과 갈라놓고 생각할 수 없다.

이와 같은 향토풍물전설이나 생물전설은 대체로 재래의 전설을 그대로 전승한 것 외에 조선민족이 집거하는 지구의 새로운 자연풍물과 생활환경에 비추어 새로 창조한 전설과 또한 조선이나 기타민족의 전설에 토대하여 이 고장의 향토, 풍물 등에 연관시켜 이룬 변이 전설 등이 있다.

전설은 언제나 어느 한 지방을 중심으로 그 지방의 역사와 구체적 인물, 자연, 생물, 풍습 등과의 깊은 인연 속에서만이 전승될 수 있다. 바로 전설의 이와 같은 향토적 규정성에 의하여 19세기 중엽이후 조선민족 인민들의 대량적 이주와 더불어 이들의 집거 혹은 산거 하고 있는 장백산 일대와 송화강, 목단강, 요하 등 유역에는 백두산, 오녀산, 봉황산, 천수, 경박호, 연꽃늪, 해란강, 금마하, 용천골, 용두레촌, 노루골 등 풍토, 지명과 관련된 아름다운 향토전설들이 수없이 산출되고 또한 《진달래》, 《백일홍》, 《민들레》 등 민족의 넋이 나래치는 신기한 생물전설들이 허다히 창조되었다.

조선민족이 이주초기에 처한 황막하나 희망찬 동북 변강의 새로운 자연환경은 조선민족의 향토전설에 특색적인 이미지를 부여하게 하였다. 하여 이 시기 조선민족의 향토전설은 동북의 황홀한 자연환경을 배경으로 하여 이루어지고 있다.

일찍 널리 전승된 《용천골》은 조선민족이 중국에 이주한 초기에 창작된 향토전설이다. 용천골의 이야기를 간추려보면 다음과 같다. 용정에서 동남쪽으로 50여 리를 올라가면 오붓한 한 마을이 있다. 이 고장엔 천만길 깊은 땅속에서 솟아나는 샘물이 있는데 《수심은 수정 같고 물맛은 선경의 불로장생 장명수도 예다 비하지 못한다》. 어느 해 봄 호시절에 초동은 지게에다 낫을 가새질러지고 물줄기 따라 이곳 임자 없고 이름 없는 무인 무명골 샘물터에 이른다. 초동은 먼저 맑은 샘물에다 갈한 목을 적신 후, 물 옆의 산기슭에 자리잡고 앉아서 쌍피리를 만들어 흥겨웁게 분다. 이때 아름다운 한 선녀가 구성진 피리소리 따라 샘물터에 내리는데 몸에는 채의를 감고 겨드랑이에는 채옥동이를 꼈다. 초동과 선녀는 그날로 백년을 가약하고 ≪샘물가에 터를 닦고 보금자리 일구며 용솟음쳐 솟는 샘을 용천이라 이름짓고 그 물을 에워 논밭 갈아 씨뿌리니 그 골 이름을 용천골이라 불렀다.≫

전설 ≪용천골≫은 바로 이런 환상적인 아름다운 이야기를 통하여 향토에 대한 해석성을 구현한 동시에 개척시기 조선민족의 노동생활과 행복한 미래에 대한 꿈, 그리고 절절한 향토애를 표현하였다.

≪용정≫, ≪무빈골≫ 등 전설에서도 개척시기 이 고장의 대자연과 더불어 노동인민들의 향토애와 희망찬 내일을 생동하게 묘사하고 있다. ≪……육도하 상류에 자리잡은 지금의 용정은 천만년 묵은 진펄에 갈대 숲이 우거진 이름 없는 고장이었다.……그 후 육도하 기슭 동쪽의 수레길과 오솔길 사이에 반백에 들어선 전주 이씨가 처자를 데리고 들어와 집을 잡게 되자 처음으로 인가가 생겼다. 집 주위가 천년 묵은 옥토여서 농사가 잘 되어 먹을 근심이 없는 데다가 물고기가 많고 꿩이 가마에 저절로 날아들고 몽둥이로 노루를 때려잡는 고장이라 정말 살기 좋았다.≫ 원시적인 황막한 대자연은 당시 조선이주민들에게 이렇듯 황량하고 적막한 것이 아니라 실로 아름다운 동화세계처럼 감수되었다. 고난의 심연 속에서 헤매이던 광범한 농민들은 이와 같은 보금자리를 사랑하였고 자기의 신근한 노동으로 새로운 삶을 개척하려는 의지와 열망을 갖게 하였다.

조선민족이 이주한 이래의 현실은 실로 복잡하고 곡절적이었다. 조선민족의 험난한 현실생활은 이 시기 전설에 새로운 내용을 부여하였다. 이주초기 봉건통치하에서 살고 있던 조선민족에게는 거의 그 어떠한 정치적 법률적 지위거나 보장이 있을 수 없었다. 이에 광범한 노동인민은 관리의 압박과 지방토호들의 횡포와 토비들의 약탈로 하여 모진 어려움을 겪으면서 굴함 없는 투쟁과 신근한 노동으로 삶을 개척해나가지 않으면 안되었다. 당시의 전설들에는 이같은 조선민족의 생활과 염원과 열망이 생동하게 묘사되고 있다. 전설 ≪해란강≫이 그 예로 된다.

상기한 풍토전설에서와 같은 노동인민의 생활과 지향과 열망은 당시 수다히 창조된 ≪진달래≫, ≪백일홍≫과 같은 생물전설에서도 아주 생동하게 보여주고 있다. 먼저 생물전설 ≪진달래≫를 살펴보자. 이 전설은 봄마다 장백산 기슭에 붉게 피어나는 아름다운 진달래꽃에 얽힌 눈물겨운 사연을 전달하면서 포악한 임금에 대한 노동인민의 굴함 없는 투쟁전신을 노래하고 있다. 전설에 의하면 옛날에 한 임금이 해마다 봄이 오면 나라에서 제일 고운 처녀를 골라 제단의 희생품으로 바쳤다고 한다. 그 ≪무서운 봄≫을 벗어나기 위해 정다운 두 남매는 밤도와 깊은 산 속으로 도망치다가 오빠가 관병에게 체포되어 사형선고를 받게된다. 그런데 사형장에 끌려나가는 영웅의 발뒤축에서 방울방울 떨어진 피 방울은 이듬해 봄에 연분홍 진달래꽃이 되어 피어났다. 복수의 일념으로 가슴을 태워오던 그의 누이동생은 그때로부터 해마다 봄이 오면 진달래 꽃밭에 앉아 희생된 오빠를 추모하였다고 한다. 전설에 나오는 이 두 남매가 걸어온 파란 많은 고난의 길은 바로 지난날 우리 민족이 겪어온 수난과 투쟁의 노정이며 영웅의 발자취에 피어난 진달래꽃은 다름 아닌 조선민족의 불굴의 기상과 넋의 상징이기도 하다.

생물전설 ≪백일홍≫과 ≪민들레≫에 긴든 구슬픈 사연도 사람들을 감동케 한다. 백날 동안이나 바다의 요물인 삼두 이무기와 싸우는 남편을 기다리다가 죽어서 꽃으로 변한 백일홍 처녀, 외적의 침입을 막으려 전방에 나간 오서방을 기다리다 세상을 떠 노란꽃으로 변한 민들녀의 형상은 사랑에 충성하고 조국을 열애하는 꽃처럼 아름다운 우리 민족 여성들의 고귀한 품성을 생동한 예술적 화폭으로 펼쳐 보이고 있다. 이밖에도 ≪무빈골 전설≫등은 악질지부 무빈과 그의 소작인인 김서방 간의 갈등을 그 기본 줄거리로 하여 이주초기 농민들의 비참한 조우와 악질지주인 무빈놈의 죄악상을 신랄히 보여준 작품이다.

우에서 예거한 전설에서 구현한 바와 같은 향토적 규정성은 자기의 향토에 대한 인민들의 지극한 사랑, 향토가 낳은 영웅인물과 아름다운 인민적 품성의 모범으로 되는 성실한 사람들에 대한 긍지와 존경의 감정, 악세력에 대한 증오를 표현하였고 자연계에 대한 놀라운 인식능력과 환상능력을 과시하였으며 자기들의 신념과 지향을 나타내었다.

조선민족 전설의 또 하나의 중요한 특성은 다른 민족들과 명백하게 구별되는 그의 독특한 민족성이다. 전설의 민족성은 작품의 묘사대상 외에도 그들의 생활풍습, 심리활동 및 사고방식에서 구체적으로 표현된다. 조선민족 전설에는 한족, 만족 등 기타 형제 민족들 가운데서 유전되고 있는 전설을 차용하고 그것을 조선민족의 것으로 전설화한 이야기가 적지 않다. 이를테면 유명한 중국의 4대 전설 ≪맹강녀≫, ≪백사전≫, ≪견우와 직녀≫, ≪양산백과 축영대≫ 전설 등이다. 4대 전설은 의심할 나위 없이 중국 한족지구에서 나온 것이다. 그러나 조선민족 지구에 유전되고 있는 4대 전설은 한족의 전설 그대로가 아니라 이미 장기간 조선민족인민들의 구전전승을 거치는 과정에서 충분히 민족화 한 조선민족의 전설이다. 이런 전설에 나오는 맹강녀, 백사, 직녀, 축영대는 옷차림으로부터 그들의 언어, 행동, 내면세계 및 사고방식에 이르기까지 조선여성의 성격, 기질과 도덕품성을 체현하고 있다. 이를테면 한족 ≪맹강녀≫전설의 변종인 ≪동해바다에는 어째서 작은 상어가 생기게 되었는가≫에서의 내용과 구성은 수당(隨唐)이후에 변이 된 맹강녀 전설과 매우 흡사하지만 그 가운데의 생활풍습, 애정의 표달방식, 인물의 언어와 행동, 외모는 죄다 조선여성의 독특한 정신세계와 윤리도덕적 미를 보여주고 있다.

조선민족의 구전설화에서 민담은 양적으로나 그가 취득한 예술적 성과에서도 가장 뚜렷한 위치에 놓여있다. 이 민담들엔 환상적 민담, 생활민담, 풍자적 우화, 우스운 이야기 등 다양한 형태가 있지만 그 가운데서 생활민담과 환상적 민담이 압도적인 비중을 차지한다. 이 시기에 유전되었다고 추정되는 이런 민담의 계열에는 ≪힘센 총각≫, ≪홍송과 인삼≫, ≪아버지의 평생소원≫, ≪소가죽 한 장만큼≫ 등이 들어있다.

생활민담 ≪힘센 총각≫은 대표성을 가진 작품이다. 작품은 대담한 환상과 선명한 대조로써 근로인민의 이익을 대표한 힘센 총각과 사멸되어 가는 반동적 승려계층의 이익을 대표한 포악한 도사놈 사이의 첨예한 대립관계를 반영하고 있으며 봉건적 불교세력에 대한 인민들의 용감한 투쟁정신과 그들의 종국적 승리를 구가하고 있다.

노동인민 속에 널리 전해진 《홍송과 인삼》은 환상적 요소가 극히 풍만한 민담인데 이에는 아래와 같은 내용이 담겨져 있다.

옛날 어느 한 산골에 홍송이라 부르는 총각이 있었는데 어느 날 그는 앞 골짜기에 가서 나무를 하다가 뜻밖에 인삼을 발견하였다. 그는 당장 캐려다가 더 키워서 내년 춘삼월에 캐자고 마음먹고 거기에 표를 해놓자고 인삼 밑 그루에 청실홍실을 매놓았다. 이튿날 총각은 다른 산골짜기로 나무하러 갔는데 이상하게도 어제 청실홍실을 매놓은 그 인삼이 그곳에 옮겨와 자라는 것이었다. 홍송은 기쁘기도 하고 신비롭기도 하여 멍하니 그 인삼을 바라보면서 캐려고 마음먹다가, 그 자라는 인삼을 캐가기가 아쉬워서 인삼은 놔두고 거기에 매논 청실홍실만을 가져가려고 끄르는데 갑자기 인삼이 뿌리 채 땅 위에 솟아올랐다. 홍송은 이 인삼을 가져다가 농 안에 소중히 넣어 두었다. 그런데 몇 일이 지나 이 인삼은 홍송의 착한 마음씨에 감복된 나머지 아릿다운 인삼처녀로 변하여 홍송과 배필을 이루었다.

민담 《홍송과 인삼》은 홍송과 인삼에 대한 환상성이 풍만한 이야기를 통하여 노동인민의 대바르고 착하고 부지런한 품성을 구가하였으며 행복한 생활에 대한 지향과 향토에 대한 열애의 감정을 감명깊게 표현하였다.

풍자적 성격을 짙게 구현한 민담 《소가죽 한 장만큼》은 또한 이채적인 구전설화이다. 이 설화의 줄거리를 더듬어보면 다음과 같다. 어느 날 일본 영사놈은 국자가(연길)에 있는 도대인(陶大人)을 찾아가서 영사관을 짓겠는데 더두 말고 소가죽 한 장만큼한 땅을 빌려달라고 간청하였다. 도대인은 소가죽 한 장만큼 한데다가 어떻게 영사관을 짓는가 보자고 좌우 관원들과 상론한 후 그자의 간청을 들어주었다. 그 후 얼마 가지 않아 도대인은 일본놈들이 수십일경의 땅에다가 담을 쌓고 으리으리한 영사관청사를 지었다는 소문을 듣게 된다. 그는 노발대발하면서 용정에 달려가 《네놈들은 그래 양심도 언약도 국제공법도 없느냐?≫고 영사놈을 질책하니 영사놈은 히죽 웃으면서 실처럼 오리오리 찢어진 가죽오리를 내놓으면서 ≪언약과 서약에 소가죽 한 장만큼 이라 하였은 즉 모아 놓으면 한 장이요 펼쳐 놓으면 꼭 영사관 둘레길이와 같게 될터이니 어디한번 재어보시지요.≫라고 하였다. 도대인은 그 자들의 괴변에 울분이 치받쳤지만 혼내줄 뾰족한 수가 생각나지 않아 아무 말도 못하고 돌아서려 하였다. 이 때 동행했던 마부가 선뜻이 나서서 영사 놈과 걸고 들었다. ≪영사 나으리, 그래 지금 서있는 곳이 뉘 땅입니까?≫ 영사는 ≪누가 이곳이 중국 땅이 아니래서 그 야단인가?≫고 하면서 체신도 잊고 붉으락 푸르락하였다. 이 때 지나가던 백성들이 희한한 구경거리라도 있나부다 하여 모여들었다. 마부는 이 기회를 놓칠세라 관중들에게 사건의 자초지종을 설토한 후 영사놈을 쏘아보며 ≪소가죽 한 장만큼한 그 위에 올라서고 오리를 내여 토성을 늘였으면 그 가죽오리를 타고 앉아 있을 게지 왜 남의 영토를 함부로 차지하는거냐?≫고 대성질호하였다. 이 때 관중 속에서 ≪그렇다! 소가죽 위에 올라 앉든지, 가죽오리를 타고 토성 위에 가 춤추든지 해라!≫고 하는 함성이 울려퍼졌다.

민담 ≪소가죽 한 장만큼≫은 대담한 과장가 풍자적 수법을 빌어 일제의 교활성과 날강도적인 약탈행위를 폭로 규탄하였고 청조 통치배들의 미욱한 낯 반대기를 여지없이 발가놓았으며 인민대중의 지혜와 총명, 일제에 대한 적개심을 심각하게 표현하였다.

우화는 실화의 한 종류로 간주할 수 있다. 최근에 발견된 자료에 의하면 조선민족의 대량적 이주가 현실화된 20세기 초엽에 이동휘, 계봉유 등 개화기의 진보적 사상가들이 편찬한 ≪초등소학수신서≫(1913년)에는 민족자강과 반일 애국투쟁에로의 각성을 목적으로 한 수십 편의 우화들이 수록되어 있다. 이 우화들은 근대시기 조선민족 우화발전의 실태를 실제 작품으로 보여주고 있다.

≪우스운 이야기≫는 봉건말기에 정착된 또 하나의 우수한 설화형태이다. 전래의 우스운 이야기는 흔히 관료, 부자, 유학자, 승려, 선교사, 그리고 시어머니, 남정들에 대한 신랄한 풍자로 청중을 격동시키고 있

다. 우스운 이야기의 이러한 사실주의 전통은 이주 이후 노동인민들 속에서 널리 유전되고 있는 ≪달을 산 사또≫, ≪진짜 양반≫, ≪나귀를 메고 가다≫ 등 작품에 연면히 계승 발전되고 있다.

이 밖에도 이 시기 구전문학에는 노래와 이야기가 교착된 독특한 서사적 극적 방식에 의하여 출현되는 독연 형태의 예술로서의 판소리 등이 유전되었다. 이를테면 재래로 출연된 ≪춘향가≫, ≪심청가≫, ≪배뱅이굿≫ 등 여러 종의 판소리 대본이 있었으며 또한 그것들의 전승과정에서 일정한 변이가 있었으리라는 것은 추정하기 어렵지 않다. 그러나 오늘 당시의 판소리 출연상황에 관한 실제자료를 입수하지 못하여 이 시기 판소리 대본의 변이양상과 그 실태를 근거 있게 고찰할 수 없는 것이 유감스럽다.

5. 1920년대 중국 조선민족 문학약론

1). 중국 조선민족 인민들은 1920년대에 들어서면서 조선의 ≪3 · 1 운동≫과 중국의 ≪5 · 4 운동≫의 영향하에서 새로운 역사단계에로 진입하였다.

이 시기 일본 제국주의는 조선반도를 완전히 병탄해 버린 후 조선민족 인민들을 더욱 혹독하게 탄압하고 수탈하였다. 이에 파산된 조선반도의 인민들은 더욱 도탄 속에 빠지게 되어 수많은 사람들이 살길을 찾아 분분히 들어오게 되었는데 1920년대에 중국에 이주한 조선민족 인구는 급격히 늘어났다. 당시 일본당국 관변측의 통계에 따르면 1920년에 중국 동북경내의 조선민족 인구는 45만명이었으나 1930년에 이르러서는 63만여 명으로 늘어났다. 이런 이주민들 중에는 농민과 노동자들 그리고 민족의 독립과 해방을 위하여 건너온 지사들과 지식인들이 망라되었는데 그 중 농민들이 절대부분이었다.

동북에 대한 일본제국주의의 침략이 날로 가심해지고 일본독점자본이 마구 침투함에 따라 조선민족 거주지구의 소농경제는 파괴되어 갔고 농촌의 토지겸병도 날따라 치열해 졌다. 이런 형편에서 대다수 농민들은 일제의 ≪동척(東拓)≫, ≪동아권업(東亞勸業)≫ 등 식민회사거나 봉건지주의 땅에 매워야 하였기에 이중삼중으로 되는 잔혹한 착취에 시달리지 않으면 안되었다.

1920년 10월 일제의 획책 하에 감행된 이른바 ≪경신년 대토벌≫로
하여 수많은 조선민족 인민들이 학살당하였으며 발랄하게 벌어지던 민
족 독립투쟁은 좌절당하였다. 그 후 일제는 봉건군벌과 결탁하여 동북
지구에 23개 총영사관과 그의 분관을 설치하고 경찰들을 대량적으로
증파하여 통치를 강화하고 또한 ≪조선사람을 보호, 관리한다≫는 구
실아래 ≪조선거류민회≫, ≪조선민회≫, ≪보민회≫ 따위의 어용단체
를 내와 간교스럽게 ≪조선사람으로써 조선사람을 통제≫하는 정책을
시행하면서도 겉으로는 회유지책을 쓰며 이른바 ≪문화통치≫를 표방
하였다.

1920년대에 진입하여 형성된 사회적 현실과 계급적 갈등은 우리 조
선민족으로 하여금 계급적 문화를 신속하고도 폭 넓게 받아들이게 하
였다. 이에 1920년대에 진입하여서는 이전의 ≪국토광복≫, ≪국권회
복≫을 직접적 종지로 삼아오던 민족 독립운동 전선에는 민족주의 기
치와 사회주의 기치를 함께 내드는 국면이 조성되게 되었다.

맑스주의가 한낱 사상사조로서 조선민족 거주구역에 전파되기 시작
한 것은 1920년대 초부터였다. 일찍 러시아에서 10월 사회주의 혁명에
직접 참가하였거나 그 이념을 접수한 선구자들은 중국 상해 등지에서
조선공산당 등 단체와 그의 외곽조직들을 내왔다. 그리고 이런 단체들
에서는 많은 맑스주의 서적과 간행물들을 번역, 출판하여 여러 갈래의
경로를 이용하여 연변 및 기타 조선민족 집거구에서 송달하였으며 또
한 직접 대중 속에 들어가 사회주의를 선전하였다. 그들은 농민들 속
에 들어가 식자반과 야학교를 꾸리고 문화지식을 배워주었으며 강연
회, 오락회를 열고 혁명가요보급과 연극활동 등을 전개하면서 계급문
화를 선양하였다. 1920년대 후반부터는 맑스주의 단체의 지도하에 조
직된 노동조합과 농민조합, 그리고 청년회, 학생회, 부녀회, 소년회 등
을 발동하여 반제 반봉건 투쟁을 거세차게 벌려나갔다.

상기한 바와 같은 사회정치적 환경과 여러 가지 사상사조의 영향하
에서 조선민족 인민들은 만난을 무릅쓰고 힘써 민족적 교육을 도모하
였다. 1931년 통계에 의하면 동북에서 인민대중과 여러 반일단체 그리

고 종교계에서 세운 학교는 무려 388개소에 달하였다. 이 시기에 진보적인 사상을 가진 인사들에 의하여 꾸려진 많은 학교들은 비단 당지의 문화중심으로 되었을 뿐만 아니라 정치활동의 중심으로 되어 반제 반봉건 투쟁의 역군을 양성하는 기지의 구실도 하였다.

그리고 이 시기 문화사업에서도 일정한 진전이 있었다. 당시 일제가 표방한 ≪문화통치≫는 우리 문학을 발전시킴에 있어서 한낱 계기로도 되었다. 그것은 일제당국에서 일정하게 규제를 완화하고 일부 신문, 잡지의 출간을 허용함에 따라 여러 가지 신문 잡지가 간행되었는데 그 중 진보적 간행물만 하더라도 무려 20여종이나 되었다. 상해, 북경 등지에서 발간한 ≪독립신문≫(첫 몇기는 ≪독립≫이라 하였음), ≪진단≫, ≪천고≫, ≪광명≫, ≪신동방≫ 남만과 북만 일대에서 출간된 ≪한(韓)족 신문≫, ≪노력신문≫, ≪불꽃≫, ≪청년전위≫ 연변에서 간행된 ≪민성보≫, ≪기적소리≫, ≪민중≫이 그 예로 된다. 상기한 매 간행물의 간행종지와 다룬 내용은 서로 같지 않았으나 그 중의 절대 부분은 반일 민족독립의 이념과 새로운 문화를 선전하기 위한 수요에 부응하여 꾸려진 것이었다.

이 시기 반제 반봉건 투쟁이 심입되는 새로운 정치, 문화적 환경하에서 문학창작에서도 일정한 성과를 거두었다. 이 때 문학창작자들은 비리에 찬 불합리한 현실과 맞서 싸우면서 자기의 운명을 개척해 나가려고 지향하는 근로인민, 더욱이는 농민들의 형상창조에 주의력을 돌려 그들의 계급의식과 저항의 의지를 두드러지게 부각하기에 힘썼다. 그리고 이 시기 문학은 비판적 사실주의적 창작방법으로써 현실생활을 역사적 구체성으로부터 진실하게 묘사하고 그 필연적 발전을 추구하면서 당시의 반제 반봉건적 투쟁과 긴밀히 배합하기 위하여 의식적인 노력을 경주하였다. 그러면서도 이 시기 문학은 당시의 혁명단체들에서 문학창작자들에게 현실과는 탈리된 급진적 요구를 제기하거나 또는 문학의 특성을 무시하고 공리적 요구만을 강조하는 등으로 하여 문학의 정치화, 교술화적 경향을 피면하지 못하였고, 또한 이와 더불어 예술성을 홀시하는 폐단을 초래하기도 하였다.

2). 1920년대 시가문학은 기타 문학분야와 마찬가지로 적지 않은 창작성과들을 거두었었다.

그러나 지난날의 모진 세파 속에서 산출된 많은 시가작품이 거개 산일되다 보니 당시 시단의 실상과 취득한 업적을 보다 전일적으로 고찰할 수 없는 것이 유감이다. 아래에 지금까지 전해지는 일부 시가를 통하여 이 시기 시가문학의 발전양상을 더듬어 본다.

이 시기에 자유시 창작이 퍽 활발스러웠고 한문시, 시조 등에서도 일정한 성과들을 거두었다. 그리고 또한 당시의 특정한 반제 반봉건적 투쟁 환경하에서 대중적인 혁명가요 창작이 성행되어 그 영향력을 과시하였다.

1920년대에 자유시 창작에서는 우선 일본제국주의와 봉건통치제도에 의하여 조성된 조선민족인민의 비참한 운명에 대한 회한과 독립, 자주권을 되찾고야말 인민대중의 드팀 없는 의지와 굳은 신념을 읊조린 시들이 그 주조를 이루고 있다. 그 중에서 서정시 ≪조선심≫(백악산인, 1928년), ≪연가해(燕歌解)≫(철주, 1928년), ≪3월 하루≫(김태연, 1921년), ≪내가 죽었어?≫(목신, 1922년), ≪님 찾는 마음≫(이월촌인, 1930년) 등은 고국을 사무치게 그리는 우리 겨레의 숭고한 감정과 오매에도 잊지 않는 민족적 자주독립의 숙원을 깊이 있게 토로한 시편들이다.

> 동무야 아느냐 조선의 마음은……
> 겨레의 마음을 한데 태워서
> 옳바로 붉어진 자유의 몸에
> 님을 비추는 ≪거울≫을 삼노니
> ≪때≫의 사조가 한없이 흘러서
> 사람의 마음은 낡는다 해도
> 님의 마음은 쬐일길 없노니
> 환영(幻影)을 헤치고 진(眞)을 찾아서

≪바람≫의 푸른 기를 높이 세우자
……

동무야 아느냐 조선의 마음은……
겨레의 피를 한데 빚어서
곱곱이 옥맺힌 원한의 가슴에
≪신(新)≫의 꽃을 피우게 하리니
≪남≫의 빛깔이 아무리 고와도
온누리 사람이 죄다 따러도
님의 마음은 변할길 없노니
설움을 걷고 안위를 간직해
조선의 ≪미(美)≫를 깊이 맛보라

동무야 아느냐 조선의 마음은……
겨레의 혼을 한데 뭉쳐서
나날이 빛나는 진역(震域)의 터전에
새로운 성탑을 높이 쌓으려니
악마의 벽력이 되거푸 내리쳐
희생의 선풍이 이 땅을 삼키어도
님의 정화는 꺼질길 없노니
낙망을 버리고 용기를 내여
한토(韓土)에 ≪한빛(韓光)≫을 길이 밝히라
　　　　　－ ≪조선심≫ 중의 세대목

　　이는 서정시 ≪조선심≫ 중의 세대목이다. 서정적 주인공은 숭엄한
정서 속에서 고국과 겨레를 찬미하면서 그 어떤 역경에 처하더라도
≪낙망을 버리고 용기를 내여≫ 겨레의 성스런 빛발을 길이 밝히라고
호소하고 있다. 이토록 이 시편에서는 조선의 ≪마음≫을 소중히 간직
하고 자기의 일체를 고스란히 고국과 겨레 앞에 바치려는 당시 백의

동포들의 굳은 의지와 깨끗한 지조를 감명 깊게 대변하고 있다.

망국노로 전락된 우리 겨레는 오래동안 피땀을 흘려가며 가꾸던 토지와 정든 향토를 빼앗기고 눈물을 휘뿌리며 정처 없는 길을 떠나지 않으면 안되었다. 어디가나 모진 시달림을 피할길이 없었던 조선민족 인민들은 그때마다 더더욱 잃어버린 자기의 고국을 사무치게 그리였다. ≪연가해(燕歌解)≫(철주)는 바로 이 시기 조선민족 인민들의 사상 감정을 아주 절절하게 펼쳐 보여주었을 뿐만 아니라 그 시형식에 있어서도 종래의 정형시와는 달리 아주 수수하면서도 분방하고 이채적이다. 아래에 이 시 전문을 인용한다.

> 내 누워서 앓는 방 난간 끝에는
> 제비둥이가 있다.
> 수제비 암제비
> 낮에는 진흙을 물어다가
> 네 둥이를 수리하고
> 밤에는 목을 엇걸고 자더라
> 일기가 명랑하고 바람이 화창하면
> 둥이 앞에서 노래를 부른다
> 나는 그 노래를 들을 때마다
> 귀를 기웃거리며 아픔을 잊고
> 그 노래의 뜻을 풀었다.
> ≪배달의 청년아(솔솔솔 미미레 미미레)
>   우리는 옛집을 찾는데(미레도 솔솔솔 미레도)
>   너는 누워서 앓기만 하느냐(미레도 미레솔 미레미레도)
>   풍만루(風滿樓)하고 우장래(雨將來)한다(라라라 솔솔솔솔솔솔)
>   너는 장차 어데로 가려나(라라솔솔 미레도 미레도)
>   너도 어서 집을 찾아라(라라솔솔 미레도 미레도)≫
>   － ≪영고탑 동경성 연화못 병상에서≫

작중의 서정적 주인공은 제비들이 지저귐에 기탁하여 연상의 나래를 펼치면서 버리고 온 ≪자기의 집≫을 못내 그리는 순정을 쏟아놓고 있다.

서정시 ≪님찾는 마음≫(이월촌인)[1]도 고국과 겨레에 대한 다함없는 송가이며 정열적인 시풍을 보여준 시편이다.

> ......
>
> 님이시여 당신이 부르시며는
> 옛마을 찾아오는 제비의 나름으로
> 검푸른 대공으로 찾어서 가지요
>
> 님이시여 당신이 부르시며는
> 하늘에 흐르는 번개의 빛으로
> 화산의 비탈로 찾어서 가지요
>   - ≪님찾는 마음≫

이상은 시 ≪님찾는 마음≫ 중의 두 연이다. 이에서 ≪님≫은 다름 아닌 고국과 겨레 또는 동경에 찬 자아이상의 상징으로 읽을 수 있다. 이 시에서 우리의 격정을 더 솟구치게 하는 것은 그 어떤 험난과 역경 하에서도 고국의 위업에 자기를 서슴없이 바치려는 서정적 주인공의 충정이다. 이 시는 당시 망국의 한을 달래던 우리 겨레에게 새로운 경지와 신념과 지향을 안겨주었다.

서정시 ≪님을 찾으며≫(근파)에서도 눈물 없이는 보지 못할 겨레의 망국노적 비운과 불우한 처경에 대한 절통의 정을 토로하였다.

> 내 그대를 따라 이 땅을 찾어옴은
> 반생에 그립던 정을 행여나 풀가하여

---

1) 이월촌인(李月村人)은 이학성의 필명임.

북관…천리길에 노수도 한 푼 없이
한줄 글만 믿고 내 홀로 떠나왔소

고개마다 넘는 고개 님의 기척 살피나
적적한 세상이라 소식 듣기 어려우니
넘어가는 초생달에 눈물만 스치고서
한고비 뭉친 한을 또다시 태우고 있소

…

한이야 타든말든 님이나 만났으면
어슬렁 뛰는 맘에 만단설화하렸더니
님은 가셨어라 찾아볼길 없아오매
되거푸 고개넘기 발길만 허덕이오
…

- 시 ≪님을 찾으며≫ 중의 3연

　　당시 불우한 처경에 빠진 우리 겨레들에게 있어서 님과의 생이별,
이는 늘 목격하게 되는 눈물겨운 생활상의 한 측면이기도 하였다. 우
리는 이 시를 통해 불원천리하고 님을 찾아왔다가 비보를 듣고 눈물을
휘뿌리며 발길을 되돌리지 않으면 안되는 서정적 주인공의 한가슴에
찬 울분을 읽게 된다.
　　그리고 이 때에 발표된 시편들 중에는 일제의 무단적인 통치와 죄악
성을 공소하고 단죄한 ≪웬일이냐≫(작자미상, 1922), ≪백색테로≫(남
문룡, 1928년) 등과 그리고 반동통치의 잔혹한 수탈로 하여 기아선상에
서 허덕이는 참혹한 처경을 비분에 차 폭로, 공소한 ≪단오절≫(초래
생, 1928년), ≪여름의 농촌≫(김근파, 1930년) 등이 있다.

　　　웬일이냐
　　　저 아해는 왜 울어

감옥에 있난 아버지 생각
간절해서 운다해요

웬일이냐
저 집의 소동이
독립운동에 관계 있다고
왜놈들이 와서 가택수색
그래서 소동이래요

웬일이냐
저 부인은 어디를 급자기
철창속에 있난 남편에게
의복 차입하랴고
그래 급자기 간대요

웬일이냐
개화몽동이 든 자가 내 집에
고문치사된 사람위해
말 한마디 못하는 변호사놈
착수금이나 내라고 왔대요
        - ≪웬일이냐≫

이는 시 ≪웬일이냐≫의 전문이다. 일제에 대한 원한을, 옥에 갇힌
한 투사의 가정이 겪는 봉변을 선명하게 전시하는 것으로써 심각히 파
헤치고 있다. 그 시적 기법도 수수하고 간결한 것이 특징적이다.
        밤은 깊어 집집에 등불은 켜지고
        하늘 우에 별들도 반짝거리건만
        맥없이 늘어진 그는 별조차 보지 못하였다.

배고파 잉잉 밥달라 우는 어린애
세네때 굶주린 어머니에게 어찌 젖이 있으랴
오! 우는 그 애를 어찌 달랠것인가?

곁집에선 저녁연기 끊어진지 오래고
뒤산의 부엉새는 깊은 밤을 노래하는데
때 지난 이때 누구의 집에서 한술밥 얻어오랴!

여전히 울고있는 어린애는 말끝마다 밥주…
한숨짓는 부모의 간장 다 녹여내리나니
긴긴 여름밤 또 어쩌나 새워보내랴?
　　　　　　 - 조시 ≪여름의 농촌≫ 중의 <밤>

　실로 눈물 없이 보지 못할 처참한 처경이다. 상기한 여러 시편들에
서는 당시 조선민족 인민들의 삶의 현장에 깊이 들어가 그 실상을 파
악하고 사실주의적 방법으로 반동통치하에서의 겨레의 수난과 비극적
운명을 까밝히고 겨레들의 숙원과 동경을 전시하고 있다.
　그리고 이 시기 시가중에는 또한 당시 독립군들을 구가하거나 그들
의 생활을 다룬 시편들도 적지 않았다. 그 중 시 ≪애처러워라≫(경
재, 1922년), ≪저 비보아라≫(경재, 1922년), ≪표량(漂浪)≫(작자미상,
1922년), ≪추야강유(秋夜江游)≫(작자미상, 1922년) 등이 대표적인 시
편들이다.

바람은 분다 비는 온다
오든 비 부든 바람 끝나기 전에
또 일어난다 또 일어난다
내 가슴속에 타는 불이!

이곳이 어디라요

서백리야(西伯利亞) 찬 벌판인가요?
남북만주 풀밭속인가요?
그것도 아니면 강남의 거친 들인가요?
괴롭다 말어라 우지 말어라
먹을 것 없고 입을 것 없다고
나라 망하고 주인 없난 백성
의례이 그럴줄 몰랐더냐?

그러나 울어라 또 울어라
방랑에 방랑에 계속되는 너이들
목적이 무어냐? 잊지 말어라
표랑의 보수로 자유의 월계관…
        - ≪표랑(漂浪)≫

  이상은 시 ≪표랑(漂浪)≫의 전문을 옮긴 것이다. 작자는 밝혀지지
않고 있다. 이 시는 나라를 잃고 국권회복을 시도하여 표랑하는 지사
들의 한과 슬픔과 바람을 집약적이면서도 생동하게 읊조리고 있다.
  시 ≪저 비보아라≫(경재)는 민족독립투쟁에 나선 독립군용사 또는
의사들에 대한 진지한 정을 감명깊게 토로한 시편이다. 그 전문을 들
어 본다.

저 비보아라
남북만주들에는 오지를 마라
산과 수풀속에 모여있난
우리 대한 독립군은
어이하란 말이냐

저 비보아라
흑룡강 골짝에는 오지를 마라

집 잃고 헐벗은 용사네는
어이하란 말이냐

저 비보아라
인왕산 밑에는 오지를 마라
원쑤의 철창에서 신음하는
우리 의사의 심정은
어이 하란 말이냐

저 비보아라
북만의 의로운 객이 잠을 깨니
눈물에 쌓인 요 내 가슴은
어이 하란 말이냐
 - ≪저 비보아라≫

이렇듯 이 시는 광야에서 풍찬 노숙하는 용사들이거나 영어의 몸이
된 인왕산의 의사들에 대한 진정을 절실하게 쏟아놓고 있는 바 그 표
현도 사뭇 애틋하고 자연스럽다.

추야장각 달밝은데
배를 저어 가노애라
싫은들 어이하리
천수만한(千愁萬恨)을
오직 저 곤곤(滾滾)한 장류(長流)에

강수는 바다로
월색은 산넘아 돌아간다
강변에 자는 백구(白鷗)
추초간(秋草間)에 우는 충성(蟲聲)

선자(船子)야 뉘라서
자고로 흥망이 유수(有數)라 하더냐

유유(悠悠)한 이 심사
곤곤(滾滾)한 저 유수(流水)
월광에 취한 혼이
청풍(淸風)에 춤추도다
벗님아 이렇게 주야동류(晝夜東流)로
훨훨 우리 낙양승지(落陽勝地)에
　　　－《추야강유(秋夜江游)》

　이는 1922년 9월 20일 《독립신문》에 실린 《추야강유(秋夜江游)》
의 전문이다. 작자를 밝히지 않고 있다. 이 시는 민족독립 투쟁에 나선
용사들이 자기의 한과 포부와 승지의 피안으로 검질기게 노 저어가는
심경을 낭만적으로 노래하고 있다.
　1920년대에 시조창작도 퍽 성행된 것으로 알려지고 있으나 지금까지
전해지고 있는 작품은 얼마 되지 않는다. 지금 찾아볼 수 있는 시조들
에서 읊조린 내용들을 대체적으로 집약하여 보면, 기타 형식의 시작에
서와 마찬가지로 고국과 겨레에 대한 충정과 망국노로 전락된 겨레의
한 비분의 정, 그리고 민족독립운동에 헌신하려는 굳센 결의들을 읊조
린 시조들이 보다 많은 비중을 차지하고 있다. 시조 《새해》(신도(新
島), 1920년), 《시세계》(작자미상, 1922년), 《유랑인》(P.A.S. 1928년)
등이 그 좋은 예로 된다.

그림자로 벗을 삼는 혁명객의 이 신세라
사랑하는 동포에게 무엇으로 정 표할까
받아라 신년선석(善錫) 드리노리 이 내몸을
남아 삼십에 미복국(未復國)이면

후세(後世)에 수칭대장부(誰稱大丈夫)라
복국 못한 몸으로 떡국먹기 부끄럽네
언제나 왜두만두(倭頭蠻頭)로 함포고복(含哺鼓腹)
　　　　　　- 시조 ≪새해≫ 3장 중에서

낙민루(樂民樓) 저문 날에 뿌리치는 나의 눈물
무검루상(無劍樓上) 석조(夕鳥)들아
네 아느냐 이 가슴을
저 건너 송림성암(松林聖庵)에
쇠복소리만 은은(隱隱)

청풍아 거뜩 불어 백범(白帆)에 가득차라
천리강산 먼먼길을 북치며 어서가자
무궁화 시든 가지가 실려 돌아올 그 우로(雨露)만

적적한 이 여창에 궂은 비 휘뿌린다
이 맘에 쌓인 생각 뉘라서 알어줄고
차라리 유야무야(有也無也)에 나홀로만 품고 가리
　　　　　　- 시조 ≪시세계≫ 3장

　이와 같이 이런 시조들에서는 나라를 찾기 위하여 주야로 분전하는
독립지사들의 고국에 대한 충정과 복수 설치하려는 절절한 내심적 의
지를 숙연히 밝히고 있다.
　시조 ≪유랑인≫(P.A.S)은 살길을 찾아 하염없는 방랑길에 나선 겨
레의 처참한 모습과 맺힌 한을 읊조리고 있다. 이 시조에서는 당시 고
국을 떠나 허허벌판 만주로 와 헤매는 이주민들의 참담한 현실과 불안
을 읽고도 남음이 있다. 아래에 시조 ≪유랑인≫을 옮겨 본다.

다 낡은 포대기에 어린 아해 싸서 업고
하발령 긴 허리를 쉬어넘는 홀에미는
가다가 길 소삽한지 가끔 발을 멈추네

해여진 호인옷에 보따리 메인채로
걷다가 쉬이다가 시름없이 하는 양이
한 깊은 나그네인 듯 태만 봐도 알겠네

뫼우에 비친 달이 재로 넘어 지려할 때
하발령 넘는 길손 느린걸음 재여지나
달지워 길 소삽하매 도로 늘어 지오라
        - 《유랑인》

    1920년대에 한문시도 많이 성행하였다. 일찍부터 저명한 시인과 문
필가로 이름을 떨친 김택영, 신정, 신채호 등은 이 시기에 와서도 자
기들의 독특한 풍격을 과시한 훌륭한 한문시들을 세상에 내놓았다. 그
리고 또한 다른 많은 진보적 시인들과 시창작자들은 상해, 북경, 광동
등지에서 간행되었던 《독립신문》 그리고 잡지 《진단》, 《천고》,
《광명》 등에다 정치적 격정으로 충일된 한문시들을 많이 발표하였
다. 이를테면 《옥중감회》(작자미상, 1922년), 《(진단)의 출간을 축하
하여》(남형우, 1920년), 《강우구 의사를 추모하여》(염혜, 1921년),
등을 그 예로 들 수 있다. 문헌의 기재에 의하면 1921년 용정에서 무
어진 한문시인들의 동인단체 《신유시사(辛酉詩社)》의 시우들에 의하
여서도 적지 않은 한문시가 창작되었다. 시 《잠두봉(蠶頭峰)》(작자
미상, 1923년), 《모춘(暮春)》(이장원, 1924년), 《모아산(帽兒山)》(작
자미상, 1924년) 등이 지금 전해지고 있다. 이 신유시사 시우들의 한문
시들은 다분히 초현실적인 경향에 흐르면서도 그들의 시행에는 일제
의 침략을 저주하고 민족의 불우를 슬퍼하는 정서들이 어리고 있다.
그리고 1920년대 후반에 간행된 《민성보》에도 한문시들이 많이 발

표된 것으로 알려지고 있으나 지금 찾아볼 수 있는 것은 한문시 ≪월야우감(月夜偶感)≫(백산학인, 1928년)과 같은 몇 수가 있을 뿐이다.

1920년대에 반제 반봉건 투쟁과 새로운 문화의 신속한 전파의 수요에 부응하여 대중적 혁명가요가 많이 창작되었다. 이 시기의 혁명가요는 일부 시인과 작가들에 의하여도 씌여졌지만 거개는 학교거나 민중단체의 사회적, 혁명활동 중에서 집단적으로 창작되고 일반화되었다. 이와 같은 혁명가요들은 강렬한 전투성, 고동성과 통속성으로 하여 인민대중 속에서 널리 애창되었다. 역사문헌의 기재에 의하면 1926년 남만 화전 ≪5·1≫ 학교에서 불리운 혁명가요만도 100여 수에 이르렀다고 한다.

이 시기 혁명가요는 그 주제내용 면에서 현실의 암흑면에 대한 폭로가 심각하고 반제 반봉건 투쟁에 대한 긍정의 열도가 높고 새 사회, 새 제도에 대한 동경과 추구가 강렬하고 선명하며 그 소재와 주제범위도 퍽 넓었다.

10월 사회주의 혁명의 승리는 세계사회발전사상에 있어서 획기적인 중대한 사변이다. 따라서 이 시기의 적지 않은 혁명가요에서는 10월 사회주의 혁명의 승리와 새로운 제도의 탄생을 열렬히 환호하고 사회혁명의 선구자들을 구가하는데 모를 박고 있다. 이를테면 혁명가요 ≪붉은 봄 돌아왔다≫(일명 ≪혁명가≫), ≪10월 혁명가≫, ≪쏘련 옹호가≫, ≪의회주권가≫(일명 ≪무도곡≫) 등이 그 좋은 예증으로 된다.

칼바람 추운 겨울 물러갈 때에
꽃피워줄 붉은 바람 일어났도다
6대주 5대양 온 우주에
산 넘고 물 건너 불어치나니

우랄산 복판에 둔 로씨야에는
제일 먼저 웃음웃난 월계화 펏내

넓고넓은 4만리 중국벌판에
붉디붉은 장미화 입을 열었다

탐화하는 봉접들은 나래를 펴고
하루 속히 꽃피기를 재촉하누나
꽃동산을 짓밟는 벌레 없애고
모두 함께 춤추자 넓은 동산에
　　　－ ≪붉은 봄 돌아왔다≫

　이상은 혁명가요 ≪붉은 봄 돌아왔다≫의 전문이다. 보다 싶이 이
노래는 상징적 수법을 빌어 10월 사회주의 혁명의 승리와 그 영향하
에 세계적으로 일어난 심각한 변화를 형상적으로 노래하였다. 그리고
이런 부류의 혁명가요 ≪의회주권가≫와 ≪10월혁명가≫, ≪쏘련 옹호
가≫ 등에서도 새로운 사회제도를 찬미하고 그에 대한 노동인민들의
지향과 동경을 노래하고 있다.
　이 시기 널리 불리운 혁명가요 중에는 민족적 계급적 모순과 현실의
부조리한 사회제도를 폭로 비판한 것들이 적지 않은 비중을 차지하고
있다. ≪현대사회 모순가≫는 이 시기에 아주 널리 보급되었던 보다
대표성을 띤 혁명가요이다.

현대의 사회제도 검찰한다면
만가지 큰 모순이 여기 있도다
평등 행복 구하려는 시대의 마음
이런 불평 그대로는 못참으리라

자동차 으릉으릉 다니는 길은
노동자 농민들이 닦은 길인데
길닦을 때 놀던 놈 지나는 바람에
길닦은 이 내마음 통분도 하다

주린 몸 피땀흘려 벼농사해도
일생에 된조밥도 차례 없고나
논도 벼도 이름조차 모르는 놈이
흰쌀밥에 살이 져 버둥거린다.

양잠에 애태우던 농민의 몸은
무명옷 한벌도 차례 못지고
누에라는 이름도 모르는 놈이
통비단에 싸인 꼴 괘씸도 하다

…

삼층대루 유리창을 들여다보니
양료리에 배부른 개 낮잠자는데
대문앞에 밥 한술 구걸하던 자
굶고 얼어 맥없이 쓰러졌고나

앞집놈 창고에 쌀썩는 냄새
온종일 굶은 몸 회동하는데
뒤집아이 밥달라 우는 소리에
지나가는 내가슴 쓰려지노나.

                    － ≪현대사회 모순가≫

   이상은 ≪현대사회 모순가≫ 중의 몇 대목이다. 중국 조선민족 집거
구에는 8절로 된 것이 널리 불리우고 있었다. 한국 선일인쇄사에서 인
쇄한 ≪소래집≫2)에 실린 가사 ≪사회의 모순≫(16절)의 전반부 8절이
≪현대사회 모순가≫와 기본상 같다. 길림성 화룡현과 흑룡강성 영안
현 등 지방에는 이 노래를 김소래(원명 김중건)가 지었다는 설이 전해

─────────────
2) 소래집(笑來集) : 笑來 先生 記念事業會 發行 1969년 6월.

지고 있다. 이 ≪현대사회 모순가≫에서는 매 연을 기본 단위로 압박 착취자들과 서로 상용키 어려운 모순들을 밑바닥에 깔면서 혹한 현실이 빚어낸 불합리한 사회적 현상들 가운데서 가장 전형적인 것들을 쉽고도 생동한 언어로 열거하면서 이런 심각한 모순을 조성한 원인과 그것의 본질을 까밝히고 있다.

이밖에도 ≪불평등가≫, ≪빈농민 자탄가≫, ≪농부 불평등가≫(김중건), ≪가난한 자의 노래≫ 등이 상술한 바와 같은 주제를 부동한 각도에서 생동하게 구현하고 있다.

이 시기의 혁명가요에는 반제 반봉건 투쟁이 심입 전개되는 정세하에 전체 노동인민을 항쟁에로 부른 노래들이 적지 않다. 이런 가요들은 노동자, 농민을 혁명의 기본동력으로 간주하며 이런 주력군이 일떠서야만이 혁명의 승리를 기할 수 있다는 의식을 바탕으로 하여 인민대중의 무궁무진한 힘을 구가하고 그들을 투쟁에 나서도록 호소하였다. 혁명가요 ≪총동원가≫(일명 ≪붉은 5월의 노래≫), ≪계급전가≫, ≪결사전가≫, ≪혁명투쟁가≫ 등이 그 대표적 예로 된다.

> 나가자 나가자 싸우러 나가자
> 용감한 기세로 어서 빨리 나가자
> 제국주의 군벌들은 죽기를 재촉코
> 강탈과 학살을 여지없이 하노나
>
> 왔고나 왔고나 혁명이 왔고나
> 혁명의 기세는 전 세계를 덮었다
> 돈없는 노동자 망치메고 나오고
> 땅없는 농민은 호미메고 나오라
>   - ≪총동원가≫의 두절

이상은 ≪총동원가≫의 두 절이다. 유관 역사자료에 의하면 연변에서 반제 반봉건 투쟁의 새로운 앙양의 징표로 되는 1930년 ≪붉은 5월

투쟁≫ 때에 일떠선 인민대중은 이 노래를 높이 부르면서 시위행진을 단행하였다고 한다. 이 노래는 비단 그 당시에 크낙한 영향력을 산생하였을 뿐만 아니라 그 후의 항일투쟁시기, 심지어는 지금에 이르러서까지도 조선민족 인민대중 속에서 널리 불리우고 있다. 실로 ≪총동원가≫는 광범한 근로인민과 각 계층 인민을 거창한 반제반봉건 투쟁으로 궐기시킴에 있어서 지대한 영향력을 과시하였다.

이 시기 혁명가요 중에는 반일 혁명투쟁의 앞장에 선 영웅적 투사들의 숭고한 정신적 풍모와 그들이 쌓은 공훈을 격조높이 구가한 작품들이 상당한 비중을 차지하고 있다.

여름의 숲 속과 겨울의 땅굴은
모두다 우리를 감춰준 곳이다
풀깔고 눈깔고 누워나 잘 때에
온몸의 더운피 더욱 끓어 넘친다.

주린 배 띠졸라 다시금 매고
힘없는 발걸음 내여 디딜제
즐거움도 괴로움도 가릴새 없이
내 오직 바람은 자유와 평등
 - ≪혁명자의 노래≫ 에서

혁명을 찾아서 암초 많은 바다로
감옥살이 두려우랴 혁명자는 앞으로
어느 곳의 감옥이 내 집으로 된대도
단두대의 이슬돼도 겁날 것 없다.
 - ≪혁명가≫의 1절

이런 혁명가요는 자기를 잊고 희생적 정신으로 반제 반봉건 투쟁에 일떠선 혁명투사들의 숭고한 정신과 이상을 심각하게 일반화하였다.

바로 ≪혁명자의 노래≫에서 노래하다 싶이 갈구하던 겨레의 자유와
평등을 쟁취하고 ≪붉은 꽃≫을 피우기 위하여 모진 시련도 달게 겪었
고 심지어는 철창 속, 단두대에서도 자기의 신념을 저버리지 않고 끝
까지 싸웠다.

이 시기 혁명가요 중에는 또한 여성해방, 혼인자유, 아동생활 등을
노래한 것들이 일정한 비중을 차지하고 있다. 그 대표적 작품들로는
≪여성해방가≫, ≪여성의 노래≫, ≪나의 가정≫, ≪이혼가≫, ≪처녀
의 애소≫(김중건), ≪소년 아동가≫ 등이 있다. 아래에 당시에 널리
애창되었던 ≪여성해방가≫ 중의 몇 대목을 들어보면 다음과 같다.

> 오빠의 얼굴은 시들어지고
> 나의 가슴속에는 불이 붙는다
> 원쑤의 돈 몇백원에 이 몸이 팔려
> 사랑하는 오빠여 사람살려요
>
> 지상의 일경초도 자유있고요
> 하늘우의 별무리도 자유있건만
> 가이 없다 우리 여성 무슨 죄로써
> 캄캄한 골방 속에 갇히었느냐
>
> 울지 마라 금상초야 봄이 간다고
> 깊은 가을 노란 국화 피어오고요
> 엄동설한 찬바람이 불지라도
> 매화꽃 피여 올 줄 누가 아느냐
>   - ≪여성 해방가≫

이상에서 보여주다 싶이 이 시기 혁명가요는 1920년대의 시대적 현
실에 토대하여 구 사회제도를 뒤엎고 새로운 사회제도를 이룩하려는
인민대중의 염원과 현실투쟁에서 제기되는 가장 절박한 문제를 다루는

데 모를 박고 있다. 이 혁명가요들은 거개 창가체로 불리워지고 있으며 내용이 명백하고 교술성이 다분하다. 그리고 그 시적형상 전반에 혁명적 낭만과 격정이 충일되고 있으며 시적형식이 간결하고 시어가 소박, 평이한 등의 특색을 구현하고 있다. 이 시기에 창조된 혁명가요들은 다양한 내용과 간결하고 통속적인 가요형상으로 하여 인민대중 속에 널리 일반화되어 대중적 문예활동의 활성화에 기여하였으며 항일 투쟁시기 항일가요의 창조와 발전에 토대를 닦아주었다.

　　3). 이 시기 소설창작은 조선반도에서의 새로운 문학사조의 영향하에서 작가들의 알찬 노력에 의해 일정한 성과들을 거둠으로써 중국 조선민족의 소설문학의 발전과 더불어 소설의 근대성 확립에 일정한 기여를 하였다.
　　≪3·13≫ 운동 이후 중국 조선민족의 소설창작은 당시 식민지로 전락된 우리 겨레들의 생활을 사실주의적 창작방법으로써 진실하게 묘사하기에 힘을 기울이었다. 1920년대에 소설창작에 나선 주요작가들로는 1910년대로부터 민족 독립운동의 지도자와 언론인으로 또한 작가, 시인으로 널리 알려진 신채호와 이 시기에 상해에 와 유학하면서 소설창작에 나섰던 주요섭과 최상덕 등을 들 수 있다. 이밖에 당시의 신문이나 잡지에 소설작품을 내놓기 시작한 박계주의 콩트 ≪적빈(赤貧)≫, ≪월야≫, 단편소설 ≪혁명전선에 나서는 소년≫ 등이 발표된 것으로 알려지고 있으나 지금에 와서 그 작품을 수집하지 못하고 있는 것이 유감이다.
　　작가 신채호의 소설창작과 기타 문학업적에 대하여서는 다음 절에서 집중하여 다루기로 하고 여기서는 당시 상해에서 활약하던 소설작가 주요섭과 최상덕의 창작성과를 살펴보려 한다.

　　작가 주요섭(1902년~1972년, 호 여심)의 소설창작의 전성기는 대표작 ≪사랑손님과 어머니≫(1935년), ≪아네모네의 마담≫(1936년) 등을 발표하였던 1930년대 중기이다. 그러나 그는 1920년대에 벌써 상해의 하층민들인 인력거꾼, 창녀, 도시빈민 들의 생활을 묘사한 단편소설 ≪인력거꾼≫, ≪살인≫, ≪개밥≫ 등을 세상에 내놓아 당시 문단의 이목을 끌었었다.

주요섭은 1902년 11월 24일 평양 서문밖에 있는 신양리에서 출생하였다. 주요섭은 1915년에 숭실중학교에 진학하여 3학년 때에 일본 아오야마학원 중학부 3학년에 편입하여 공부를 하였으나 1919년 거족적으로 일떠섰던 ≪3·1 운동≫이 일어나자 곧 귀국하고 말았다. 일본에서 돌아온 주요섭은 한때 김동인 등과 함께 ≪독립신문≫이라 이름한 신문(푸린트 인쇄본)을 내다가 출판법 위반의 죄목으로 10개월간 옥고를 치르기도 하였다.

1920년 주요섭은 상해에 이르렀다. 당시 그는 중국에 오자 소주의 안성중학교에 먼저 편입하였다가 얼마 후에 상해 호강대학 중학부 3학년에 옮겼다. 그는 1927년 호강대학 영문과를 졸업할 때까지 상해에서 학교를 다니면서 창작활동을 하였다.

주요섭은 대학을 마치자 곧 미국 스타포드대학교 대학원에 가 입학한 후 석사과정을 마치고 교육학 석사학위를 받았다. 1929년 주요섭은 고국으로 돌아가 한 때 ≪아이생활≫과 ≪신동아≫지 등에서 편집을 지내다가 1934년에 중국 북경 보인대학교 교수로 초빙되자 당시 중국으로 왔다. 그 후 작가는 1943년 소위 ≪일제의 대륙침략에 협조하지 않았다≫는 죄목으로 강제추방을 당하기까지 줄곧 중국에서 교편을 잡고 지내면서 소설창작에서도 적지 않은 성과들을 거두었다.

작가 주요섭은 1921년에 발표한 단편소설 ≪추운밤≫에 앞서 단편소설 ≪깨어진 항아리≫가 신문에 입상된 바 있지만 작가로 등단하기는 단편소설 ≪추운밤≫을 발표한 때로부터이다. 그 후 작가는 근 40편에 달하는 소설작품과 적지 않은 수필 그리고 시와 평론을 발표하였다.

1920년대 초 작가 주요섭의 관심을 모으게 한 것은 상해 사회최저층에서 고역과 가난에 허덕이는 도시빈민들의 참담한 생활이었다. 작가는 이들에게 깊은 동정을 쏟으면서 그들을 형상화한 단편소설 ≪인력

거꾼≫(1925년), ≪살인≫(1925년), ≪개밥≫(1927년) 등과 같은 작품을
육속 발표하였다.

　단편소설 ≪인력거꾼≫에서는 주인공 아찡이 죽어가게 되는 사정을
하루의 일과에다 집약시켜 사실적으로 묘사하고 있다. 그는 어려서는
시골에서 남의 집 심부름을 하고 상해에 굴러들어와서는 공장에서 일
하였댔으나, 공장에서 해고당하자 하는 수 없이 인력거꾼으로 전락되
었다. 그는 가족이란 없고 끌고 다니는 인력거마저도 자기 것이 아닌
외도토리에 알거지여서, 매일 같이 그렇게 부지런히 인력거 끌기에 나
서도 부딪치는 생활난에서 벗어날 수 없었다. 인력거를 끄는 일은 중
노동이여서 8년을 끌면 일반적으로는 생명을 다한다는 말이 난 고되고
위태로운 일이었다. 죽는 길인 줄 번연히 알면서도 스스로 자진하여
인력거 채를 메여야만 하는 인생의 비극, 작자는 이런 참담한 비운은
다들 빈곤에서 연유한다고 인정한 나머지 이 같은 빈곤의 악순환을 거
듭하는 당시 사회의 암흑상을 파헤치고 있다. 아찡은 마침내 고된 일
에 지쳐 병을 얻고 ≪수많은 아찡≫들이 모여가는 무료진료소를 찾게
되고 거기서 ≪예수를 믿는 한 신사≫의 설교에 귀를 기울여야만 했
다. 신사의 말에 의하면 지금 아찡이네들이 받는 고통은 아담과 이브
가 지은 원죄때문이란다. 그렇다면 왜 ≪금반지 끼고 인력거나 마차나
자동차만 타고 다니는 사람들은≫ 도리여 그런 형벌을 받지 않고 한평
생 호강하며 잘 사느냐 하는 데서부터 아찡은 희미하게나마 빈부차이
로 인한 사회의 부조리에 의문을 품게 된다. 아찡은 마침내 자기의 헐
망한 방에서 인력거를 끌며 살아온 8년 동안의 쓰라렸던 일을 되새기
며 참담히 죽어갔다. 그의 죽음을 두고 작중에서는 다음과 같이 쓰고
있다.

　　≪무얼요. 저 죽을 때가 다 돼서 죽었군요. 팔년 동안이나 인력
　거를 끌었다니깐요. 남보다 한 일년 일찍 죽는 셈이지만 지난번
　공보국 조사에 보면 인력거를 끌기 시작한 지 구년 만에 모두 죽
　는다고 하지 않습니까?≫

이에서도 당시 불합리한 사회제도가 빚어낸 죄악에 대한 작자의 신랄한 야유와 편달을 읽을 수 있다.

단편소설 ≪개밥≫과 ≪살인≫ 역시 빈부의 차이로 하여 사회상에서 일어난 비극을 묘사하고 있다. ≪개밥≫에서는 잘 사는 집의 어멈으로 일하는 여인의 조우와 비극을 다루고 있다. 집주인 나리는 어떤 사냥꾼의 집에서 바둑이라는 서양 개 새끼 한 마리를 얻어온 것을 몹시 아껴서 사람조차 먹기 어려운 우유거나 흰밥에다 고기국물을 두어서 먹이게 하였다. 이것을 본 어멈은 ≪사람두 흰 밥을 못 먹는데 웬 개에게 흰 밥, 고기국이라니!≫하고 언짢아서 늘 속으로 되뇌이곤 한다. 그 어멈에게는 단성이라는 세 살난 어린 딸애가 있었는데 먹을 것을 제대로 먹이지 못하여 뼈만 앙상하게 남았다. 어린 딸애가 굶어 죽어 가는 판인데 개 새끼한테 흰 밥에 고기국을 두어서 먹이니 기막힐 노릇이다. 그런데 고기만 먹는데 습관되었던 그 개는 그 밥조차 처음에는 다 치질 않았다. 어멈은 주인 아씨가 개 앞에 한번 놓았던 밥은 내다 버리라고 하는 것을, 그 밥을 몰래 가져다가 어린 딸에게 주었다. 시간이 흘러 그 개가 차츰 밥에 습관되어 잘 먹게 되는 데서 어멈은 더는 그 개밥을 딸에게 가져다주지 못하게 된다. 그러자 딸은 점점 더 여위어 갔고, 얼마전부터는 기침을 콜롱콜롱하면서 심상찮게 앓기까지 하였다. 그 딸을 보는 어멈의 속은 실로 말이 아니었다. 어멈은 앓고 있는 딸애가 ≪엄마 나 흰 밥에 고깃국이나 좀 주렴≫하고 드는 청을 들어주기 위하여 그 개밥을 좀 떠내려다가 그만 개에게 물린다. 이에 ≪본능적 자위심과 복수심≫이 동한 어멈은 개를 막 물어 뜯었다. 작중에서는 이렇게 먹이를 앗기 위한 어멈과 그리고 그의 딸의 최후를 눈물겹게 묘사하고 있다.

단편소설 ≪살인≫도 상해를 무대로 하여 먹고 살기 위하여서는 몸을 팔고 모든 인간적인 굴욕을 참아내야만 하는 창녀 우뽀의 참담한 처경과 반항을 묘사하고 있다. 주인공 우뽀는 보리 서말에 도로건축공사 십장인 서양놈에게 팔리자 그놈에게 고용된 성격이 거칠고 무식한 노동자들의 시달림을 거쳐서 다시 돈 칠원에 팔려 상해에 와 창녀가 된다. 그러나 이렇게 굴욕과 질곡 속에서 생명을 이어가면서도 무엇 때문에 이렇게 불행한지도 생각조차 하지 않았다. 우뽀는 매일 몸을 팔며 동물처럼 되는 대로 살아가다가 한 젊은 청년을 남몰래 사랑하며 속을 태웠다. 그러나 얼마 안가서 자기는 그런 청년과는 가까이 할 수 없는 그런 처지에 전락되었음을 깨닫자 절망상태에 빠진다. 이에 우뽀 는 이때까지 자기의 피를 빨고 살을 먹는 기생집 마누라를 살해하고 자기는 더 깊은 구렁텅이에 빠진다. 단편소설 ≪살인≫은 이와 같이 사회 최저층에서 자기 몸을 파는 것을 연명의 수단으로 삼아야 하는 밑바닥 인생의 파멸에 이르는 불행과 반항의식을 심각히 파헤침으로써 당시 카프평론가들의 호평을 받은 바 있다. 작가 김지진은 이 작품을 최서해의 단편소설 ≪기아와 살육≫과 함께 놓고 평가하면서 ≪기교나 유희에 세계에 안주한다던가 혹은 쓸데없이 관능적 퇴폐한 기분 속에 방황, 침익하는 경향보다 백배나 더 유익하고 사람답고 진실하다고 하였다.≫(≪개벽≫ 1925년 9월호)

상술한 주요섭의 1920년대 빈민층의 처참한 빈곤상을 냉철하게 살피고 그들의 반항의식을 묘사한 작품은 조선의 신경향파 문학에 동조하고 있다. 그러면서도 주요섭의 작품은 당시 신경향파 작품에서 흔히 볼 수 있는 도식적이거나 경직적인 경향과 수법을 탈피하여 비정하리만큼 암울한 현실을 파헤치고 있으면서도, 그 밑바닥에는 또한 깊은 인도주의가 여울치고 있다.

이 시기 소설창작에 나선 작가 최상덕도 20년대 소설문학에 적지 않은 성과를 더하여 주었다. 최상덕(1901~?, 호 독견. 필명 독고독)은 1901년 6월 15일 황해도 신천에서 출생하였다. 1921년 상해에서 혜령전문학교 중문과를 마치고 ≪상해일일신문≫ 기자를 기냈으며 그 후 한시기는 조선서 간행한 ≪중외일보≫의 학예부장으로 있으면서 소설창작에 정진하였다. 한편 최상덕은 연극에도 관계하여 1929년 11월 ≪토월회≫의 재기공연에 참여하였으며 또한 소설번역에도 나서서 소설 ≪한사람이 차지한 땅≫(1926년), ≪여학교 사건≫(1928년) 등 적지 않은 작품을 번역하기도 하였다.

최상덕은 일찍 《상해일일신문》 기자로 있을 때에 중편소설 《유린》을 신문에 연재하였었다는 기재가[3] 있으나 지금 그 작품을 입수하지 못하여 딱히 확인할 수는 없다. 지금 볼 수 있는 그의 작품계보에 따르면 1925년에 발표한 단편소설 《정화(淨化)》를 첫 단편소설로 간주하게 된다. 작가는 이어 1926년에 《소작인의 딸》, 《유모》, 《부로(浮虜)》, 《책략》, 1927년에 《단발미인의 사(死)》, 《바보의 진노》, 1928년 이래에 《유린》, 《탁류》, 《사형수》 등 많은 단편소설을 발표하였다. 그리고 그는 1927년에 중·장편소설 《승방비곡》, 《난영(亂影)》 등을 조선일보에 연재하여 좋은 평언들을 받았다.

단편소설 《유모》(1926년)는 당시 일반 농촌에서의 가혹한 수탈로 하여 도탄 속에 빠지게 된 빈농민 박서방과 그의 아내가 겪은 조우를 사실주의적 수법으로 묘사하고 있다. 이 빈농민 내외는 일년 내내 뼈빠지게 일하였으나 가을 타작 후 진 빚을 다 물지 못하여 《집간마저 집행을 맞고 하는 수 없이 무슨 막벌이라도 해먹을 작정으로》 《큰 마음먹고 농촌 시변으로 들어갔다》. 그러나 막벌이조차도 박서방을 기다리고 있는 곳은 없었다. 그 후 박서방 내외는 일을 찾아 사처로 헤매인 결과, 아내가 겨우 찾은 것은 젖먹이인 자기 아들은 암죽을 끓여 먹이면서라도 부자집 아이를 위해 그 집 유모로 들어가는 것이었다. 그러나 그 부자집에 간 후 박서방의 아내는 늙은 집주인 영감놈의 성화는 성화대로 받고 망신은 망신대로 당한 후 그 집에서 쫓겨나가지 않으면 안되는 처경에 떨어지고 만다. 그들은 당장 밤으로라도 떠나가고 싶었으나 갈 데가 없는 것이 문제였다. 작중에서는 다음과 같이 묘사하고 있다.

《글세…아범은 아무리 생각하여도 내일 일이 난처하였다. 주인 마누라에 들킨 것은 역시 치명상의 불행인 듯 하였다. 그의 가슴은 또다시 그믐밤 같이 어두워 졌다. 앞길은 불을 끈 듯이 깜깜하

---

3) 《조선대표단편문학전집》 10권 374p.

였다. 처마 끝을 헤매는 바람이 휙휙 소리와 함께 눈을 날리다가 파란 달빛이 드리운 뒤창을 부딪치고 있다.≫

　이는 이 작품 중의 마지막 한 대목이다. 실로 당시 째지게 가난하였던 빈민들은 그 앞길이 가면 갈수록 ≪불을 끈 듯이 캄캄하였다≫.
　단편소설 ≪바보의 진노≫(1927년)에서는 ≪법 없이도 살 사람≫이라던 머슴 배서방이 끔찍한 큰일 — 살인을 겪게 된 과정을 리얼하게 묘사하고 있다. 종의 자식으로 태어난 복돌이는 ≪거츠른 음식을 돼지같이 먹고 소같이 일하고 명견(名犬)같이 주인에게 충실하였다. 그는 마치 이 세 가지 사명을 다하기 위하여 세상에 나온 것 같았다. 그는 불평을 몰랐다.≫하여 배서방은 ≪일년에도 머슴을 몇 차례씩 갈아내는 그 인품 사나운 김상봉네집 종으로 뼈빠지는 줄을 모르고 일하였다. 상전에게 충실한 그는 상전의 <주선>으로 설혼살 되는 해에 겨우 장가람시고 들어 배서방이 되었다. 그 후 그는 더한층 상전에게 충실하였다. 상전에게 대한 모든 감사는 일 잘하고 말 잘 듣는 것으로 갚았다≫. 이런 배서방을 두고 동네사람들은 ≪법 없이도 살 사람≫이라고 하였다. 다만 머리가 둔한데다 배운 게 없어서 돈 셀 줄도 모르는 바보라는게 흠이라면 흠이었다. 그런 배서방이 난산으로 고통을 겪고 있는 아내를 보다 못해 주인 내외에게 의사를 부르자고 간청해 보았지만 번마다 교묘히 거절당하였다. 나중에 아내가 사경에 임하고 어멈이 ≪내일은 어찌됐든 어서 가 의사를 불러 봅시다. 언제 켠의 허가가 내리도록 기다린단 말이요?≫하고 재촉하는 데다 오늘 주인네가 하는 일이 야속하게 생각되던 배서방은 의사를 찾아가 주인 내외가 의사를 부른다고 거짓말을 한다. 그런데 의사를 청하고 집에 달려와 보니 산모는 ≪눈을 허옇게 뒤여쓰고 영영히 가버린 뒤≫였다. 이 광경을 ≪눈도 깜짝하지 않고 돌장승처럼 보고 섰던≫ 배서방은 갑자기 이를 부드득 갈며 남이 잘 알아듣지도 못하는 소리를 버럭 지르자 헌상 밑에 끼인 다듬이 방망이를 들고 미친 듯이 문을 박차고 나갔다. 배서방은 그 길로 안방으로 들어가 주인 내외를 쳐죽이고 어디론가

달아나 버렸다.

작가 최상덕은 이와 같이 종과 상전간에 생긴 모순갈등과 빈민층의 반항을 리얼하게 파헤치고 주인공 배서방의 형상을 감명 깊게 묘사하였다. 이 시기에 내놓은 그의 많은 작품은 당시 신경향파 문학의 제반 특징을 구현하고 있다.

4). 1920년대에 진입하여 더욱이는 그 후반기에 있어서 연극활동은 보다 활발하게 전개되었다. 그것은 이 시기 계급문화의 신속한 유입과 더불어 광범한 인민대중의 반제 반봉건 투쟁이 앙양되었던 사정과도 무관하지 않다. 그리고 살펴본데 의하면 20년대초까지만도 연극활동은 그 대부분이 민족의 독립과 사회주의를 지향하는 진보적 청년들에 의하여 과외적으로 창작, 출연되었으며 전문적으로 극창작과 출연활동에 종사한 희곡가나 배우는 없는 것으로 알려지고 있다. 그 후 1920년대 후반기에 이르러 용정 등지에 연극단체 《예우사》, 《연국호》 등과 문예동인단체 《문우회》와 같은 반과외단체들이 나타남에 따라 진보적인 과외극작가들이 나와 많은 극을 출연하였다. 이를테면 화극 《파랑새》(1925년), 《수상한 청년》(1929년) 벙어리극 《이렇다!》(1927년) 등이 그 예로 된다. 그러나 이런 연극은 거개가 사회적 활동의 수요로부터 창작, 공연된 것으로서 다들 아마추어 수준에서 벗어나지 못하고 있었다.

오늘 당시 연극활동 중에서 산생한 희곡 또는 연극 대본 등이 거의 산일된 상황하에서 20년대 연극발전의 양상을 딱히 밝히기는 그 가능성이 매우 희박하다. 이에 당시 간행된 신문에서의 소식보도거나 또는 문헌의 기재, 그리고 지금까지 전해지고 있는 연극의 이야기 줄거리 등에 쫓아 당시 연극활동의 일각을 살펴보는 수밖에 없다,

먼저 당시 연극활동 상황을 보도한 기재들을 들어본다.

상해에서 간행된 《독립신문》에 의하면 1923년 3월 1일 남경 하인 기독여자청년회에서 《독립운동을 위하여 활동하다가 적에게 잡혀 곤욕 당하던 광경으로써 각본을 만들어 연극을 하였다》고 보도하였고

또 1924년 1월 1일 원단에 상해예수교회에서 탄강절(誕降節)을 계기로 몇몇 청년들이 ≪탕자회개(蕩子悔改)≫라는 정극을 공연하였다고 하였다. 그리고 1925년 7월 8일부 ≪독립신문≫에는 ≪남경의 <3·1절>이라는 표제로 글을 실었는데 이 글에 ≪독립운동을 배경으로 한 연극 <백년의 공>이 공연, 임창모, 오유정 등 제씨의 출연≫이라는 기사를 냈다.

재료의 기재에 의하면 1920년 남만주에 있었던 길흥학교의 대강당에서 ≪안중근 의사가 할빈역두에서 이등박문을 저격≫[4]하는 내용을 담은 연극이 공연되었었다.

연변에서 간행된 ≪간도신문≫ 대정 15년(1926년) 3월 7일부 제3면에서는 ≪시내 여자청년회의 여자들이 조직한 연극을 어제 저녁 간도극장에서 공연하였는 바 그 예제는 - 최후의 승리 - 순애의 희생깬 목소리(3막) 등으로서 순수 여학생들의 연극이었으므로 인기를 끌었다.≫라고 보도하였고 또 ≪간도일보≫ 대정 15년(1926년 - 편자주) 8월 1일부의 보도에 따르면 ≪결만동의 극성황, 운동부 주최, 결만동 운동부 주최로 전번 달 7월 7~8일 이틀밤 남양촌 보흥학교 교정에서 극단공연을 하였는데 입장자가 400여명에 이르러 당지에서는 종전에 없는 성황이었다. 첫날의 예제는 비극 <선약의 결과>, 희극 <도박쟁이의 말로>, 이튿날의 예제는 비극 <삼야종성(三夜鐘聲)>과 희극 <조혼의 피해>였다≫라고 쓰고 있다.

그리고 이 시기에 상기한 바와 같은 진보적인 내용을 담은 연극을 출연하는데는 거개 반동당국이거나 일제경찰들의 눈을 기이지 않으면 안되었는데, 동북지구 더욱이는 동만에서의 상황은 더욱 어려웠다. 그것은 당시 간도에서 횡행하던 일제경찰은 민족적이거나 사회주의적인 내용을 다룬 연극은 죄다 ≪불온한 연극≫이라고 치부하면서 그런 극의 공연에 관여한 사람은 체포하여 구류하고 처리하였기 때문이다. ≪간도신문≫ 1928년 4월 5일부에 보도된, 당시 연극 공연에 참여한

---

4) 박영석 ≪한민족 독립운동사연구≫ 31p.

한우류일 등 4명에게 가한 박해사건 등은 이를 단적으로 실증하여 주고 있다.

이 시기 연극활동은 그같이 어려운 정치환경 속에서도 조선민족 인민대중들 속에서 널리 일반화되었었다. 특히 조선민족이 집거하던 간도에서의 연극공연은 더욱 활약적이었다. 1925년 용정 대성중학교에서는 문예단체 《문우사》를 뭇고 연극 《파랑새》를 공연하였는데 그 줄거리는 대체로 다음과 같다. 어떤 강가에 자란 큰 나무 우에 파랑새가 둥지를 틀고 새끼들과 함께 홍수를 만나 보금자리가 점점 물에 잠기게 된다. 파랑새는 하는 수 없이 새끼들을 날개 위에 앉혀 가지고 구슬피 울어 예면서 강가를 떠나지 않으면 안되었다. 이런 이야기가 밝혀주다 싶이 연극 《파랑새》는 동화적이며 의인화의 수법으로 사나운 홍수 마냥 행패를 부리는 일제놈들 때문에 하는 수 없이 정든 고향을 버리고 가는 조선민족 인민들의 비참한 조무를 보여주고 있다.

그리고 1920년대 후반기에 세워진 과외극단 《연극호》에서는 연극 《이상한 청년(怪靑年)》, 《학우지정(學友之情)》, 《흑림의 주(黑林의 珠)》, 《여심(女心)》 등을 출연하였다. 당시 창작, 공연된 《이상한 청년》의 이야기 줄거리[5]가 지금도 전해지고 있다. 막이 오르면 늙은 양주가 등장하여 속삭이는 말이 밤마다 이상한 청년이 나타나기에 종로 네거리를 나다니기도 무섭다고 한다. 어느날 밤 네거리를 쏘다니며 수색하던 순사들이 골목길에서 삐라를 붙이고 있는 《이상한 청년》과 마주치게 된다. 경찰과 청년은 격투를 한다. 그런데 《이상한 청년》은 유술을 써서 순사놈을 땅바닥에 꼰져 박는다. 상처입은 순사놈이 권총을 빼들고 청년을 겨냥하고 쏘려는 찰나에 청년의 연인인 영자가 나타나 순사놈의 손에서 권총을 빼앗고 그 순사놈을 처단해 버린다. 격투에서 승리한 이 청년 남녀는 이렇게 말한다. 《이런 곳에서는 살 수 없다. 우랄산으로나 가자!》 극은 여기서 막을 내린다. 보다 싶이 연극

---

5) 1920년대 후반기에 용정 예술단체에서 사업하던 陳元默 노인의 구술에 준함. 陳老人은 연길시 소영촌에 거주하고 있음.

≪이상한 청년≫은 첨예한 극적갈등으로 하여 매력적일뿐더러 그처럼 무시무시한 무단통치하에서도 나라와 민족의 운명을 구하려고 원수들과 결사적으로 싸우는 혁명청년들의 형상이 더욱 감명 깊다. 장막극 ≪경숙의 마지막≫은 1925년 좌우시기에 왕청현 라자구와 훈춘 일대에서 공연되었다고 한다. 이 연극의 스토리는 다음과 같다.

≪병석에 누워 신음하는 경숙의 아버지에게 악질지주 김선달이 빚 받으로 온다. 그 놈은 당장 딸을 팔아서라도 빚을 갚으라고 호령하면서 <내일중으로 그 빚을 갚지 않으면 집을 차압하겠다>고 을러멘다. 그래놓고 집에 돌아간 지주 김선달은 빚 대신 경숙이를 데려다 제 병신아들을 장가들이려고 중매군인 이영감을 경숙이네 집에 보낸다. 그런데 이 때 경숙이네 집에서는 엎친데 덮치기로 경숙이의 남동생 쇠돌이가 삯전을 받으며 기르던 송아지를 잃게 된다. 이렇게 상서롭지 못한 일에 부딪친 경숙이네는 그 이튿날 빚 때문에 지주놈에게 집을 차압당한다. 막다른 골목에 이른 경숙이는 병 드신 아버지에게 약을 사 대접하고 집도 살리며 송아지 값도 치러주기 위하여 자기가 팔려가기로 작심한다. 드디어 정한 잔치날이 돌아와 하는 수 없이 지주집에 시집 간 경숙이는 그 첫날밤에 남 몰래 집을 나와 강에 몸을 던져 한많은 인생을 끝맺는다.≫

보다 싶이 연극 ≪경숙의 마지막≫은 주인공 경숙이의 비극적 형상을 통하여 야만적이고 비인간적인 봉건지주계급의 착취적 본성을 신랄하게 폭로하였으며 이런 반동통치제도 하에서 신음하는 근로인민들의 비참한 생활과 그로부터 야기되는 자연발생적인 저항을 묘사하고 있다.

이 시기 노동자와 농민들을 혹심하게 수탈하는 지주, 자본가와 일제 놈들의 착취적 만행을 폭로한 연극으로서 당시 용정 광명중학교에서 무어진 반과외적인 연극단체 ≪예우사≫가 공연된 무언극 ≪이렇다≫

가 있다. 이 연극은 그 내용이 긍정적인 동시에 형식 또한 야릇하여서 관객들의 공명을 자아냈다.

그리고 이 시기에 농민대중을 계급적으로 각성시키고 반동적 착취계급에게 직접 총뿌리를 돌려 항거하며 투쟁에 궐기할 것을 호소한 연극작품들도 나타났다. 그 실례로 1920년대 말에 연변의 세린하 일대에서 공연하였다고 전해지는 연극 ≪어디로 갈 것인가!≫와 같은 시기 장춘지구 카륜 일대에서 공연되었다는 ≪지주와 머슴≫이 있다. 연극 ≪어디로 갈 것인가?≫는 당시 지주토호의 등살에 도탄 속에 빠진 농민들이 쟁의를 일으키고 지주집에 불을 놓은 다음 무장투쟁으로 나아가는 과정을 묘사한 장막극으로서 당시 관중들의 호평을 받았다고 한다.

1920년 후반기부터 30년대 사이에 창작 공연되었다고 추정되는 연극 ≪아버지의 뜻을 이어≫, ≪혁명가의 안해≫는 당시 반일투쟁의 필연성을 전시한 작품들이다. 연극 ≪아버지의 뜻을 이어≫는 혁명을 위해 영용히 투쟁하다 희생된 아버지의 유언을 받들고 지하조직에 참가하여 투쟁하는 아들의 형상을 통하여 승리의 그날까지 대를 이어가며 무장투쟁의 길에서 끝까지 싸워야 한다는 내용을 담은 작품이다.

이 시기에는 또 봉건적인 낡은 사상인습을 비판하고 근로인민대중들을 문화적으로 계몽시키는데 이바지한 많은 연극들이 출현하였다. 그 가운데서 연변 각지에 널리 보급되고 공연되었던 문맹퇴치의 주제를 다룬 ≪야학으로 가는 길≫(일명 ≪딸에게서 온 편지≫)과 그리고 봉건적 민며느리제도와 조혼, 매혼의 악습을 풍자한 ≪풍수쟁이≫ 등이 공연되었다. 이런 작품들은 당시 광범한 인민대중들을 새로운 사상으로 교양하고 계몽시키는 데 이바지할 수 있었다.

상기 문맹퇴치와 문화적 계몽의 주제에 바쳐진 연극 가운데서 ≪야학으로 가는 길≫은 비교적 장기간 인기를 끈 연극작품이다. 이 연극은 해학적인 이야기로 그 줄거리를 구성하였다. 즉 시집간 외동딸에게서 편지를 받았으나 눈뜬 소경인 늙은 부모는 글 아는 사람을 찾아 이러 저리 헤매다가 마침 길 가던 신사 한사람을 만나 기뻐하며 편지를 읽어달라고 간청한다. 멋지게 옷차림을 한 신사는 편지를 받아들었다.

한참 편지를 들고 올리 훑고 내리 훑고 하던 신사는 읽을 수가 없어서 어쩔 바를 몰라하였다. 이렇게 안절부절 못하는 신사의 모습을 유심히 지켜보던 두 늙은 양주는 자기 딸의 신변에 무슨 말하기 어려운 불상사가 생긴 줄로 알고 신사에게 다그쳐 묻다가 그만 통곡을 한다. 때마침 이곳을 지나가다 이런 광경을 보게 된 본촌의 야학선생이 무슨 일이냐고 물으면서 그 신사의 손에서 편지를 넘겨 받아 두 늙은이에게 읽어 주었다. 알고 보니 불상사인 것이 아니라 딸이 옥동자를 낳았다는 반가운 소식이었다. 기실 신사도 일자무식이어서 편지를 받아쥐었으나 읽을 수 없어 안절부절 못하고 있었던 것이다. 이런 교훈적인 사실로 야학선생은 글을 배워야 할 깊은 도리를 일깨워 주었다. 깊이 설득된 늙은 양주는 덩실덩실 춤을 추며 야학교로 가는 데 연극은 막을 내린다. 연극 ≪야학교로 가는 길≫은 제 글도 모르는 것은 민족적 수치임을 유모아적으로 조소하면서 문맹퇴치의 필요성을 생동하게 그려 보였다. 이 연극은 대조와 오해적인 수법의 도입으로 하여 보다 희극성을 강화할 수 있었으며 관객들의 주의를 불러일으킬 수 있었다. 그러기에 이 연극은 그 후의 항일시기 나아가 해방 후에까지도 널리 공연되었다.

총적으로 1920년부터 1931년 ≪9·18≫ 사변까지 혁명적 지식인들과 반일투사대오 속에서 창작되고 공연된 연극들은 그 대부분이 당시 일제강점하에 있은 조선민족 근로인민들의 비참한 사회정치적 처경과 생활형편들을 진실하게 묘사한 동시에 반봉건반식민지제도를 무자비하게 폭로하였으며 인민대중들이 민족적, 계급적, 현대문화적으로 각성하는 과정을 진실하게 전시하였다. 따라서 이 시기 중국 조선민족 연극은 벌써 희극 형태의 작품들이 있었을 뿐만 아니라 비극 형태의 작품도 많이 나타났고 정극은 더욱 많았다. 그리고 가극, 무언극, 동화극도 있었다. 이는 그 내용이 풍부할 뿐만 아니라 연극형식 또한 다양하게 발전하기 시작하였음을 실증하여 주고 있다.

5). 작가 신채호

　신채호(1880~1936)는 조선민족 해방운동의 선구자이며 탁월한 역사학가이고 또한 저명한 문학가이다.

　신채호의 원명은 채호(寀浩)였는데 나중에 채호(釆浩)로 고쳤다. 호는 단재, 일편단심이며 또한 무애생(無涯生), 금협산인(金頰山人), 한놈, 적심(赤心), 환진(幻塵), 연시몽인(燕市夢人) 등 여러 가지 필명과 별명이 있다.

　신채호는 1880년 11월 조선 충청남도 대덕군 산내면의 한 한사의 둘째 아들로 태어났다. 가세가 기울어 진데다가 8세 때에 아버지를 여읜 그는 편모의 슬하에서 아주 가난하게 지내었다. 그러면서도 그는 일찍 정언(正言)까지 지내다가 낙향하여 사숙훈장으로 있던 조부의 엄한 단속 속에서 글을 배우게 되었다. 언제나 진취심과 구지욕으로 자기를 불태우던 신채호는 때마침 당시의 권문세가이며 개명적인 대학자였던 양원 신기선(陽園 申箕善) 선생의 총애를 받게 되면서 양원서고의 장서들을 널리 섭렵하였다. 그는 또 신기선 선생의 추천을 받아 20살 때에는 성균관으로 들어가 박사를 지냈다.

　청년기에 들어선 신채호는 19세기말 조선에 대한 일본 등 제국주의 열강의 침략에 대항하여 날로 일어나는 인민들의 반일투쟁의 격류 속에서 시대적 자각과 민족에 대한 불같은 사랑을 안고 반일 문화계몽운동을 세차게 벌리었다. 신채호는 성균관에서 학문을 닦던 때와 그리고 문동학원(文東學院)의 강사를 맡았던 시기에 벌써 많은 정론과 격문을 발표하였다.

　그는 1905년에 《황성신문》의 논설위원으로 초빙되었고 1906년에는 《대한매일신보》 주필의 중임을 맡아 나서서 당시의 진보적 논설진에서 아주 중요한 역할을 놀았으며 또한 자각적으로 민족독립 투쟁에 뛰어들었다. 그는 민족독립운동의 비밀결사인 《신민회》, 《청년학우회》 등의 발기에 동참하여 지도자, 조직자적 역할을 하였다.

　1910년 4월 일제의 침략이 더욱 노골화되자 그는 곧 다가올 망국의 운명을 예감하고 절통에 모대기며 민족독립운동을 더욱 밀고 나가기 위하여 망명의 길에 올랐다. 신채호는 청도에 이르러 일후의 민족독립 투쟁 방책을 토의하기 위하여 열린 회의에 참가한 후 러시아의 연해주로 갔다. 거기서 그는 민족독립의 의지를 선양하며 동지들을 거족적인 투쟁에로 동원하기 위하여 선후로 ≪해조신문≫, ≪청구신문≫, ≪권업신문≫ 등의 간행에 정력을 몰부었다.

1914년 그는 신정의 초청에 의하여 상해에 이르렀다가 얼마 후엔 남만에 가서 백두산과 고구려 옛터 등을 답사하였다. 남만에서 진행한 고적지 답사와 민족사 자료의 채집은 그가 후에 조선사를 연구하고 저술하는 데에 많은 도움을 주었다.

1915년 신채호는 북경에 가 거주하였다. 그는 북경에서 많은 어려움을 겪으면서도 열심히 민족독립운동에 투신함과 더불어 문필활동에 진력하였다.

신채호는 1919년 4월부터 약 1년동안 상해에 가 조선임시정부에 가담하였댔으나 임시정부 지도층에 투항주의적 견지와 관점에 상위된 주견을 갖고 있던 그는 그들의 오유적 논조를 신랄히 비판하고 그 이듬해 다시 북경으로 돌아왔다. 그는 1921년 1월에 잡지 ≪천고(天鼓)≫를 간행하였고 ≪통일책진회≫의 결성에 나서기도 하였다.

그는 민족독립운동에 늘 바삐 보내면서도 모든 곤란을 박차고 역사연구를 견지하였다. 이 시기에 그는 고심한 노력으로 ≪조선사통론≫(1922년), ≪조선상고사≫(1923년 좌우) 등 역사거편들을 완성하였다.

신채호는 중국에 온 후부터 1920년대 후반기에 이르는 사이에 또한 자기 나름의 민족주의 문학관에 토대하여 소설 ≪꿈하늘≫(1916년), ≪백세노승의 미인담≫, ≪용과 용의 대격전≫(1927년?), 시 ≪너의 것≫(연대 미상), ≪새벽의 별≫(연대 미상) 등을 비롯한 주옥같은 작품을 적지 않게 창작함으로써 이 시기 조선민족문학에 광채를 더하여 주었다.

그는 20년대에 진입하여 점차 무정부주의자들과 연계가 깊었을 뿐만 아니라 1927년에는 동방무정부주의 연맹에 가담하고 이 연맹의 기관지

≪동방≫ 등을 간행하였다. 신채호는 1928년 5월에 동방무정부주의 연맹의 위촉을 받고 정치활동자금을 마련하기 위하여 일본에 갔다가 모지(門司)를 거쳐 대만 기륭항으로 가는 도중에 일본 해상경찰에게 체포되었다. 그는 그 후 대련일본형무소에 인도되어 2년나마 미결수로 심문에 시달리다가 1930년 4월에 ≪10년형≫을 언도받고 여순감옥에 갇히었다. 그는 옥중에서 갖은 고초를 겪으면서도 민족의 절개를 굽히지 않고 단호히 싸우다가 1936년 2월 21일 56세를 일기로 자기의 빛나는 일생을 마치었다.

신채호는 20세기 초엽으로부터 1920년대 중기에 이르는 사이에 문학창작과 문학비평에서 많은 성과를 거두었다. 그는 자주적이며 민족적인 문학관을 견지하였는데, 그가 문학창작에 나선 것은 어디까지나 국민들에게 민족의 자신감과 자주정신을 고취함으로써 잃은 나라와 민족을 구원하는 위업에 이바지하기 위한 것이었다.

신채호는 1917년에 ≪문예계 청년에게 참고를 구함≫이란 글을 발표하였다. 그는 이 글에서 민족주의를 근간으로 한 자주적인 문학관을 내세우면서 민족과 나라와 현실을 도피하고 연애문학을 쓰는데만 골똘한 문인들의 소외를 신랄히 비판하였다. 그는 이런 문인들을 ≪아내가 산기를 당하여 난산중으로 죽네 사네 하므로…약국으로 불수산(佛手散)을 지으려 갔다가 돌아오는 길에 나귀를 타고 금강산으로 갔다는 친구를 만나 시흥이 도도하여 불수산을 소매에 넣은 채 금강산으로 갔다≫는 시인 정수동에 비유하였다.

신채호는 ≪민족을 구하자면 강도 일본을 구축해야 하고 일제를 타도하려면 민중 속에 가서 민중과 휴수하여 부절하는 폭력≫에 의지하여야 한다는 실천론적 견지를 극명하게 내세웠다. 그는 다음과 같이 말하였다. ≪… 금강의 경이 아무리 좋을지라도 기아의 눈에는 일시(一匙)의 반(飯)만 못하며, 솔거의 화송이 아무리 명작이라 할지라도 익수자(溺水者)의 눈에는 일편(一片)의 목판(木板)만 못하며 살도 죽도 못하게 된 조선 민중의 귀에는 모든 미려한 가극과 소설의 이야기가 백두산 속 미신귀(迷神鬼)인 조선생의 강신필(降神筆)만 못하리니, 1원이면 1가인구의 며칠 생활할 민중의 눈에 들어갈 수도 없는 2원, 3원의 고가되는 소설을 지어놓고 민중문예라 호호(呼號)함도 얄미운 짓이어니와 민중생활과 접촉이 없는 상류사회 부귀가 남녀의 연애사정을 그리므로 위주하는 장음문자(奬淫文字)는 더욱 문단의 수치이다. 예술주의의 문예라 하면 현 조선을 그리는 예술이 되어야 할 것이며 인도주의 문예라 하면 조선을 구하는 문예가 되어야 할 것이니 지금 민중에 관계가 없이 다만 간접의 해를 끼치는 사회의 모든 운동을 소멸하는 문예는 우리의 취할 바가 아니다≫6) 이토록 신채호는 시종 우리의 문학은 심심풀이로가 아니라 인민을 비참한 운명에서 건져내는 예술을 창조하여야 한다고 하였다. 그의 이런 명백한 문학주장은 당시 시대적 민족적 위기에 직면하여 사회혁명과 문학창작의 방향을 바로잡지 못하고 퇴폐와 감상주의에 빠져 헤매던 일부 작가들에게 유익한 계시를 주었다. 그러면서도 신채호의 문학관에는 자기 인식의 한계로 하여 사회윤리적 요소가 가첨되지 않을 수 없었는 바 이는 그의 문예창작 실천에 일정한 제약성을 피면하지 못하게 하였다.

신채호의 문학창작 중에서 시작품은 보다 중요한 자리를 차지한다. 그는 20세기 초엽으로부터 조선 ≪대한매일신보≫ 등에 시조와 한문시를 발표한 그 뒤로부터 20여 성상을 거치면서 많은 시편을 썼다. 하지만 여러 가지 원인으로 말미암아 1910년대 이후에 창작한 부분적 시편들, 이를테면 자유시 ≪한나라 생각≫(1910년), ≪너의 것≫(연대 미상), ≪금강산≫(연대 미상). ≪매암의 노래≫(연대 미상), ≪나비를 보고≫(연대 미상), ≪새벽의 별≫, 시조 ≪61일 계단(戒壇)의 회고≫(1922년 좌우), 한문시 ≪백두산길에서≫(1914년), ≪섣달 그믐밤에 벗을 만나 회포를 적음≫(1922년), ≪고향≫(1920년), ≪형님기일에≫

---

6) 신채호 ≪조선혁명선언≫.

(1920년), ≪계해년 10월 초 이튿날≫(1923년), ≪무제≫(1922년) 등 40여 편만이 우리들에게 전해지고 있다.

신채호의 자유시는 그 형식에 있어서 전통적으로 이어 내려오던 고정된 시형식을 타파하였을 뿐만 아니라 그 내용에 있어서도 시대적 정신과 민족의 울분과 이상을 심각히 반영함으로써 자기의 특색을 보여주고 있다.

우선 그의 시에서는 고국과 조선민족인민에 대한 불같은 사랑이 격정적으로 개방되고 있음을 간파할 수 있다. 이 주제에 바쳐진 시편들로는 ≪한나라 생각≫, ≪너의 것≫, ≪나비를 보고≫ 등을 들 수 있다. 아래에 자유시 ≪한나라 생각≫을 들어 본다.

> 나는 네 사랑 너는 내 사랑
> 두 사람 사이 칼로 썩 베면
> 고우나 고운 피덩어리가
> 줄줄 흘리내려오리라
>
> 한주먹 텁석 그 피를 쥐여
> 한나라 땅에 골고루 뿌리리
> 떨어지는 곳마다 꽃이 피여서
> 봄맞이 하리
>   - ≪한나라 생각≫

이와 같이 시인은 진지하고도 해맑은 서정의 도움 밑에서 님 나라와 겨레에 깊은 사랑의 정을 절절히 쏟아놓고 있다.

그리고 신채호의 시에서는 고국의 신생을 쟁취할 시인의 단호한 투쟁의지와 이상의 노래가 우렁차게 올려오고 있다. 이런 주제를 다룬 자유시들 가운데서 시 ≪새벽의 별≫이 대표적 작품으로 알려지고 있다.

아까아까 온 하늘에 가득하던 동무들
동안이 멀다 한들
새벽이 차다 한들
이다지 엉성
벌써!

　　　　　　　－ ≪새벽의 별≫

　이는 ≪새벽의 별≫의 첫 연이다. 시인은 달도 다 진 새벽, 그 많던 별무리가 사라져 버려 엉성하게 된 하늘에 반짝이는 남은 별들을 바라보면서 한때 나라의 운명을 두고 비분강개해하며 항격의 앞장에 나섰던 애국지사들이 일제의 잔혹한 탄압을 받자 모진 시련을 이겨내지 못하고 성스러운 싸움의 길에서 한사람 한사람 뒤로 물러서는 정경을 구슬프게 개탄하고 있다.
　그러나 서정적 주인공은 인츰 마음을 가다듬어 하늘에서 유난히 반짝이는 별들로부터 계속 검질긴 투쟁을 견지하고 있는 발일 지사들을 연상하면서, 승리의 그날에로 가는 길이 멀고 험난할수록 굳은 신념을 고수하고 불굴의 투지를 다져갈 것을 다음과 같이 읊조리고 있다.

달은 이미 졌다
해는 아직 멀었다
이 때! 이 때!
우리 곧 없으면
우주의 광명을 뉘 찾으랴?
어데서

……

산을 넘어 물을 넘어
홀로 가는 지사의 마음
우리 곧 아니면 동정할 이 누구냐?

까막… 까막…
반짝… 반짝…

이와 같이 시인은 반드시 오고야 말 새벽 - 고국의 새 아침과 광명에 대한 확신과 사업에 대한 높은 자각을 읊조리고 나서 시의 마지막 연에 이르러서는 늘 바라고 기다리던, 영원히 꺼지지 않는 참된 자유와 행복의 상징인 ≪새벽의 별≫을 따내려다 ≪우리 아기들≫ - 인민들의 품 속에 골고루 안겨주려는 서정적 주인공의 간곡한 염원과 고상한 이상을 자못 진지하게 토로하였다. 이렇듯 시 ≪새벽의 별≫은 상상의 나래를 펼쳐 기발한 착상과 우아한 운율, 낭만주의적 격조로 시인의 응심 깊은 시 세계를 감명깊게 노래한 시편이다. 따라서 이 작품은 이 시기의 조선민족시문학에서 주요한 자리를 차지하고 있다.

신채호는 자유시 창장과 더불어 한문시도 적지 않게 썼다. 지금까지 전해진 근 20편에 달하는 한문시들에서는 우국지사로서의 그의 비분과 절통의 정을 그대로 터놓고 있다.

한문시 ≪백두산길에서≫, ≪가을밤에 회포를 적다≫, ≪형님기일에≫, ≪고향≫, ≪무제≫ 등은 자기의 겨레들을 한없이 그리며 망국노가 된 민족이 비참한 운명을 통탄하며 부른 노래다.

인생 40년 지리도 하다
병과 가난 잠시도 안 떨어지네
한스럽다 산도 물도 다 한 곳에서
내 뜻대로 노래통곡하기도 어렵네
　　　- ≪백두산길에서≫의 한 수

人生四十太支離, 貧病相隨暫不移,
恨水窮山盡處, 任情歌哭亦難爲
　　　- ≪白頭山途中≫

시인은 많은 시편들에서는 민족적 비운을 통탄하였을 뿐만 아니라 또한 후손으로서 구실을 다하지 못한 자책감과 회한의 정을 읊조리고 있다. 한문시 ≪계해년 10월 초이튿날≫, ≪회포를 적음≫이 바로 그런 작품들이다. 그 가운데서 ≪계해년 10월 초이튿날≫을 들어본다

      하늘과 바다가 넓고 넓구나
      마음놓고 다녀고 거칠 것 없네
      생사를 잊었는데 병이 무엇가
      곳곳에 강과 호수 배탈 수 있고
      설월이 사람불러 같이 거니네
      애닯게 시 읊는 것 웃지 말아라
      천추에 뜻 아는데 응당 있으리
              - ≪계해년 10월 초이튿날≫

      天空海濶儘悠悠
      放擔行時便自由
      忘却死生無復病
      淡於名利更何求
      江湖滿地揯依掉
      雪月邀人共上樓
      莫笑撚髭吟獨苦
      千秋應有白牙酬
              - ≪癸亥十月初二日≫

이 예문이 보여주다 싶이 시인은 질곡에서 허덕이는 민족의 비운에 대한 절통의 정을 안고 몸부림치면서도 다가올 민족의 아릿다운 미래를 확신하여 마지 않았다. 그리고 이 시기에 쓴 그의 한문시에는 낡은 도덕관념과 역사적 편견들을 폭로비파하고 자기의 심절한 감회를 읊은 ≪독사(讀史)≫(연대 미상), ≪서분(書憤)≫(연대 미상)…과 같은 작품

도 있다.

이상에서 보는 바와 같이 시인은 이 시기에 자유시와 더불어 엄격한 격률을 좇은 한문시를 읊었고 또한 ≪61일 계단의 회고≫와 같은 시조도 지었다. 그는 이와 같이 자기의 감회와 정서를 다채로운 형식으로 읊조리기 위하여 많은 노력을 기울였다. 그의 이런 시대정신과 자유분방한 서정, 대담한 과장 등으로 특징되는 낭만주의적 시편들은 당시 어려움에 처하였던 겨레들의 의지와 열망을 격정적으로 대언함으로써 인민들을 저항의 길로 고무하였으며 또한 당시의 우리 민족 시단에 이채를 가해주었다.

작가 신채호는 자기의 문학창작 실천중에서 많은 산문과 소설작품을 창작하였다. 그의 문학활동에서의 중요한 성과도 바로 산문과 소설창작에서 집약적으로 구현되고 있다.

신채호는 20세기 초 문동학원의 강사를 지내던 그 시기부터 벌써 많은 정론들을 써냈으며 1905년으로부터 선후로 ≪황성신문≫과 ≪대한매일신보≫의 논설진의 중견으로서 무게있는 많은 정론과 수필을 발표함으로써 민족계몽사상가로서 그리고 문필가로서의 재능을 과시하였다.

그의 정론과 수필창작은 1910년 중국에 이른 후 더욱이는 민족독립운동이 아양되던 1920년대에 더욱 많은 성과를 거두었다. 그의 정론과 수필은 수상록, 단평, 문예비평, 서한…과 같은 퍽 다양한 형식을 채취하였었다. 또한 이런 정론과 수필에서는 시인의 치솟는 정치적 격정과 고매한 민족적 정신, 치밀하고 드팀 없는 논리, 해박한 지식과 예리한 필치를 족히 감득할 수 있다. 그의 정론과 수필 ≪선언≫, ≪낭객의 신년만필≫, ≪문예계 청년들에게 참고를 구함≫, ≪문제없는 논문≫, ≪금전, 철포, 저주≫, ≪도덕≫, ≪이해(利害)≫, ≪신교육과 정육≫, ≪인도주의가애≫, ≪대흑호의 일석담≫ 등이 그 대표적인 작품으로 된다.

신채호의 정론은 대체로 선명한 정치적 내용을 담은 문예산문의 성격을 띠고 있다. 그는 정론 ≪낭객의 신년만필≫에서 우리는 ≪심심풀이로서가 아니라 인민을 비참한 운명에서 건져내는 예술을 창조하여야 한다≫고 자기의 견지를 강조하였다. 그는 그와 같이 자기가 진행하는 창작실천을 우리 겨레의 자주독립을 실현하기 위한 투쟁과 그것을 위한 전민적 개몽사업의 일환으로 간주하였다.

그의 정론과 수필에서는 우선 민족 독립투쟁 과정에서 제기된 중대한 문제를 다루면서 자기의 모든 것을 이 성스런 투쟁에 바쳐야 한다는 사상을 내세우고 있다.

그는 ≪피의 인과≫(연대 미상)에서 ≪결과 없는 피가 없다 하지만 그 결과는 종인(種因)대로 되나니 애명예(愛名譽), 애자손(愛子孫)의 뿌린 피에 어찌 애국의 과(果)가 맺히리오≫라고 하면서 ≪신성한 죽음은 시비도 잊으며 훼예(毁譽)도 잊고 오직 나의 사랑하던 바를 위하여 피를 머금고 칼이나 총머리에 엎어지는 죽음이니라≫하였으며 또한 그는 항상 붓으로 ≪말속(末俗)에 분개하며 시론(時論)에 격한(激恨)하여 오직 민족을 위한 일이면 곧 도덕≫이라고 역설하였다. 그러면서 그는 ≪이해(利害)≫(연대 미상)에서 다음과 같이 지적하였다.

≪개신(個身)의 생존만 구하다가 전체의 사멸을 이루면 개신도 따라 사멸하나니, 그러므로 군자는 개신을 희생하여서라도 전체를 살리려하며 구각(軀殼)의 생존만 구하다가 정신이 사멸되면 쓸데 없는 일부의 <추피낭(臭皮囊)> 남아 무엇이 귀하리오. 그러므로 열사는 적국과 싸우다가 전 국민의 백골을 태백산만치 높이 쌓아 놓고 명예의 멸망을 할지언정 노예되어 구생(苟生)함은 하지 안하나니, 구생은 생존이 아니니라.≫

이 예문에서 우리는 당시 민족 독립투쟁의 전초에 서서 앞으로 내닫던 투사의 숭고한 사상과 굳은 신념을 넉넉히 읽을 수 있다.

다음 그의 많은 정론과 수필에서는 낡은 제도에 대한 부정과 민족의 새로운 이상을 유기적으로 밀착시키면서 민족의 자유와 독립의 실현에 배치되는 노예주의와 봉건도덕관 현실도피사상 등을 단호히 비판하고 타매하였다. ≪대흑호의 일석담≫(연대 미상), ≪수양은 탁계(濁界)부터≫(1925년), ≪청년의 희생≫(연대 미상) 등이 바로 이런 주제를 힘있게 다룬 작품들이다.

그는 ≪불만의 현실 - 곧 최대의 위력을 가진 현실에서 도피하는 자는 은사(隱士)이며 굴복하는 자는 노예이며 격투하는 자는 전사이니 우리는 우의 삼자에서 그 하나를 선택하지 않을 수 없는 경우에 선줄을 자각≫(≪대흑호의 일석담≫)하여 곧 ≪격투≫의 길로 나가라고 호소하고 있다. 그는 또한 ≪차라리 괴물을 취하리라≫에서 선사(禪士)는 ≪죽을 때까지도 남이 하는 노릇을 안하는 괴물이라 괴물은 괴물이 될지언정 노예는 아니된다. 하도 뇌동부화(雷同附和)를 좋아하는 사회니 괴물이라도 보았으면 하노라≫라고 쓰고 있다.

이렇게 작가는 적들의 앞에서 서서 죽을지언정 엎디어 비굴한 삶을 구걸하지 않는 강인한 성격을 숭상하고 고취하였다. 그리고 그는 현실을 도피하는 사상도 견결히 반대하였다. 실로 신채호는 굴할 줄 모르는 강직한 투사로서 그에게는 그 어떤 노예적 근성이거나 아첨하는 태도가 추호도 없다. 그의 정론과 수필은 바로 이런 보귀한 정신과 성격의 집중적인 발현이다.

그 다음 그의 정론과 수필은 절절한 민족적 숙원과 새로운 이상의 실현을 다그치기 위한 전투적 호소였다. 그는 적지 않은 글에서 세계 무산대중과 제국주의와의 첨예한 모순을 폭로하고 적을 짓부실 전투적 목표를 두드러지게 제시하였다. 그가 ≪선언≫(1923년?)에서 밝힌 그의 주견을 들어본다.

≪우리 민중은 알았다. 깨달았다. 피(彼)등 야수들이 아무리 악을 쓴들, 아무리 요망을 피운들, 이미 모든 것을 부인한, 모든 것을 파고하려는 대계(大界)를 울리는 혁명의 목소리가 어찌 거연(遽然)히 까닭 없이 멎을 소냐…우리의 생존은 우리의 생존을 빼앗는 우리의 적을 없이 하는데서 찾을 것이다.…≫

그리고 정론 ≪금전, 철포, 저주≫(1920년 초)에서는 ≪거룩한 저주
는 금전의 농락에 빠지지 안하며 철포의 위협에 물러서지 안하고 목적
을 이룬 뒤에야 그 소리가 그치나라≫라고 하면서 절대 저주를 멈추지
말고 감격으로 벅찰 민족독립을 맞이할 때까지 견지하라고 일깨워주고
있다. 이런 철저한 반항과 승리의 이념은 ≪예언가가 본 무진≫(1927
년) 등 여러 편의 정론과 수필에도 구현되고 있다.
　상기한 정론과 수필에서 구현한 고상한 지조, 호담한 기백, 선명한
형상성, 치밀한 논리, 신랄한 풍자, 생신한 언어 등은 사상가이며 작가
로서의 특색을 선명하게 보여주고 있다. 그의 정론과 수필은 이 시기
조선민족 인민의 사상투쟁사와 문학창작에서 남다른 중대한 기여를 하
였다.
　신채호는 1910년대 후반과 20년대 초에 단편소설 ≪꿈하늘≫을 비롯
하여 역사소설 ≪백세노승의 미인담≫, ≪유화전≫, ≪건륭황제의 꿈≫,
≪일목대왕의 철퇴≫ 등을 창작한 데 뒤이어 1920년 후반기에 그의 소
설창작에서 또 하나의 대표작으로 인정되는 단편소설 ≪용과 용의 대격
전≫(1927년?)을 썼다. 이와 같은 작품들은 심오한 사상과 낭만주의적
풍격을 짚게 구현함으로써 이 시기 조선민족 소설문학 창작에 이채를
더하여 주었으며 또한 그의 소설창작에서의 최후를 장식하고 있다.
1920년대에 들어서면서 사회주의 등 여러 가지 새로운 사조의 전파와
더불어 날로 심화되어가던 반제 반봉건적 민족 해방투쟁의 현실은 신채
호에게 크낙한 영향을 주었다. 이리하여 그는 기본적으로는 무정부주의
와 인민주의적 견지를 지지하였으며, 그러면서도 또한 날로 심입되는
현실투쟁 체험으로부터 몽롱하게나마 사회주의 사조의 합리성을 추구하
기도 하였다. 단편소설 ≪용과 용의 대격전≫은 바로 1920년대의 새로
운 사조의 영향하에서 씌여진 것으로 그 내용과 예술적 면에서 선행한
작품보다 새로운 특색을 보여주고 있다.
　단편소설 ≪용과 용의 대격전≫은 침략자 및 그와 결탁한 착취계급
의 압박과 약탈자의 화신인 이른바 ≪천국≫의 충신인 미리와 피착취
계급의 이익과 힘의 상징으로 나선 드래곤 등 두 용의 대격전을 통하

여 민족모순과 계급적 모순이 첨예화된 1920년대의 사회적 현실을 묘파하고 일본 침략자와 착취계급의 반동적 본질과 그 멸망의 불가피성을 밝히었으며 민중혁명의 도래와 인민대중의 필연적 승리를 예시하였다.

《용과 용의 대격전》은 상제의 충신인 동양진수(東洋鎭守) 미리가 지국에 내려오는 것으로부터 시작된다. 그를 맞이하기 위하여 부자와 귀족들은 미리의 입에 맞도록 중국요리, 서양요리 등 갖가지 좋은 음식과 더불어 풍악까지 마련하여 놓았으나 헐벗고 굶주린 빈민들은 아무것도 없어 부자나 귀족들처럼 정성을 다하지 못한다. 미리가 내려오자 부자와 귀족들은 푸짐한 음식과 가무로 환대하지만 가난에 허덕이는 빈민들은 과중한 세금을 감하여 주고 감옥살이와 절도자살이 없게 해달라고 애원한다.

하지만 빈민들의 《가련하고 모양 없는》 상차림을 보자 골이 잔뜩난 미리는 《이놈들, 정성을 내지 않고 행복을 찾는 놈들 죽어 보아라》하고 불호령을 내린다. 그러자 지상의 통치자들과 착취배들은 일시에 무고한 빈민들에게 마구 달려들어 닥치는 대로 짓밟고 학살한다. 이때 이런 아비규환에 빠진 지상의 참화를 보고 받은 《천국》의 상제는 빈민들을 무참히 참살한 미리에게 호된 책벌을 줄 대신 도리여 그의 《공로》를 치하하여 굉장히 큰 훈장까지 준다. 그리고 연회까지 성대히 베풀고 천국의 제신들과 지상의 괴물들을 불러들여 먹인 후에 공모하여 반항하는 민중들을 탄압하기 위한 《민중진압책》을 꾸민다.

이렇게 상제와 미리가 민중을 탄압할 흉책을 꾸미고 있을 때에 지상에는 드래곤이 나타나 천국을 위협하며 상제의 반동사상을 선전하던 야소를 처단한다. 그리고 드래곤에 의한 민중의 규합과 폭동에 의하여 《천국》을 뒤엎어버릴 새로운 지국이 일떠선다.

《지국》은 모든 기존제도와 질서를 폐절하고 모든 것에 대한 공유권을 공포한 후 《천국》과의 교통차단을 선언한다. 이렇게 되자 《천국》은 일조에 위기에 처하게 된다. 《천국》을 구원하려고 떠난 미리는 드래곤과의 대격전에서 패하여 죽으며 상제는 위기일발의 처경에 빠진 천국에서 도망쳐 나와 목숨을 건지려고 쥐구멍으로 들어가다가 쥐잡이 나온 민중들에 의해 처단된다.

이와 같이 소설에서는 침략자와 통치계급의 소굴인 ≪천국≫과 민중들의 나라인 ≪지국≫과의 대치적인 정치적 환경을 조건부적으로 설정하고 거기다가 벌어지는 모순갈등과 인물들의 대립관계를 통하여 상제와 미리 그리고 드래곤 등의 형상을 창조하였다.

소설에서 묘사된 상제와 미리는 침략자와 통치계급의 대표이며 수호자이다. 상제는 ≪천국≫에서 민중을 마음대로 탄압하고 착취하면서 민중들이 바치는 공물과 제물을 받아먹고 호화롭게 살아왔다. 민중들이 항거하여 폭동을 일으킬 때 상제는 그들을 진압하는 원흉으로 된다. 하지만 나중에 민중의 폭동에 의해 ≪천국≫이 ≪지국≫과의 고통이 단절되자 먹을 것이 없어 아사상태에 이른 상제는 바가지 동냥을 떠났는데 거기서도 쫓기워 쥐구멍으로 들어가다가 때마침 쥐잡이에 나선 민중들에 의해 잡히워 죽는다. 소설은 바로 이 상제의 형상을 통하여 반동적 통치세력의 흡혈귀적 본질, 추악한 몰골과 그 처참한 말로를 생동하게 보여주었다.

소설 중의 미리는 상제의 가장 충실한 측근이며 동방을 통제하기 위하여 미쳐 날뛰는 침략자의 상징으로서 도리여 상제보다 더 악랄하고도 교활한 형상으로 묘사되고 있다. 그의 내력에 대하여 소설에서는 다음과 같이 교대하고 있다. 그는 드래곤과 일태쌍생(一胎雙生)이었으나 ≪그 뒤에 미리는 늘 조선, 인도, 중국에서 장성하야 드디어 동양의 용이 되야 석가, 공자, 등의 소극적 교육을 받아 상제의 충신이 되야 늘 복종을 천직으로 알므로 지배계급의 주구인 종교가, 윤리가들이 모두 미리를 인세(人世) 모범의 신으로 존봉하여 왔으므로 조선의 신화에나 중화의 유경에나 인도의 불경에 다 용을 비상히 찬미하여 상제에 배(配)하였다. 그래서 상제께서 미리를 발탁하야 동양진수의 대임을 준 것≫이다.

그의 반동적인 몰골과 잔인하고도 교활하기 그지없는 본질은 그가 안출한 민중진압책에서 더욱 노골적으로 드러난다. 미리의 상주(上奏)를 다 듣고난 상제는 ≪아이고 내 자식아, 나도 악독하지만 너는 나보다도 더 악독하고나, 네가 아니면 내가 어찌 이 자리를 보전하랴≫고 하면서 미리의 등까지 다독여 준다.

소설은 이와 같은 묘사를 통하여 1919년 이후 일제놈들이 한때 허울을 바꾸어 실시하던 이른바 ≪문화정치≫의 실질을 속속들이 파헤침과 아울러 상전에 아부하여 못된 짓이란 못된 짓은 다 하는 배족적 망나니들의 성격적 본질과 제반 죄악적 시책을 신랄하게 폭로하고 타매하였다. 미리는 그토록 잔인하고 교활하기 그지 없었지만 종당에는 지상에서 일어나는 혁명을 탄압하고 ≪천국≫을 지탱해 가려다가 도리여 드래곤에게 짓부시워 귀가 떨어지고 눈이 빠졌으며 대갈통마저 빠개지자 아무 쓸모도 없는 용신묘의 토우상이 되고 만다.

소설에서는 또한 드래곤의 내력과 소행에 대한 생동한 묘사를 통하여 미리와는 대치적인 민중의 힘과 이익과 지향을 대표한 드팀없는 선구자로 생동하게 형상화하였다.

상술한 바에서 볼 수 있는 바 소설 ≪용과 용의 대격전≫에서는 당시 새로운 사회사조의 도움 밑에 그 시기 역사적 현실이 제기하고 있는 심각한 사회정치적 문제에 일정한 견지를 가진 낭만주의 형상을 창조하였다. 이 소설은 선행시기의 낭만주의적 형상을 창조하였다. 이 소설은 선행시기의 낭만주의 소설 ≪꿈하늘≫에 비하여 사회적 모순과 반동통치배의 본성을 파헤치고 비판함에 있어서 보다 더 심각하고 신랄하며 인민대중의 힘과 승리에 대한 확신을 예술적 형상으로 힘있게 집약하였다. 이 밖에 이 소설은 예술 창조면에서 있어서도 기발한 구상과 허구, 광활한 예술적 공간, 생동한 상징적 수법과 풍자적 수법, 세련되고 풍부한 인민적 언어의 구사 등으로 특징적이다.

소설 ≪용과 용의 대격전≫은 비록 큰 성과를 거두었으나 일정한 제한성과 부족점도 동반하고 있다. 이를테면 긍정적 인물인 드래곤의 위력을 우의(寓意)적으로 시사하고 있을 뿐 첨예한 모순갈등에 의하여 전개되는 실제적 투쟁을 사실적으로 생동하게 형상화하지 못하고 있다. 그런면서도 이 소설은 1920년대의 불합리한 현실과 반동적 사회제도를 반대하는 인민대중들의 투쟁과 염원을 낭만주의적으로 묘사한 작품으로서 작가 신채호의 문학생애와 조선민족의 진보적 낭만주의 문학 발전사에 한 페이지를 장식하여 주었다.

6. ≪북향회≫의 전말

1930년대 일제 식민지 통치하에서의 우리 겨레들의 생활 처경은 몹시 험악하였다. 일제는 온갖 악랄한 수단을 다하여 조선민족의 민족적 특성을 말살하려 미쳐 날뛰었다.

그러나 그와 같이 험악한 정치문화적 환경하에서도 강렬한 민족의식으로 자기를 불태우던 우리의 작가와 문예청년들은 거족적인 항일투쟁의 영향하에 반동당국의 눈을 기이며 여러모로 민족을 위하여 문학 창작활동을 전개하였으며 본 민족의 문화전통과 유산을 수호하여 나섰다.

1933년 용정에서 발족된 ≪북향회≫는 바로 민족문학을 발전시키며 민족의 독립과 자주의 새 터전을 닦는 과업을 수행하기 위한 일념으로 작가들이 일어나 세운 단체이다. ≪북향회≫는 문학동인들의 피타는 노력에 의하여 많은 유능한 작가와 청년문예인들을 묶어세워 문학창작 활동을 전개함으로써 크나큰 성과를 이룩하였다. 하여 ≪북향회≫는 당시 간도에서뿐만 아니라 또한 조선문단에서도 일정한 영향력을 산생시켰으며 조선 현대문학 발전에 빛나는 한 페이지를 아로새겨 놓았다. 그러나 오늘에 이르기까지 이 ≪북향회≫의 활동과 업적들이 제대로 알려지지 못하였기에 응당 받아야 할 평가를 받지 못하고 있으며 지어 일부 중요한 문화사 저술들에서는 그 행적조차도 언급하지 않고 있다.

이는 아주 유감스러운 일이 아닐 수 없다.

근래에 이르러 1930년대의 항일시기 문학에 대한 관심이 깊어지고 그에 대한 연구사업이 심입됨에 따라 ≪북향회≫의 성립과 활동 및 그 의의 등에 대해서도 거론하고 있다. 이는 자못 기꺼운 일이다. 그러면서도 일부 저술과 논물들에서 ≪북향회≫의 전말과 문학창작의 업적을 그 실제정황과는 달리 와전하고 있는 것이 문제로 된다. 이를테면 .이미 발표된 문학자료 ≪해방전 문학의 일모≫(1982년 ≪문학예술연구≫제1호), 회상기≪<북향>과 강경애≫(1986년 ≪천지≫ 제3호)…가 바로 그 실제예증으로 된다. 이에 필자는 입수한 일부 자료에 근거하여 ≪북향회≫의 성립전후의 자초지종을 밝히고 그의 업적과 의의에 대한 자기 나름의 천견을 내놓는 바 비평과 조언을 바란다.

1. ≪북향회≫의 발족과 그의 주요 성원

문학동인 단체 ≪북향회≫는 다년간의 온양을 거쳐 1933년 11월에 용정 광명학원 사범과의 교원인 이주복 등의 주선과 당시 용정에 있던 작가들의 지지 하에 정식으로 발족되었다. 처음 ≪북향회≫는 당시 용정 남녀중등학교의 교사들과 재학중인 문예청년들을 위주로 하여 조직되었으며 일부 영향력 있는 작가들도 가담하였다.

≪북향회≫가 나오게 된 과정에 대해서는 한때 ≪북향≫지의 편집을 맡아 나섰던 안수길이 자기의 회고록 ≪용정과 신경시대≫에서 보다 자세히 언급하고 있다.

≪아버지의 병환 위독이라는 급전을 받고 (1931년 봄 - 인용자 주) 동경에서 집(용정)에 돌아온 지 한 두어달 되어서 일가 광명중학교 영어교사로 이주복 씨가 부임해왔고 가족을 데려오기 전까지 우리 집에 기숙하게 됐다.… 자연히 한 집에 살게 된 이씨와 내가 친해질 수밖에 없었고, 둘은 아침산보로 일찍 해란강변을 거

널면서 당시 만주사변직후의 일본의 침략에 얽힌 가지가지 시국담을 비롯해 인생, 세태, 문학에 관한 무궁무진한 이야기로 장래 대문호(?)가 될 꿈을 하늘만하게 키우고 있었다.……

이씨와의 이런 유서 깊은 해란강변 산책에서 이야기 끝에 구상한 것이 문학 동인회를 만들어야 된다는 것이었다.

이름을 <북향회>라고 하는 게 좋겠다고 대강 이야기된 것은, 글자 그대로 간도는 한국 사람의 제2의 고향이다. 여기에 우리의 문학을 이룩해 보자는 뜻에서였다.

그러나 당장 <북향회>를 탄생시키지 못한 채 이씨는 가족이 왔으므로 우리 집에서 옮기게 됐고 서로 떨어져 살게 되고 보니 동인회고 해란강변의 보보행진산보고 흐지부지되고 말았다. 그런데다가 다음해 봄에 나한테 취업자리가 생겨 용정에서 멀리 북쪽으로 80리허의 광신촌이고 천주교 마을인 팔도구라는 곳에 소학교 교사로 가게 됐다.

그곳에서 1년 반인가 백묵가루를 먹고 있는 사이에, 이씨는 용정에서 기꺼이 <북향>을 발족시켰는데 그 구성 멤버가 시내 남녀중등학교의 젊은 교사들과 의사들이었다.≫

상기한 바에서도 우리는 ≪북향회≫ 발족 전후의 정형과 성립시간 등을 대체적으로나마 더듬어볼 수 있다.

≪북향회≫의 발족시간에 대해서는 또한 ≪북향≫지에 실린 ≪북향회≫ 성립 두 돌을 맞으면서 진행한 강연회 소식과 그때 읊은 축하시들이 실증해주고 있다. ≪북향≫(인쇄본) 제2호(1936년 1월 10일 간행) ≪문단안테나≫란에서는 ≪북향회≫ 2주년 기념사업으로 1935년 11월 16일 밤에 문예강연회를 개최하여 대성황을 이루었다는 보도를 내였으며 ≪북향≫ 총 3호에는 ≪북향회≫ 창립 2주년을 맞으면서 1935년 11월 22일에 읊은 ≪시조 3장≫을 게재하였다. 그중 시조 제1장에서는 ≪두 돌된 북향아가 엄마엄마 부르더니/한걸음 내디디자 문밖으로 뛰쳐나네/아마도 세네살 되면 세계일주 하오리≫하고 읊조리었다. 이런

시문들과 당시 참가자들의 회고에 의하면 ≪북향회≫는 바로 1933년 11월에 발족되었음이 확실하다. 그러므로 ≪북향회≫ 창립시간을 문예운동인지 ≪북향≫(인쇄본) 창간호가 창간된 1935년 10월로 보는 것은 역사사리의 실제와 맞지 않는다.

≪북향회≫의 조직과정에 대해서는 당시 광명중학 재학 시에 동인으로 가담하였던 김유훈은 다음과 같이 말하고 있다.

≪이 학교 영어교원 이주복의 지도 밑에서 문예인들의 회를 조직하였다. 처음 이 회의 정회원은 열도 채 안되는 문인, 학생들로 구성되었다. 조선 여류작가로서 이미 저명해졌던 강경애 등과 그 밖에 각 중, 소학교 교원 중에서 문예창작에 취미를 가진 사람들이 회원으로 가담하게 되었다.≫

≪북향회≫의 주요성원을 보면 그 창립초기에는 이주복, 강경애(동인이면서 고문 겸임), 김국진, 엄무현, 윤영춘…그리고 천청송, 김유훈 등이며 그후 활자인쇄본 ≪북향≫지가 정식으로 출간됨과 더불어 안수길, 박영준, 박화성, 박계주, 신상보, 최영한, 이학인, 최문진, 김규은, 환원, 최순원, 김영일, 박훈 등이 가담함으로써 강경애를 위시한 저명한 작가들과 광범한 지역의 많은 문학도들이 망라되었다. 이리하여 ≪북향≫은 당시 간도문단의 번성을 안아왔으며 소설, 시가, 희곡, 문학이론 분야에서 큰 성과들을 취득하였다.

2. ≪북향회≫의 활동과 ≪북향≫의 간행

≪북향회≫가 창립되자 문예동인들은 문예지 ≪북향≫의 간행을 준비하는 한편 문학예술에 대한 학술모임, 토론회, 문학평론회, 문예강연회를 자주 열어 문학을 보급하고 또한 보다 질 높은 작품들을 창작하도록 고무하였다.

작가 안수길은 당시 《북향회》의 주선 하에 열었던 한차례 문예강연회의 성황을 다음과 같이 회고하였다.

> 《<북향> 동인회 사업으로 문예강연회를 열기로 했다. 장소는 명신여학교 강당이었다. 별로 널리 선전을 하지 못했는데도(영사관 경찰의 간접적인 간섭으로) 천명은 수용할 수 있는 홀(공회당 - 인용자 주)이 초만원, 입추의 여지가 없었다. 연사는 이주복, 엄무현, 김국진, 나 외에 화가(지금 이름은 기억나지 않음) 한 분이었고… 이씨는 <북향> 동인회의 포부를 이야기하면서 문학과 사회와의 관계성을 열변했고, 김씨는 조리 있고 명쾌한 말로 청중에게 문학적인 감명을 주었다…)》

이밖에도 1935년 11월 16일 밤에 강경애, 이주복, 김국진, 최문진을 초청하여 명신여학교 대강당에서 연 문예강연회 때에도 그 《입장자는 무려 천여 명이었고 당야 장소관계로 돌아간 이도 수백 명에 달하는 대성황을 이루었다》고 《북향》의 문단소식에서 보도하고 있다.

상기한 바에서 만도 우리는 당시 《북향회》 문학활동의 일모를 더듬을 수 있다. 실로 그와 같은 악렬한 정치환경에 처하여서도 규모가 있는 문예강연회를 여러 번 개척하였는데 당시 이런 강연회가 인민대중, 더욱이 문학도들에게 준 영향은 자못 컸었다.

이밖에도 조선의 저명한 작가와 예술계인사들을 초청하여 창작경험을 소개받았으며 문예강좌, 문학평론모임 등을 조직하였었다. 그리고 《북향》지를 더욱 《독자들의 것으로 만들기 위하여》, 《독자실》을 설치하고 대중의 의견을 섭취하였으며 여러모로 문학창작의 질을 제고하기에 힘을 다하였다.

《북향》의 간행정황을 보면 당시 상응한 여건들이 지어지지 않은 정황하에서 먼저 프린트 본을 내는 수밖에 없었다. 일찍 《북향》의 편집을 맡았던 김유훈, 안수길 등의 회고록과 입수한 역사적 기재에

의하면 ≪북향회≫ 설립 후 2년 사이에는 ≪북향≫을 프린트본으로 2
기를 내고 1935년 10월부터 정식 인쇄본으로 간행되었다.
　≪북향≫(인쇄본)을 정식 간행하게 된 경위에 대해서 안수길은 자기
의 회고록에서 다음과 같이 쓰고 있다.

　　≪<조선문단> 복간기념 문예현상에 단편과 콩트가 당선된 나
　를 보자 이씨(이주복)는 반기면서 학생위주의 프린트 <북향>을
　발전시켜 본격적인 동인지로 재출발하자. 인쇄는 당시 용정에서
　제일 크고 활자도 비교적 구비되어 있는 개성사람이 경영하는 인
　쇄소에 교섭중인데 가능성이 있다는 것이었다. 대뜸 굳은 악수를
　교환했다…≫

　이렇게 마음이 합쳐지게 되자 ≪북향≫(인쇄본) 창간호가 출간되게
되었는데 이 때 편집에 직접 참가한 작가들로는 이주복, 안수길, 천청
송, 김유훈 등이다.
　≪북향≫의 간행종지에 대해서는 창간호의 사론 ≪창간에 제하여≫
(배회정인)에서 논급하였으나 지금 그 ≪북향≫창간호는 유실되어
찾을 길이 없다. 그러나 우리는 1936년 1월 새해를 맞으면서 펴낸 ≪북
향≫(총2호)의 권두언 ≪새터를 닦으려≫(엄성)를 통해서 그 간행중지
를 족히 알 수 있다.

　　≪인간은 삶의 지배를 받되 그 삶이 인간을 살리지 못할 때 그
　인간은 비로소 삶을 지배하지 않으면 안될 것이다. 그러므로 우리
　는 새로운 삶을 찾기 위하여 삶을 지배할 새로운 터전을 닦아야
　할 것이다. 새해 맞는 인간은 모름지기 황폐한 옛 터전에 새로운
　터전을 닦음으로써… 팔에 힘을 주어 삽을 잡고 무너진 성터로
　나가지 않으려는가? 새터를 닦으려!≫

　이것은 권두언 중의 한 대목이다. 당시 일제의 단속으로 하여 비록

은유적으로 문예지 간행의 취지를 피력하였으나 민족의식으로 불타는 조선민족으로서는 아주 쉽게 그 진의를 터득하고 가슴속으로 받아들일 수 있었다. 즉 모든 것이 ≪폐허≫로 된 참담한 현실에 직면하여 식민통치하의 암흑을 부정하고 민족의식과 역사의식으로써 애써 ≪새터≫를 닦아 우리 겨레로 하여금 재생과 독립, 자주의 길로 지향하게 하는 것이 바로 ≪북향≫의 기본적 간행종지였다. 실로 ≪북향≫지의 작가들은 그같이 언명하였을 뿐만 아니라 또한 자기의 고심한 문학창작 실천으로써 그 숭고한 사명을 수행하기에 있는 힘을 다하였다. 그들은 시종 곤란을 박차면서 엄숙하고도 소박하게 ≪북향≫을 꾸려나갔다. 국판으로 된 이 문예지는 다양한 내용과 다채로운 형식에 유의하면서도 퇴폐적이거나 배족적인 내용을 담은 작품과는 담을 쌓았으며 또한 제한된 지면을 효과적으로 이용하기에 힘 다하였다.

≪북향회≫ 작가들은, ≪북향≫을 처음에는 월간으로 꾸리려 작심하였댔으나 당시의 악렬한 문화적 조건과 여러모로 받는 제약성으로 하여 부정기로 간행하는 수밖에 없었다. 그들의 고심한 노력 끝에 ≪북향≫ 제1호(창간호)는 1935년 10월에, 제2호는 1936년 1월 10일에, 제3호는 1936년 3월 27일에, 제4호는 1936년 8월 1일에 각기 출간되었다.

당시 ≪북향≫의 간행은 직접, 간접적으로 일제 영사관의 심한 단속과 간섭을 받지 않으면 안되었다. 그래서 제3호에 이르러서 부터는 일제의 직접적인 간섭 하에 ≪납본제≫를 강요당하였는데 이 때로부터는 ≪북향≫을 발행하기 전에 먼저 몇 권을 일제당국에 바쳐서 내용검열을 받은 후 그들의 인가를 받아야 만이 그 정식적 발행이 가능하였다. 그런데 그 후 멸망의 길에 들어선 일제놈들이 ≪황민화≫ 운동을 미친 듯이 추행함에 따라 ≪납본제≫로도 근근히 4호까지 내고는 더는 낼 수 없는 역경에 빠지게 되자 그만 정간하고 말았다. ≪북향≫은 비록 정간하였으나 그가 빛뿌린 민족적 정기와 정신은 겨레의 마음속에 깊이 메아리치면서 심각한 영향력을 산생하였다.

3. ≪북향≫의 업적과 특색

≪북향≫(인쇄본)은 불과 30여 페이지의 지면을 가진 소형문예지였으나 그가 취득한 성과와 문단에서 논 작용은 자못 크다.

≪북향≫은 강렬한 민족적 사명감으로부터 문단을 이끌어 작가들을 단합하고 신진들을 육성하기에 심혈을 몰부었으며 또한 문학창작을 활약, 발전시키는 가운데서 부단히 자기의 업적을 쌓았다.

≪북향≫(인쇄본) 제1호에서부터 4호까지에 등단한 창작자들만도 근 40명이 되는데 그 진두에는 조선문단에서 영향력 있는 작가들인 강경애, 박영준, 안수길, 김국진, 윤영춘 등이 서고 있다. ≪북향≫은 이와 같이 자기 민족의 작가진을 형성하면서 문예신진들을 양성하기에 진력하였다. 이는 ≪북향≫이 쌓은 업적 중에서도 가장 으뜸가는 중대한 업적이다.

≪북향≫은 바로 이런 활기에 찬 작가진에 의거하여 문학창작을 발랄하게 전개하였으며 적지 않은 성과들을 취득하였다. 이때의 작가들은 퍽 많은 작품들을 써냈으나 ≪북향≫의 지면관계로 대부분은 기타 문예지나 출판사에 돌리고 일부분 작가들의 편폭이 작은 작품을 싣는 수밖에 없었다.

그러나 ≪북향≫ 1호부터 4호까지에 게재한 소설 10편, 시가 50수, 수필 9편, 문예논문과 평론 6편에서 만도 당시에 거둔 빛나는 문학성과의 일모를 보아낼 수 있다. 상술한 작품가운데서 우리의 주의력을 끄는 것은 소설과 시가작품들이다. 이중의 적지 않은 작품은 상당한 사상, 예술적 수준과 다채로운 스찔로서 이 시기 문단에 이채를 가해 주고 있다. 이에는 비판적 사실주의 창작방법으로 당시의 암흑한 현실을 신랄히 해부하고 민족적 의식과 비판적 의식을 구현한 단편소설 ≪장≫(안수길), ≪함지쟁이 영감≫(안수길), ≪설≫(김국진) 등이 사람들의 이목을 끈다. 민족의 절통한 마음과 회한의 정 그리고 대결의 의지를 토로한 시가도 많이 발표되었는데 그 중에는 시 ≪허물어져 가는 옛집아≫(환원), ≪방랑자의 노래≫(한종섭), ≪춘소추우(春宵秋雨)≫

(안영균), ≪잠든 바다≫(김유훈)…가 있다. 이런 시편들에는 민족의 정기가 맥맥히 흐르고 있으며 투쟁의 의지와 생활의 철리가 슴배여 있다.

물론 당시 일제의 정치적 탄압과 문화전제주의의 통제하에서 일제의 죄악상과 그에 대한 저항의 의지를 노골화한다는 것은 거의 불가능하였다. 문학창작에서 그 제재범위도 제한되고 많은 제약을 받지 않으면 안되었던 작가들로서 자기의 사상예술적 수준을 제대로 발휘한다는 것은 극히 어려운 일이었다. 그러나 역사적 의식과 민족적 사명감으로 자기를 불태우던 ≪북향≫의 작가들은 첩첩한 장애를 헤치며 민족의 한과 지조와 새로운 추구를 묘사한 작품들을 창작함으로써 당시의 간도문단을 빛내었다.

이 시기 ≪북향≫의 문학창작실천을 총괄적으로 고찰하면 다음과 같은 몇 가지 특색을 보아낼 수 있다.

첫째, ≪북향≫의 문학활동과 창작실천에서는 시종 민족의식을 강렬히 표현하였는데 이는 아주 특징적이다. ≪북향≫은 사회주의적 경향이 짙은 것이 또한 특징적이다. 이런 민족적 의식은 여러모로 표현되나 우선 작품 중에서 구현한 역사의식과 민족적 성격과 기질 등에서 표현되고 있다. 많은 작품들에서는 일제 식민지통치하에서의 민족의 불운과 회한의 정을 통탄하였으며 그에 대한 저항의 의지와 밝은 미래에 대한 동경을 깊이 있게 파헤치고 있다. ≪북향≫에 게재된 소설과 시가와 수필 등에서 우리는 또한 그와 같은 탄압과 모진 시련 속에서도 굴하지 않으며 역경에 몸부림치면서도 저항의 의지를 굽히지 않는 민족의 산 모습을 볼 수 있으며 그들의 숨결을 들을 수 있다.

다음, ≪북향≫은 사실주의적 경향이 짙은 것이 또한 특징적이다. 당시 ≪북향≫의 작가들은 물론 여러 가지 부동한 문예사조와 유파의 영향을 받았으나 그들 중의 대부분은 사실주의에 경향하였다. 그들의 이런 사실주의적 경향은 시가창작에서도 표현되었거니와 소설의 경우에는 더욱 뚜렷하게 보여주고 있다. ≪북향≫에 발표된 소설들은 선택한 제재와 노린 주제는 서로 달라도 모두가 당시 사회적 생활에 깊이 파고 들어가 당시의 암흑상을 진실하게 묘사하며 폭로하기에 심혈을 쏟고 있다.

그들의 사실주의적 경향에 대해서는 ≪북향≫ 창간호에 노신의 작품 ≪고향≫을 번역하여 실었다는 사실이 또한 좋은 실증으로 된다.

끝으로 ≪북향≫은 젊은 작가들과 문학청년들로 구성된 단체로서의 자기의 특색을 과시하고 있다. 그 성원을 보면 젊은 문예청년들이 많고 또한 일본 등지에 가서 유학한 사람들도 적지 않은 비중을 차지하였다. 당시 이들은 비록 사상예술적 지향이 온정되지 못하였고 또 그 창작수준도 고르지 않았지만 새로운 사물과 새로운 사상조류를 보다 재빨리 접수하였으며 구지욕과 꿈도 퍽 많았다. 그들은 암흑한 현실하에서도 다같이 자기 민족의 특성과 문화를 수호하기 위하여 정력적으로 문학창작실천에 투신하였는데 이 점은 매우 보귀한 것이다. 이와 같이 정열적이고 활력적이며 청년적인 특점은 또한 ≪북향≫의 특점이기도 하다.

상술한 바와 같이 1930년대 간도 용정에서 발족된 ≪북향회≫는 우리 겨레의 문학을 발전시키고 자기의 작가진을 형성함에 있어서 마멸할 수 없는 빛나는 기여를 하였다.

7. 윤동주와 그의 시

시인 윤동주(1917~1945)는 우리 겨레가 일제치하에서 모진 수난과 시련을 겪던 연대에 시종 민족의 지조를 간직하고 일체 반민족적 소위에 단호히 반발하면서 한 생을 민족과 민족문화 위업에 헌신하다가 순절한 민족시인이다.

윤동주는 1917년 12월 30일 길림성 용정시(당시의 화룡현) 명동촌에서 아버지 윤영석과 어머니 김용의 맏아들로 태어났다. 그의 아명은 해환이라 불렀다.

윤동주 네는 증조부 윤재옥(尹在玉) 때인 1886년에 함경북도 종성에서 당시의 간도 자동으로 이주하여왔다. 그후 1890년에 윤동주의 조부 윤하현의 인솔하에 다시 명동촌으로 이사하였다. 윤동주가 태어날 무렵엔 가정형편도 피었고 조부 윤하현은 기독교의 장로가 되었다. 이때 윤동주의 부친 윤영석은 일찍 동경 등지에 유학 갔다 돌아와 명동학교에서 교편을 잡고 있었다.

한편 윤동주의 외숙 김약연은 1889년에 조선 종성으로부터 명동촌에 이주하였다. 민족의 선각자인 그는 1901년에 사학 ≪규암재≫를 설치하였다가 1907년에는 이를 확대하여 명동서숙으로, 다음해 1908년 4월 27일에는 명동서숙을 명동학교로 발전시켜 현대적 문화교육을 도모하였다.

그리고 윤동주와 한 생을 거의 함께 하다 싶이한 내외종 송몽규는 외가인 동주네 집에서 같은 해 9월 28일에, 동주보다 3개월 먼저 출생하였다. 그후 그들 둘은 그림자처럼 어울려 다녔으며 열렬한 독립운동가이며 민족교육가인 규암 김약연 선생의 사랑과 가르침을 받으며 유년기를 보냈다.

윤동주의 형제들로는 그의 아래에 여동생 혜원이와 두 남동생 일주와 광주가 있다. 여동생 혜원(1923년생)은 용정서 명신여고를 나오고 한때 소학교에서 교편을 잡았다. 광복 후 그는 남편과 함께 서울에 나가 다년간 거주하다가 지금은 오스트레일리아에서 살고 있다. 동생 일주(1927년생)는 광복 후 서울에 가서 서울대학교를 나오고 성균관대학교 건축공학과 등에서 교수를 지냈다. 그는 1955년 6월에 시 ≪설조(雪朝)≫로 추천받아 시단에 데뷔하였다. 사후 그의 동시집 ≪민들레피리≫(1887년)가 서울서 출판되었다. 막내 동생 윤광주(1933년생)는 광복 후 용정서 중학교를 다니다가 중퇴하고 1948년 10월경에 연변의과전문학교(1949년 초에 연변대학 의학부로 개편)의 실험원으로 일하였다. 그후 그는 폐결핵을 앓게되자 1950년 봄에 실험원을 그만두고 집에서 요양하면서 가도청년회의 문화활동을 도와 나섰다. 한때 건강이 좀 회복되자 1956년 봄에 연길현 평두산 개간대에 참가하여 문화위원의 임을 맡고 사업하였는데 그만 병이 도져 1957년 초에 집으로 돌아왔다. 그후 그는 앓으면서도 시종 가도청년회의 활동을 돕다가 1962년 가을, 29세에 요절하였다. 윤광주는 이곳 50년대 시단에서 인기를 모았던 시인이다. 그는 1954년에 처녀적 ≪그때면 알겠지≫로 시단에 나선 후 륙속 시 ≪쓰지 못한 사연≫(1955년), ≪길≫(1956년), ≪고원의 새 봄≫(1957년), ≪산간일경≫(1957년), ≪아침합창단≫(1962년)등을 발표하여 좋은 평언을 받았다.

윤동주가 내외종 송몽규, 외사촌 김정우, 벗 문익환 등과 함께 명동소학교에 입학한 것은 만 8세를 잡은 해인 1925년 4월이었다. 그는 이 유서 깊은 명동학교에서 열심히 공부하여 우수한 성적을 따내었으며 학교의 활동에도 적극 참가하였다. 그리고 윤동주네의 학급은 특히 문학소년반이라고 할 수 있는 분위기였다. 그것이 김정우 시인의 회상 속에 잘 드러나 있다.

<명동소학교> 4학년 때 동주는 벌써 서울에서 소년소녀들을 위한 월간잡지를 구독했다.…몽규는 <어린이>란 잡지를, 동주는 <아이생활> 잡지를 서울서 부쳐다 읽었다…

우리가 5학년이 되면서 동주와 몽규의 발기로 우리들도 월간잡지를 등사로 발간할 것을 결정했다. 원고를 모아 편집을 끝내고 잡지명이 결정되지 아니하여, 그 당시 우리의 담임이며 우리의 존경의 대상이었던 한준명 목사님(현재 중앙신학교 교수)을 찾아가 자문을 청했더니, 우리를 칭찬하시며 ≪새명동≫이라 이름하면 좋을 것이라 하여 <새명동>이란 이름으로 몇 호 발간하였다.(송우혜 ≪윤동주 평전≫ 79페이지)

윤동주는 1931년 3월에 명동소학교를 졸업하였다. 그 뒤 그는 송몽규 등과 함께 명동촌에서 10리 상거한 화룡현 현립 제1소학교(한족학교) 6학년에 편입하여 1년간 다니고 1932년 4월에 용정 은진중학교에 입학하였다. 이 때 윤동주네 집에서는 명동촌의 농토와 집을 소작인에게 맡기고 용정으로 옮겨왔다. 어려서부터 문학을 즐기던 윤동주는 은진중학시절에 벌써 ≪상당한 수준을 보인≫ 서정시 ≪초한대≫(1934년), ≪삶과 죽음≫(1934년) 등을 썼다. 그리고 이 때 윤동주와 함께 문학을 배우던 송몽규는 1935년 1월에 콩트 ≪숟가락≫이 동아일보 신춘문예현상모집에서 입선되는 장거를 올리었다.

그 후 송몽규는 민족독립운동에 투신하기 위하여 1935년 4월에 관내로 가고 윤동주도 이해 봄에, 금후 진학의 순리로운 여건을 지어놓기 위하여 평양 숭실중학교에 전학하였다. 그런데 그 이듬해 이른 바 일제의 신사참배 강요사건이 일어나자 윤동주는 결연히 학교를 중퇴하고 용정으로 돌아왔다. 그러다 보니 그의 평양에서의 학습생활은 불과 7개월에 지나지 않았다. 그러나 그는 이 사이에 시 ≪공상≫, ≪종달새≫, 동시 ≪조개껍질≫ 등 자기 나름의 특색을 드러내 보인 시작을 적잖이 써냈고 또한 쉬임 없이 ≪세계문학전집≫을 읽고 ≪정지용 시집≫ 등 조선작가와 시인들의 작품을 탐독함으로써 자기의 문학적 행로를 다져나갔다.

1936년 4월, 새학기 초에 용정으로 돌아온 윤동주는 본의 아니게 친일계인 광명학원 중학부에 편입하였다. 그는 이 학교에 다니는 사이에 순탄치 못한 현실생활 속에서 여러 가지 여러움을 극복하면서 많은 양의 시작품을 쏟아내었고 연길서 발행한 ≪카톨릭 소년≫지에 ≪병아리≫ 등 5편의 동시를 발표하였다. 그리고 같은 시기에 민족 독립운동에 참가하려 관내로 갔던 송몽규는 일경에게 구금당하였다가 놓여나온 뒤 집에서 얼마동안 요양하고 용정 대성중학교에 편입하여 2년 남짓이 중단하였던 학업을 다시 이어나갔다

1938년 2월 광명중학을 졸업한 윤동주는 앞으로 의학을 전공하라는 아버지의 강요도 굳이 마다하고 그해 4월 조선 서울로 가서 연희전문학교 문과에 입학하였다. 대성중학교를 졸업한 송몽규도 이 때 같이 입학하여 그와 함께 학습하고 생활하였다. 윤동주는 이 때만 하여도 일정한 한계하에서나마 민족적 분위기가 농후하고 민족의 저명한 학자들로 교수진을 무은 연희동산에서 스승님들의 사랑과 가르침을 받아가며 열심히 민족의 정신을 키우고 민족의 문화를 익히었다. 그리고 다른 한편으로 이 시기에 윤동주는 서울에서 생활하는 동안 일제의 반동적 시책의 기편성과 조선민족에 들씌운 재난과 민족적 수모를 직접적으로 체험하게 되었는바 그 가운데서 받은 뼈아픈 감수는 일제반동 통치에 대한 더없는 증오와 반발지심을 자아내게 하여 동족에 대한 고도로 되는 사랑의 정과 사명감을 격발하게 하였다. 이에 시인 윤동주는 더더욱 고심히 조선민족 문화와 시문학을 터득하기에 정력을 몰부었으며 나아가 서방학술계의 태두들, 이를테면 미켈란젤로, 데카르트, 로댕, 릴케, 발레리 등의 저술과 문학작품을 탐독함과 아울러 시창작에 정진하는데서 보다 자기의 얼굴을 드러낸 원숙한 작품들을 내놓을 수 있었다. 시인이 연희전문학교 졸업을 기념하여 출판하려 하였던 ≪하

늘과 바람과 별과 시≫에 수록된 많은 시편들이 그 좋은 실증으로 된다.

1941년 12월 연희전문학교를 우수한 성적으로 졸업한 시인 윤동주는 그 이듬해 4월 창씨개명계를 제출하지 않으면 안되는 민족적 수모에 몸부림치면서도 민족의 내일을 위하여 비장한 결심을 품고 일본에 건너갔다. 처음에는 동경 입교대학 영문과에 입학하여 한 학기를 마치고 그 해 가을에 경도의 동지사대학 영문과에 적을 옮겼다. 바로 그가 입교대학에서 한 학기를 배우고 동지사대학에 편입하기 전인, 여름방학에 고향을 다녀갔다. 이 때 그는 동생에게 ≪우리 글 인쇄물이 앞으로 사라질 것이니, 무엇이나 악보까지도 사 모으라≫고 신신당부하였다고 한다.

≪육첩방은 남의 나라≫ ─ 일본의 당시의 무단적인 정치환경과 암담한 현실은 갓 도일한 그에게 고뇌와 향수를 자아냈으며 불우한 민족의 내일에 대한 심려에 모대기게 하였다. 당시 경도 동지사대학 영문과로 적을 옮긴 윤동주는 내외종 송몽규와 함께 경도에 유학중인 학생들과의 만남과 회합의 기회에 민족의 내일을 거론하고 민족의식과 민족적 문학관을 담론하였다. 그런데 이런 지당한 소행이 죄목이 되어 1943년 7월 19일에 일본 특고경찰에게 피검되었다. 그 이듬해 3월 31일에 시인 윤동주는 ≪독립운동≫을 고취함으로써 ≪치안유지법≫을 위반하였다는 죄로 경도재판소에서 2년 실형의 언도를 받고 후꾸오까 형무소에 갇히었다. 그후 그는 독감방에서 모진 옥고를 치르면서도 민족의 절개를 굽히지 않고 민족의 지조를 지켜 싸우다가 1945년 2월 16일 29세의 젊은 나이로 비명에 갔다. 시인의 이런 늠렬한 희생은 그의 주옥같은 시작에 깃든 불멸의 가치와 더불어 천인공노할 일제의 파쇼적 통치와 유례없는 군국주의의 죄악사를 길이 고발하고 심판할 것이다.

시인 윤동주는 일찍 은진중학교 시절인 1934년 12월에 시적 재능을 보여준 서정시 ≪초한대≫, ≪삶과 죽음≫을 쓴 때로부터 시창작에 들어섰다. 그 후 시인은 육속 괄목할 만한 시작들을 적지 않게 창작하였다. 그러나 보다 원숙한 민족의 시인으로 자기 나름의 특성과 시풍을 과시한 시작들을 내놓은 것은 그가 서울과 일본에서 생활하던 시기인 1938년 이후부터이다. 이 시기에 시인은 자기의 생활환경의 변화와 더불어 당착한 암담한 현실에 대한 인식이 진일보 심화됨에 따라 강렬한 민족의 정신과 저항의식을 구현한 시편들을 적지 않게 내놓았다. 그러나 이 시기에 이르러서도 세계관상의 한계로 말미암아 일제식민통치를 저주하고 민족의 내일을 위하여 분진하면서도 민족구원의 방도를 찾지 못하였다. 이에 시인은 민족의 사명을 수행하지 못하는 죄책감으로 자기를 불태우면서 늘 오뇌와 저주와 연민과 환멸이 서로 엇갈리는 모순된 사상경지에서 방황하였다. 그러면서도 또한 이런 사회적, 정치적 환경하에서의 부단한 사색의 모대김 속에서의 그의 인식의 제고는 그의 시작의 내포와 철학적 깊이를 더하게 하였다. 이 시기 시인의 미학적 추구는 1930년대 말로부터 1942년에 이르는 시기에 창작한 보다 자기의 얼굴을 드러낸 ≪완벽에 가까운≫ 시편들에 뚜렷하게 구현되고 있다.

시인 윤동주는 1934년 첫 시작을 쓴 후로부터 8년 남짓이 시창작을 진행하는 사이에 퍽 많은 시를 쓴 것으로 알려지고 있다. 그런 그의 대부분 시고, 더욱이는 일본에 체류하던 시기에 탈고한 시편들은 그가 일경에게 피검되고 옥고를 치르던 사이에 산실되었다. 그리하여 지금은 그의 친족과 후배들에 의하여 보존되고 수집된, 시인의 유고집 ≪하늘과 바람과 별과 시≫(정음사·1948년 1월 초판 발행)에 수록된 110여 수가 남아있을 뿐이다. 시인 윤동주의 시집을 출판하는데 있어서 시인의 친지이며 후배인 정병욱이 기여한 바가 컸다. 정병욱은 윤동주가 1941년 12월에 연희전문학교를 졸업하고 방황, 고민하던 끝에 일본유학을 결심하고 떠나기 전에 앞서 자기에게 맡긴 자필 시집원고 ≪하늘과 바람과 별과 시≫를 소중히 간직하였다가 광복 후에 내놓음으로써 1948년 1월 윤동주의 시집을 출판하는데 결정적인 역할을 하였다.

그는 윤동주 시집 ≪하늘과 바람과 별과 시≫를 펴내면서 다음과 같이 밝히고 있다. 이 시집에 수록한 ≪5부의 유고집은 우리가 오늘날 얻을 수 있는 그의 작품의 전부이다. 제1부는 고인이 연희전문학교 문과를 졸업할 무렵에 졸업을 기념코자 77부 한정판으로 출판하려던 자선시집 ≪하늘과 바람과 별과 시≫를 그대로 실었고, 제2부는 일본 도꾜시대의 작품인 바 제1부 이후 약 반년간에 쓴 것이다. 그 후의 작품은 모든 일기와 함께 일경에게 피검되었을 때에 압수되었으니, 오늘날 아깝게도 찾을 길이 묘연하다. 제3부는 그의 습작기 작품집 <나의 습작기의 시 아닌 시> 및 <창(窓)>의 2권을 비롯한 시고를 정리하여 연대순을 역으로 배열하였으며 그 중에 연대가 기입되지 않은 작품은 적당하다고 인정되는 곳에 넣었다. 제4부는 동요로서 역시 연대순을 역으로 배열하였고 제5부는 그의 산문을 작품연대에 관계없이 편집하였다≫(≪윤동주 시집≫ 1983년 판 287페이지)

시집 ≪하늘과 바람과 별과 시≫에서 시인 윤동주는 강렬한 민족의식에 토대하여 당착한 일제식민통치를 저주반발하고 비운에 모대기는 겨레의 참담상을 개탄하며 민족적 사명을 다하지 못한 데 대한 자아적 반성과 참회의식, 고결한 민족의 지조와 순절정신, 미래에 대한 열렬한 동경과 선망, 그리고 하염없이 솟는 향토의 정, 사랑하던 이에 대한 다함없는 추억… 그야말로 다양한 제재와 무게 있는 주제를 다각적으로 다루었다. 그러면서도 그의 전반 시편의 밑바닥에 흐르고 있는 것은 민족에 대한 불같은 사랑이었다.

그의 서정시 ≪서시≫는 시인 윤동주가 1941년 11월 연희전문학교 문과 졸업을 앞두고 자선시집 ≪하늘과 바람과 별과 시≫의 편집을 마무리하면서 읊조린 감명 깊은 시편이다.

    죽는 날까지 하늘을 우러러
    한 점 부끄럼이 없기를
    잎새에 이는 바람에도
    나는 괴로워했다
    별을 노래하는 마음으로

모든 죽어가는 것을 사랑해야지
그리고 나한테 주어진 길을
걸어가야겠다.
오늘밤에도 별이 바람에 스치운다.
- ≪서시≫의 전문

이는 ≪서시≫의 전문이다. 이 시에서 시인은 바람과 별, 하늘과 부
끄러움, 죽음과 삶을 결합시키면서 고통 속의 삶, 삶 속의 고통을 그
리고 있으며 우리 민족의 절망과 희망을 내성적인 자기응시로 이끌어
내어 그것을 자연의 표상과 조화시켜 진실한 고백과 의식으로 표현하
고 있는 것이 특징적이다.

이 시에서는 바로 당시 참담한 일제식민통치하에서의 동족이 처한
불우한 운명을 통탄하고 민족의 독립과 자유를 위하여 깨끗하게 살며
지어는 죽음도 마다하지 않겠다는 웅심 깊은 사상과 격정을 구김 없이
토로하고 있다. 따라서 이 시에서는 실로 ≪손들어 표할 하늘도 없는
≫ 그런, 사람을 질식케 하는 암흑한 연대에 하냥 민족의 현실과 미래
를 심려하는 서정적 주인공의 티없이 맑은 마음이 그대로 내비치고 있
다. 이런 견지에서 볼 때 이 ≪서시≫는 시인 윤동주의 지적, 인생적,
윤리적, 지성적, 민족적 사고를 겸허하면서도 의젓하게 제시한 것으로
그의 인생관과 우주관을 집약하고 있다. 그리고 이 시는 이 시집의 서
문격으로 쓴 것으로서 자연의 표상으로서의 상징전부를 함축적으로 다
루어 다른 모든 시와 내적 연관성을 구현하고 있는 바 이 ≪서시≫를
그의 전일적인 시세계의 요약, 농축으로도 읽을 수 있다.

아래에 그의 시집 ≪하늘과 바람과 별과 시≫에 수록된 시편들에
담은 주제내용에 비추어 좀더 구체적으로 고찰하여 보면, 우선 그의
시편 중에는 강렬한 민족의식으로써 일제식민통치하로 전락된 참담한
현실과 그 같은 역경에서 수난에 허덕이는 민족의 조우를 통탄하고
민족적인 반발과 미래지향의지를 읊조린 작품들이 상당한 비중을 차
지하고 있다. 시 ≪돌아와 보는 밤≫(1941년), ≪무서운 시간≫(1941

년), ≪슬픈 족속≫(1938년), ≪가슴1≫과 ≪가슴2≫(1936년)는 그 대표
적인 시편들이다. 아래에 산문시 ≪돌아와 보는 밤≫을 들어본다.

　　　세상으로부터 돌아오듯이 이제 내 좁은 방에 돌아와 불을 끄옵니
　　다. 불을 켜두는 것은 너무나 피로롭은 일이옵니다. 그것은 낮의 연
　　장이옵기에 ----

　　　이제 창을 열어 공기를 바꾸어 들어야 할텐데 밖을 가만히 내다보
　　아야 방안과 같이 어두어 꼭 세상같은데 비를 맞고 오던 길이 그대
　　로 비속에 젖어있사옵니다.

　　　하로의 울분을 씻을 바 없이 가만히 눈을 감으면 마음 속으로 흐
　　르는 소리, 이제, 사상이 능금처럼 저절로 익어 가옵니다.
　　　　　　　　　　　　　　　- ≪돌아와 보는 밤≫

　　이 시에서 서정적 주인공은 ≪세상으로부터 돌아오듯이≫ 좁은 방
에 돌아와 ≪불을 켜두는 것≫은 곧 ≪낮의 연장이기에 너무나 피로
롭은 일≫이라고 개탄하고 있다. 왜냐하면 일제통치하의 세상에서 맞
는 낮은 비록 밝은 대낮이라 하더라도 그것은 탄압과 수탈과 상잔을
위하여 설치한 감옥과 사형장이며 또한 모진 민족적 기시, 패륜과 도
덕 등으로 충만된 암흑한 세상이었기 때문이다. 이에 잠시나마 그런
암흑의 현실을 피하려고 돌아왔으나 이 시의 서정적 주인공은 낮에
받은 모진 충격으로 하여 하냥 혐오와 저주의 정을 새길바이 없어 고
통 속에 모대긴다. 그러나 서정적 주인공은 시대의 의식을 포기하지
는 않는다. 그는 그와 같은 역경에서도 미래에 대한 신념을 버리지
않고 자기를 격려한다. 시의 마지막 부분에서 ≪하루의 울분을 씻을
바 없어 가만히 눈을 감≫고 사색에 잠기노라면 ≪사상이 능금처럼
익어가옵니다≫라고 하였는데 여기서의 ≪사상≫에서 암흑한 현실을
부정하고 민족의 자주를 실현하려는 민족적 자각과 굳은 결의로 읽을

수 있다.

　서정시 ≪무서운 시간≫에서의 시인의 오뇌와 울분은 더욱 심화되고 있다. 시인은 이 시에서 ≪한번도 손들어 보지못한 나를 / 손들어 표할 하늘도 없는 나를 / 어디에 내 한몸 둘 하늘이 있어 / 나를 부르는 것이요≫하고 살아 몸둘 곳 없고 죽어서도 누울자리조차 없게 된, 망국노가 된 우리 겨레의 비참한 처지를 피눈물나게 공소하면서 당시의 암담한 현실을 부정하고 있다. 그리고 ≪슬픈족속≫, ≪가슴≫, ≪장≫과 같은 여러 시편에서도 고난의 심연속에서 허덕이는 우리 겨레의 처참상을 의인화하였다.

　　　흰 수건이 검은 머리를 두르고
　　　흰 고무신이 거친 발에 걸리우다

　　　흰 저고리 치마가 슬픈 몸집을 가리고
　　　흰 띠가 가는 허리를 질끈 동이다.
　　　　　　　　　－ ≪슬픈 족속≫

　　　불꺼진 화독을
　　　안고 도는 겨울밤은 깊었다.

　　　재만 남은 가슴이
　　　문풍지 소리에 떤다.
　　　　　　　　　－ ≪가슴2≫

　다음, 윤동주의 시작에는 민족의 자유를 쟁취하고 전통적인 문화의 계승을 위한 시인의 웅심과 이를 저애하는 암흑한 현실과의 심각한 모순을 해결할 바이없어 고뇌에 잠기고 방황하던 모순된 실존적 존재에 대한 자아성찰과 참회의식을 읊조린 것들이 또한 적지 않다. 이를 테면 시 ≪자화상≫(1939년), ≪참회록≫(1942년). ≪십자가≫, ≪간≫

(1941년) 등이 그 좋은 예로 된다. 아래에 시 ≪자화상≫을 옮겨 본다.

　　　산 모퉁이를 돌아 논가 외딴 우물을 홀로 찾아가선
　　　가만히 들여다 봅니다.

　　　우물속에는 달이 밝고 구름이 흐르고 하늘이
　　　펼치고 파아란 바람이 불고 가을이 있읍니다.

　　　그리고 한 사나이가 있읍니다.
　　　어쩐지 그 사나이가 미워져 돌아갑니다.

　　　돌아가다 생각하니 그 사나이가 가엾어집니다.
　　　도로 가 들여다 보니 사나이는 그대로 있읍니다.

　　　다시 그 사나이가 미워져 돌아갑니다
　　　돌아가다 생각하니 그 사나이가 그리워집니다.

　　　우물속에는 달이 밝고 구름이 흐르고 하늘이
　　　펼치고 파아란 바람이 불고 가을이 있고
　　　추억처럼 사나이가 있읍니다.
　　　　　　　－ ≪자화상≫

　이 시에서는 보다 심각한 시대적 인식으로부터 일제의 통치하에서 동족들이 겪는 아픔을 해결하지 못하고 일제의 통치하에서 욕된 목숨을 부지하는 서정적 주인공의 심절한 내심적 고통과 가책과 울분의 심경을 그대로 심절하게 해부하고 있다. 우리는 이 시를 통해 시인의 민족적 자각과 당시 암흑한 현실에 대한 부정, 그리고 엄숙한 자아성찰 태도를 읽을 수 있다.
　시 ≪참회록≫은 그의 시작 중에서 가장 구체적인 굴욕적인 사건에

처하여 자책하고 반발하고 자기 다짐의 참회를 읊조린 무게있는 시편
이다.

        파란 녹이 낀 구리거울 속에
        내 얼굴이 남아있는 것은
        어느 왕조의 유물이기에
        이다지도 욕될가

        나는 나의 참회의 글을 한줄에 줄이자
        ---- 만 24년 일개월을
        무슨 기쁨을 바라 살아왔던가

        내일이나 모레나 그 어느 즐거운 날에
        나는 또 한줄의 참회록을 써야 한다.
        ---- 그때 그 젊은 나이에
        왜 그런 부끄런 고백을 했던가

        밤이면 밤마다 나의 거울을
        손바닥으로 발바닥으로 닦어 보자.

        그러면 어느 운석밑으로 홀로 걸어가는
        슬픈 사람의 뒷모양이
        거울속에 나타나 온다.
                    - 《참회록》의 전문

   이것은 시 《참회록》의 전문인데, 《윤동주의 시중에서 가장 구체적
인 현실에 의거하고 있는 강력한 저항시가 바로 이 시이다. 일제가 강
요하는 일본식 창씨개명이란 절차에 굴복한 그 구체적인 삶의 자리에
서, 그는 일제에 의해 망한 <대한제국>이란 왕조의 후예로서, 바로 자

신의 <얼골>이 그 <왕조의 유물>임을 절감하면서 <이다지도 욕됨>을 참회한 것이다.≫(윤동주 평전 257페이지) 그러나 자기에 대한 그의 이런 성찰과 참회가 결코 자포자기는 아니다. 동족의 아픔을 절감했던 시인은 결코 자아성찰과 참회에만 머무르지 않고 ≪내일이나 모레나 그 어느 즐거운 날≫을 기약하는 굳은 결의를 내비치고 있다. 그리고 또한 그의 많은 시편들에서는 자기를 바쳐서라도 ≪주어진 길≫ -- 민족구원의 길을 걷고야 말리라는 불같이 뜨거운 마음과 저항정신 그리고 단호한 결의를 토로하고 있다. 이에 바쳐진 시 ≪십자가≫(1941년), ≪간≫(1941년) 등은 그 대표적인 작품들이다.

시 ≪간≫에서는 자기를 바쳐서라도 동족의 비극을 종말짓고 자유를 줄 수 있다면 자기는 ≪불도적한 죄로 목에 매돌을 달고 끝없이 침전하는 프로메데우스≫의 뒤를 따르리라 다짐하고 있으며 또한 시 ≪십자가≫에서도 민족을 비극적 운명에서 구원하기 위해서라면 자기를 선뜻 바쳐 피흘리는 고행을 달갑게 치르겠노라 선언하고 있다.

쫓아오던 햇빛인데
지금 교회당 꼭대기
십자가에 걸리었습니다.

첨탑이 저렇게도 높은데
어떻게 올라갈 수 있을까요.

종소리도 들려오지 않는데
휘파람이나 불며 서성거리다가,

괴로왔던 사나이,
행복한 예수, 그리스도에게
처럼
십자가가 허락된다면

모가지를 드리우고
꽃처럼 피여나는 피를
어두워가는 하늘밑에
조용히 흘리겠습니다.
                    - ≪십자가≫

　시인은 이와 같이 시 ≪십자가≫를 통해 고도의 죄책감과 사명감으로 자신을 불태움과 더불어 저항의 길에서 자기 희생마저를 언녕부터 각오하였다. 이에서 우리는 시인의 생명에 대한 경외와 희생에 대한 각오가 그 얼마나 지순하고 철저하였는가를 절감할 수 있다. 그리하여 시인은 끝내 놈들에게 굽어들지 않고 놈들의 형무소에서 장렬한 희생으로써 더욱 청결하고 절절한 진가의 시편을 엮어놓았다.
　다음 윤동주의 많은 시편들에서는 민족의 미래지향의지와 선망을 다감하게 읊조리고 있는데 이런 시는 당시 조선민족의 시단에 이채를 더하여 주었다. 그는 암흑의 장막 속에 잠긴, 밤중 마냥 암담한 현실 속에서 동족들과 함께 모진 아픔을 겪으면서도 하냥 미래에 대한 굳은 신념으로 불태우면서 겨레의 가슴속에 ≪새봄을 당겨올≫ 이상의 불씨를 묻어주었다. 그는 캄캄한 밤의 뒤에 여명이 뒤따르고 어둠 속에는 광명이 동반하여 절망의 뒤에는 희망의 새움이 싹트리라 믿어마지 않았다. 이는 곧 겨레를 위하여 성실하게 책임을 다하고 삶의 보람을 찾아서 애쓴 시인 윤동주의 삶의 신조이며 또한 낭만적 이상주의의 표현이다. 이에 시인은 자기 나름의 인식에 토대하여 새로운 이상의 나래를 펼치면서 새시대로의 소망을 읊조린 ≪새로운 길≫(1938년), ≪봄≫(1942년?), ≪또 다른 고향≫(1931년), ≪새벽이 올때까지≫(1941년), ≪별헤는 밤≫(1941년)과 같은 많은 시편들을 내놓았다.

　　　내를 건너서 숲으로
　　　고개를 넘어서 마을로

어제도 가고 오늘도 갈
나의 길 새로운 길

민들레가 피고 까치가 날고
아가씨가 지나고 바람이 일고

나의 길은 언제나 새로운 길
오늘도… 내일도…

내를 건너서 숲으로
고개를 넘어서 마을로
                    - ≪새로운 길≫

봄이 혈관속에 시내처럼 흘러
돌 돌, 시내 가차운 언덕에
개나리, 진달래, 노오란 배추꽃

삼동을 참아온 나는
풀포기처럼 피어난다.

즐거운 종달새야
어느 이랑에서나 즐거웁게 솟쳐라.

푸르른 하늘은
아른아른 높기도 한데……
                    - ≪봄≫

  상기 두 수의 시에서 보여준 시심은 실로 맑고도 깨끗하며 부드럽고
온화스럽기만 하다. 이 새로운 길과 맞이할 새봄은 민족 앞에 놓일 새

로운 앞날에 대한 상징이다. 그리고 이런 시편들에는 또한 진취적 기상이 잘 드러나 있으며 시적 정서가 농후할뿐더러 그 운율도 아주 명랑하고 힘차다.

시 ≪별헤는 밤≫도 짙은 서정으로써 그의 ≪서시≫에서 노래한 별의 의미를 더욱 선명하게 펼쳐보인, 낭만적 이상주의의 시편이다. 그가 읊조리다 싶이 ≪가슴속에 하나 둘 새겨지는 별≫은 시인의 희망과 이상이고 또한 꿈의 상징이다. 시인은 희망과 이상에 불탔으나 당시 암담한 현실은 또한 그에게 모진 시련을 안겨주었다. 하지만 그는 ≪이 많은 별빛이 내린 언덕우에≫ 써본 이름을 흙으로 덮어놓고 자신의 소생을 기대하여 마지않았다.

윤동주의 시문학은 바로 고상한 윤리의식과 미래지향적 의식, 시대적 사명감과 민족적 연대의식에 바탕을 둔 저항정신, 자아성찰과 참회와 밀착된 결백한 심성, 부끄럼의 미학, 뜨거운 인도주의 등을 자기의 사상특질로 하고 있으며 높은 차원에서 동족의 망국적 체험을 형상하고 민족의 정신을 선양하였다. 그리고 예술형식상에서도 자기 나름의 풍격을 나타내고 있다.

윤동주의 시는 전체적으로 보아 낭만주의적인 서정시의 범주에 속하지만 그러나 그의 시는 자기 나름대로의 상징시의 성격을 개성적으로 파악하고 적용한 것이 특징적이다. 그의 시문학의 상징적 표현에는 자연의 표상으로서의 상징적 표현, 시대 및 역사적 상황으로서의 상징적 표현, ≪부끄러움≫, ≪밀실≫, ≪거울≫의 심상으로 대표되는 소외와 갈등의 상징적 표현, 이웃에 대한 연민과 사랑을 소재로 하는 상징적 표현이 망라되고 있다.

윤동주 시작에서의 다른 하나의 형식적 특색은 그의 시가 대부분이 산문시적인 형태를 구비하고 있다는 점이다. 그는 왕왕 시 전반을 통하여 그가 노리는 주제적 내용을 총체적으로 표현하기에 힘썼으며 그리고 시어의 의식적인 탁마윤색보다는 자연스럽게 발로된 일상적 언어의 활달한 전개를 통하여 진솔한 표현을 꾀하고 있는 것이 특징적이다.

이밖에도 윤동주의 시가 보여주고 있는 산문적이면서도 결코 산문이 아닌 자연스러운 운율구사는 민요적 음조와 서양시 운율의 모방사이에서 방황했던 당시의 시풍에 참신한 기분을 던져주고 있다.

윤동주의 시문학은 해방전 조선민족 시문학의 최후를 아름답게 장식하였다. 지금에 이르기까지의 우리 조선민족 시단의 업적들을 더듬어보면 《우리의 시에서 고고한 지조나 따뜻한 사랑의 시나 일제에 대한 저항, 자유와 독립을 위한 것이 아주 없었던 것은 아니다. 그러나 이 윤동주의 경우처럼 그 작품과 생활과 지조가 완전히 구합일체화 된 예는 극히 드물다. 그만큼 윤동주는 숭고한 민족적 저항시인으로서 한 시대의 정점을 맡아 그 가열한 순절을 통해서 하나의 영원한 발화(發花)를 보였던 것이다.

티없고 맑은 고독과 깊은 종교적인 사랑으로까지 경도 했던 그의 인간성, 민족과 시대적 현실에서 불멸의 가치로써 탈환하지 않으면 안되었던 자유와 정의에 대한 불굴의 저항정신을 그는 아울러 소유하고 있었다.

이러한 깊고 벅찬 정신을 그는 천부의 서정성과 기법적 자질로 잘 소화시키고 통어하여, 많지는 못하나마 거의 완벽에 가까운 작품적 성과를 거두었고, 훌륭한 인간적 성실을 구현하여 일제암흑기의 단절된 우리 문화사를 시와 지조와 피흘리는 목숨의 희생으로써 이어놓는 애절한 위업을 성취하였다.》(박두진 《윤동주의 시》 ―《윤동주 시집》 244페이지) 실로 윤동주의 주옥같은 시작은 조선민족의 시문학을 한결 높은 수준으로 끌어올리었으며 조선문학사에 빛나는 한 페이지를 아로새겨 놓았다.

8. 시인 윤동주 50주기를 맞이하여

- 근년래 시인을 추모하여 한 일들에 부쳐

　오늘 시인 윤동주 50주기에 즈음하여 연변대학 조선연구중심, 중국 작가협회 연변분회, 연변문학예술연구소, 연변대학조문학부, 연변대학 조선언어문학연구소, 용정시 문학예술계연합회의 공동주체로 시인을 기념하는 학술토론회를 유서 깊은 그의 고향 용정에서 갖게 되었다. 이는 지날날 일제의 잔혹한 통치하에서 우리 민족이 모진 수난과 시련을 겪던 연대에 시종 민족의 지조를 고스란히 지키고 일제의 반민족적 소위에 반발하면서 한 생을 겨레문화와 시문학을 위하여 자기를 바친 민족의 시인 윤동주를 기리기 위한 모임인데 그 의의가 자못 크다.

　오늘 시인 윤동주와 그의 시문학에 대하여 심입 된 연구들이 진행되고 있다. 하여 그 연구가 깊어질수록 시인의 숭고하고 결백한 인격과 민족정신, 천부의 서정성, 예술적 재능이 전일화 된 시작에 감탄하고 그의 빛나는 업적을 높이 평가하고 있다.

　본문에서는 주로 시인 윤동주의 생애와 업적이 중국에 다시 알려진 이래 그의 행적을 고찰하고 시작연구를 진행한 상황을 개략적으로나마 살펴보려 한다.

1. 시인의 행적을 더듬어

시인 윤동주는 광복을 맞기 전에 모진 시련 속에서 ≪시대처럼 올 아침≫을 기다리다가 그 날을 여섯달 앞둔 2월 16일, 29세의 젊은 나이에 일본 후꾸오까 형무소에서 옥사하였다. 그 뒤 ≪그의 골회는 아버지의 품에 안겨서≫ 고향 용정에 돌아와 동산교회 묘지에서 안식하고 있었다. 그러나 그의 빛나는 생애와 업적이 이 고장에 알려지기는 그 때로부터 40년 뒤인 1985년 봄부터였다. 뒤에 안일이지만 일찍 한국에서는 1947년 2월 13일부 ≪경향신문≫에는 조선의 저명한 시인 정지용의 평언과 함께 그의 시 ≪쉽게 씌여진 시≫가 최초로 발표되고 이어 1948년 1월에는 정병욱, 윤일주 등에 의하여 윤동주 시집 ≪하늘과 바람과 별과 시≫를 ≪정음사≫에서 출판하였다. 그 뒤로 그의 시작은 전례 없이 보급되어 시인 윤동주를 추모하고 그의 시를 학습, 연구하는 붐이 일었다. 한국에서는 이와 같이 윤동주 열이 날로 높아가는 상황이었지만 당시 시인의 고향에서는 그의 존재마저 모르고 있었다. 시인 친척들 중엔 윤동주가 시를 쓴다는 말을 들은 이는 간혹 있었지만 그가 그같이 성망 높은 시인인줄은 다들 모르고 있었다. 심지어는 이곳에서 조선민족 문학연구에 종사하는 연구진의 교수들마저도 시인에 대한 관계자료를 전혀 접촉하지 못하고 있었다. 오늘에 와 돌이켜 보건데 이런 비리적 상황이 조성되게 된 데는 장기간 폐쇄적이었던 중국의 국정 그리고 한국과의 내왕과 문화교류가 금지당하였던 사회정치적 여건 등에 연유된다 하지만 생각하면 너무나도 한심스러운 일이다.

중국에서 위대한 역사적 전환을 이룩하게 한 당의 11기 제3차 전원회의 이후 개혁개방의 새로운 역사시기에 진입하면서 외국과의 내왕과 문화교류가 진행됨에 따라 우리 문단에도 새로운 국면이 이루어지게 되었다. 이 시기에 적지 않은 외국의 교수와 문화인들이 이곳을 다녀가는 그런 정세 하에서 1985년 4월 중순에 일본 와세다대학 오오무라 마스오 교수가 부인과 함께 다년내의 교섭과 번잡한 수속을 거쳐 최초로 연변대학 민족연구소의 객원 연구원으로 오게 되었다. 오오무라 마스오 교수는 이곳에 와서 중국 조선민족 문학자료를 수집, 연구하는 한편 또한 시인 윤동주의 묘를 찾고 행적을 더듬는 것을 중요한 과제로 삼고 많은 노력을 기울여 중요한 성과를 취득함으로써 시인 윤동주 연구에 크게 기여하였다. 이를테면 1985년 5월 14일 그는 윤일주 교수(시인 윤동주의 동생)가 직접 그려준 설명도에 의하고 연변대학과 용정중학의 몇 분 선생의 협조를 받아 시인 윤동주 묘를 찾음으로써 그 묘비에 새긴 1,270여자에 달하는 비문을 처음으로 세상에 알렸고 또한 시인의 행적을 더듬는 과정에서 찾은 용정 광명중학 재학시의 학적부를 공개하였으며 시인의 옛 집터와 가정에서 사용하던 일부 실물을 찾고 그의 친척들을 통하여 시인의 행적에 관한 자료들을 수집하였다. 이상의 구체적 내용은 그의 조사보고 ≪윤동주의 사적에 대하여≫(1989년 10월에 간행된 ≪조선학보≫ 제121집에 게재)에 담고 있는 데 이것은 당전 시인 윤동주 연구에서 중요한 자료로 되고 있다.

그리고 시인 윤동주를 알게 된 1985년 이른 봄으로부터 이곳에서도 시인의 행적에 관심을 모으고 그에 대한 고찰과 연구가 진행되는 데서 시인의 생애를 소개하는 글들이 적지 않게 발표되었다. 그 중에는 ≪고귀한 영혼을 부르며≫(박동철, <문학과 예술> 1985년 6호), ≪비명에 쓰러진 저항시인 ─ 윤동주≫(<종합신문> 1987년 7월 29일과 8월 2일부 3면에 <뉴코리아타임스>의 글을 연재), ≪바람에 스치우는 별을 지켜≫(<천지> 1987년 12호), ≪윤동주를 추억하여≫(전종록 구술, 유기천 정리 <문학과 예술> 1988년 3호), ≪바람에 스러진 별 하나 그리며≫(기자 <문학과 예술> 1988년 3호), ≪고향이 낳은 시인 ─ 윤동주≫(임연 <길림신문> 1991년 8월 22일 3면), ≪불멸의 시인 윤동주≫(유기천 <용정전설>에 수록, 1993년 8월 출판), ≪저항시인 윤동주≫(임윤덕 <천지> 1993년 3호), ≪시인 윤동주 가문의 비운≫(한신옥 <월간중앙> 1995년 2호) 등이 있다. 그리고 또한 윤동주와 그림자처럼 함께 다니던 고종 송몽규의 행적을 더듬은 글 ≪청년문사 송몽규≫(한정길 <문학과 예술> 1990년 4호), ≪청년문사 송몽규의 행적을 더듬어≫(권철, <문학과 예술> 1994년 5호) 등에도 윤동주의 일부 행적이 함께 소개되고 있다.

2. 윤동주 시문학 연구

근년래 시인 윤동주와 그의 시문학에 대한 학습과 연구도 사회 여러 계층에서 널리 진행되고 있다. 이를테면 시인의 모교 용정중학교와 명동 소학교에서는 곧 ≪윤동주 시 학습 써클≫을 내오고 학습활동을 벌림과 동시에 문학창작활동을 진행하였다. 이 학교에서는 사생들의 학습과 문학창작의 활성화를 위하여 잡지 ≪별≫(용정중학교 ≪별≫ 잡지사 1993년 1월 창간), ≪새명동≫(≪새명동≫ 잡지사, 1994년 1월 복간)을 간행하여 거기에다 윤동주 시 학습체득도 싣고 학생들의 가작도 발표하였다.

문예계에서는 적지 않은 지면을 내어 윤동주 시를 게재하고 소개하였다. 예를 들면 1985년 6호 ≪문학과 예술≫에 시인을 기린 글 ≪고귀한 영혼을 부르며≫와 함께 윤동주 시 10수를 발표한 뒤를 이어 ≪천지≫, ≪장백산≫, ≪아리랑≫, ≪별나라≫ 등에서도 윤동주의 대표적 시편을 선재함으로써 광범한 독자들의 학습에 도움을 주었다.

문예계와 일부 단체들에서는 또 시인 윤동주와 그의 시문학 연구를 촉진하기 위하여 연구회를 내오고 학술토론회도 가졌다. 이를테면 1988년 12월에 유서 깊은 용정시에서는 문예계를 비롯한 각계 인사들이 시 당정 부문의 전폭적인 지지 하에 ≪윤동주의 문학사상 및 그 현실적 의의와 가치를 깊이 있게 연구하고 조선민족 문학예술이론과 그 작품을 새롭게 탐구하고저…≫(≪연구회≫ 규약에서), ≪윤동주 문학사상연구회≫를 설립하고 시인 윤동주에 대한 연구사업을 추진하였다.

조선민족 문예이론가와 평론가들은 근년래 시인 윤동주 시문학연구에서 적지 않은 성과들을 거두었다. 목전에 이르기까지 수 10편으로 헤아리는 글들이 산출되었는데 그 중의 대부분이 학술논물들이다. 논문 《외롭게 대화하는 자》(김경훈, <문학과 예술> 1989년 1호), 《윤동주론》(일철, <중국 조선민족 문학연구>에 수록, 1989년 6월 흑룡강성 조선민족출판사 출판), 《윤동주 시에 반영된 의식차원》(이원, <문학과 예술>, 1990년 3월), 《윤동주 시의 변모양상》(임윤덕, <언어문학논문집>에 수록 1991년 7월 연변인민출판사 출판), 《윤동주의 시세계》(박충록, <장백산> 1991년 3호), 《서서히 빛을 뿌리는 별 — 중국에서의 윤동주》(임연, <계간문예> 1992년 겨울판), 《윤동주 시의 저항성에 대한 사고》(임윤덕, 연변대학교 1993년 3호), 《윤광주의 작품 세계 — 윤동주 시와의 비교》(김경훈, <문학과 예술> 1995년 1호)…는 그 대표적인 예로 된다. 이런 논물들은 다들 윤동주의 시세계를 다각적이고도 심층적으로 조명하기에 힘썼으며 또한 적지 않은 논문에서는 다양한 연구방법을 도입함으로써 기꺼운 성과들을 거두고 있다. 이 논문들은 비단 국내에서뿐만 아니라 국외 간행물에 전재되어 호평을 받고 있다.

이번 시인 윤동주 50주년 기념학술토론회에서도 10여 편의 논문이 제출되었는데 이 성과 역시 다년래 윤동주 시문학연구에서 취득한 업적의 일부분이다. 그중 논문 《윤동주와 현대파 시의 내적 연관성》(이해산), 《윤동주 시의 심미가치》(임윤덕), 《하늘을 우러러 한점 부끄럼이 없는 별》(장춘식) 등에서 거둔 학술적 성과가 주목된다. 이 논물들은 곧 출판될 《시인 윤동주 50주기 기념 학술토론회 논문집》에 수록될 것이다.

그리고 《중국 조선민족 문학사》 집필진에서 편찬한 《중국 조선족 문학사》(조성일, 권철 주필, 1990년 7월 연변인민출판사 출판)에서도 시인 윤동주 연구에서 거둔 이왕의 성과에 토대하여 윤동주의 시문학적 업적을 분석, 개괄하였다. 그리고 《윤동주의 시문학은 해방전 조선민족 시문학의 최후를 아름답게 장식한 시문학이며 시대의 문학적 사명감과 독자적인 예술적 추구로 조선민족 시문학을 한결 높은 단계로 끌어올린 시문학으로서 우리 조선민족 문학사에 빛나는 한 페이지로 남아 있을 것이다.》(《중국 조선족 문학사》 252페이지)라고 그것의 역사적 지위와 의의를 밝히고 있다. ≪중국 조선민족 문학사≫는 현하 연변대학, 중앙민족대학 조선어문학과와 기타 연수학원의 문과들에서 교재로 또는 각 중학교 교원들의 교수참고서로 이용되고 있다.

≪중국 소수민족 문고≫(사균 주필)의 한 분책인 저술 ≪조선민족 문화≫(김동훈, 김창호 저, 1990년 3월 길림 교육출판사 출판)에서도 시인 윤동주와 그의 시작을 심각히 진술, 평가함으로써 한족 및 기타 민족들에게 우리 시인과 그의 빛나는 업적을 널리 소개하고 그 영향력 을 확대하였다.

3. 시인의 추모활동

근년래 문예계와 사회 여러 분야에서는 시인 윤동주를 추모하여 여 러모로 활동을 진행하였다.

시인 윤동주 묘를 다시 찾은 5일 후인 1985년 5월 19일 연변대학 정 판용을 위시한 5명 교수와 연변 민족박물관의 책임일꾼 그리고 오오무 라 마스오 교수와 부인 등 일행 9명은 정성껏 제물을 갖추어 가지고 시인의 묘소에 가 조선민족의 풍습대로 제사를 지냈는데 이는 이곳에 서 광복후 최초로 되는 시인에 대한 추모의식이었다. 이 이후로부터 학생들, 친척들 그리고 여러 분야의 인사들이 다양한 방식으로 추모활 동을 진행하였다. 그 가운데서도 용정 중학 사생들의 추모활동은 아주 정열적이었다. 뭇 사람들에게 한결같이 추대 받는 이 시인이 본교졸업 생이라는 소식은 이 학교 사생들에게 충격파를 안겨주었는데 이로부터 이 학교에서는 윤동주 붐이 일어나기 시작하였다. 사생들은 곧 ≪윤동 주 시 학습 써클≫을 무었으며 1985년 6월 11일에는 학교지도부의 주 최 하에 시인을 추모하여 추도회를 가졌다. 이 추도의식에는 ≪윤동주 시문학 학습써클≫의 성원 30여 명 외에 오오무라 마스오 교수와 부인 그리고 윤인주 등 시인의 친척들이 초청을 받고 참석하였다. 그 후 용 정중학교에서는 자기들의 노력과 국내외 인사들의 지원 하에 윤동주 묘를 수선하였으며 시인의 기일이나 청명, 추석 등 명절을 맞을 때면 묘소에 가서 성묘하고 제사를 지내며 또한 시 낭송회, 강연회, 가창공연 등으로 시인을 기리었다. 1988년 12월 30일 이 학교에서는 윤동주 탄생 71돌을 맞으며 국내와 해외인사들의 성금으로 ≪윤동주 장학금 위원회≫를 내오고 해마다 우수학생을 장려하였으며 또 ≪윤동주 문학상≫을 설치하고 현상응모 활동도 벌렸다.

시인 윤동주에 대한 추모활동은 기타 여러 학교의 사생들과 각계 인사들 속에서도 진행되었다. 이를테면 연변대학 조선어문학부의 ≪종소리≫사, ≪하얀 넋≫사 등의 성원들은 청명절을 맞는 때면 날씨 여하를 불문하고 반드시 시인의 묘소를 찾아 가토하고 그 묘 앞에서 시 낭송, 강연회를 갖는 등으로 시인을 추모하였다. 뿐만 아니라 사회각계 지명인사들 가운데서도 집체적 또는 개별적으로 묘소를 찾아 시인의 명복을 비는 이들이 늘어나고 있다. 그리고 시인 윤동주를 길이 기념하기 위한 유관사업을 촉진하기 위한 1988년 말에 용정시 문예계를 위시한 각계인사들은 ≪윤동주 기금회≫도 세웠다.

용정중학교에서는 광범한 사생들의 염원을 대표하여 많은 어려움을 무릅쓰고 1992년에 ≪동아일보≫와 한국 해외한민족연구소의 협찬리에 학교정원에다 명편 ≪서시≫를 새겨 넣은 윤동주 시비를 정중히 세웠다. 이 시비는 광범한 조선민족의 후대들에게 민족의 지조를 간직하게 하며 불멸의 시인을 영원히 추모함에 있어서 심원한 의의가 있다.

그 뒤 1993년 2월 25일 연변대학연구중심, 중국작가협회 연변분회, 용정시 문학예술계연합회와 시인의 친속들은 공동으로 ≪윤동주 생가 유지에 표식비(문학비)를 세울 데 대한 발기서≫를 산발하고 모금활동을 벌리었다. 그러던 중 1993년 6월 30일에 이르러 다시 윤동주 생가 유지에 생가를 복원하고 그 정원에 표식비를 세우자는 의견에 입을 모으고 협의를 거쳐 정관용 교수를 회장으로 권철 교수를 주관으로 한 ≪시인 윤동주 생가복원 촉진회≫를 내왔다. 생가를 복원하는 과정에서도 실로 많은 어려움에 부딪쳤으나 국내의 인사들 더욱이는 이윤기 선생 등의 정열적인 협조에 의하여 마침내 1994년 8월에 윤동주 생가를 복원하기에 이르렀다. 아래에 윤동주 생가의 내역과 복원 유관 상황을 알리기 위하여 좀 길지만 ≪시인 윤동주 생가복원 설명≫전문을 인용하여 둔다.

≪시인 윤동주의 생가는 1900년에 그의 조부 윤하현 선생이 명동촌으로 이주하면서 지은 집으로 기와를 얹은 10간과 고간이 달린 조선민족 전통구조로 된 농가집이다. 시인 윤동주는 1917년 12월 30일 이 집에서 태어났다. 1932년 4월 시인 윤동주가 은진중학교에 승학하게 되자 그의 조부는 솔가하여 용정으로 이주하였다. 나중에 이 집은 매도되어 다른 사람이 살다가 1981년에 허물리웠다.

1993년 3월 지신향 명동촌이 용정시의 관광점으로 되면서 연변대학 조선연구중심, 중국작가협회 연변분회, 용정시 문학예술계연합회의 발기 하에 시인 ≪윤동주 생가 유지복원 촉진회≫가 조직되었으며 한국 해외한민족연구소와 용정시 지신향 등의 협찬 하에 이 생가와 명동 교회당을 복원하게 되었다.

시인 생가유지 표식비는 중국의 문학동인들과 한국 문학비 건립동호회장 이상보 교수 등 한국과 일본의 문학유지들의 성금으로 세웠다. (1994년 8월 28일)≫

이 생가복원의 전과정에는 국내와 국외의 저명한 인사들과 문예계 인사들의, 민족의 시인에 대한 사랑과 숭경의 정이 깃들어 있으며 또한 민족문화전통을 수호하고 발전시키려는 염원과 정열이 슴배여있다. 복원된 시인의 생가는 금후 유구한 조선민족문화와 빛나는 윤동주의 업적을 대중에게 펼쳐 보이는 훌륭한 전시관으로 되어 애국주의 교육을 진행하고 본 민족의 전통문화를 전승시킴에 있어서 자못 중요한 기지로 부상될 것이다.

이상으로 1985년 봄, 시인 윤동주의 빛나는 업적이 중국에 알려진 이래 문예계와 학교 등 사회각계에서 시인을 학습, 연구하고 추모하는 과정에서 한 일들을 간추려 적어보았다. 이에서만도 우리들은 일제통치에 민족의 양심과 예지로 저항한 그의 지조 높은 삶과 그의 피와 정열과 재능으로 엮어진 시작에 대하여 한결같이 찬탄하며 기리는 사회 각계와 전민족적인 민심을 가늠할 수 있다.

그러면서도 시인 윤동주와 그의 시문학에 대한 연구는 그 심도나 일반화면에서 아직도 초보적인 단계에 머무르고 있다. 그리고 진정 시인 윤동주의 시정신과 빛나는 업적을 연구하고 전민족적으로 수용시키기는 그리 쉬운 일이 아니다. 우리들은 그의 삶과 시작의 진의를 더욱 깊이 터득하고 그의 시정신을 참답게 계승하기에 힘써야 할 것이다.

우리들은 윤동주 시인이 그렇게 아끼고 사랑하며 오매에도 잊지 못하던 어머니 — 고향을 더욱 아름답게 가꾸며 민족문화의 번성에 힘씀으로써 고향이 낳은 민족시인을 길이 기리련다.

1995년 7월 8일

9. 이학성의 광복전 시세계

조선민족의 저명한 시인 이학성(1907~1984)[1]은 60여 성상을 헤아리는 시창작 생활에서 많은 훌륭한 시편들을 세상에 내놓았다. 그는 조선민족 인민들이 일제식민통치하에서 모진 수난을 받고있던 시기인 1920년대로부터 시창작에 뛰어들어 속마음에서 솟아오르는 자기 나름대로의 시정으로 우리 겨레의 마음을 덥혀주었으며 해방 후에 이르러서도 계속 드높은 열정으로써 새로운 사회제도 하에서 날로 변모되어 가는 조선민족 인민의 생활을 격조높이 구가하였다. 그는 해방 전에 벌써 수10편의 시와 산문작품들을 발표하였으며 또한 해방 후 선후로 시집 ≪북두성≫(1947년), ≪북륙의 서정≫(1949년), ≪고향사람들≫(1957년), ≪연변의 노래≫(서정서사시, 1957년), ≪장백산하≫(한문 1959년), ≪이욱 시선집≫(1980년), ≪풍운기(상)≫(장편서사시 1982년) 등을 출판하였다. 시인 이학성은 수십 년의 시창작 실천에서 거둔 많은 성과로 하여 우리의 시단에서 ≪민족의 시인≫, ≪장백의 시인≫으로 드높은 평가를 받고 있다. 그의 주옥같은 시편들은 조선민족 시가 발전사에 빛나는 한 페이지를 아로새겨 주었다.

---

1) 이학성 : 광복후 이욱(李旭)으로 개명, 이 밖에도 그에게는 여러 가지 별명과 필명이 있다.

시인 이학성과 그의 시에 대한 연구사업은 바야흐로 전개되고 있다. 그러나 아직까지 그다지 심입되지 못하고 있으며 더욱이 그의 해방전의 시창작 연구에 대하여는 미개척적 상태에 처하고 있다. 이에는 여러 가지 연유들이 있겠지만 무엇보다 먼저 전면적으로 되는 자료수집 사업이 따라가지 못하고 있는 것이 그 중요한 원인으로 될 것이다.

시인은 해방 전에 암흑한 통치제도하에서 모진 곡경을 겪으면서도 수10편으로 되는 서정시와 한문시, 그리고 산문들을 발표하였다. 그러나 그 중의 대부분 작품은 산일되어 지금에 와서는 많은 작품을 찾지 못하고 있다. 비교적 구전한 문학자료가 없이 그의 창작성과를 전일적으로 연구하고 평가한다는 것은 불가능한 일이다. 이에 우리들은 시인의 작품과 그의 창작실천에 유관된 자료들을 전면적으로 수집하는 이 기초적인 작업을 다그쳐야 하겠다.

본문에서는 지금에 이르기까지 수집된 그의 해방전 시 22수와 기타 역사자료들을 통하여 시인의 해방전 시창작의 일각을 고찰하며 그의 시에서 전시한 민족적인 갸륵한 시세계와 특색을 찾아보려고 한다.

시인 이학성은 어렸을 적부터 한문시에 조예가 깊었던 조부와 부친의 영향하에서 한문시를 익히고 자주 지었는데 이는 그에게 있어서 시창작에 들어서는 중요한 계기가 되었다. 시인 이학성의 초기작품으로는 1921년 용정에서 발족된 ≪신유시사≫의 모임에 할아버지를 따라갔다가 지은 ≪모춘(暮春)≫(1923년)[2]이 첫 한문시로, 1924년에 ≪간도일보≫에 발표한 서정시 ≪생명의 예물≫[3]이 첫 자유시로 전해지고 있다. 그리고 이 때로부터 1930년대 전반기에 이르는 사이에 출간된 ≪민성보≫에 발표한 서정시 ≪님 찾는 마음≫(1930년)[4]과 ≪눈≫(1930년)이 있다. 시인은 이 시기에 또 적지 않은 시편을 ≪간도일보≫ 등에 발표하였으나 지금까지 이 작품들을 수집하지 못하였다. 그리고

2) 이 시를 발표할 때 이수룡이란 중용 명을 씀.
3) 이장원이란 필명을 씀.
4) 이월촌인(李月村人)이란 필명으로 발표.

어떤 시편, 예를 들면 새 사회에 대한 다함없는 동경을 읊조린 ≪신년사≫ 등은 지금 그 제목만이 전해지고 있을 뿐이다.

시인의 해방전 시창작에서의 전성기는 1940년대 좌우시기로 간주하게 된다. 이 시기에 시인은 ≪만선일보≫, 그리고 ≪조선신문≫과 잡지 ≪조광≫ 등에 적지 않은 시작을 발표하였다. 지금 전해지고 있는 그의 작품으로는 ≪척촉화(躑躅花)≫(1935년), ≪바위≫(1935년), ≪금붕어≫(1939년), ≪월야범종(月夜梵鐘)≫(1938년), ≪샘≫(1938년), ≪혈흔에 핀 꽃≫(1940년), 한문시 ≪선경대≫(1936년)와 1943년 연길에서 출판된 ≪재만조선시인집≫에 수록된 ≪나의 노래≫, ≪5월≫, ≪낙엽≫, ≪별≫과 한문시 ≪석양≫(1943년), ≪늙은 어부≫(1943년) 그리고 서정시 ≪모아산≫(1944년), ≪역마차≫(1945년)와 ≪북두성≫(1945년)이 있다. 상술한 시편들은 시인의 해방전 시작품 중에서 적은 부분에 해당된다.

우에서 열거한 시편들을 통하여 보면 이런 시작품들에서는 보다 다양한 제재와 주제를 다루면서도 그 중에는 강렬한 민족의식으로써 애써 겨레의 고상한 정조와 품성을 찬미하며 저항을 고취하고 미래의 지향을 낭만으로 구가한 시편이 아주 중요한 자리를 차지하고 있다. 그리고 그의 이 시기 시가창작에서 거둔 중요성과도 이런 작품에 있다. 이제 아래에 그가 부동한 연대에 내놓은 상기한 시작품들을 시대별로 고찰하여 본다.

시인 이학성은 1920년대 화룡현 강장동에서 소학교를 마치고 1923년 (17세)에 사회주의 사상의 영향하에서 ≪세기적 사조에 권입≫[5]되었던 배움의 요람 용정 동흥중학에 입학하였다. 그는 이때에 혁명사상을 선전한 소책자도 읽고 ≪서방의 바이론, 휫트맨 등의 시≫ 나아가 ≪중국의 현대시인 곽말약의 시도 많이 애독하였다≫[6] 그러나 1년이 지나자 학비난으로 하여 그는 하는 수 없이 학교를 중퇴하고 고향에 돌아가

5) ≪문학과 예술≫ 1985년 5기.
6) ≪문학과 예술≫ 1985년 5기.

소학교 교원을 지냈으며 때로는 방랑길에 올라 산전수전 다 겪었다. 당시 시인은 진보적 사조가 열풍처럼 온 사회를 휩쓰는 격류 속에서 어렴풋하게나마 ≪말없이 어둠을 사르며 황황히 타오르는≫7) 불길을 보았다. 그는 암흑을 저주하고 광명을 부르는 시대정신의 영향하에 현실의 부조리를 극복할 힘으로서의 민주와 과학과 인간의 생명을 구가하면서 민족의 새로운 미래를 동경하였다. 이와 같이 새로운 시대적 조류에 고무된 시인은 당시 그의 생신한 시세계를 담은 시편들을 많이 내놓아 한때 ≪독보(獨步)≫라는 평언을 받기까지 하였다고 한다. 그런데 지금에 와서는 거의 그 작품들을 찾을 길 없다. 지금 전해지고 있는 시편으로는 서정시 ≪생명의 예물≫(1924년 <간도일보>에 발표)과 ≪님 찾는 마음≫(1930년 5월 21일 ≪민성보≫ 3면), ≪눈≫(1930년 <민성보>)이 있을 뿐이다. 그러나 근근히 3수의 시에서만도 당시 시인의 애국적인 충심에 젖은 깨끗한 시세계의 일각을 더듬을 수 있다.

서정시 ≪생명의 예물≫에서는 생명을 ≪대해의 거류≫로, ≪창조의 힘, 영생의 힘으로≫ 격조높이 노래하면서 내일에 대한 신념과 동경으로 충만된 시정을 다음과 같이 읊조리었다.

> 나는 이제 뛰는 생명의 맥박을 탔기에
> 생명은
> 찬란한 예물을 고여들고
> 이 밤의 광야에서
> 나의 앞에
> 홰불을 들었구나
> — ≪생명의 예물≫의 마지막 연

이것은 이 시의 마지막 연이다. 때는 일제침략자의 무단적인 탄압하에 사처에서 타오르던 민족독립운동의 불길이 일시 좌절을 당하여 저

---

7) ≪문학과 예술≫ 1987년 5기

조기에 들어가고 더욱 세차게 전개될 반제반봉건 투쟁이 온양되고 있던 시기이다. 시인은 바로 이런 시기에 임하여 새로운 시대정신에 고무되면서 낡은 제도와 전통을 지주하고 단연 생명을 ≪거류≫로 ≪창조의 힘≫으로 격조높이 구가하였다. 이 시의 밑바닥에는 당시 진보적 민족청년의 일원으로서의 철리적 사색과 사명감에 모대기는 들끓는 격정이 깔려 있다.

서정시 ≪님 찾는 마음≫은 시인이 고국과 겨레에 대한 충정을 격조높이 읊은, 정열적인 시풍을 보여준 시편이다.

> ...
> 님이시여 당신이 부르시며는
> 옛마을 찾아오는 제비의 나름으로
> 검푸른 대공으로 찾아서 가지요.
>
> 님이시여 당신이 부르시며는
> 하늘에 흐르는 번개의 빛으로
> 화산의 비탈도 찾아서 가지요
>   - ≪님 찾는 마음≫ 중의 두 연

이것은 시 ≪님 찾는 마음≫ 중의 두 연이다. 이에서 모신 ≪님≫은 다름 아닌 고국과 겨레 또는 동경에 찬 자아이상의 상징으로 읽을 수 있을 것이다. 시는 비록 상징주의적인 추상성을 동반하고는 있어도 이에서 우리의 가슴을 들먹이게 하는 것은 그 어떤 험난한 길에서도, 지어는 역경에 처하여서도 겨레의 부름에 자기를 고스란히 바치려는 굳은 결의와 애족적인 충정이다. 하여 이 시는 당시 망국의 한을 달래면서 실향정서에 젖어있던 겨레에게 새로운 경지와 신념과 지향을 안겨주었음은 더 말할 필요를 느끼지 않는다. 그리고 이 시기에 발표한 서정시 ≪눈≫에서는 겨레들이 당착한 암흑한 현실과 그 엄준한 시련 속에서도 하냥 민족과 인생에 대한 사색을 굴리면서 고결한 지조와 이상

을 지켜 나설 시인의 굳은 결의를 감명 깊이 읊조리고 있다.

1931년 ≪9·18≫ 사변후 일제는 침략의 마수를 전 동북에 뻗치고 무단적으로 식민통치를 단행하였다. 이때 시인은 고향농촌, 그리고 도시에서 생활하면서 자신의 심각한 생활체험으로부터 날로 우심해지는 민족의 위기를 더욱 깊이 느끼게 되었다. 시인은 일찍 ≪시란 피할래야 피할 수 없고 막을래야 막을 수 없는 시감의 폭발에서 시작된다≫[8]고 피력한 바 있다. 당시 조선겨레의 민족성이 유린되고 날로 이지러져가는 그런 위기적 관두에 시대의 대언자인 시인으로서 민족의 넋을 부르는 것은 드틸 수 없는 시인의 시대적 사명이었다. 이에 시인은 민족의 숭고한 정신과 품성을 노래하는 많은 시편을 세상에 내놓았다. 지금 전해지고 있는 명편인 서정시 ≪척촉화≫, ≪모아산≫, ≪새화원≫…을 그 대표작으로 들 수 있다.

서정시 ≪척촉화≫는 1936년 일제놈들이 조선민족 인민의 민족성을 부정, 말살하기 위하여 악착하게도 소위 ≪황민화 운동≫을 조선민족 인민들에게 강요하던 시기에 발표한 작품이다.

　　　　봄은 파일고개도 넘어
　　　　탐탁한 척촉꽃이
　　　　하염없이 지길래
　　　　시드는 꽃송이에
　　　　내 진정한 이야기를 부치오

이렇게 허두를 뗀 이 시편에서는 이어 척촉화와 대화하며 그 가운데서 상징적 형상 척촉화의 심원하고도 고상한 품성을 돌혀 내었다.

　　　　오! 전설의 나라 척촉아
　　　　이제 성장을 버린 너는

---

8) ≪문학과 예술≫ 1984년 창간호

여름철에
백합꽃을 부러워할테냐
가을철에
산국화도 부러워할테냐
— 아니오
— 아니오
그렇길래
나는 너의 짧은 청춘을 사랑했다.
나는 너의 타는 정열을 사랑했다.
- ≪척촉화≫

여기서 노래한 척촉화를 고국이거나 겨레 또는 심미적 이상의 상징으로 보아도 좋을 것이다. 서정적 주인공은 사랑하는 척촉화와 그같이 다감하게 속삭이면서 ≪보통 말로는 이야기 할 수 없는 그런 말로써 진리를 밝히었다≫.9) 이로써 이 시에서 창조한 이미지는 우리 겨레들에게 ≪생활의 노래와 길동무로, 투쟁의 고무자로≫10) 되었던 것이다. 이 시는 그 뜻이 심원하고 정서가 다감하며 그 격조가 높은 등으로 하여 이채적인 시풍을 보이고 있다.

우의 시와 같은 부류에 속하는 시 ≪혈혼에 핀 꽃≫(1940년, 후에 ≪새화원≫으로 개제)를 한 편 더 들어보자. 시의 허두에서는 피자욱으로 얼룩진 곡절 많고 한 많던 생활을 다음과 같이 집약적으로 전시하고 있다.

북천의 오로라 드리우면
싱싱한 광야를 헤치며
섬어하던 미친 벗이 있었다.

<hr>

9) ≪문학과 예술≫ 1985년 5기.
10) ≪문학과 예술≫ 1985년 5기.

애꿎이 일월을 등지고
상화에 사는 동안
피는 말러 화석된 벗이 있었다.

벽우에 고민을 손톱으로 그려
세월을 쫓던
낙치(落齒)한 늙은 벗이 있었다

몇번 쇠그물을 뛰쳐나
지상지하에서 싸우던
구사일생의 정한한 벗이있었다.
　　　　　　 - ≪혈흔에 핀 꽃≫

　이와 같이 상징적으로 구상화된 시적 경지는 이 시를 감상하는 이들
에게 많은 것을 상기시키면서 철리적 사색에로 이끌어간다. 실로 이와
같은 죄악적인 현실은 사람들의 저항을 인기시키며 또한 그와 같은 현
실에 대한 저주가 심각할수록 새로운 미래에 대한 동경은 더욱 열렬해
진다. 시는 이어 다음과 같이 읊조리고 있다.

때는 회한의 그림자를 감추고
역사는 위치를 바꾸었다.
잃어진 생리를 얻어

빼앗긴 청춘을 찾어
인생의 대하에 나리거니
인간의 밀림에 들거니

……
옛 화단에 어서 나가 씨를 뿌리자

    그리고 봄을 불러 꽃을 피우리라
    꽃을 피우리라

숭고하고 심원한 사상감정으로 충일된 그 시행 속에서는 ≪역사≫는 이미 위치를 바꾸었으니 새로운 앞날은 기필코 다가오리라는 경건한 신념과 이를 나가 맞이하기 위하여서는 모두들 서둘러 일어서야 한다고 정열적으로 호소하고 있다. 이 시의 바탕에는 바로 민족의 자주독립에 대한 서정적 주인공의 열렬한 지향과 염원이 깔려 있으며 또한 그로 하여 이 시에 담긴 시인의 이념과 미학적 추구가 그처럼 힘있게 안겨오는 것이다. 이 시를 읊으면서 우리들은 백색 공포에 휩싸인 무시무시한 정치적 환경 하에서 이런 시적 구상을 무르익히여 그런 민족적 염원과 열망을 구상화한 작품을 발표한 시인의 담력과 용기에 감탄하지 않을 수 없다.

1940년대에 진입하여 일본제국주의는 더욱 단말마적으로 날뛰었는데 이때에 이르러 일제의 본질과 그 최후에 대한 시인의 인식은 더욱 심각해지고 명랑화 되어가는 추세를 보이었다. 줄곧 인민대중과 호흡을 같이하며 생활해오던 시인은 세칭 암흑기라 일컫는 백색공포의 질곡 속에서도 ≪어두운 한밤중에 장막을 사르는 불길이≫[11] 이곳저곳에서 널리 타 번지고 있음을 직감할 수 있었다. 이에 시인은 일제문화경찰의 눈을 속여가며 시창작을 진행하였고 1942년에 이르러서는 시인 김조규와 함께 ≪재만조선시인집≫을 펴내어 출판하였다. 이 종합시집은 소위 만주국 건국 10주년을 열렬히 축하하기 위함이란 허울을 내걸고 간행하였는데 이 시집에 수록된 절대부분의 시작품을 보면 소위 이 시집의 편찬취지를 밝힌 겉발림 ≪서문≫과는 완연 다른 시세계를 발견하게 된다. 이 시집은 여러모로 당시 조선민족 인민들에게 영향을 산생하였으며 조선민족의 시가 발전사에서도 중요한 위치를 차지하고 있다. 시인은 당시 시단에서 이와 같이 여러모로 문학활동을 벌리면서도

---

11) ≪문학과 예술≫ 1985년 5기.

줄곧 붓을 들고 민족성을 고취하며 민족저항의식으로 불타는 시편들을 창작하기에 많은 심혈을 기울였었다. 이 시기에 발표된 서정시 ≪별≫ 과 ≪낙엽≫과 ≪북두성≫⋯ 은 그 좋은 실증으로 된다.

> 별은
> 함박꽃처럼 피여나는 호젓한 이 밤에
> 만년몽에 파묻혀서
> 황홀한 신화를 속삭이느니
> 이제 별은
> 나의 가슴속 적은 호수에도
> 푸른 향수(鄕愁)를 물고 내려 고이 잠든다.
> 고이 잠든다.
> — ≪별≫의 마지막 연

이것은 시 ≪별≫의 마지막 연이다. 시 ≪<별>에서 우리는 그런 느낌을 받는다. 곧 향수(鄕愁)란 어휘가 밤과 호응됨으로써 그 향수는 밤의 어두움 속에 절멸해버리는 것이 아니고 황홀한 신화를 속삭이며 시인의 가슴속 호수에 고이 잠드는 시상을 만든다. 그리고 가슴속 호수에 잠드는 그 별은 어느 날 다시 만년몽의 신화로 깨여날 암시를 준다. 향수에 찬 마음으로 이역의 밤하늘을 응시한 시인의 정감이 자기 초월의 세계로 진입하는 시행 속에서 독자가 다시 발견하는 것은 그러한 시대의 어두운 역사의 현장을 벗어나려는 가녀린 의지이다. 그리고 퇴행적 회상이 아니라 유원하고 적료하고 정다운 별 속에 향수를 푸르른 꿈으로 치환하려는 자기 인식이다.≫[12] 바로 이와 같이 이 시에서는 일제식민통치하에서의 어둠의 역사를 버리고 자기 회복의 길로 나아가는 미래의 지향을 낭만으로 노래하고 있다.

서정시 ≪낙엽≫에서도 강렬한 민족의식을 그 밑바탕으로 한 저항의

---

12) ≪한국문학과 간도≫(오양호 저) 108페이지 문예출판사 1988년 4월 출판.

의지를 토로하고 있다.

> — 죽음아닌 죽음의 힘!
> — 삶아닌 삶의 힘!
> 오! 그 장행하는 그림자의 점과 점이여!
> 나도 먼 후날 넋을 놓아
> 하늘에 날리고
> 바다에 띄우면
> 또한 유유히 영겁의 줄을 타고
> 좋은 시절 돌아오는 길에는
> — 별을 따고
> — 진주도 캐려니
>
>   - ≪낙엽≫의 마감 연

이것은 시 ≪낙엽≫의 마감 연이다. 비록 ≪낙엽은 내 넋을 울리고 / 황막한 꿈의 요람에 고이 잠드지만≫, ≪또한 유유히 영겁의 줄을 타고≫나가노라면 ≪좋은 시절≫을 맞아오게 되리라는 신념과 낭만을 노래하고 있다. 그리고 이 시의 기저에는 망국노의 처참한 운명에서 벗어나려는 간곡한 열망과 암흑한 현실에 대한 부정과 저항의 정서가 깔려있다. 낙엽이 진 뒤에는 푸른 잎이 다시 소생할 것이며 절망 속에는 희망이 동반하고 있다는 이념이 곧 미래에 다가올 새로운 역사를 확인하는 사상적 기초로 되어있다. 이런 그의 시작품들에서는 그 어떤 무병신음이나 감상(感傷)주의적인 것을 볼 수 없을뿐더러 도리어 현실 극복의 새로운 염원에 고무되어 그 시적 흐름이 명랑하고 다감하며 낭만적이다.

서정시 ≪북두성≫은 캄캄칠야 어둠이 지새는 전야인 1945년 늦은 봄에 읊조린 시로서 이 시기 시인의 격조 높은 시풍을 잘 구현한 대표작 중의 하나로 된다. 이 시기에 이르러 멸망의 운명에서 벗어날 수 없는 일제의 말로를 딱히 보아낸 시인은 이 시편을 통하여 바야흐로 일어나게 될 ≪천지개벽≫과 뒤미처 올 민족의 재생을 예언하였다. 시인은 이 시를 읊을 때의 정경을 다음과 같이 피력하였다. ≪하늘높이 떠있는 북두성을 정다운 눈매로 바라보며 위대한 이상을 그리는 심정으로 하나하나 별들을 헤아리고 있다. 순간 자기도 모르게 그 무리에 끼워 떠오르는 생각을 멀리 달릴 때 뭇 별들은 다 경경히 북두성을 향하고 있음을 보게 되었다. 이 경상은 나로 하여금 피눈물로 차흐르던 세월은 곧 지나가고 말라빠진 대지에는 봄날이 깃들 것이라는 것을 굳게 믿게 하였다.≫[13]라고, 하여 시인은 이제 일어날 격변에 고무되어 다음과 같이 솟구치는 격정을 쏟아놓았다.

　　　그윽히 피여오르는 자연(紫煙) 속에
　　　천문이 움직이다.
　　　신화가 바서지다.

　　　……
　　　구름을 밟고 기러기 나간 뒤
　　　은하를 지고 달도 기울어

　　　오, 밤은 상아처럼 고요한데
　　　우러러 두병(斗柄)을 재촉해
　　　아세아 산맥넘어서
　　　이 강산 새벽을 소리쳐 일으키다
　　　　　　　－ ≪북두성≫

　이와 같이 시 ≪북두성≫은 전시기의 그의 시작품들에 비하여 민족 승리의 사상이 더욱 명석하고 정서가 격정적이며 명랑한 것이 아주 특징적이다.

---

13) ≪중국소수민족작가약전≫ 128p. 1982년 청해출판사 출판.

상술한 시작품들에서 보여주는 바와 같이 시인의 해방전 시창작 실천에서 주류를 이루고 있는 것은 시종 강렬한 민족의식으로 자신을 불태우면서 현실을 부정하고 미래에 대한 미학적 이상을 구가한 시편들이다. 물론 해방전의 그의 시창작이 다 완미한 것은 아니였는 바 당시 시인의 사상인식의 제약성으로부터 오는 오류와 미흡점도 보이고 있다. 예를 들면 사상의 국한성으로 하여 어떤 시편에서는 일본 제국주의 식민통치의 죄악상을 제대로 밝히지 못하였거나 시창작에서 그 표현이 너무 추상성과 몽롱성을 띠고 있는 등과 같은 것들이다.

민족의 시인 이학성은 해방전 시창작에서 보다 많은 성과를 거두었을 뿐만 아니라 또한 그의 나름으로서의 특색을 보여주고 있다. 이제 그 중에서 몇 가지만을 들어 본다.

우선 그의 시는 민족적 색체가 짙은 것이 특징적이다. 시인은 자기의 시창작 실천에 언급하면서 ≪우리 민족의 눈길로 생활을 관찰하고 우리 민족의 감정으로 감촉하고 쓴 아름다운 시를 독자들 앞에 선사하려는 것이 나의 염원이다≫라고 말한 바 있다. 시인은 바로 이와 같은 신조에 좇아 줄곧 시창작 실천에 투신하였기에 그의 시에 반영된 생활 내용, 서정토로의 방식, 경물묘사, 언어풍격…은 모두 조선민족의 문화적 전통과 생활을 그의 바탕으로 하고 있음을 족히 보아낼 수 있다. 그의 시 ≪척촉화≫, ≪모아산≫, ≪북두성≫…이 그 좋은 예로 된다. 이런 시편에서 시인은 그 어떤 역경 하에서도 굴하지 않는 기개를 우리 민족의 전통적 미덕으로 선양하였을 뿐만 아니라 또한 이와 같은 풍격을 우리 겨레가 다같이 즐기는 고결하고 소박한 철쭉꽃이나 장미꽃…에 비유하여 진지하고 다감하게 찬미하였다. 그의 시마다에는 조선민족 인민들의 생활과 애호가 짙은 민족적 색깔로서 표현되고 있으며 그리고 매 시의 경지의 조성과 서정토로에서도 어디까지나 민족적이다. 시인은 자기 시에 구현된 민족적 성격을 두고 다음과 같이 피력하고 있다. ≪나는 한문학과 동서방 낭만주의 시인들의 영향을 많이 받았으나 캐어놓고 보면 나의 시의 낭만성은 의연히 본 민족의 생활에 뿌리박은 낭만의 꽃이며 정서, 언어, 형식, 풍격 등은 우리 민족생활과 문화의 토양을 떠날 수 없다는 것을 감출 수 없는 것이다.》[14]

다음, 그의 해방전의 시는 민족적 미래지향의식과 낭만주의적 색채가 매우 짙다. 당시 시인은 진보적 사조의 영향과 심각한 생활체험이 있었기에 궁극에는 이런 부조리한 현실은 새로운 현실로 치환되리라는 것을 굳게 믿었다. 그러나 그 때까지만도 시인의 인식의 국한성으로 하여 .현실의 모순과 암흑상을 극복할 방도를 실질적으로 파악하지는 못하고 있었다. 이럼에도 불구하고 시인은 항상 민족적 이상으로 자기를 불태우면서 일제의 식민통치를 저주하고 저항하여 나섰으며 대담하고도 풍부한 상상, 놀라운 과장, 그리고 신화적 색채가 짙은 거인적 형상 등으로써 새 사회에 대한 절절한 염원을 노래하였다. 그의 상징주의적이며 격조 높은 특이한 시풍을 보여준 서정시 《모아산》, 《별》, 《낙엽》, 《북두성》…은 다 그 좋은 예증으로 된다. 시 《모아산》에서는 다음과 같이 노래하고 있다.

억만 호흡이 깃드린 대지의 정렬을 안고도
푸른 하늘을 이고 묵묵히 앉었으니
너 모아산은 위대한 고인(古人) 같기도 하다
네 머리우에 해와 달이 흘러 흘러
쌓인 정노터지는 날은
자유의 기발이 날리리니
          - 《모아산》

여기서의 모아산은 굴할 줄 모르는 겨레의 투사로, 그리고 승리의 깃발로도 읽을 수 있다. 시인은 이와 같이 거인적 형상을 신화적 색채가 짙게 창조함으로써 이 고장 인민들의 영웅적 풍모와 성격을 찬미하였으며 《자유의 기발이 날릴》 민족의 미래를 목청껏 노래하였다.

---

14) 《문학과 예술》 1987년 5기.

당시의 조선민족 인민들은 식민통치의 탄압 하에서 그 어떤 자유도 보장받지 못하였다. 바로 그런 정치 역사적 환경 하에서 시인은 흔히는 은유적이고 상징적이며 낭만적인 수법으로 자기의 미학적 이상을 심각하고도 생신하게 노래하였는데 이도 또한 특징적이다.

그리고 지금까지 수집된 그의 해방 전의 시를 보면 도가 넘게 은유적이고 상징적인 수법을 도입한데서 더러 감상하기 어려운 시편들은 있어도 그 어떤 감상적이거나 절망적인 정서를 담은 시편들은 찾아볼 수 없다. 시인이 해방전 시창작의 실천에서 거둔 이런 성과와 시풍으로부터 볼 때 이학성은 조선민족 인민이 낳은 진보적 낭만주의 시인으로 되기에 손색이 없다.

그 다음, 민족의 시인 이학성의 해방전 시에서는 상징주의적이며, 은유적인 수법들을 재치있게 운용하여 자기 나름의 특색있는 시풍을 보여주고 있다. 시인은 자기의 창작담 ≪시창작에서 얻은 몇 가지 체득≫에서 ≪나는 청년시절에 프랑스의 상징주의, 인상주의의 시편들을 읽으면서 거기에서 상징법과 인상법 등을 섭취하게 되었는데 나는 이 두 수법은 매우 큰 효과를 보는 수법이라고 생각하게 되었다. 그러기에 나의 시에는 상징적 형상이 적지 않다≫라고 말하였다. 그의 해방전의 시에서는 흔히 보고 감득할 수 있는 상징적 형상창조에 주력할 뿐 서정적 주인공의 사상을 직설적으로 노출시키지 않고 있다. 서정시 ≪금붕어≫, ≪나의 노래≫, ≪5월≫…과 같은 그의 대부분 작품을 그 예증으로 들 수 있다. 이제 시 ≪금붕어≫ 중의 첫 연을 들어보자.

> 백공작이 날개펴는
> 바다가 그립고 그리워
> 항시 칠색무지개를 그리며
> 연꽃항아리에서
> 까무러진 상념에
> 툭 — 툭 꼬리를 친다.
> ……
>
> — ≪금붕어≫ 중의 첫 연

이 시에서는 그 어떤 사상도 직접적으로 노출시키지 않고 있으나 우리는 이 시에서 창조한 이미지를 통하여 많은 것을 사색하게 된다. 여기서 ≪백공작≫은 태양을 상징한 것이라면 ≪금붕어≫는 서정적 주인공으로 볼 수 있으며 또한 망국노의 비운에 빠진 우리 겨레로도 볼 수 있다. 하여 이 시에서는 독자로 하여금 더욱 자유로이 연상의 나래를 펼치게 하였는데 이로부터 독자의 감수는 왕왕 그 형상 자체를 초월하게 된다. 시 ≪금붕어≫에서 보여준 것은 평시 생활 중에서 볼 수 있는 자연현상이지만 특정한 환경에서 노니는 ≪금붕어≫의 형상을 전시하였을 때 독자들은 자기 나름대로 거기서 새로운 내용과 의의를 읽게 된다. 그의 시에서는 또한 상징적이거나 인상적인 수법을 재치있게 운용하여 추상적인 사변을 구상화하고 내심적 활동을 상징적 형상으로 구성하기도 하였다.

이 밖에도 시인은 중국의 한문시에서의 시의 의경(意境)설, 격률시작시법, 비흥법…… 등에서 여러 가지 장점들을 선택, 섭취한다든가 아름답고 함축성이 강한 언어의 세련 등에서 근엄하고 고심한 노력들을 기울여 우리 조선민족의 시가 발전에 유조한 경험들을 많이 남겨놓았다. 편폭의 제한으로 여기서 약한다.

10. 항일시기 적 점령구에서 창조된 소설문학

1930년으로부터 1940년대 초에 이르는 시기는 일제의 통치가 극에 달하여 우리의 작가들이 모진 어려움을 겪던 시기다. 그러나 우리의 대부분 작가들은 그와 같이 험악한 정치적 환경 속에서도 의연히 일제의 문화전제주의와 반동적 민족동화정책을 반대하여 항전문화운동을 벌리는 한편 열심히 소설창작에 나섰다. 이 시기 소설창작에 정진한 작가들로는 저명한 여류작가 강경애와 더불어 김창걸, 현경준, 안수길, 박영준, 최명익, 황건, 신서야, 한찬숙, 김국진 등이 있다.

당시 작가들이 소설작품을 발표할 수 있는 원지는 극히 적었다. 그 중 진보적인 문학간행물로는 ≪북향≫과 소년지 ≪카톨릭 소년≫이 있었으나 그 지면이 작았으며 그것마저도 1935년부터 1936년에 이르는 시기에 몇 기를 내고 폐간 당하였다. 당시 신문이라야 장춘에서 내는 괴뢰만주 협화회의 기관지 ≪만선일보≫ 뿐이었다. 하여 작가들은 상기 잡지와 신문 그리고 조선에서 출간되는 간행물에 다양한 방법으로 반동당국의 눈을 기이며 작품을 발표하였다. 그리고 때로는 작가들이 나서서 자금을 모아 소설작품집을 내기도 하였다. 그 가운데는 소설집 ≪싹트는 대지≫(1941년), 안수길의 소설집 ≪북원≫(1943년) 등이 있다.

이 시기에 조선민족 작가들은 의식성향과 처지의 부동으로 하여 같지 않은 양상을 보이였다. 이를테면 반동적 통치제도와 맞대매로 나선 혁명적인 작가들은 자기 작품에서 시종 강렬한 민족의식으로써 사회현실의 부조리를 폭로 비판하였다. 일부 작가들은 일제의 무단통치로 하여 현실생활에 대한 참여와 고발이 불가능해지자 하는 수 없이 ≪민감한 영역≫을 외면하고 생활세태거나 인륜애정 등을 썼는 바 그들은 이와 같은 ≪전향≫으로 당국의 단속에 응부하는 한편 자기의 주체의식과 민족성향을 견지하기에 힘썼다. 그리고 부분적인 작가들은 처음에는 민족성을 구유한 진보적인 작품을 내놓았으나 나중에는 일제 파쇼통치의 유인과 강압에 못이겨 점차 민족의 의지를 배반하고 일제의 현행정책을 수용하는 길로 나갔으며 지어는 어용문인으로 전락되기까지 하였다. 상기한 바와 같이 일제통치 하에서 조선민족 작가들의 의식성향은 아주 복잡하였는 바 우리는 해당 시기 역사적 실제를 감안하고 그에 대하여 실사구시의 태도로써 분석하고 적중한 평언을 하여야 할 것이다.

이 시기 소설문학에서 다룬 주제들은 아주 다양하였다. 그 중에는 우선 일제와 ≪만주국≫의 통치하에서 농민대중을 비롯한 사회최하층에서 허덕이는 근로인민들의 비참한 생활과 민족적 및 계급적 압박에 대한 저항을 묘사한 작품들이 퍽 많은 비중을 점하고 있다. 강경애의 장편소설 ≪인간문제≫를 위시하여 김창걸의 단편소설 ≪무빈골 전설≫, ≪수난의 한토막≫, 안수길의 단편소설 ≪새벽≫, 현경준의 단편소설 ≪사생첩≫, 신서야의 ≪추석≫등이 이런 주제에 바쳐진 이 시기의 대표적 작품들이다. 이런 작품들에서는 대체로 곡절적인 사건과 인물들의 수난의 생활화면을 통하여 당시 사회의 주되는 모순에로 육박하면서 인간의 운명을 짓밟은 모진 정치적 압박과 악랄한 수탈을 깊이 있게 고발하였으며 인민대중으로 하여금 승리를 쟁취하는 길로 나아가도록 고무하였다.

이 때 발표된 많은 소설 가운데는 또한 여러 모로 일본 제국주의 ≪대륙정책≫과 ≪황민화 운동≫의 반동적 실질을 까 밝히고 그에 끝까지 저항하기 위한 조선민족의 얼과 기개를 선양함으로써 민족적 기질을 상실치 말도록 은근히 주의를 환기시킨 작품들이 나타나 당시 문단의 이목을 끌었다. 단편소설 《낙재》(김창걸), 《개아들》(김창걸), 《장산곶》(강경애), 《벼》(안수길) 등이 그 좋은 예로 된다. 이런 작품들에서는 강한 민족의식에 토대한 진정한 민족의 얼과 기백을 구유한 성격들을 묘사하는데 모를 박고 있다.

이 시기 소설의 계보에는 또 부패할대로 부패한 암흑한 현실 하에서의 타락한 하층지식인이거나 소시민들의 고뇌와 번민 그리고 모진 세파에 여지없이 유린당한 여인들의 처참한 운명을 리얼하게 묘사한 작품들이 적잖게 나왔다. 이를테면 황건의 《제화》, 최명익의 단편소설 《심문》 등과 같은 작품들이다. 이런 작품들에서는 당시 사회가 초래한 부조리와 처참상을 심각히 폭로함으로써 현실을 고발하고 사람들에게 많은 것을 사색하도록 시사해 주었다.

그리고 이 시기 소설문학에서 취득한 대부분의 성과작들을 보면 의연히 비판적 사실주의 창작방법이 주류로 되고 있다. 이 시기에 일부 작가들은 서방의 다양한 창작방법을 도입하기 위한 노력도 있었으나 많은 작가들은 사실주의적 창작방법을 받아들였다. 상기한 많은 작가들의 소설창작 실태가 이를 충분히 설명해 주고 있다.

이 시기 괴뢰만주국 치하 조선민족 소설문단에서 자기의 창작성과를 뚜렷이 떠올림으로써 보다 넓은 공명대를 취득한 작가들로는 여류작가 강경애와 더불어 김창걸, 현경준, 안수길, 박영준 등이 있다.

강경애(1906~1944)는 1930년대에 용정에서 소설창작에 진력한 이래 민족적 비극이 첨예화되던 식민지 조선과 간도에서 자신이 겪은 생생한 체험에 토대하여 1930년대 조선민족 인민들의 생활을 폭넓은 구성과 치밀한 묘사로 리얼하게 형상화함으로써 문학적 업적을 과시한 사실주의 작가이다.

강경애는 1906년 4월 20일 황해도 장연의 한 가난한 농민의 가정에서 태어났다. 그 후 어린 그는 많은 불행하고 고통스런 생활을 겪으면서 자랐다. 소박하고 정직한 농민으로 알려진 그의 부친은 그가 4살 나던 해 가을에 한 많은 세상을 하직하였다. 그러자 그의 어머니는 남편을 잃은 그 이듬해에 재가하게 되자 의붓아버지와 그의 소생들 속에서 모진 학대와 멸시를 받으면서 살아나가지 않으면 안되었다. 그는 10살에 되어서야 소학교에 들어갈 수 있었고, 그가 열두살 되던 때부터 계부가 보다 놓아둔 ≪춘향전≫, ≪삼국지≫, ≪옥루몽≫ 등을 닥치는 대로 읽는 때로부터 문학작품을 접하였다. 15살 되던 해 그의 계부가 타계로 가게되자 의붓집의 질곡적인 생활에서 벗어나 형부의 도움을 받아 18살 나던 해에 평양 숭의여자학교에 적을 두게 되었다. 그의이 여학교 시절은 그가 작가로 장성하는 과정에서 중요한 의의를 가지는 시기였다. 당시 조선에는 새로운 사조의 영양 하에서 노동운동과 더불어 일제를 반대하는 학생들의 운동이 활약스러웠다. 어린 강경애는 그가 3학년 때에 일어난 동맹휴학의 선두에 섰었는데 그것이 죄목이 되어 학교에서 출학당하였다. 이 체험은 그로 하여금 ≪기쁘고 희망에 불타는 새로운 길≫을 찾아 앞으로 나아가게 하였다. 학교에서 출학당한 그는 고향에 돌아가 ≪홍풍야학교≫를 설립하고 교편을 잡으면서 붓을 들었다. 그리고 이 시기 문학지 ≪金星≫을 간행하던 작가 양주동과의 만남은 그로 하여금 문학적 지향을 더욱 굳게 하였다.

1929년 겨울에 그는 용정에 들어온 후 직업도 없이 어려운 생활을 하기도 하고 임시로 교편을 잡기도 하였다. 그는 이때로부터 (그 사이 반년 남짓이 고향인 장연에 가 있은 일이 있지만) 1939년에 이르기까지 용정에서 문학창작에 정진하였다. 그는 1931년 자서전적인 색채가 짙은 중편소설 ≪어머니와 딸≫(1931년), 단편소설 ≪부자≫(1931년) 등을 발표한 뒤를 이어 장편소설 ≪인간문제≫(1934년), 중편소설 ≪소금≫(1934년), 단편소설 ≪채전≫(1933년), ≪축구전≫(1933년), ≪유무≫(1934년), ≪원고료 200원≫(1935년), ≪지하촌≫(1936년), ≪장산곶≫(1936년), ≪마약≫(1937년) 등 이채적인 작품들을 발표하였고 1933년 용정에서 발족된 ≪북향회≫ 동인의 활동에 가담하여 많은 활동을 하였다. 그러다가 작가는 1939년에 이르러 전부터 있은 고질이 악화되어 고향에 돌아가 치료를 받았으나 효험을 보지 못하고 1944년 4월 26일 38세를 일기로 빛나는 일생을 마치었다.

강경애는 1931년 첫 소설 ≪어머니와 딸≫을 발표한 이래 당시 제기된 사회적 문제들을 짙은 서정성과 세밀한 필치로써 묘사한 단편소설 ≪축구전≫, ≪채전≫, 중편소설 ≪소금≫, 장편소설 ≪인간문제≫…와 같은 성과작들을 내놓았다. 그의 이런 역작은 비단 이 시기 소설문학에서 중요한 자리를 차지할 뿐만 아니라 해방전 조선문학의 업적을 과시한 대표적 작품으로 간주되고 있다.

단편소설 ≪축구전≫(1933년), ≪채전≫(1933년) 등은 용정생활에서 얻은 소재와 인물들에 토대하여 구상한 작품이다. 그 중 ≪축구전≫은 당시 조선민족운동을 탄압하는 일제당국에 항거하여 나서는 학생들의 투쟁을 사실주의적으로 묘사하였다. Y시의 P학교에서는 1년 전에 일제의 검거선풍에 적지 않은 혁명청년들이 구속당하였다. 그러나 송호를 위시한 학생들은 대중의 혁명적 기세를 고무하고 자기들의 힘과 단결력을 시위하기 위하여 가난에 시달리면서도 ××회사에서 주최하는 축구대회에 출전한다. 축구시합에서는 비록 우월한 여건을 가진 적수들에게 졌으나 그들은 즉시 대열을 지어 기세를 떨치며 시위행진을 단행한다. 작가는 이 때의 정경을 다음과 같이 묘사하였다. ≪행진곡이 쾅쾅 울린다. 얼핏 바라보니 송호가 깃발을 쥐고 앞장섰다. 행진! 그 뒤로는 군중이 물밀 듯 따라섰다. 마저 넘어가는 햇빛에 P학교의 깃발이 피같이 붉었다.≫

단편소설 ≪채전≫도 그의 초기작품의 특색을 잘 보여준 작품으로서 남새밭 주인놈과 그에게 고용된 일꾼들과의 갈등을 깊이 있게 묘사한 작품이다. 남새밭 주인놈은 배추밭 부침이 지나자 자기가 고용하던 노동자들을 해고시켜버리려고 흉계를 꾸민다. 고용주의 흉계를 낌새챈 노동자들은 자기들의 요구조건을 내걸고 끈질기게 싸워 승리한다. 소설에서 묘사한 남새밭 노동자들의 투쟁은 비록 자행적으로 일어났지만 단합하여 일어나 싸우면 승리를 쟁취할 수 있다는 신념을 더욱 굳게하였다는 점에 그 의의가 있다.

중편소설 ≪소금≫(1934년)은 조선민족 인민들의 처참한 생활을 동정하고 항일유격대에 대한 신뢰의 정을 내비친 이 시기에 있어서는 보기 드문 작품이다. 이 작품의 중심에는 남편을 따라 고향을 등지고 두만강을 건너와 지주의 땅을 부치며 생활고에 시달린다. 하늘같이 믿던 남편마저 잃게 된 봉임의 어머니가 서있다. 봉임어머니는 지주의 집에서 심부름을 하면서 연명해나갔으나 그만 아들 봉식이가 공산당에서 활동하다 체포되어 사형 당하였다고 하여 쫓겨나 떠돌이 신세가 되었다. 어머니는 먹고 살아나가기 위하여 소금 밀수꾼들 속에 끼여들어 밤길을 나들었다. 이 때 어머니는 적들의 기만선전을 듣고 공산당을 나쁜 무리로만 간주하였으나 이런 곡해는 깊은 밤중에 산중에서 공산당을 직접 만나본 후에야 풀리었다. 당시 만난 공산당이라고 하는 사람들은 ≪여러분! 당신들은 왜 이 밤중에 단잠을 못 자고 소금 짐을 지는지를 알고 있습니까?≫라고 하면서 사리에 맞게 그 까닭을 일깨워 주는데서 어머니는 깊은 감명을 받고 그 뒤로부터 공산당은 좋은 사람이라는 것을 깨닫게 된다. 그는 갖은 고생 끝에 지고 온 소금을 밀매하려다가 순사에게 잡혀갈 때에도 자기를 구해줄 사람은 그 어느 밤중에 산정에서 만났던 그 총을 멘 사람들일 것이다라고 생각하면서 두려움 없이 앞으로 걸어나갔다.

≪소금≫은 일제 문화경찰의 검열로 하여 항일유격대의 형상과 산정에서 겪던 일들을 더는 구체적으로 묘사할 수 없었다.(이 작품은 당시 문화경찰에 의하여 소설 마지막 부분에서 10여자가 삭제 당하였다) 그러면서 당시 그같이 무단적이고 참혹하였던 정치환경 하에서 이런 중대한 사회적 문제를 다룬 그 점에서 만도 큰 의의가 있다.

작가 강경애는 1934년에 이르러 대표작 ≪인간문제≫를 발표하게 되면서 성숙된 여류작가로 조선문단에 등단하였다. 장편소설 ≪인간문제≫에서는 1930년대 조선 농촌사회의 첨예한 모순과 처참한 생활상, 그리고 압박과 수탈을 반대하는 인민대중의 투쟁과 더불어 그들의 의식의 변화와 장성과정을 폭넓게 형상화하고 있다.

≪인간사회에는 늘 새로운 문제가 생기며 인간은 이 문제를 해결하기 위하여 투쟁함으로써 발전될 것입니다. 대개 인간문제라면 근본적인 문제와 지엽적 문제로 나누어 볼 수 있는 것이니 나는 이 작품에서 이 세대에 있어서의 근본문제를 포착하여 이 문제를 해결할 요소와 힘을 구비한 인간이 누구며 또 그 인간으로서의 갈 바를 지적하려고 노력하였습니다.≫

이는 작가가 ≪인간문제≫를 내면서 쓴 ≪자서≫ 중의 한 대목이다. 이 작자의 말은 곧 이 장편의 주제에 대한 집약적인 개괄이라고도 말할 수 있다. 작가는 이 작품을 통하여 부조리로 충만된 일제 식민통치 하의 착취제도를 뒤엎을 혁명의 동력은 어느 계급이며 이 계급의 기본 대중은 어떠한 방법으로 투쟁에 나서야 하는가에 대하여 예술적 해답을 주려고 하였다.

장편소설 ≪인간문제≫는 1930년대 전후시기 부딪친 심각한 경제공황과 일제의 혹심한 수탈로 하여 농민들의 생활이 여지없이 파괴됨에 따라 많은 농민들이 물밀 듯 도시에로 들어가고 농촌과 도시들에서는 당국의 강압과 착취를 반대하는 노동인민들의 쟁이가 빈번히 일어났던 시기를 사회적 배경으로 삼고 있다.

작가는 당시 사회적 현실을 심각하게 묘사하기 위하여 보다 전형적 의의가 있는 1930년 좌우시기 사회 각 계층의 인물들을 등장시키고 있다. 이를테면 첫째, 선비, 간난이를 비롯한 용연동네 농민들과 인천부두 노동자, 방직공장 여성노동자들의 형상군, 정덕호, 신임군수 옥점이 등 착취계층의 인물들, 유신철이를 대표로 하는 소자산계급 지식인들 그리고 태수, 철수 등과 같은 선진적인 인물들이다.

소설 ≪인간문제≫에서는 상기한 부동한 계급과 계층의 인물들의 활동무대를 怨의 전설이 긴든 용연동네와 첨예한 기본적 모순으로 인한 투쟁이 날로 성숙되어 가던 산업도시 인천항구로 정하였다. 이런 환경에서 전개되는 이야기의 줄거리는 대체로 두 부분으로 이루어지고 있다. 怨에 대한 전설로부터 시작된 소설은 전반부에서 지주이고 면장인

정덕호의 수탈과 압박 속에서 신음하는 용연동네 농민들의 비참한 운명과 울분과 항거정신을 보여주고 있다. 소설의 후반부에서는 부두 노동자가 된 첫째와 방직공이 된 선비의 투쟁생활과 운명선을 따라 산업도시 인천을 무대로 비인간적인 노동을 강요당하는 노동자들의 참담한 처지를 보여주면서 점차 각성하고 장성하여 조직적으로 파업을 단행하는 그들의 투쟁과정을 형상화하였다.

소설 ≪인간문제≫에서는 많은 인물을 창조하는 과정에서 특히 한 평범한 농촌청년이었던 첫째, 선비 등을 온갖 생활의 시련과 갈등 속에서 노동자들의 앞장에 선 투사적 인물로 일반화하였다.

작품 중의 주요인물 첫째는 어렸을 때부터 자기가 땀흘려 가꿀 수 있는 밭이 있어서 농사지어 굶지나 않고 살았으면 하는 것이 평생 소원이었다. 그러나 그는 이런 최저의 요구마저 실현할 수 없어 굶주림 속에서 허덕였다. 그러던 첫째가 한번은 개똥이네 타작마당에서 마을의 젊은이들과 함께 지주가 수탈해 가는 벼 섬을 실은 달구지를 부셔버리는 싸움에 나섰다. 이로 하여 그는 일제를 등에 업은 정덕호 놈의 작간으로 마을 농민들과 함께 경찰에 구속되어 단단히 욕을 본 뒤에 소작을 부치던 얼마 안되는 땅뙈기마저 빼앗기고 말았다. 하여 더는 이 마을에서 살 수 없게 된 데다 이서방의 권고도 있고 하여 돈벌이가 된다는 공장에 들어가기 위하여 인천지대로 간다. 그 후 그는 부두 노동자가 되었는데 이는 그의 인식을 개변시키는데 좋은 계기가 되어 마침내 일제를 반대하는 투쟁에 나선다. 그는 조직의 지령에 쫓아 원수 놈의 삼엄한 경계망을 뚫고 삐라를 살포하는 어려운 일들을 하는 과정에서 부두노동자조직의 중견으로 장성한다. 첫째의 형상적 의의는 한 보통 청년농민이 엄혹한 투쟁의 시련 속에서 선각적인 노동자로 나아가 부두노동자들의 파업투쟁을 조직적으로 실천하는 인물로 일반화한 데 있다.

작품 중의 선비의 형상도 아주 생동하게 부각하였다. 선비는 아름답고 마음씨 고우며 순박하나 세상물정은 전혀 모르는 처녀였다. 그는 영세한 빈농민의 딸로서 바로 자기의 아버지를 죽인 지주 장덕호 놈의 집에서 부엌데기로 일하면서 갖은 수모와 멸시를 받았을 뿐만 아니라 나중에 농락당하기까지 한다. 그는 나중에 이중삼중으로 자기를 얽맨 굴레를 박차고 새 삶을 찾기 위하여 인천으로 갔다. 그는 그곳에서 그보다 먼저 온 간난이의 인도를 받아 방직공장 노동자로 되였으며, 첫째의 영향과 간난이의 구체적으로 되는 지도 밑에 조직적 투쟁에 헌신하는 길에로 들어선다. 그후 조직의 지령에 의해 간난이가 공장을 떠난 뒤로는 간난이가 하던 사업을 선비가 이어받고 실천에 나선다. 그는 여러모로 시련을 겪으면서도 단호히 투쟁을 견지하다가 고된 노동에서 얻은 병으로 하여 비극적으로 그 최후를 맺는다. 이와 같이 선비의 형상은 갖은 학대와 멸시로 충만된 질곡 속에서 시달리던 한 농촌처녀가 어떻게 곡절적인 길을 겪으며 조직적 투쟁의 앞장에 선 투사로 장성하였는가를 감명 깊게 묘사하였고 또한 자본주의적 수탈의 잔혹성을 신랄히 폭로하고 있다.

다음 작품 중에서는 상기한 첫째거나 선비들과는 달리 한시기 혁명을 부르짖으면서 사회적 투쟁에 급진적으로 나섰으나 일제의 탄압이 흑심해지자 마침내는 투항변절하여 일제의 앞잡이로 배족의 구렁텅이에 굴러 떨어지는 한 급진적 지식분자의 성격적 특질을 깊이 있게 묘사함으로써 이 시기 일부 소자산계급 지식인들의 전형형상을 생동하게 부각하였다.

그리고 소설에서는 당시 농촌에서 흔히 볼 수 있는 악덕지주 정덕호와 같은 추악한 몰골을 심각하게 묘사하였다. 지주 정덕호 놈은 용연마을 농민들을 압박착취할 뿐만 아니라 패덕과 사기로 꽉 찬 배족적인 친일분자로서 1930년대 농촌의 악덕지주의 전형적인 심태와 죄악을 깊이 있게 파헤치고 있다.

장편소설 《인간문제》는 예술적으로도 선명한 특성을 보여주고 있다. 작가는 엄숙한 사회적 문제를 그같이 폭넓고 치밀한 구성으로써 생동하게 전시하였으며, 인물형상창조에서도 해당 인물의 특징적 성격을 내면심리적 세계에 대한 치밀한 묘사로써 진솔하면서도 깊이 있게 형상화하였다. 언어구사면에서도 생신하고도 간소하며 세련된 특성을 구현하고 있다.

장편소설 《인간문제》는 당시 참담하였던 사회적 여건과 작가 자신의 인식상의 제한성으로 하여 이런저런 미흡점을 남기고 있다. 그럼에도 불구하고 이 작품은 강경애의 전반창작에서 고봉을 이루고 있는 성과작이며 또한 30년대 조선문학의 업적을 과시한 우수작품의 하나로 되어 조선 현대문학사에서 중요한 한 페이지를 차지하고 있다.

김창걸(1911~1991)은 1930년대 후반기부터 창작활동을 벌린 조선민족의 저명한 소설가이다.

김창걸(필명으로 황금성, 금성, 추소, 강철 등이 있음)은 1911년 12월 조선 함경북도 명천군의 한 농민가정에서 태어났다. 1917년 그가 여섯살 되던 해에 가난에 부대끼던 그의 가정은 중국 길림성 용정현 지신구 장재촌으로 이주해왔다. 김창걸은 명동 소학교를 마치고 15세 되던 해(1926년)에 용정의 예수교장로교파에서 꾸린 은진중학에 입학하여 1년을 공부하다가 1927년 3월에 학교당국의 반동적인 종교교육을 반대하여 일어난 동맹휴학운동에서 중견이 되어 단호한 투쟁을 벌린 후 학우들과 함께 맑스주의의 영향이 깊이 미쳤던 대성중학으로 전학하였다. 대성중학에서 그는 혁명적 조류에 휩쓸려 들어갔고 지하 혁명단체에 가입하여 선전고동사업을 하였다. 그는 또한 진보적 교원들의 지도 아래 조선의 《신경향파》 문학과 《카프》 문학의 애호자로 되어 많은 작품을 탐독하였다.

1928년 10월 그는 모진 경제난으로 학비를 댈 길이 없어 대성중학교를 중퇴하고 부모를 도와 낮이면 농사를 짓고 밤이면 마을의 야학교에서 교편을 잡았다. 이 때에 그는 또 명동촌을 중심으로 하여 조직된 혁명청년단체에 가입하여 대중적 선전활동을 맡아하였으며 얼마후에는 조직의 지시에 따라 돈화에 옮겨가서 지하당 조직의 비밀간행물 《맑스주의》와 속보 《선봉》의 간행사업을 하였다. 그 뒤 피치 못할 사정으로 하여 조직과의 연계를 잃은 그는 마치 부모를 잃은 고아와 같은 처지에 빠져 외로운 몸이 되었다. 이로부터 그는 홀몸으로 방랑생활의 길에 들어섰다. 그는 동북 각지, 소련 울라지보스또크를 중심한 연해주와 그리고 조선 각지를 떠다니는 사이에 때로는 남의 논밭에서 품팔이꾼으로, 때로는 공장에서 막벌이꾼으로 일하면서 사회의 밑둥에 깔린 근로인민들의 생활 속에 깊이 들어갔다. 산전수전 다 겪으며 지내온 다년간의 방랑생활은 그로 하여금 노동인민을 한없이 동정하게 하였으며 착취자와 온갖 불의를 증오하게 하였다.

1934년 명동에 있는 집으로 돌아온 그는 이 고장에서 농사를 짓기도 하고 소학교 교원, 점원, 사무원 노릇을 하기도 하면서 문학창작에 힘썼다.

김창걸은 1936년에 처녀작 ≪무빈골 전설≫을 쓴 대로부터 자기의 창작생애를 시작하였다. 그는 이 때로부터 1943년까지의 사이에 ≪암야≫를 비롯한 근 30편에 달하는 단편소설과 수십 편의 시, 수필, 평론 등을 발표하였다.

그 후 일제놈들의 파쇼통치가 더욱 우심해지고 작가들에게 어용문인으로 나설 것을 강요하게 되자 김창걸은 1943년에 이르러 단호히 붓을 꺾고 창작자유를 안아다 줄 새 사회의 탄생을 고대하였다.

1936년부터 1943년에 이르는 8년 동안의 창작활동에서 거둔 주요한 성과는 단편소설창작에서 집약적으로 나타나고 있다. 이 시기에 창작된 그의 근 30편에 달하는 단편소설은 당시 현실에 대한 작가의 진실한 감수에 기초하여 사실주의적 창작방법으로 20세기 초엽으로부터 30년대에 이르는 조선민족 인민들의 비참한 생활처지를 진실하게 전시함과 아울러 일제통치하의 암흑 속에서 새날을 지향하는 인간들의 투쟁 및 그들의 염원과 동경을 생동하게 반영하였다.

그의 단편소설 계보에서는 농민들을 비롯한 노동인민들의 비참한 생활과 민족적 및 계급적 압박에 대한 그들의 반항정신을 묘사한 작품들이 절대적인 비중을 차지하고 있다. 그 대표적 작품으로는 ≪암야≫(1939년), ≪무빈골 전설≫(1936년), ≪수난의 한토막≫(1937년), ≪두번째 고향≫(1938년), ≪낙제≫(1939년), ≪범의 굴≫(1941년), ≪밀수≫(1941년)를 들 수 있다.

작가의 대표작으로 인정되는 단편소설 ≪암야≫에서는 일제 식민통치하에 있는 1930년대 농촌에서의 근본적으로 대립된 지주계급과 농민계급간의 불조화적 모순관계를 심각히 제시하면서 당시 농촌현실의 본질적 측면을 진실하게 보여주었는 바 소설은 죄악으로 충단된 사회를 무자비하게 폭로 타매하면서 또한 그런 역경 속에서도 자기의 생활을 끈질기게 헤쳐나가는 농민들의 굳은 의지와 간곡한 열망과 아름다운 미학적 추구를 심각히 반영하였으며 농촌청년 남녀들의 순진하고도 깨끗한 사랑과 그들의 승리를 찬미하였다. 단편소설 ≪암야≫는 그가 거둔 사상예술적 성과로 하여 작가의 창작생애에서 하나의 이정표로 되고 있을 뿐만 아니라 조선민족 소설문학에서도 자못 중요한 자리를 차지하고 있다.

단편소설 ≪무빈골 전설≫은 첨예한 사회현실적 모순갈등의 전개 속에서 이주초기 조선민족 농민들의 비참한 생활처지와 조우를 심각히 보여준 작품이다. ≪회녕 근방 산골에서 살다살다 못해 기사흉년에 어쩌다 죽지 않고 요행 목이 붙어난≫작중의 주인공 김서방과 그의 아내 박성녀는 그래도 살아보겠다고 간도땅에 이주하여 온다. 황량하나 넓고 비옥한 이 변강지대는 그들 양주에게 재생의 희망과 새로운 힘을 준다. 그들 부부는 ≪어쨌든 억세게 벌기만 하면 땅이 있으니 살아갈 수 있지 않을까… 몇 해만 고생하면 살림도 펴일 것이다. 고생 끝에 낙이 오는 법이니까.≫하고 생각하면서 먼저 이곳에 와 자리잡은 이웃의 도움을 받아가며 몸을 내여번지고 억척스레 일에 달라붙는다. 그러나 세도를 부리며 이 지대를 좌우지하는 악질지주 무빈놈의 수탈과 압박을 피하지 못한다. 하여 김서방은 그놈의 지팡살이꾼으로 전락되며 가난과 병에 쪼들리여 무빈놈에게 억울하게도 많은 빚을 진다. 그 후 악착하고 음특하기 그지없는 무빈놈이 김서방 더러 빚 대신 젊은 아내를 내놓으라고 강요한다. 그러나 죽을지언정 굴욕을 당하지 않으려는 김서방은 대항하다가 무빈놈의 총에 맞아죽고 그의 아내 성녀도 목을 매어 자결한다. 소설의 마지막에 이르러 원통스럽게 죽은 김서방은 다시 생불(生佛)이 되어 무빈놈을 죽이고 그놈의 모든 것을 훼멸시킨다.

단편소설 《수난의 한토막》에서는 《철모르던 시절부터 농사일에 잔뼈가 굳은》 주인공 영삼이는 곧은 마음으로 곰상곰상 일만 잘하면 살길이 있으리라고 생각하면서 아껴 모은 돈을 밑천 삼아 겨우 꼬부랑 송아지를 한 마리 장만하고 그 송아지를 키워 농사를 늘이려 작심한다. 그러나 영삼이는 그 송아지로 하여 큰 화를 입는다. 그 고장의 송주사 따위는 그 송아지의 표적이 맞지 않는다고 생트집을 잡고 작간을 부리는 바람에 영삼이는 억울하게도 모진 수난을 당한다. 영삼이는 놈들을 한없이 저주하며 《얼마나 바른 세상이…음, 이를 악물고서라도 살아서…그런 세월이》 오게 하기 위하여 반일부대로 가야겠다고 결의를 다진다.

그리고 단편소설 《두번째 고향》에서도 주인공 경철이가 살길을 찾아 이 고장으로 들어오게 되는 눈물겨운 과정, 간도 땅에 들어와서 겪는 모진 시련, 나아가 망국노의 운명에서 벗어나기 위하여 학교생활과 실제투쟁에서 진리를 터득하고 용약 반일혁명투쟁에 투신하는 곡절적인 노정을 아주 감명 깊게 묘사하였다.

그의 단편소설 계보에서는 일제를 반대하고 민족정신을 선양한 작품들이 아주 중요한 위치를 차지하고 있다. 이런 주제를 다룬 단편소설 《낙제》(1939년), 《스트라이크》(1938년), 《범의 굴》(1941년), 《개아들》(1943년), 《피의 교재》(?) 등은 비교적 성공적인 작품들이다.

단편소설 《스트라이크》는 종교의 허울을 쓰고 일본제국주의의 침략을 합리화하면서 영원히 망국노로 전락되게 하려는 극히 반동적인 설교를 신랄히 폭로 규탄한 작품이다. 이 소설은 민족적 기백이 있는 최성휘, 여창순과 그리고 K와 《나》 등 인상적인 인물들을 창조하였는데 그 중에서도 최성희의 형상이 한결 더 감명 깊게 부각되었다.

최성희는 비단 제국주의 침략을 비호하는 종교의 배신자일뿐만 아니라 또한 민족적 존엄과 지조를 수호하기 위해서라면 자기의 모든 것을 도외시하고 투쟁의 앞장에서는 젊은 투사이다. 이목사가 성경수업시간에 이 세상은 소위 하나님이 정한대로 되어간다는 유심론적 논리에 좇아 조선사람은 태초에 하느님께 죄를 지은 탓으로 나라를 빼앗기고 고생한다느니 뭐니하고 뇌까리자 이에 격분한 최성희는 조선민족으로서의 민족적 모멸감에 몸부림치면서 단호히 반격하여 나서며 동무들을 선동하고 조직하여 투쟁의 길에로 이끈다.

민족의 정기가 맥맥히 흐르는 최성희의 숭엄한 형상과 영웅적인 소행에서 우리는 진정한 민족의 얼과 기백을 직감하게 되며 온갖 불의를 저주하는 진보적인 조선민족 청년의 강직한 성격을 보게 된다.

단편소설 ≪개아들≫은 신랄한 풍자적 필치로써 일제의 민족동화정책에 대한 비분을 토로한 작품이다. 이 소설의 주인공 전형(全兄)은 온갖 불의를 보고서는 참지 못하는 ≪직방배기≫ 성미의 소유자로서 일제놈들을 눈에 든 가시처럼 증오하며 일제의 ≪황민화≫정책을 반대한다. 하여 그는 ≪개아들(犬子)≫이라 창씨하는 것으로써 ≪창씨개명령≫을 풍자하고 저주하며 이르는 곳마다에서 일본놈들을 골려준다. 나중에 그는 야수 같은 일본 군경놈들에게 잡혀 감옥살이를 하며 감옥에서 불치의 병을 얻어 저주로운 이 세상을 하직하게 된다.

이 소설은 주인공의 형상을 빌어 일제에 대한 증오심을 토로하였고 일제의 ≪황민화 운동≫에 피눈물나는 공소를 하였으며 창씨하면 민족의 얼을 잃은 왜놈 — 개 아들이라고 대성질호하면서 민족적 기개를 지켜 나설 것을 호소하고 있다.

그의 단편소설의 계보에서는 진보적 지식인들의 생활을 묘사하고 그로부터 혁명사상을 선양한 작품들이 또한 이채를 띠고 있다. 단편소설 ≪그들이 가는 길≫(1938년)을 비롯하여 ≪강교장≫(1942년), ≪건설보≫(1940년), ≪전형≫(1943년) 등이 그 대표작품이라고 할 수 있다.

단편소설 ≪그들이 가는 길≫은 무산계급혁명가로 성장하는 지식인의 형상을 부각한 특색 있는 작품이다. 소설에 나오는 최기창은 ≪선죽교≫ 선생으로부터 ≪민중의기≫ 선생으로 전변되었는데 ≪선죽교≫란 자기의 얼을 지킨다는 데서 배일사상을 의미하고 ≪민중의 기≫란 사회주의 혁명을 의미하는 상징적 표현들이다. 소설중의 다른 한 인물 임창진은 ≪요보≫라고 하면서 야료를 부리는 일본놈들에 대한 반일사상으로부터 ≪프로레타리아 문화운동≫으로 넘어갔는데 ≪요보≫란 반일사상의 전이이고 ≪프로레타리아 문화운동≫이란 무산계급 혁명을 가리킨다. 또 다른 한 인물에 한해서는 소련 연해주로 들어가는 것으로써 사회주의 혁명의 길에 들어섰다는 것을 암시해주었다. 소설은 결말에서 이 세 사람은 ≪꼭 같은 길≫을 걷고 있는데 그것은 역사적 해명도 사회과학적 해명도 필요 없으며 ≪알고도 말못할 벙어리 가슴≫이라고 하면서 혁명의 길로 나아갔음을 밝혀주고 있다.

이밖에도 김창걸은 당시 암흑한 사회제도하에서의 부패한 생활세태를 파헤치고 모리배의 기풍을 신랄하게 타매한 ≪세정≫(1940년)과 종교의 허위성을 여지없이 까밝힌 ≪부흥회≫(1939년), 그 어느 하루도 번한 날이 없이 만단곡경을 다 겪으면서 고생 속에서 허덕지덕 지나온 농촌여성의 피눈물 고인 반생을 진실한 생활의 화폭으로 펼쳐놓은 ≪밀수≫(1941년)와 같은 우수한 단편소설들을 세상에 내놓았다.

우에서 보여주다 싶이 작가 김창걸은 자기의 창작실천 중에서 시종 사실주의적 창작방법에 충실하고 민족에 대한 고도의 사명감으로 자기를 불태우면서 엄숙한 태도로써 조선민족 인민의 생활과 운명을 보다 진실하게 반영하기에 자기의 심혈을 몰부었다. 그의 단편소설 창작은 전일적으로 볼 때 그 소재가 퍽 다양할 뿐만 아니라 시대적 색체가 짙고 예술적면에서도 자기의 특성을 보여주고 있다.

그의 단편소설들을 보면 인물형상 창조에서 직설적인 방법을 아주 적게 썼으며 또 지루하게 집중적으로 소개하는 식의 수법을 피면하였다. 말하자면 그의 소설들은 인물의 활동과 인물간의 관계 및 얽음새의 전개에 있어서 대테일의 진실성을 기함으로써 인물들의 성격을 생동하게 부각하고 있다. 또한 섬세한 심리묘사, 행동묘사와 인물간의 생동한 대화 등으로써 등장인물의 개성적 특징을 선명하게 돋혀내고 있다. 단편소설 ≪암야≫와 ≪수난의 한 토막≫, ≪두 번째 고향≫에서 창조한 주인공들이 그 좋은 예로 된다.

작가 김창걸은 단편소설 창작에서 유모어와 풍자적 수법으로 인물형상을 생동하게 부각하였으며 더욱이는 추악한 인물과 사물들을 신랄히 타매하였다. 예를 들면 소설 ≪그들이 가는 길≫ 등에서는 다양한 유모어적 필치와 가벼운 아이로니를 자연스럽게 도입하여 인상깊은 인물을 창조하였는가 하면 단편소설 ≪강교장≫과 ≪개아들≫ 등에서는 신랄한 풍자로써 추악한 낯반대기들을 여지없이 타매하였는데 이는 아주 인상적이다.

김창걸 단편소설에서의 언어구사도 아주 특색이 있다. 그는 인물들이 늘 쓰는 소박하고도 간결하며 형상성이 강한 구두어에 기초하여 생동한 언어를 제련하기에 힘썼다. 그리고 경쾌한 감을 자아내게 하는 유모어, 풍자와 야유가 내포된 생신한 언어를 퍽 자연스럽게 사용함으로써 독자들에게 별미를 안겨주고 있다.

작가 현경준(1909~1950)은 1909년 조선 함경북도 명천군에서 태어났다. 그의 호는 錦南이며 또한 金鄕雲이란 별명을 가지고 있다. 1925년 고향에서 소학교를 졸업하고 鏡城고보에 다녔다. 3학년 1학기 때에 하계방학이 끝나자 학교에 가지 않고 그 길로 청진과 웅기를 거쳐 시베리아로 가 방랑하였다. 그는 ≪방랑은 청춘의 생명이며 인생행로의 첫출발≫이라고 간주하였다. 그는 시베리아에서 2년간을 방랑하다가 고향으로 돌아왔다. 18세의 한창 젊은 나이에 지낸 방랑생활은 이 정열적인 문학청년에게 많은 체험과 계시를 주었다. 그후 그는 평양숭실중학을 거쳐 일본관서대학에 다니던 때에 사상사건에 연루되어 졸업을 하지 못하고 당시의 간도로 왔다. 그는 자기가 중국으로 오게 된 연유를 다음과 같이 피력하였다. ≪생활이 없는 작품! 이처럼 부당한 말이 어데 있는가? 이에 감연히 궁허한 깍대기 속에서 뛰쳐나와 내 앞에 새로 벌린 생활의 길을 찾아, 이 만주로 온 것이다.≫라고. 그는 간도에 온 후 1937년부터 도문백봉국민우급학교에서 교편을 잡다가 1940년 8월 ≪만선일보≫에 가 약 반년간의 기자를 지냈다. 광복후 작가는 조선으로 나가 조선문학가동맹 함경북도위원장, 함경북도 예술단 단장을 지내면서 문학창작에 정진하여 많은 작품을 발표하였다. 그후 1950년 10월 전선으로 취재의 길에 올랐다가 전사하였다.

작가 현경준은 1934년 9월 자기의 첫 중편소설 ≪마음의 태양≫이 입선되면서 본격적으로 문학창작의 길에 나선이래 중편소설 ≪격랑≫ (1935년), ≪유맹≫(1939년), ≪인쟁좌≫(창작연대 미상), 단편소설 ≪오마리≫(1939년), ≪젊은 꿈의 한 토막≫(?), ≪흘러가는 인생≫(?), ≪사생첩≫(1940년), ≪길≫(1941년), 장편소설 ≪선구시대≫(1939년) 등 많은 소설작품을 발표하였다.

그의 초기작품들은 작가의 소년시절의 방랑생활에서 얻은 체험을 시대의 격랑 위에 얹어서 다분히 경향파적인 내용을 담고 있다. 그의 초기의 작품으로 널리 알려진 중편소설 ≪격랑≫, 단편소설 ≪오마리≫, ≪별≫ 등이 그 대표적 예로 된다.

중편소설 ≪격랑≫에서는 북부조선의 한 어촌을 배경으로 하고 공장주 덕재와 서기원을 일방으로 하는 유산자와 춘보, 태순, 동호, 쌍둥이 등 빈한한 어민들을 일방으로 하는 무산자들 사이에 일어난 갈등을 묘사하면서 악질적인 유산자들의 비리와 추악한 소행을 고발하고 빈한한 어민들의 저항과 자행적인 투쟁을 묘사하고 있다. 작품 중에서 보여주다 싶이 악질적인 공장주 덕재는 바다에 나간 어민들에게 고기를 더 많이 잡게하여 보다 많은 돈을 벌기 위하여 어민들의 생사안위를 아랑곳하지 않고 제 때에 통보하여야 할 태풍경보를 깔아 둔다. 그 결과로 청년어민 쌍둥이와 처음으로 바다에 나간 유복이가 조난당하여 죽는다. 후에 공장주 덕재가 사전에 알려야 할 태풍경보를 깔아둔 사실이 탄로나자 분격한 어민들은 덕재를 때려 죽이라고 울부 짖으며 공장으로 달려간다.

단편소설 ≪오마리≫에서는 형보, 경덕, 병호, 순동이 등 강릉 오마리 사공들이 고기잡이로 생계를 유지하기 위해 바다에서 헤매다가 나중에는 일본경비대에 잡혀가기만 하면 큰일난다는 것을 알면서도 놈들을 기이며 국경선을 넘어 密魚를 떠나는 이들의 비참한 처지와 그들이 겪은 어려움, 내심의 고통 등을 진실하게 보여주고 있다.

그의 단편소설 ≪별≫에서는 해는 못되어도 별은 돼야 되겠다고 결심한 한 교원의 생활을 다루면서 당시 허망하고 참담한 현실 하에서의 한 지식인의 고민과 불만을 묘사함으로써 당시 사회에 대한 거부의식을 보여주고 있다. 작품 중에서는 학급에 들어가 수업할 때 한 학생이 일어나 ≪버는데 따르는 가난은 없다≫는 속담을 반반하면서 자기의 부모님들은 그렇게 죽기 내기로 버는 데도 왜 그냥 죽물도 못 먹는 신세가 되고 좌수네 댁은 고이 앉아 놀면서도 흰밥에 소고기를 먹을 수 있는가 하는 질문에 확답을 주지 못하고 고민한다. 그리고 그는 또 월사금을 내지 못하고 학교를 중퇴하지 않으면 안되는 가난한 학생들의 딱한 처지를 몹시 가슴아파한다. 그러던 중 그의 학생인 학수와 사랑하는 처녀인 현옥이가 부딪친 생활난에 어찌할 길이 없어서 고향을 떠나자 더욱 심한 자극을 받게 된다.

그래서 그는 검은 것을 희다고 흰 것은 흰 것은 검다고 왜곡되게 배워주는 비리적 교육상황과 암흑한 현 사회를 부정하고 타매한다. 그리고 앞으로는 검은 것은 검고 흰 것은 희다고 배워주리라 결심하면서 그렇게만 교육을 도모하면 자기도 별이 될 것이라고 생각을 굴린다.

이렇게 현경준의 초기작품에서는 사회상의 비리와 사회최저층에서 허덕이는 노동인민들의 수난과 질곡적인 생활현장을 진실하게 파헤침으로써 이 시기에 있어서의 ≪유능한 경향파 작가≫(소재영편 ≪간도유랑 40년≫ 195페이지, 조선일보사 출판)라는 평언을 받고 있다.

작가 현경준이 중국에 이주한 이래 내놓은 소설창작 중에는 조선민족인민들의 이주과정과 정착과정에서 부딪친 수난의 역정을 다룬 것이 많은 비중을 차지한다. 당시 일제가 더는 만구할 수 없는 멸망의 길에 들어서면서 이른바 황민화 운동을 억지로 추행하여 그 어떤 문필자유도 없던 그런 무단통치하에서도 작가 현경준은 민족의 동질성과 의지와 미래지향의식을 선양하기 위한 많은 작품들을 썼다. 장편소설 ≪선구시대≫, 중편소설 ≪유맹≫, ≪마음의 금선≫, 단편소설 ≪사생첩≫, ≪길≫ 등이 그 대표적 예로 된다.

≪만선일보≫에 연재한 장편소설 ≪선구시대≫(1938년?)는 조선민족 농민들의 이주하고 정착하는 과정을 다룬 거편으로 알려지고 있다. 그러나 당시 이 작품을 게재하였던 ≪만선일보≫가 산실되어 유감스럽게도 이 작품 전부를 다 볼 수 없는 것이 유감이다. 지금 전해지고 있는

몇 회분에서 보면 작품 ≪선구시대≫에서는 이주초기 한족 악질지주의 수탈과 통치로 하여 인기된 조선민족 농민들과 악질 지주간의 갈등과 투쟁을 보여주면서 그 어떤 어려움이 있어도 이겨내어 이 고장에 새로운 향토를 건설하여야 한다는 미래지향의지를 고취하고 있다.

단편소설 ≪사생첩(寫生帖)≫은 조상의 뼈가 묻혀있고 정든 마을이 있는 고향을 떠나 살길을 찾아 중국으로 들어오는 이주민들의 수난의 한 토막을 리얼하게 묘사한 역작이다.

그 가운데의 한 이야기를 들어본다. 당시 중국으로 이주하여 오는 이민은 맨 먼저 국경역인 도문역에서 짐 검사를 받는 과정에서 세관원과 역원들의 시달림을 받아야 하였다. 그런데 솔가이주하는 이 집 호주는 엎친데 덮치기로 가난하다보니 공부를 못하여 글을 모르기에 차표사기꾼들에게서 도문까지 오는 차표를 밀산가는 차표로 잘못 받은 때문에 이 가정일행은 오도가도 못하는 난감한 처경에 빠지게 된다. 이런 때에 음흉하기 그지없는 인신매매업자는 와중에 끼어들어 ≪선심≫을 쓰며 그들을 데리고 가 이 집 딸을 팔아 넘겨서 밀산가는 로비를 ≪해결≫하게 한다. 나중에 밀산행 기차에 탄 아버지는 기차가 떠나려 움직이자 벌떡 일어서며 ≪내 금순이를 도루 찾아오너라. 나는 내 고장으로 도로 가겠다.…≫라고 외치면서 몸부림친다. 이를 바라보고 있던 아들의 눈에서도 눈물이 흘러내렸다. 이 작품에서는 바로 이와 같이 당시 삶을 부지하기 위하여 눈물을 휘뿌리며 낯설은 중국으로 이주하는 우리 겨레들이 겪은 비극의 몇 단면을 예각적으로 보여줌으로써 이 시기 조선민족의 이주의 수난사를 집약하고 있다.

작가 현경준이 1940년에 창작한 중편소설 ≪유맹≫은 작자의 대표작일 뿐만 아니라 당시 문단에서 높은 평언을 받은 작품이다. 중편소설 ≪유맹≫은 처음 조선의 ≪인문평론≫에 발표하였다가 다시 ≪만선일보≫에 게재하고 그 후 신영철 등에 의하여 펴낸 작품선집 ≪싹트는 대지≫에 수록하였다. 1943년에 이르러서는 작가가 이 작품을 다시 수개보충하여 ≪마음의 금선≫으로 개제하여 출판하였다. 이렇게 게재된 ≪마음의 금선≫에는 ≪잃어진 세월≫과 ≪향수의 노래≫ 두 장이 첨가되었고 새로운 인물들을 등장시키고 있는데 여기서 형상화한 인규의 형상은 자못 중요한 위치를 차지하고 있다. 여기서는 《유맹》과 후에 첨삭을 거친 《마음의 금선》을 망라하여 봄으로써 이 작품의 주제와 작가의 창작의향을 보다 깊이 있게 살펴보려 한다. 이 작품 중에는 괴뢰 만주국이 소위 왕도락토, 인재재활용 등을 표방하면서 금연보도소를 꾸리고 아편중독으로 하여 타락한 인재들을 다시 인간적으로 살려내어 사회에 나서게 하려는 용심을 묘사하고 있다. 이 《작품의 경우는 그 내용면에서 항일적이라기 보다는 다분히 일제식민지 정책에 호응하는 성향을 띠고 있어 문제점으로 지적되고 있으나》(채훈 : 在滿韓國文學研究) 이를 당시 만주라는 특수한 시대적 배경과 이주민들의 생활현실 나아가 작중인물들의 성격을 깊이 있게 살피고 천착하는 것은 자못 필요하다.

중편소설 《유맹》에서 거론된 문제란 작중인물인 명우의 형상을 두고 이 작품은 괴뢰 만주국의 시책에 영합의 자세를 보이고 있다는 점이다. 그런데 이 작품 중에서 주목하여야 할 것은 명우 이 한 형상에 머무르지 말고 전반 작품의 분위기와 명우 대 규선, 득수, 명보, 성오 등 성격과의 대조관계를 잘 살펴보아야 할 것이다. 우선 이 작품의 전반 분위기를 보면 활기란 전혀 없고 침침하기 그지없으며 그처럼 떠들어대면서 아편중독자 밀수꾼들을 보도소를 거쳐 새사람으로 만든다고 하지만, 그 보도소 교육에서 얻어진 성과는 실로 미미하다. 그리고 작품 중에서는 언론자유라고는 전혀 없는 상황하에서 우회적으로라도 당시 조선민족의 실생활의 한 단면을 증언하여 보려는 노력을 볼 수 있다. 더욱이 《유맹》의 수개, 보충작이라 할 수 있는 《마음의 금선》에서는 끝까지 자기의 初志를 굽히지 않는 인규 등의 인상적인 형상을 통하여 작가의 의식성향과 현실에 대한 자기 나름의 시점을 보다 명현하게 보여주고 있다. 종래로 조선민족의 생활현실 속에 몸을 담그고 조선민족과 희로애락을 같이 하였던 작가 현경준은 당시 참혹한 문화환경과 언론자유라고는 깡그리 말살된 상황하에서 그래도 우회적으로라도 민족의 삶의 현장을 사실적으로 묘사하려고 노력하였음을 간과할 수 없다. 현경준은 1940년 한 작가에게 보낸 편지에서 ≪<死>의 집≫ 속에서 캄캄한 그믐달을 헤엄치면서도 오히려 내일의 빛을 엿보고 참다운 인간성을 살인수에게서 찾아낸 떠스떠엡스키의 그 열정과 진지한 태도에 吾人은 다시금 자아를 돌아보자고 나는 힘차게 부르짖고 싶습니다.≫(≪작가 안수길에게≫ 만선일보 1940년 8월 8일)라고 쓰고 있다. 현경준의 이와 같은 言論은 당시 작가의 의식성향을 가늠하고 ≪유맹≫ 등 일련의 작품을 읽는데 일정한 도움을 줄 것이다.

이 시기 작가 현경준의 문필활동 가운데에는 일부 문제점과 더불어 당시 작가의 인식이 한계도 보여주고 있다. 이를테면 그가 기자로 ≪만선일보≫에 몸 담그고 있을 때 체방하여 쓴 ≪장고봉전적견학기≫(≪만선일보≫ 1940년 9월 6일) 등이 그 예로 된다. 작가는 이 기사를 쓴 뒤더는 기자생활을 하는 것이 저어되어 만선일보에서 얼마 안있다가 단연 사표를 내고 말았다.

그의 생애와 창작활동을 전일적으로 고찰할 때 그는 민족적 양심을 잃지 않고 갖은 방법을 다하여 조선민족의 생활과 지향을 진실하게 증언하여 보려고 진력한 작가이며 그 과정에서 괄목할 만한 창작성과를 이룩하여 우리 조선민족의 소설문학 발전에 상당한 기여를 함으로써 조선민족의 문학사에서 자기의 위치를 굳힌 재능 있는 작가이다.

안수길(1911~1977)은 광복전 조선민족의 문단에서 중요한 자리를 차지하는 작가중의 한 사람이다. 그는 함흥에서 출생하여 그곳에서 소학교를 다니다가 1924년에 용정소학교로 전학하였다. 그 후 그는 함흥고보, 서울 경신학교, 경도 양양중학교 등을 거쳐 1931년 초에 와세다대학 사법학부 영어과에 입학하였다. 그런데 안수길은 당시 부친의 병환과 학비난 등 피치 못할 사정으로 하여 용정으로 돌아왔다. 1932년부터는 금광촌인 팔도구 소학교에 가 1년 남짓이 교편을 잡다가 다시 용정으로 와 ≪북향≫을 간행하는 한편 문학활동을 널리 전개하였다. 그는 이 시기에 단편소설 ≪적십자병원장≫, ≪붉은 목도리≫, ≪장≫, ≪함지쟁이영감≫ 등을 창작하였다. 그 중 앞의 두 편은 ≪조선문단≫

에 당선되고 뒤의 두 편은 ≪북향≫지에 발표하였다. 그리고 그는 ≪북향≫에 중국의 저명한 문호 노신의 단편소설 ≪고향≫을 번역하여 게재하고 또한 러시아의 문학대가 또쓰도옙스끼의 작품과 문학이론을 소개하였다. 이렇게 문단에 나선 작가는 ≪간도일보≫, ≪만선일보≫의 기자를 지내면서도 창작에 진력하여 단편소설 ≪새벽≫, ≪벼≫ 등 12 편 작품을 수록한 소설집 ≪북원≫을 출판하였으며 1944년에 이르러서는 장편소설 ≪북향보≫를 만선일보에 연재하였다. 1945년 6월 작가는 건강이 좋지 않아 요양 차로 조선으로 돌아갔다. 광복 후(1948년)에 남한으로 나가 문학창작을 계속하다가 1977년(66세)에 서거하였다. 상기 작가 안수길의 광복전 행적과 문학편력으로 보아 그가 문학청년으로 재화를 펼치던 시절은 거개 중국 조선민족의 중심지인 용정에서 보냈다. 그로하여 그의 광복전의 대부분 작품 중 간도에 들어와 삶을 영위하는 조선민족 농민대중의 이주초기 생활과 운명을 다룬 작품들이 절대적 비중을 차지한다. 작가는 자기의 창작에 대하여 다음과 같이 말하고 있다.

≪초기의 작품집 ≪북원≫에 수록되어있는 ≪새벽≫, ≪벼≫, ≪목축기≫ 등등 해방전 재만시절의 소설은 거의 전부가 동만주 지방에 살고있는 우리 농민들의 생활을 발굴해 ≪어떻게 살아왔느냐≫, ≪어떻게 살것인가≫를 생각해 본 것이고 그 무렵의 장편 ≪북향보≫도 거기에 기초를 두고 쓴 최초의 이야기였다≫라고. (안수길 수필집 ≪맹아주한포기≫ 문예창작사 1977년 출판)

하여 작가 안수길이 소설창작에서 거둔 주요한 성과도 이주 초기 조선민족 농민들의 현실과 생활을 다시 말하면 ≪어떻게 살아왔느냐≫를 역사적 견지에서 웅혼한 사실주의적 기법으로 화폭화하기에 진력하는데서 거두고 있다.

작가 안수길의 해방전 소설은 그가 작중에서 묘사하고 있는 시대와 제재내용에 비추어 대체로 중국 군벌통치시기 갓 이주하여 온 조선민족 농민들의 생활상과 일제 식민통치시기 조선민족 인민들의 현실생활을 다룬 작품으로 나누어 고찰할 수 있다.

우선 1920년을 전후하여 일제의 잔인한 탄압과 모진 수탈로 하여 생활이 파멸되고 쫓겨나게 된 농민들이 이 고장에 갓 이주하여 겪은 참담한 생활현장을 리얼하게 파헤친 역작으로 단편소설 《새벽》, 《벼》, 《원각촌》, 《새마을》 등을 들 수 있다. 이런 소설들에서는 군벌통치 하에서 당국의 관리, 지주, 육군, 순경 등과 지어는 호적(마적)에 이르기까지 한 동아리가 되어 암흑세력을 이루고 있는 현실 하에서, 이 놈들의 무단적인 박해와 가혹한 수탈로 하여 허덕이고 있는 이주초기 조선민족 농민들의 참상과 그 같은 역경 하에서도 삶을 영위하여 보려는 농민들의 의지를 형상화하고 있다.

그 중 단편소설 《새벽》에서는 잔혹한 수탈로 하여 살길이 없어서 쪽박만 차고 간도로 들어온 한 농민가정의 조우를 통하여 이주 초기 모진 수난에 허덕이는 생활과 지주의 땅을 부치면서 점차 지주놈들의 종신적 노예로 전락되어 갈수록 심산인 비참한 운명을 묘사하고 있다. 《새벽》에서 등장하는 《나》의 일가는 처음 이주하여 의지가지 없는 형편에서 지주 호가네 지팡살이(소작농)를 하지 않으면 안되었다. 《나》는 농사를 짓기 위하여 지주 호가에게서 살림집을 세내고 소를 윤두말고 한해동안 식량을 꾸어먹어야 했다. 그리고는 가을에 가서 꾼 돈과 양식에다 변리를 더해 갚아야 했다. 이 시기 농촌에서의 지주들의 고리대 착취는 아주 혹독했는데 당시 현금의 고리대 율은 60%를 초과하였으며 봄에 식량이거나 종자 한 되를 꾸면 가을에 가서는 두 되를 갚아야 했고 또한 시세가 오를 때 꾼 것을, 양식 값이 내릴 때인 가을에 갚는 경우에는 그 갑절을 내야하였다.

일년 내 고되게 일하여 농사를 지었으나 다 가져다 바치고 나면 한해농사를 헛 지은 것으로 되고 새해 농사를 지으려면 또 변리 돈을 내오고 장리 쌀을 맡아야 하였다. 이렇게 소작농으로 살다나면 농민들은 꼼짝 못하고 지팡주(지주)의 종신노예로 전락되는 비참한 운명을 피면할 수가 없었다.

이와 같이 험난한 생활현실에 직면한 우리 농민들은 죽기내기로 일하면서 한 가닥 살길을 열어보려고 애썼다. 볼모로 잡힌 누이의 빚을 갚고 찾아 내오기 위하여 ≪나≫의 아버지는 총살당할 그런 위험도 마다하고 소금밀수에 나섰다. 그러나 이 마을에 둥이를 틀고 앉은 나쁜 놈들은 어렵게 사는 농민들을 돌보아줄 대신 봉건통치배들과 결탁하여 농민들을 더욱 역경에로 이끌어만 갔다. 지주의 양아들이며 마름인 박치만은 숙성해가는 나의 ≪누이≫를 빼앗다가 자기 첩으로 삼으려는 속심으로 소금밀수에 나선 아버지를 남몰래 즙사대와 연통하여 즙포하여 가게 한다. 이렇게 일을 만들어 놓고는 그 아버지를 내오는데 물어야 할 벌금을 선심을 쓰는 듯이 자기에게서 더 꾸어가게 하고, 그 꾼 돈을 갚을 수 없는 지경으로 몰아놓은 다음 그 빚 대신으로 어린 ≪누이≫를 끌어가려 하였다. 지주의 마름 박치만은 이런 음흉한 계칙이 실현되기에 이르자 ≪누이≫는 끌려가기 전야에 자결하고 어머니는 그만 실성하게 되는 비극이 일어났다. 이 가정은 네 식구인데 그 중에서 한 사람이 죽고 한 사람은 미쳐서 일대 참변을 당하는 참담한 경지에 빠져 더는 어찌할 수 없는 가엾은 신세가 된다. 그리고 이런 막다른 골목에 들어섰어도 어디다 고발할 곳도 없었다. 기껏해야 분김에 마름놈 박치만놈에게 한 매 안겼다가 도리어 그 놈들에게 더 얻어맞아 정신을 잃고 쓰러지는 그런 난감한 국면이 이어질 뿐이었다.

이주 초기에 조선민족 농민들은 또한 반동군벌정부의 민족기시 정책의 직접적인 박해를 받았다. 1920년대에 봉건군벌정부에서는 동북지역에 이주하여온 조선농민들을 일제의 앞잡이로, 적화(赤化)의 화근으로 그리고 사단을 일으키는 화근으로 간주하면서 마구 박해하고 구축하는 만행을 기탄없이 감행하였다. 단편소설 ≪벼≫에서 묘사한 바와 같은 매봉툰에서의 갓 이주한 조선민족 농민들에 대한 원주민들의 습격사건은 바로 당시의 반동군벌정부의 반동적인 민족기시 정책과 민족적인 편견이 빚어낸 전형적인 예로 된다.

단편소설 ≪벼≫에서는 매봉툰 농민들이 10년이란 긴 세월의 보람찬 분투와 노력으로 하여 마을의 호총도 늘어나고 살림도 펴 밥술이나 뜰

수 있게 되니 자식들의 교육이 염려되었다. 작품 중에서는 후대들의 교육을 도모하기 위한 노력과 그 과정에서 부딪친 어려움에 대하여 묘사하고 있다. 이주민들은 자기들의 ≪2세를 북돋고 그 장래를 키워≫주며 민족의 얼이 있는 후계자로 되게 하기 위하여 우선 있는 힘을 모아 학교를 세우기에 이른다. 그러나 조선민족의 이주민들을 구축하기에 혈안이 된 반동군벌 정부는 아예 학교경영을 허가하지 않을 뿐더러 군대를 파견하여 학교에 불을 지르고 총 뿌리를 이주민들에게 들이댄다. 그러나 매봉툰 농민들은 군벌의 총 뿌리 앞에서 ≪우리가 피땀으로 풀어놓은 이 논바닥에 꼼짝 말고 이대로 엎드린 채 이곳에서 모두 같이 죽자……≫고 구호를 높이 부르며 논판에서 한발자국도 물러서지 않는다. 작품 중에서는 이와 같이 그 어떤 강포 앞에서도 굴하지 않고 자기 손으로 이룩해 놓은 농토와 마을을 지켜내려고 피어린 투쟁을 처절하게 지속하는 사건을 전시하고 있다.

이주 초기 농민들의 생활을 제재로 한 소설 중에는 농민으로부터 도시빈민으로 전락된 부류의 사람들의 참단한 처경을 묘사한 소설, 이를테면 단편소설 ≪새마을≫, ≪장≫, ≪차중에서≫와 같은 작품들이 있는데 그 중의 대표적 작품으로는 작자가 단편소설 ≪새벽≫의 속편으로 이름한 ≪새마을≫을 들 수 있다. 이 소설에서 묘사한 창복이네 가정은 억지혼인의 강요로 하여 누이가 자살한 지 4개월만에 용정으로 이사하여 품팔이에 나선다. 농사 외에 다른 재간이 없는 창복의 아버지는 온돌쟁이인 고씨와 조수질을 하며 연명해 나간다. 온돌 일은 겨울이면 할 수 없고 다른 계절이라 하여도 일거리가 매일 있는 것도 아니어서 생활을 늘 어려웠다. 이리하여 창복의 아버지는 어린 창복이를 사환꾼으로 들여보냈는데 창복이가 짐을 나르다가 그만 잘못하여 물건을 깨는 바람에 주인에게 뺨을 맞고 해고까지 당하다보니 이 가정의 ≪생활은 말이 아니었다≫. 거기에다 창복 어머니의 병은 제 때에 약값을 치르고 치료하지 못하여 점점 악화되어 갔다. 혹심한 가난은 아버지로 하여금 푼돈이라도 얻어 써볼까 하여 자기 집에다 투전꾼을 넣고 방세와 개평을 얻어내는 비법적인 일까지 하기를 서슴치 않았다.

이같이 당시 가난에 허덕이는 이주민들은 째지게 가난한 생활에서 좀 벗어나 보려고 도시에로 진출하였으나 당시의 봉건군벌 통치하에서는 갈수록 심산인 비참한 운명에서 벗어날 수 없었다.

이상에서 보여준 바와 같이 작가 안수길은 그의 광복 전 소설창작에서 당시 조선민족 농민들의 수난의 생활사를 역사적 연계 속에서 다각적이고도 생동하게 묘사하고 있다. 그러나 또한 여러 가지 문제점도 동반하고 있다. 작가는 우선 당시 일제와 괴뢰만주의 체제에 순응하는 자세를 취하고 있으며 그런 토대 위에서 당시의 현실을 묘사하고 있기에 많은 문제점을 발로하고 있다. 이를테면 단편소설 ≪벼≫에서는 일제를 봉건군벌의 탄압, 구축의 시책과 소행에서 이주민을 구해주는 구세주격으로 묘사하고 있으며 단편소설 ≪토성≫에서는 일제와 괴뢰만주국의 식민지 정책이 이주농민에게 가져다준 수난과 어려움을 보여줄 대신 일제의 식민지정책과 만주국을 미화하여 마치 이주농민의 ≪왕도락토≫처럼 묘사하고 있다. 예를 들면 일제가 괴뢰만주국을 건립한 후 황폐해진 농촌을 ≪갱신≫한다는 구실로 소위 무상경작, 낮은 소작료, 건축목재 채벌허가, 저리대금, 자작농창정 등의 기만책의 실질을 밝히지 못하고 도리여 찬미하였으며 마을을 소위 ≪비습에서 방지≫한다고 ≪집단부락을 만들고≫, ≪자위단≫을 내오는데 대하여서도 구가하고 있다. 그리고 장편소설 ≪북향보≫에서는 목장의 경매를 부치지 않게 된 것을 소위 ≪당국≫과 시다미가 주는 혜택으로 감지덕지해하고 있다. 심지어 조선민족 고유의 문화풍습까지도 외면하고 일본의 ≪황민화≫의 길을 긍정하고 있다.

총적으로 보면 안수길의 단편소설 창작은 사실주의 기법과 그리고 다양한 제재와 인물형상 등을 통해 중국에 이주하였던 초시기 조선민족 농민들이 이곳에 와 처한 참담한 현실 하에서 모질게 겪은 수난의 역사를 진실하게 형상화함으로써 봉건통치제도의 암흑을 고발하는 한편 그런 삶의 현장에서 살길을 헤쳐나가는 조선민족의 본질적 성격과 투지와 미래지향 의지를 생동하게 펼쳐 놓았다. 이는 작가 안수길의 단편소설 창작에서 거둔 가장 중요한 성과이며 조선민족 사실주의 문학 발전에 대한 기여이다.

안수길의 해방전 단편소설은 상기한 바와 같은 성과가 있는 한편 또한 일제와 괴뢰 만주국의 체제에의 순응을 전제로 한 토대 위에서 조선민족이 ≪어떻게 살 것인가≫를 제시하였는데 이는 근본적으로 조선민족인민의 염원과 상위되는 것이다. 당시 우리 민족 앞에 놓인 가장 중요한 문제는 일본 제국주의를 타도하고 민족의 자주독립을 실현하는 것이었다. 그래서 당시 일본 제국주의 침략자에 대한 태도여하는 바로 조선민족의 본질적 성격을 험증하는 시금석으로 되었다. 그런데 작가는 일제의 체제와 제반 시책에 순응의 자세를 취하고 있다. 이는 한낱 엄숙한 문제로써 이에 대하여는 엄숙한 비판과 총화를 통하여 우리 민족의 역사적 경험과 교훈을 잘 섭취하도록 하여야 할 것이다.

1930년대 중기에 조선문단에 나선 작가 박영준(1911~?)은 조선농민들의 궁핍과 영락피폐 되어 가는 농촌현실을 핍진하게 화폭화한 단편소설들을 발표함으로써 일찍 농촌작가라고 불렸었다. 작가는 1934년에 용정 동흥중학에 와 1년간 교편을 잡으면서 ≪북향회≫의 활동에도 참가하였다. 그 후 그는 조선에 갔다가 1938년에 다시 반석으로 이주한 후 교편을 잡고 소설창작을 계속하였다. 이 시기에 발표한 주요작품으로는 단편소설 ≪아름다운 길≫(1938년), ≪의수(義手)≫(1939년), ≪중독자≫(1940년), 장편소설 ≪쌍영(雙影)≫(1939년) 등이 있다. 농촌생활을 다룬 그의 초기의 작품들과는 달리 이런 작품들에서는 소시민층의 생활과 애정, 윤리 등의 주제를 다루고 있음을 보게 된다. 이는 당시의 사회문화적 환경과 갈라놓고 생각할 수 없다. 상기한 바와 같은 작가의 작품들은 이 시기 소설창작에서 중요한 성과로 간주되고 있다.

11. 김창걸의 생애, 작품과 그 연구현황

김창걸 탄신 85주년을 맞는 해에 성황리에 열린 이 기념학술토론회는 문학창작과 교육사업으로 한 생을 민족의 창성에 이바지한 저명한 문학가이며 이 고장 향토문학의 개척자인 김창걸을 심심이 기리며 그의 보귀한 정신과 문학적 업적을 따라 배우려는 데에 그 깊은 뜻이 있다.

필자는 이 기념학술토론회를 맞이하면서 오늘에까지 입수된 자료들에 비추어 저명한 문학가 김창걸의 생애와 작품과 또한 그것에 대한 문학계의 연구현황을 나름대로 아래와 같이 살펴보았다. 이에는 미비한 점은 물론이고 일부 오류도 피면치 못하였을 수 있기에 여러 학자들과 문학연구가들의 비평과 조언을 바라마지 않는다.

1. 생애

문학가 김창걸의 ≪연보≫를 정리하려고 그의 행적을 살피는 과정에서 필자는 그의 빛나는 생애에 대하여 보다 심입된 인식을 갖게 되었다.

우선 그는 일생을 모진 가난과 수난 속에서 어려움을 겪으면서 지나

왔었다. 그는 1917년 여섯 살 되던 해에 고향인 조선 함경북도 명천군으로부터 간도땅 장재촌(수남)으로 이주하였다. 그 때로부터 참담하였던 현실 속에서 그 얼마나 가난하고 어렵게 지내왔는가에 대하여는 그의 자술이 있기에 이에서는 약한다.(≪절필사≫를 참조)

다음 문학가 김창걸은 양심적인 작가로서 민족을 위하여 시종 진리를 견지하고 새로운 이상을 추구하면서 사실주의 문학에 자기의 심혈을 몰부었다. 아래에 그의 행적을 살펴본다. 문학가 김창걸은 일찍 중학교에 다닐 때부터 진보적인 사상을 접수하기 시작하였다. 그것은 당시 세차게 파급되던 새로운 사조의 영향과 더불어 빈궁한 가정에서 온갖 어려움을 겪었던 생활 처경과도 관련된다. 사회최하층에서 모진 압박과 수탈에 허덕이며 암담한 현실을 직시하던 그는 당시 이곳에 신속히 전파된 혁명적 사조와 계급문화의 영향을 보다 빨리 접수하기 시작하였다. 그가 은진중학을 다니던 시절에 지은 산문시 ≪겨울철≫에 반영된 사회적 의식은 좋은 예로 된다. 시 ≪겨울철≫에서 그는 가난에 허덕이는 빈궁한 농민들의 참담한 생활을 동정하여 격정적으로 읊조렸기에 당시 작문과 임선생으로부터 ≪혁명적 시인의 색채가 농후하다≫는 평언까지 받았었다.

그리고 그는 은진중학교 2학년(1926년) 때에 학교의 종교교육을 반대하여 일으킨 반종교 스트라이크(파업)에서 앞장에 서서 학교당국과 단호한 투쟁을 벌린 후 대성중학교에로 집체 전학을 하였다. 그리고 대성중학교에 다닐 때인 1927년 5월에 젊은 김창걸은 용정에서 동만소년총대에 입대하여 혁명선전활동에 적극 참가하였다. 그는 또 1928년 6월에 선후로 적색혁명자후원회(당시 모쁘르라 칭함)와 ≪고려공산청년회≫(ML파)에 참가하여 활동하였다. 1928년 9월 그는 더는 학비를 댈 길이 없어서 학교를 중퇴하고 집으로 돌아가서도 계속 ≪고려공산청년회≫의 조직활동에 참가하였다. 그러던 중 그 해 가을 일제가 소위 제3차 간도공산당 사건을 조작하고 무단적 탄압을 감행할 때 곧 피신하라는 조직의 지시를 받고 연해주 등 지대로 망명하였다가 1929년 봄에 집에 돌아온 그는 한 때 집 일을 돕다가 그해 7월 덕신구 창성학원의 교원으로 들어갔다. 그는 학교에서 글도 가르치고 선전활동도 하다가 1930년 2월 김××의 소개로 돈화에 있는 조선공산당재건위원회(서울, 상해파)에 옮겨 기관지 ≪맑스주의≫와 ≪선봉≫지를 간행하는 일을 도왔다.

그 후 1930년 10월 ≪조선공산당재건위원회≫가 조선으로 나가게 될 때 조직에서는 당시 더욱 험악해지는 형세하에서 일부 골간역량 보존의 수요 등으로 하여 열혈청년 김창걸을 일본에 보내 유학시키기로 결정하였다. 하여 젊은 김창걸은 조직의 지령을 받고 연계인을 찾아 서울로 갔으나 그 때는 이미 서울에 있는 조직망이 파괴되고 관계동지마저 체포당하였었다. 그러다 보니 그는 비단 유학을 갈 수 없게 되었을 뿐만 아니라 당 조직과의 연계마저 끊기고 말았다. 이렇게 되자 그는 행여 당 조직과의 연계를 다시 맺을 수 있을까 하여 원산, 홍남, 함경북도의 영안 등지로 전전하면서 몇 년을 두고 조직을 찾아다녔으나 끝내 찾지 못하고 하는 수 없이 1934년 4월에 장재촌으로 돌아왔다. 집에 돌아온 그는 한 때 농사일을 돕다가 1934년 4월부터는 선후로 당지에 있는 신동소학교와 명동소학교에서 교편을 잡는 한편 틈을 타 문학수양과 창작에 전념하였다.

김창걸은 1930년 이래로 세 번이나 일경에게 구속당하여 모진 고문을 받았으나 번마다 놈들에게 그 어떤 순응의 자세도 취하지 않았다. 첫 번째는 조직과의 연계를 짓기 위하여 서울에 가 헤맬 때 일경에게 잡혀 50여 일이나 유치장에 갇혀있으면서 ≪너 조선에 무슨 사명을 띠고 나왔는가≫하고 심문을 받았고 다른 한번은 1934년 3월 장기간의 방랑 끝에 집에 돌아온 그 해 여름에 당지 경찰서에 불려가서 고문을 받으며 ≪조선 가서 그사이 무얼했는가≫를 추궁 당하였다. 그리고 또 한번은 1935년 가을 그는 신동소학교에서 교편을 잡고 있을 때였는데 하루는 산사람(유격대)들이 내려왔다 간 사건이 발생한 뒤로 터무니없이 놈들에게 끌려가 ≪유격대에 무슨 연락이 있는가. 무슨 심부름을 했는가≫고 모진 조짐을 당하면서 취조를 받았다.

그는 장기간 많은 곡절을 겪으면서 생활을 이어나갔으나 오매에도 잊지 않은 것은 조직을 찾는 일이었다. 하여 그는 한 때는 목단강 북만무역회사로, 그 다음은 30년대 초에 활동하던 지구였던 교하현의 대동농림사, 백금상회 등에 가서 일하면서 줄곧 살폈으나 소망을 기할 수 없었다. 그러면서 그는 이 시기에 심혈을 몰부어 소설창작(1943년 붓을 꺾기까지)에 힘써 일제가 우리 민족에게 끼친 죄악과 암흑한 현실을 신랄히 고발하고 반동통치하에서의 우리 겨레의 수난을 화폭화한 역작들을 적지 않게 내놓았다. 그의 이런 작품들은 우리 겨레에게 민족적 긍지감과 승리의 신념을 북돋워 주었고 반일투쟁의 승리의 신심을 고무하였으며 또한 이시기 조선민족 문단에서 소설창작의 공백을 벌충하는 중요한 기여를 하였다.

문학가 김창걸은 광복후에도 초지를 굽히지 않고 진리를 견지하면서 민족의 문화교육사업에 자기를 다 바치었다.

해방을 교하에서 맞이한 김창걸은 인츰 명월구에 옮겨 얼마간 머물러있었다. 그후 다시 부모들이 있는 장재촌으로 나와 한때는 농사도 하고 사무원 노릇도 하였다. 그러다가 1948년 봄 용정 인민학원의 초청에 의하여 어문과 교수를 맡았으며 1년 후인 1949년 4월에는 동북조선인민대학(지금의 연변대학전신)에 초빙되었다. 그는 이 때로부터 조선언어문학부를 창건하고 발전시키는데 자기의 온갖 심혈을 몰부었다. 그는 그렇게 하고싶은 문학창작을 과외로 미루고 교수에 진력하였다. 그는 조문강좌장의 중임을 맡고 선후로 《현대조선어》, 《조선문학사》 등 5개 과목을 개척하여 강수하였다. 동료들이 그에게 작품을 왜 자주 쓰지 않느냐고 물으면 그는 《부교수와 문학창작을 바꾸었어.》하고 말하는 것이었다. 그는 교수사업으로 그렇게 번망히 보내면서 또한 선후로 연변문예연구회 문학부장, 문연부 주임, 중국 작가협회 연변분회 이사 등 직을 맡아나셨으며 과외시간에 소설 《새로운 마음》, 《행복을 아는 사람들》, 희곡 《아버지와 아들》 등 10여 편의 작품을 창작하였고 또한 초명의 장편소설 《기관차》, 파인의 《문학논고(상책)》(공역), 정이의 《중국현대문학사》(공역, 당시 사회적 원인으로 하여 출판되지 못함)를 번역하였으며 또한 당시 조문학부 학생들이 꾸리는 문예지 《개간≫(후에 ≪학생창작≫으로 개제)의 출판을 지도하였다.

이렇게 겨레의 사업에 충성하였던 김창걸은 건국초창기부터 주야불문 조선민족의 문화교육의 창달을 위하여 심혈을 몰부었으나 소위 지난날 조직을 ≪소극탈리≫하였다는 문제 아닌 문제로 하여 줄곧 중용되지 못하고 그렇게 갈구하던 입당문제도 해결할 수 없었다. 거기에다 1957년에 이르러 조선어의 순결성을 기하자는 발언을 한 것이 주요죄목이 되어 1959년에 이르러는 지방민족주의 혐의분자로 몰려 비판받고 시달림을 겪었으며 교수와 창작의 권리마저 거의 박탈당하다 싶이 하였다. ≪문화대혁명≫의 동란기에는 더 말할나위도 없이 ≪반동작가≫, ≪잡귀신≫으로 치부되어 투쟁을 당하면서 참담하게 생활을 영위하였다. 그러면서도 그는 자기의 문필활동을 견지하였는데 ≪문화대혁명≫ 시기에만도 ≪어문기초지식≫(공저), ≪조선어속담사전≫(공저), ≪한조사전≫(공저) 편찬에 힘썼고 ≪홍루몽≫(공역), ≪시경≫ 등을 번역하였으며 단편소설 ≪등기우편≫(유고) 등을 창작하였다. 새로운 시기에 진입하여 그는 비록 이미 고령에 이르렀지만 다시 붓을 들어 해방 전에 쓴 자기의 단편소설들을 다시 발굴, 정리하여 ≪김창걸 단편소설선집(해방전편)≫을 펴내는 문학적 업적을 이룩하였고 이밖에도 단편소설 ≪기다려지는 마음≫, 시조 ≪<4인방> 죄악이 차고 넘치다≫ 등을 발표하였다.

상술한 바와 같이 문학가 김창걸은 모진 가난과 수난 속에서 초지일관하는 과정에는 실로 형용할 수도 없는 어려움과 심리적 고통에 모대기지 않을 수 없었다. 그의 친지들의 증언에 의하면 그에게는 광복을 전후하여 지정곡이다 싶이 부른 노래 두 수가 있었다. 해방 전에 늘 부른 것은 ≪아리랑≫이고 광복 후에 부른 것은 ≪진리의 길≫이다. 해방 전에 술이나 좀 거나해지면 구슬피 ≪아리랑≫을 부르며 민족의 한과 슬픔을 달래었고 해방 후 시종 혁명을 견지하여 마지않은 자기가 조직과 동지들에게 몰이해될 때 그는 ≪진리의 길, 혁명가의 길≫을 부르면서 자기를 다지었다 한다.

오늘 우리 민족의 저명한 문학가 김창걸 탄신 85주년을 맞이하면서

그의 지난날의 비범한 행적을 더듬으며 그에 대한 경모의 정을 더욱
자아내게 된다.

2. 작품

작가 김창걸은 어릴적부터 문학을 몹시 즐겼는데 그가 초보적으로나
마 문학적 재질을 발로시키기는 일찍 용정 은진중학교에 다닐 때부터
이다. 이때 그는 작문 잘 짓는 학생으로 전교에서 소문이 났고 그로
하여 은진중학교 벽신문의 편집위원으로 선발되어 활약하였다. 그리고
그가 중학교 3학년 때 겨울 방학 숙제 작문으로 ≪겨울철≫이란 산문
시를 써내어 어문선생의 찬탄을 자아냈다.

그렇게도 공부하려 애쓰고 문학을 즐기던 김창걸은 더는 학비를 댈
길이 없어서 학교를 1928년 9월에 중퇴한 후 연이어 정치활동과 방랑
의 길에서 산전수전 다 겪으며 지내다보니 문학창작에 시간을 돌릴 겨
를이 없었다. 그러나 이 시기에 그는 그렇게 어렵게 지내면서도 여러
모로 문학서적을 구하여 읽으면서 언어와 문필의 연마에 힘썼다. 그에
게 영향을 준 작가들은 아주 많지만 그가 보다 숭상한 작가는 조선의
저명한 작가 최서해와 조명희 등이었다. 최서해의 ≪탈출기≫, 조명희
의 ≪낙동강≫ 등은 젊은 김창걸을 자석처럼 흡인하였는데 그는 그 중
에서도 최서해의 작품들을 더욱 즐겨 읽었다. 아마 최서해의 작품세계
와 김창걸 자신의 가정처경 또는 수난의 경력 등의 상사함에서 그는
그렇게 따랐을런지도 모른다.

작가 김창걸이 보다 많은 시간을 짜내어 조선어의 수련과 문학실천
에 알힘을 기울이기는 1934년 3월 도처로 방랑하다가 집으로 돌아온
후이며 더욱이는 선후로 신동소학교와 명동소학교에서 교편을 잡게 되
어 좀 온정한 생활환경이 주어졌을 때부터이다.

작가 김창걸의 첫 작품은 그가 1936년에 내놓은 단편소설 ≪무빈골
전설≫이다. 일제에 쫓겨 살 곳을 찾아 간도로 이주한 개척초기 토착

지주들의 압박을 받고 수탈을 당하는 이주민들의 참상과 그에 대한 반항을 소설화한 이 처녀작은 당시 지상에 먼저 발표하기 전에 앞서 명동일대에서 꾸린 여러 농촌야학교에서 어문교재로 쓰였다. 이 사실은 당시 야학교에서 김창걸의 가르침을 받은 제자들인 지운룡 등 여러 학생이 증언하고 있다.

작가 김창걸은 그 때로부터 륙속 수십 편의 단편소설과 시, 수필 등을 지상에 발표하였다. 그러나 그의 많은 작품은 지난날의 모진 세파 속에서 산일되다보니 지금에 와서는 작품명마저 남기지 못한 것도 있다.

아래에 지금에 이르기까지 필자가 장악한 자료에 근거하여 장르별로 그의 작품발표 상황을 집약하여 본다.

쟝 르	총수	작 품 수	현 존 고	산 실 고
단편소설	39편	해방전 31편 해방후 8편	해방전 19편 해방후 8편	해방전 13편
시 (시조)	14편	해방전 8편 해방후 6편	해방전 5편 해방후 6편	해방전 3편
희 곡	1편	해방전 / 해방후 1편	해방전 / 해방후 1편	
수 필	5편	해방전 4편 해방후 1편	해방전 4편 해방후 1편	
평 론	3편	해방전 2편 해방후 1편	해방전 2편 해방후 1편	
총 작품수	62편	해방전 45편 해방후 17편	해방후 29편 해방후 17편	해방전 16편 해방후 /

상기한 바에서 보다 싶이 작가 김창걸은 줄곧 단편소설 창작에 치중하였으며 또한 김창걸의 소설창작에서 거둔 주요성과도 해방전 단편소설 창작에 있다.

지금까지 알려진 해방전에 창작된 작가의 단편소설 31편중에서 현존한 작품으로는 ≪무빈골 전설≫(1936), ≪수난의 한토막≫(1937), ≪두 번째 고향≫(1938), ≪스트라이크≫(1938), ≪그들이 가는 길≫(1938), ≪부흥회≫(1939), ≪암야≫(1939), ≪낙제≫(1940), ≪세정≫(1940), ≪범의 굴≫(1941), ≪밀수≫(1941), ≪강교장≫(1942), ≪개아들≫(1943), ≪청공≫(1940), ≪거울≫(1940), ≪소고기≫(1940), ≪마리아≫(1940), ≪천사와 요술≫(1940), ≪피의 교재≫(1940) 등 19편이 있다. 그리고 이 밖의 12편중에는 이미 발표하였으나 지금까지 찾아내지 못한 작품으로 ≪건설보≫(1939), ≪배춘초≫(?), ≪쪼각구름≫, ≪남창(南窓)≫(?), ≪점순이≫(?) 등 5편이 있고 이 밖의 단편소설 ≪대지에 와서≫(1939), ≪학교를 세우고≫(1938), ≪죽어가는 사람들≫(?), ≪봄을 등진 사람들≫(?), ≪그의 끝장≫(일명 ≪환멸≫?), ≪산중기≫(일명 ≪산중기록≫?), ≪보리밭≫(일명 ≪맥전부≫?) 등 7편은 발표도 하지 못한 채 산일되고 말았다.

그리고 지금 남아있는 단편소설 19편중에서 해방 전에 발표한 대로 현존한 작품은 단편소설 ≪암야≫, ≪청공≫, ≪거울≫, ≪소고기≫, ≪마리아≫, ≪낙제≫(1982년에 작자에 의해 발굴된 ≪낙제≫ 외의 것), ≪천사와 요술≫ 등 7편이 있고 이 밖의 12편은 1979년부터 작가가 자신이 간직한 노트에 적어 두었던 작품 줄거리에 의거하여 ≪회상으로 그 스토리를 되살려 정리≫한 것이다. 또한 이 12편 중 해방 전 당시에 발표한 작품은 ≪낙제≫, ≪부흥회≫, ≪세정≫ 등 3편이 있을 뿐이고 그 외의 9편은 당시 ≪너무 과격하게 썼기에 발표될 가능성이 없≫어서 발표하지 못하고 두었던 작품(일부 퇴고도 있음)들이다. 하기에 이 9편은 작가에 의해 새로 발굴된 작품들이다. 이런 작품 중에서 문제시되는 것이라면 그가 말한 바와 같이 (≪김창걸단편소설선집(해방전편)≫중의 ≪작품집을 내면서≫ 참조) 정리할 때 비록 ≪춘향에게 굽 높은 구두를 신기거나 원피스를 입힐 수도 없거니와 부녀회 주임으로 묘사할 수는 없기에≫ 옛 모습대로 정리하느라 애썼으나 간혹 작중에는 ≪현재의 것이 섞여 들어와 어색하게 된 것이≫ 있는 점이다.

앞에서 이미 논급하다 싶이 그의 단편소설 ≪낙제≫, ≪부흥회≫,

≪세정≫ 등은 1940년 좌우시기에 발표한 것인데 작가가 ≪작품집≫을 출판할 당시 본래의 작품을 찾을 수 없어서 노트에 적어두었던 줄거리에 의거하여 재정리를 거친 것이다. 그런데 1989년에 일부분 ≪만선일보≫가 한국에서 나짐에 따라 1940년 5월 ≪만선일보≫에 게재되었던 단편소설 ≪낙제≫가 나타나게 되었는데 이에 따르면 나중에 작자가 재정리한 ≪낙제≫와는 일정한 상이점이 있다. 즉 두 작품의 줄거리는 대체로 비슷하나 등장인물이 다르고 작품의 주제의 치중점이 같지 않다. 이를테면 원작 ≪낙제≫에서는 물물로 용원을 바꾸어내는 일제치하의 부패상을 폭로하고 있을 뿐이나 재정리를 거친 ≪낙제≫에서는 일제의 민족기시 정책과 물물로 용원을 사는 비리를 고발함과 동시에 그 비리 앞에서 민족의 지조를 지켜 나선 어엿한 성격의 소유자를 부각하고 있다.

원작 ≪낙제≫가 발표된 지 40년이 지난 1980년에 와서 적어두었던 스토리에 의거하여 원래의 것대로 회복시킨다는 것은 거의 불가능한 일이다. 그리고 이렇게 40년이 지난 오늘 이미 발표하였던 ≪낙제≫를 다시 찾을 길이 없어서 회상으로 재정리하여 내놓은 경우도 또한 수난에 허덕였던 우리 조선민족과 같은 피압박민족들에게서 만이 볼 수 있는 특이한 문학현상이다. 이에 우리들은 지난날의 역사, 문화적 환경과 당시의 작가의 실제로부터 출발하여 심입연구함으로써 그 진상을 밝혀야 한다.

당시 일제말기의 파쑈적 문화환경하에서는 오늘 재정리하여 낸 ≪낙제≫와 같은 그런 주제내용을 담은 작품을 발표한다는 것은 전적으로 불가능한 일이다. 하여 필자는 그런 역경적인 문화적 환경하에서 원래의 구상을 포기하고 작가는 당시 발표할 가능성을 감안하여 두루 고쳐 발표한 것이 해방 전 작품 ≪낙제≫가 아닌가 하고도 생각해 본다.

목전 재정리하여 내놓은 작품들을 에워싸고 이런저런 부동한 견해들이 제기되고 있는데 이는 아주 정상적인 현상이다. 앞으로 우리들은 이런 복잡한 문화현상에 대하여 심입된 연구를 다그쳐 보다 적중하게 그 진상을 밝히기에 힘 다하여야 할 것이다.

그리고 작가 김창걸의 해방전 작품 중 발굴되지 못한 작품이 아직 적지 않다. 작가의 서술에 따르면 ≪1939년 당시의 M일보의 신춘문예에 입선되어 그 뒤 계속하여 수십 편을 썼다≫고 하였는데 지금까지 M일보에 발표한 소설, 수필, 시 등 전부를 다 포괄하여 수집된 것은 이십여 편에 지나지 않는다. 이로 보아 그의 일부 작품은 아직 발굴될 여지와 가능성이 있는 바 보다 널리 그의 작품 수집사업을 벌리고 그의 작품에 대한 연구를 활성화하여야 할 것이다.

3. 작가와 작품에 대한 연구

작가 김창걸의 해방전 소설창작에 정진한 문학적 행적은 일찍 50년대 초기에 널리 알려졌었다. 그리하여 작가 김창걸은 일찍 1950년 초에 창립된 연변문예연구회의 문학부장으로 추대되어 우리 문학창작의 지도사업에 참가하였다. 그러나 그의 해방전 단편소설 창작에서 거둔 문학성과들을 거론하고 그에 대한 본격적인 연구를 진행하기는 1958년 이후부터이다. 당시 작가 김창걸의 해방전 단편소설의 연구에 착수하게 된 것은 이 시기에 있어서의 중국 조선민족 문학개황의 편찬사업의 진전과 직접적으로 연관되고 있다.

1958년 중앙에서는 중국문학사 편찬에 있어서의 편면성과 소수민족에 대한 불평등 현상을 극복하고 보다 완전한 중화민족의 문학사(소수민족의 문학성과를 충분히 반영한)를 편찬하기 위하여 ≪전국소수민족문학사(개황) 편찬좌담회≫를 열고 각 소수민족의 문학사(또는 ≪개황≫)를 쓰도록 촉구하였다. 그 후 유관부문에서는 상기 ≪좌담회≫의 정신에 좇아 중국 조선민족 문학개황(문학사에 앞서 ≪개황≫을 쓰기로 결정)의 편찬을 연변대학 조문학부에 위탁하였다. 이에 조문학부에서는 기타 문예단체의 문학연구인원들과 배합하여 ≪중국 조선민족 문학개황 편찬조≫를 구성하고 자료수집과 더불어 연구에 달라붙었다. 당시 조문학부 고년급 학생들로 무어진 조선민족 문학자료수집 연구소에서는 김창걸 해방전 소설작품을 포함한 많은 문학자료를 수집함으로써 해방전 조선민족 문학연구에 이바지하였다. 당시 작가 김창걸 본인도 《중국조선민족 문학개황》 편찬조의 요구에 응해 자기가 줄곧 고이 보관하고 있던 해방전 작품을 모아놓은 스크랩을 내놓았다.

중국 조선민족의 해방전 문학에 대한 연구에서 우선적으로 중시를 돌리게 된 것은 김창걸의 역작인 단편소설 《암야》, 《건설보》, 《청공》 등이었다. 이 때 중국 조선민족 문학연구인원들은 모두 해방전 단편소설 창작분야에서 거둔 김창걸의 업적을 긍정하고 《중국조선민족 문학개황》에 그를 주요작가로 다루며 그의 단편소설 창작성과를 보다 높은 위치에 올려놓고 서술하기로 의견을 모았다. 그러나 당시 문예계 《좌》적 노선의 교란으로 하여 작가 김창걸과 그의 작품에 대한 중국조선민족 문학개황 편찬조 성원들의 정확한 주견들이 무시되고 말았다. 하여 작가 김창걸의 단편소설 창작에서 거둔 성과를 전반적으로 충분히 긍정, 평가하지 못하고 다만 단편소설 《암야》만을 해방전 문학에서의 주요작품으로 다루었을 뿐이다.

그 후 《문화대혁명》의 동란기에 《중국 조선민족 문학개황 편찬조》는 더 말할 나위도 없이 반동문예노선의 산물로 치부되고 작가 김창걸 본인도 《반동작가》, 《잡귀신》으로 몰리었다. 그리고 알심들여 모아놓았던 귀중한 문학자료들 이를테면 김창걸 해방전 작품을 집성하여 놓은 스크랩 등도 다 산실되었다. 이런 귀중한 문학자료의 산일은 중국조선민족 문학발전 역사를 연구하고 보귀한 문학적 업적을 계승발양함에 있어서 실로 미봉할 수 없는 중대한 손실로 된다. 여북하였으면 작가 김창걸은 자기의 작품집을 내면서 《그 스크랩을 가진 분이 지금이라도 돌려준다면 보관한 공로를 지극히 사례한다》고 하였겠는가!

그 후 김창걸과 그의 해방전 단편소설에 대한 연구를 다시 시작한 것은 1979년 운남에서 제2차로 되는 《중국 소수민족문학사(개황) 편찬좌담회》가 열려 전도되었던 시비를 바로잡고 지난날의 《중국 소수민족 문학사(개황)》 편찬사업을 재긍정한 이후부터이다. 회의 후 우리 연변에서도 《중국조선민족 문학개황》 편찬조가 재구성되고 중국조선민족 문학의 지난날 성과들을 다시 심입하여 연구하기 시작하였다. 그 과정에서 《중국 조선민족 문학사(개황)》의 연구진에서는 작가 김창걸을 해방전 소설문학의 대표적 작가의 하나로, 《암야》 등 해방전 소설창작에서 거둔 성과들을 중국 조선민족 문학에서 거둔 업적의 일부분으로 한결같이 긍정하였다.

작가 김창걸과 그의 작품에 대한 연구를 보다 깊이 있게 전개하기는 1979년 새로운 시기에로 진입할 때부터이다. 이 시기에 문학계의 요구에 부응하여 작가 김창걸은 많은 어려움을 겪으면서 자기의 작품집 《김창걸 단편소설선집(해방전 편)》을 펴냈는데 이는 해방전 조선민족의 소설문학을 연구함에 있어서 자못 중요한 의의가 있다. 그리고 이 시기에 김창걸의 소설문학을 논한 현용순의 《김창걸과 그의 단편소설(암야)》, 이정문의 《김창걸의 해방전 소설》 등을 실은 《문학논문집》 등도 민족출판사에서 출판되었다.

그 후 작가 김창걸에 대한 연구가 심입되고 그의 문학적 업적에 대한 공동한 인식이 있게 되자 1986년 5월에는 연변대학 조문학부의 발기하에 중국작가협회 연변분회 등 9개 문화단체에서 공동으로 《김창걸 문학활동 50주년 기념대회》를 성황리에 개최하였다. 이 기념 모임에서는 작가 김창걸을 조선민족의 저명한 소설가와 문학교육가로, 조선민족 향토문학의 개척자로 추대하였으며 그의 해방전 소설문학의 성과를 높이 평가하였다. 이 기념대회가 있은 후 《연변문예》(지금의 《천지》), 《문학과 예술》, 《연변일보》…에서는 《우리의 향토문학의 개척자》(권철), 《조문학부의 터전을 닦은 교육가 김창걸》(서일권) 등 여러 편을 게재하였다.

1980년대 후반기 중국에서의 진일보의 개혁, 개방과 특히는 한국과의 수교가 이루어짐에 따라 학자들간에 연계가 맺어지고 문학자료와 연구성과들이 교류되었는데 이에 따라 작가 김창걸과 그의 소설문학의 연구도 보다 큰 진전을 가져왔다. 이를테면 이곳에서 출판된 《김창걸 단편소설선집(해방전편)》과 문학지가 한국에 나가고 한국에서 발굴된

≪만선일보≫(부분) 등이 중국에 들어오게 된데서 그의 작품발굴과 연구는 진일보의 진척을 보게 된다. 이를테면 중국에서 출판된 ≪중국조선민족 문학연구≫와 ≪중국조선민족 문학사≫ 그리고 한국에서 출판된 채훈 교수의 ≪재만한국문학연구≫, 오양호 교수의 ≪한국문학과 간도≫, 이명재 교수의 ≪일제 식민치하 한국문학연구≫, 소재영 교수 등의 ≪연변지역 조선민족 문학연구≫ 그리고 ≪전망≫지 등에 작가 김창걸과 그의 작품을 다룬 무게 있는 논술들을 싣고 있는 것이 그 예로 된다. 또한 이에서 특기할 것은 한국 국민대학 국문과 교수이며 한국 펜그룹 회장인 장백일의 연구활동이다. 그는 1991년에 불원천리하고 연변에 와 중국 조선민족의 문학자료와 더불어 김창걸 등 작가들의 작품을 조사, 수집, 연구하였다. 그는 작가 김창걸 단편소설에 대한 연구를 자기가 근간에 출판한 70여만 자에 달하는 거편 ≪한국리얼리즘문학론≫에 싣고 있는데 이에서는 작가 김창걸을 암흑기 조선문학사의 맥을 잇는 ≪일제통치하 재만문학의 대표작가≫로 높이 평가하고 있다.

이번 연변대학 조문학부와 중국작가협회 연변분회 등 6개 문화단체의 공동주최하에 열린 ≪김창걸 탄신 85주년 기념학술토론회≫는 작가 김창걸과 그의 작품에 대한 근래의 연구성과를 전시하고 그를 기리며 그의 정신과 문학적 업적에 대한 심입된 연구를 촉구하는 모임이다. 이제 기념학술토론회에서 발표될 국내외 학자들의 수 편의 논문들에서의 김창걸 문학에 대한 더욱 새롭고 무게 있는 연구성과가 기대된다.

12. 동북 항일 유격구(유격대)와 관내에서 창조된 문학

항일 무장투쟁 시기에 동북지구 항일 유격근거지와 항일 유격대에서 널리 창작, 보급되었던 항일 가요는 당시 가열처절하였던 역사적 현실을 구가하고 광범한 군인을 거족적인 항쟁과 승리에로 부름에 있어서 중대한 기여를 하였다.

이 시기 사상고동적 무기로서의 역할을 훌륭하게 수행한 항일 가요는 그 대부분이 전문적으로 창작에 나선 작가, 예술가들에 의해 창작된 것이 아니라 항일 전쟁의 가열한 불길 속에서 손에 무장을 들고 싸우던 혁명투사들의 집단적인 힘과 역술적 재능에 의해 창작되고 다듬어졌다. 이런 항일 가요는 선행한 가사 형태의 시가와 창가, 민요의 전통과 선행시기 조선민족 악곡의 곡조를 계승하면서 시대와 현실의 요구를 좇아 새롭게 창조한 것으로서 조선민족 시가발전사에서 한낱 중요한 의의를 가지고 있다.

철저한 민족 해방의 사상과 강렬한 저항정신을 그 기초로 한 이 시기의 항일 가요는 변화다단한 항일 투쟁의 수요에 자기의 초점을 맞추고 여러 모로 시대정신을 격조높이 구가하였다. 따라서 이 시기의 항일 가요들은 비록 하나의 항일적 정서로 통일되고 있지만 그 소재와 주제는 자못 다양하고도 심각하다.

이 시기 항일 가요에서 우선 우리의 이목을 끄는 것은 일제의 무단적인 침략죄행을 폭로 단죄하고 망국노로 전락된 민족의 비참한 운명을 통탄하며 반제투쟁과 민족해방의 사상을 선양한 가요들이다.

> 1931년 9월 18일
> 일제놈이 만주를 강점하였다
> 대포와 비행기며 기관총으로
> 넓은 만주 피바다로 물들이였다
>
> 압박착취 강탈을 당하다 못해
> 일어나는 3천만의 반일의 고함
> 만주벌판 몇천리를 진동하면서
> 거족적인 반일전쟁 막은 열렸다
>
> …
> 일어나라 3천만의 노력대중아
> 우리 앞에 무서운 것 그 무엇이랴
> 굳고 굳은 반일전선 힘있게 맺어
> 자유정권 건립하려 힘껏 싸우자
>   - ≪9·18 사변가≫에서
>
> 일제놈들의 말발굽소리 더욱 요란타
> 만주벌과 넓은 천지 횡행하면서
> 살인방화 착취약탈 도살의 만행
> 수천만의 우리 대중 유린하도다
>
> 나의 부모 너의 동생 그대의 처자
> 놈들의 총창 끝에 피흘렸고나
> 나의 집과 너의 집, 놈들의 손에

재더미와 황무지로 변하였고나

...

일어나라 단결하라 노력대중아
굳은 결심 변치 말고 살길을 찾아
붉은 기 아래 백색공포 뒤엎어 놓고
승리의 개가높이 만세 부르자
                    - ≪반일가≫에서

1932년 4월 6일에
대감자의 반일전쟁 개막되었다

...

대두천의 불길은 하늘에 닿고
덕원리의 농촌은 재터뿐이다

무죄양민 주검은 들에 널리고
왕청벌엔 인적이 고요하구나

동북땅에 살고있는 중한대중아
일치단결 일어나서 싸워나가자
                    - ≪인간의 처지≫에서[1]

　이런 가요들은 시종 일제에 대한 끝없는 증오심과 적개심, 제국주의
와의 비타협적인 투쟁정신으로 일관되어 있으며 어떤 역경 속에서도
드팀 없이 높은 민족적 각성과 투쟁의식을 가지고 일제를 반대하여 단
호히 투쟁하며 그 투쟁 속에서 혁명의 승리를 이룩하리라는 굳은 결의
를 보여주고 있다.

---

1) 일명 ≪반토벌가≫라고도 함.

다음으로 이 시기의 항일 가요 중에는 항일 무장투쟁에로 전민을 동원하기 위하여 노농연맹을 기본적 토대로 하여 이루어진 각 계층 인민의 항일 민족통일전선을 노래하고 이런 통일전선 결성의 긴박성과 그의의를 선양한 노래들이 퍽 중요한 자리를 차지하고 있다. 이 때 1930년 ≪붉은 5월 투쟁≫시에 널리 애창된 ≪총동원가≫ 등과 같은 가요들이 널리 불리웠다.

> 병사는 칼 빼들라 선봉전에서
> 노소도 소원대로 총동원하라
> 원쑤들을 처없애는 최후결전에
> 한마음 한소리로 모여들어라
> — ≪통일전선가≫에서

> 만주의 벌판에 불이 붙는다
> 만주의 뫼봉우리에 불이 붙는다
> 시뻘건 화염이 치솟는 그속에서
> 반일하는 대중의 함성이 인다
> 나가라 싸우라 항일의 병민들
> 모두다 전선에 나가 싸우라
> — ≪총동원가≫에서

이런 가요들에서는 일제를 반대하는 전제적 조건하에서 계급, 계층, 성별, 신앙을 가리지 않고 전 민족적인 통일전선을 결성하려는 전체민중의 의지를 아주 선명하게 표명하고 있으며 한결같이 혁명의 새 시대가 도래하였음을 알리는 열정적인 기백과 반제투쟁에 궐기할데 대한 강렬한 호소가 일관되어 있다. 또한 이런 주제에 바쳐진 노래들 예를 들면 ≪민족해방가≫, ≪노동자가≫, ≪농민혁명가≫, ≪혁명곡≫, ≪여자투사가≫, ≪소년투사의 노래≫들에서는 노동자, 여성, 청년, 학생, 소년 등 부동한 계층의 구체적인 대상과 각이한 요구에 비추어 항일

통일 전선의 사상을 선전하고 있는 것이 특징적이다. 그리고 이런 노래들에서는 협애한 민족주의의 울타리에서 벗어나 각 민족간의, 더욱이는 조한민족 간의 단합과 투쟁에서의 통일성을 강조하면서 ≪일어나라 압박받는 조중 민족아≫, <반일전에 뭉쳐나서라>고 호소하고 있다.

이런 항일민족 통일전선의 전략적인 사상에 대한 구가는 선행시기 가요들에서 볼 수 없었던 것으로서 그만큼 참신한 사상내용을 이 시기 가요에 부여하였던 바 이는 자못 중요한 의의가 있다.

이 시기에 창작된 항일 가요들 중에는 또한 민족과 계급의 해방을 위하여 몸바쳐 굴함 없이 싸운 항일 투사들의 숭고한 사상과 고결한 품성을 구가한 노래들이 많은 비중을 차지하고 있다. 이런 노래들에서는 표연탄우로 휩싸였던 생사적 투쟁마당에서 앞으로 전진하면서 오로지 민족과 계급의 해방을 위하여 투쟁과 승리의 낭만 속에서 삶의 진가를 찾는 서정적 주인공 – 항일투사들의 숭고한 정신세계를 진실하게 형상화하고 있다. 항일가요 ≪혁명군의 노래≫, ≪혁명군인 되련다≫, ≪혁명의 길≫, ≪끓는 피는 더 끓어≫, ≪연길감옥가≫, ≪추도가≫가 그 대표적인 작품들이다.

> 우리 가슴에 붙는 불로 낡은 사회 태우고
> 팔다리에 흘린 피로 새 역사를 써놓자
> [후렴]결사전을 하려고 오늘 우리 일어나
> 　　　몸과 마음 단련하여 혁명군인 되련다
>
> 장엄하게 동터오는 새 세상의 붉은 빛
> 원쑤들은 넋을 잃고 가을 풀잎 되리라
> [후렴]
> 　　　　　　　– ≪혁명군인 되련다≫에서

이런 가요에서는 항일 무장투쟁의 정당성을 깊이 자각하고 주동적으로 투쟁마당에 떨쳐나선 혁명군들의 드높은 긍지감과 굳은 결의를 읽

게 된다

　　　　남북만주 설한풍 휩쓰는 산중에
　　　　결심 품고 떠다니는 우리 혁명군
　　　　천신만고 모두다 달게 여기며
　　　　피와 땀을 흘린 자 그 얼마더냐

　　　　몽골사막 지동치듯 거세찬 바람
　　　　사정없이 살점을 떼어갈 때에
　　　　산림속에 눈 깔고 누워 잘 때면
　　　　끓는 피는 더욱더 뜨거워진다

　　　　지친 다리 끌고서 보보행진코
　　　　주린 배를 졸라매고 힘을 돋군다
　　　　무정하다 세월은 흘러가는데
　　　　목적하는 혁명사업 언제 이룰가
　　　　　　　　- ≪혁명군의 노래≫

　보다시피 이 가요는 원수와의 피어린 투쟁과정을 시적 정황으로 설
정하고서 항일 무장투쟁의 어렵고 중첩되는 난관과 준엄한 시련 속에
서도 조금도 낙망하거나 굴하지 않고 오히려 혁명적 신념을 굳게 다지
며 낙관적으로 살며 싸워가는 항일 유격대원들의 불굴의 투지와 영웅
적 투쟁모습을 형상적으로 감명 깊게 구가하였다. 이런 노래에서 투쟁
의 간고성, 감정체험의 격렬성, 절박성을 강하게 울려주기 위한 감정조
직과 언어표현, 운율조직을 깐지게 짜고 든 것은 이 노래의 높은 사상
예술성을 담보하는데 효과적으로 이바지하였다.
　이 시기에 또한 항일 전쟁의 가열한 전투에서 원수들의 철창 속에서
와 단두대에서 굴함 없이 싸워 민족적 정기를 떳떳이 떨친 항일 투사들
의 숭고한 형상을 통하여 그들이 지닌 강의한 혁명정신과 백절불굴의

투지를 노래한 작품들도 많이 창작되었다. 항일 가요 《연길감옥가》,
《추도가》, 《유격대추도가》 등이 바로 그 대표적 작품으로 된다.

바람세찬 남북만주 광막한 들에
붉은 기에 폭탄 차고 싸우던 몸이
연길감옥 갇힌 뒤에 몸은 여웨도
혁명으로 끓는 피야 어찌 식으랴

...

너희는 짐승같은 강도놈이다
우리는 평화사회 찾는 혁명군
정의의 총칼은 용서없나니
정당히 판결하라 죄인이 누구냐를

팔다리에 족쇄 차고 자유 잃은 몸
너희놈들 호령에 굴복할소냐
오늘 비록 놈들에게 유린당하나
다음날엔 우리들이 사회의 주인

일제놈과 주구들아 안심말어라
너희 세력 강하다고 뽐내지 말라
70만리 넓은 들에 적기(赤旗) 날리고
열린다 감옥문 자유세계로!
– 《연길감옥가》 중에서

이는 <연길감옥가>에서 발췌한 몇 대목이다. 이 가요에서 보는 바
와 같이 원수들의 악독한 고문과 박해는 투사의 몸을 여지없이 짓밟고
피투성이로 만들었으며 투사는 육체적 고통 속에서 죽음의 순간이 다
가왔음을 느낀다. 그러나 투사는 좀치도 비관하지 않을 뿐더러 도리여
자호한다. 그의 온 넋을 지배한 것은 겨레 앞에 이 몸을 바쳐 싸우리

라 다진 맹세였다. 하여 그는 비록 육체적 생명은 이지러져도 자기의 정치적 생명을 지킴으로써 자기의 민족적 절개를 절대로 굽히지 않으리라는 불타는 투지와 신념에 가득 차있다. 가요에서 서정적 주인공 - 투사의 이러한 혁명적 신념과 강의한 의지는 생명의 마지막 순간을 체험하는 그의 내면세계의 개방을 통하여 숭고한 높이에서 부각되고 있다. 따라서 서정적 주인공의 몸에서는 혁명사업에 대한 충성, 불굴의 투지, 원수에 대한 치솟는 분노와 적개심, 미래에 대한 낭만 등이 빛발치고 있는 것이다. 또한 항일 투사들의 숭고한 형상을 칭송한 부류의 가요들에는 일제와의 혈전에서 희생된 투사들의 장렬한 최후와 혁명정신의 불멸의 의의를 가송한 여러 편의 ≪추도가≫들이 망라되고 있는데 이런 가요들의 밑바닥에 흐르는 것은 몸은 비록 죽었으나 혁명정신은 살아있다는 굳은 신념이다. 이런 ≪추도가≫들은 비록 비장한 시적 정서를 강하게 보여주면서도 그 밑바닥에 전투적 열정과 혁명적 낭만을 안받침하면서 항일 투사들의 숭고한 정신세계를 깊이 있게 구가하고 있다.

이밖에도 당시 산생한 항일 가요군 가운데에는 10월 사회주의 혁명과 국제적 친선을 노래한 ≪10월 혁명의 노래≫, ≪메데가≫, ≪10진가≫와 같은 가요들이 많으면 또한 항일 투사들의 정서적 생활을 다감하게 보여준 ≪유희곡≫, ≪사랑의 축복≫ 등과 같은 작품도 많이 창작되었다.

30년대와 40년대 전반기 항일 무장투쟁의 장엄한 현실과 참된 혁명 투사들의 숭고한 정신을 노래한 혁명가요는 30년대 이전시기의 시가문학과 근본적으로 구별되는 사상예술적 특성을 가지고 있다.

이 시기의 항일 가요는 항일 무장투쟁 및 항일 민족통일전선과 인민 정권에 대한 사상을 정확하게 노래하였다. 이런 가요들은 당시 사회정치적 생활에 있어서 가장 기본적인 문제를 강렬한 정서적 흥분 속에서 적시적으로 노래하였다. 따라서 가요작품들은 인민대중들을 철저한 혁명의식과 계급의식으로 무장시키는 데 이바지하는 혁명적 내용으로 일관되었는 바 그 사상적 지향이 명백할 뿐 아니라 전투적인 기백, 선동성, 호소성이 강한 것이 특징이다.

이 시기의 항일 가요는 조선민족의 시가사에 있어서 처음으로 참다운 우리의 항일 유격대원들을 서정적 주인공으로 내세우고 그들의 숭고한 사상감정과 성격미를 노래하였다. 항일가요의 서정적 주인공들의 성격 속에는 혁명에 대한 끝없는 충실성, 혁명사업에 대한 긍지와 자부심, 불굴 불요의 혁명적 낙관주의, 필승의 신념이 깊이 있게 일반화되었다.

이 시기의 항일 가요는 혁명적 사실주의 창작방법에 입각하여 그 시대의 시대적 본질을 진실하게 반영하면서 혁명적 낭만성을 두드러지게 보여주었다. 혁명적 낭만성은 항일 가요의 높은 시정신을 특징짓는 중요한 징표의 하나이며 기본 특성이다. 항일 가요에 일관되어 있는 혁명적 낭만성은 그 시대의 거창한 현실과 그 창조자들인 항일 투사들의 사상미학적 이상을 자기의 바탕으로 하고 있다.

항일 가요는 풍부하고 심오한 내용을 인민군중이 누구나 다 이해할 수 있고 알기 쉬운 다양한 형식으로 일반화하고 있다. 이런 가요들은 죄다 절가로 되어있으며 대체로 후렴을 가지고 있다. 절가형식은 항일 가요의 사상내용을 심오하고 명백하고 조리 있게 표현하는데 이바지하고 있다.

항일 가요는 조선민족의 전통적 악곡 및 현대적 악곡과 결부된 시가형태로서 그의 시적 운율과 음악적인 성격이 매우 정제되어 가창성이 강한 것이 특징적이다. 따라서 항일 가요는 그 시기에 쉽게 가창될 수 있었으며 널리 보급될 수 있었다.

항일 가요의 시적 표현은 작품의 사상내용을 진실하게 묘사하고 묘사대상에 대한 표상의 선명성을 기하기에 진력하였다. 항일가요는 조선어의 특성에 따라 비유와 형용어, 상징법과 과장법, 감탄과 전도법, 대조법과 수사학적 질문법 등 다종다양한 수법들을 빌어 사상적 서적 감화력을 높이였다.

항일 가요에는 사상내용을 모호하게 하는 표현이나 까다로운 문구들이 없으며 모든 가요에서 조선말 어휘와 인민대중이 늘 쓰는 구두어를 기본으로 하고 있다. 항일 가요의 언어는 정서적으로 예리화된 평이성과 소박성, 정론성과 선명성이 강하다. 또한 항일 가요는 이런 언어를 바탕으로 하여 밝고 명랑하고 전투적인 시적 운율을 멋지게 살리고 있다.

이와 같이 이 시기의 항일 가요는 상술한 사상예술적 특성을 보여주면서도 또한 역사적 원인과 창작자들의 인식의 제한성으로 하여 일정한 미흡점들을 동반하고 있다. 이를테면 어떤 가요들은 정치성이 강하나 예술성이 결핍하며 어떤 가요들은 정치적 도해에 그쳐 개념화 도식화에로 흐르고 있다. 이는 당시 급격히 변화하는 무장 투쟁의 수요에 신속히 순응해야 할 환경 속에서 창작자들이 사상, 예술적 면에서 충분히 심사숙고하고 탁마가공할 시간적 여유를 가질 수 없었던 사정과도 관련되고 있다.

이런 미흡점들이 있음에도 불구하고 이 시기의 항일 가요는 항일 투쟁의 힘있는 사상적 무기로서의 역할을 성과적으로 수행하였으며 조선족 시가문학 발전을 힘있게 추동하였다.

항일 무장투쟁의 심입발전과 더불어 동북의 항일 유격구(대)들에서 유격대원들과 민중들에 의해서 대중적인 연극활동이 다양한 형태로 활발하게 전개되었다. 항일 유격근거지의 인민정권과 각 민중조직들은 여러 형태의 연예단체들을 무어가지고 부대와 민중들 속에서 연극공연 활동을 널리 전개하였다. 이 시기 유격대의 전투승리와 명절, 기념일을 계기로 진행한 여러 가지 연예공연과 유격근거지와 구국군, 반일 부대 속에서 진행한 순회공연, 학교들에서 진행한 연예공연은 그것을 말해 주고 있다.

이 시기에 공연한 대부분의 연극작품은 항일 투쟁에 직접 참가하였던 군민들에 의하여 엮어졌다. 극본 창작자들은 항일 가요의 창작자들과 마찬가지로 가열한 전투 뒤의 여가나 행군길, 그리고 무시로 옮겨지는 숙영지의 우등불가에서 상상과 연상의 나래를 펼쳐 작품을 구상하고 창조하였다. 이 뿐만 아니라 연예대의 과외배우들은 연극을 하다가는 원수들이 덮쳐들면 분장한 그대로 전투마당에 뛰어들어 싸웠으며 전투가 승리한 다음 다시 돌아와 연극을 계속하기도 하였다.

항일 유격 근거지에서 극작품들은 항일 무장투쟁에서 제기되는 문제들을 형상의 힘을 빌어 적시적으로 풀어주었고 항일 투쟁의 매 시기마다의 본질적 특성을 일반화하였으며 다양한 사회계층의 진행을 창조하였다. 이런 극작품들은 한결같이 첨예한 민족적, 계급적 모순을 극적 갈등으로 설정하였고 그 등장인물이 적고 사건선이 명료하고도 직선적이며 무대장치가 간소한 것이 특징적이다. 또한 그 형식에 있어서도 다양한 양상을 보여 주었는 바 정극이 있는가 하며 비극이 있으며 풍자극이 있는가 하면 경희극도 있었다. 그 편폭에 따라 보면 장막극과 단막극이 있는 것은 물론 촌극, 대화극이 있었으며 연기수단에 따라 보면 가극, 유희극, 무용극, 무언극이 있었다. 이런 작품들은 자기의 사상예술적 특성으로 하여 유격대와 인민들에게 큰 영향을 주었으며 그들을 일제를 반대하는 무장투쟁에로 궐기시켰다.

항일 무장투쟁시기, 특히는 1930년대 전반기에 극작품이 많이 창작공연 되었는데 당시 공연된 작품들로는 ≪굶주린 사람들의 탄식≫, ≪굿과 약≫, ≪홍수≫, ≪깨어진 죽사발≫, ≪유언을 받들고≫, ≪엿물벼락≫, ≪개싸움≫, ≪혼나간 오장≫, ≪춘보와 길남이≫, ≪10월의 결의≫, ≪용진≫, ≪고아의 기쁨≫, ≪아버지와 남편을 찾는 사람들≫, ≪한 고학생의 가정≫, ≪미련한 순사≫, ≪웃는 집에 복이 온다≫, ≪한길≫, ≪이 원쑤를 갚으리≫, ≪결의 형제≫ 등이 있다. 그 중에서도 장막극 ≪혈애지창≫, ≪싸우는 밀림≫, ≪4·6제≫, ≪유언을 받들고≫, ≪굿과 약≫이 당시 관중들의 넓은 공명대를 획득하였었다. 그런데 적지 않은 공연대본들이 험난하였던 그 투쟁 환경에서 산실되어 거개의 작품들의 내용은 물론 그 창작년대마저도 똑똑히 밝힐 수 없다. 하여 지금까지 전해지고 있는 극히 개별적인 작품과 일부분 극작품의 이야기 줄거리를 통하여 당시 극문학의 일모를 관찰하는 수밖에 없다.

단막극 ≪4·6제≫는 1931년 가을 기세 드높이 전개되었던 ≪추수≫ 투쟁을 배경으로 하고 있는데 그 내용 줄거리는 다음과 같다.

헐벗고 굶주림에 허덕이던 농민들은 보리라도 풋바심하여 한 때 배불리 먹어보자고 보리가을에 나선다. 그런데 이것을 안 악랄한 지주놈들은 보리밭에 덮쳐들어 베여 묶어 세운 보리를 단채로 앗아가려 날친다. 이때 일찍 공장에서 파업투쟁과 ≪5·30폭동≫에도 참가한 적 있는 노동자였던 농민협회 회장 강수가 나서서 ≪4·6≫제를 실시하자는 구호하에 지주놈들과 감조감식 투쟁을 세차게 벌린다. 악패지주 달삼은 그 지방의 경찰서장 놈을 등에 업고 머슴과 소작인들을 더욱 혹독하게 굴면서 농민들의 요구를 들어주기는 커녕 의연히 ≪반작제≫를 견지하며 더더욱 악랄하게 농민들이 생산한 농작물을 앗아갈 음모를 꾸민다. 지주 달삼네 집에서 머슴을 사는 박돌이를 통하여 이런 음모를 꾸미고 있다는 것을 알게 된 강수는 농민들을 이끌어 지주놈과의 투쟁을 한결 더 세차게 벌려간다. 나중에 막다른 골목에 이른, 극도로 격노한 강수를 비롯한 농민들은 지주놈의 낟가리와 집에 불을 질러놓고 집단적으로 항일 유격대를 찾아 산으로 들어간다.

이와 같이 단막극 ≪4·6제≫에서는 빈한한 농민들과 악질지주간의 대립과 투쟁을 주요갈등으로 하여 지주와 통치배들의 잔혹성과 기편성을 적나라하게 폭로규탄하였으며 감조감식 투쟁의 실천 속에서 계급적으로 각성한 농민들이 항일의 성전에 궐기하게 되는 성스런 투쟁모습을 보여주었다.

장막극 ≪싸우는 밀림≫(전 5장, 까마귀 작)은 일제와의 투쟁이 백열화되던 1938년 이른 봄에 항일 유격구에서 일어난 투쟁생활을 진실하게 다루었다. 이 극작품은 첨예하고도 복잡다단한 항일무장투쟁의 전형적인 장면을 통하여 항일의 전초에서 싸우는 투사들과 인민대중의 영웅적 형상을 진실하게 부각하였다.

이 극의 중심에는 부상당한 모 항일연군의 군수부장 박민과 그의 아내 계순을 등장시키고 있다. 박민은 놈들과의 싸움에서 상한 다리가 썩어나는 것을 통조림 깡통으로 만든 톱으로 잘라내지 않으면 안될 그런 역경 속에서도 항상 일제와의 투쟁사업을 앞세우면서 해산기가 임박한 계순이 마저 인민대중을 항전의 길로 조직하기 위한 지하투쟁에 파견한다. 대중 속에 들어가 대담하고도 지혜롭게 투쟁과 사업을 벌려

나가던 계순은 해산한지 얼마 안되어 그만 비굴한 배신자의 밀고로 일제놈들에게 체포된다. 그러나 계순은 그 어떤 모진 고문과 혹형하에서도 굴함없이 혁명자의 기백을 떨치면서 희생당하는 최후의 시각까지 투쟁을 멈추지 않는다. 그리고 이 작품에서는 박민과 계순이의 형상과 더불어 혁명사업을 위하여 모든 위험을 무릅쓰고 항일연군의 투쟁을 일심으로 돕다가 놈들과의 백병전에서 장렬하게 희생되는 왕노인(한족)의 형상을 부각하였는데 아주 인상적이다. 이밖에도 항일연군의 용감하고 슬기로운 습격전에 의해 일본 국기를 끌어안고 자살하는 가와모도중위 등 부정적 형상을 핍진하게 묘사하였다.

이 극본은 바로 이런 인물형상과 그 대립적 투쟁을 통하여 항일연군 전사들의 혁명적 영웅주의 정신과 필승불패의 위훈 및 고상한 품성을 구가하였으며 공동한 이상을 실현키 위한 투쟁 가운데서 피로써 맺어진 조한 두 민족의 친선단결을 찬미하였으며 일제 침략자의 야수적 만행과 필패적 운명을 제시하였다.

지금 전해지고 있는 장막극 ≪싸우는 밀림≫은 그것이 인쇄본인 것이 아니라 초고 필사본이다. 하여 이 작품은 극본으로서의 완정성이 부족하다. 그리고 작중에서의 인물형상의 창조, 구성과 언어규사 등 면에서도 이러저러한 미흡점들을 가지고 있다. 그러나 이 작품은 당시 항일투쟁의 중요한 화폭을 극적으로 생동하게 펼친, 이 시기의 극문학의 성과를 과시한 보기 드문 역작이다.

극 ≪혈해지창(血海之唱)≫(2막 3장, 까마귀 작)은 1937년에 항일 문예전사들의 집단적 노력에 의하여 창작된 성과작이며 항일 전쟁시기 극문학에서의 대표적 작품이다. 문학사 자료에 의하면 ≪혈해지창≫은 네 가지 부동한 대본(또는 내용 경개)이 전해지고 있는데 여기서는 연변대학의 ≪조선민족 문학자료수집조≫에서 1959년에 수집한 ≪혈해지창≫(연극대본)을 소개한다.

이 극은 1937년 음력 8월 14일 하루 사이에 벌어진 사건을 통하여 30년대 후반기 항일 무장투쟁의 본질적인 한 측면을 반영하고 있다.

피바다 북간도야
우리네 상처받은 가슴속에
어둠을 뚫고 들려오는
노래를 듣노니
백성들이여
이것이 혈해지창의 연극이노라
         - ≪혈해지창≫중에서

  이와 같은 비장한 정서로 충만된 서시의 낭송에 뒤이어 막이 열리면
멀리 산아래 초가들이 옹기종기 놓였고 뒷산으로 오리는 꼬불꼬불한
길이 보이며 마을 앞으로 시내가 흐른다. 전면에는 큰 나무가 전폭을
차지하고 있는데 그 아래에서는 일에 지친 농민들이 모여 험악한 세상
을 한탄하면서 쉬고 있다. 이 때 항일 유격대의 정찰원 뻐꾹새는 정보
도 수집하고 민심도 알아보기 위하여 발머리쉼을 하고 있는 농민들한
테로 다가가서 이야기를 나눈다. 바로 이 때 김영감의 딸 분희는 점심
그릇을 쥐고 다급히 달려오며 아버지를 부른다. 분희를 뒤쫓아오던 황
지주의 아들 황자는 마구잡이로 분희를 제 ≪색시≫로 데려가겠다고
하면서 김영감을 위협한다. 김영감은 황자를 얼려넘기려고 자기 옆에
서 있는 뻐꾹새를 가리키며 자기의 사위라고 한다. 황자놈은 뻐꾹새가
수상함을 느낀 나머지 군경들을 데려다가 뻐꾹새를 잡아가려고 호각을
불며 다급히 달아난다. 이 위기일발의 고비에 뻐국새는 육혈포로 황자
놈을 쏘아 눕히고 농민들을 피하게 한 후 그곳을 떠난다.
  제2막의 막이 열리면 놈들의 총탄에 부상당한 뻐꾹새는 추격을 받아
깊은 밤중에 원두막에 사는 빈한한 쑹마마(한족)네 집 마당에 이르러
쓰러진다. 원두막에서 나온 쑹마마는 동정을 살피다가 쓰러져 있는 뻐
꾹새를 발견하고 아들 왕펑을 불러다 집안으로 업고 들어가서 뻐꾹새
의 상처를 싸매준다. 부상을 입어서 자기가 수집한 정보를 유격대 본
부에 전하지 못해 안타까와하는 뻐꾹새의 심정을 알게 된 왕펑은 그
과업을 자기에게 맡기라고 자진해 나서면서 ≪저를 믿으십시오(팔을

걷어 상처자리를 보이며). 놈들에게 얻어맞은 이 상처를 보십시오. 나는 이 원수를 갚아야 겠습니다.≫라고 한다. 쑹마마도 아들의 정의적 행동을 지지해 나선다. 뻐꾹새의 부탁을 받은 왕펑은 유격대를 찾아가려 금방 밖을 나서는데 뻐꾹새의 뒤를 추격하던 헌병, 경찰, 자위단놈들에게 붙잡혀 다시 들어온다. 놈들은 쑹마마더러 유격대원을 내놓지 않으면 아들 왕펑을 총살하여 버리겠다고 공갈하나 쑹마마는 종시 입을 열지 않는다. 이렇게 되자 놈들은 쑹마마에게 모진 매를 댄 나머지 왕펑을 죽여치우겠다면서 잡아간다. 왜놈들이 왕펑을 끌어가자 쑹마마는 기절하여 ≪왕펑아!≫하고 외친다. 뒤에서 이 참혹한 정경을 다 목격한 뻐꾹새는 놈들이 물러가자 나와서 ≪어머니!≫하고 부르며 쑹마마의 품에 안긴다. 이 때 암전되면서 제2막 1장이 끝난다.

제2장에 이르러 쑹마마의 보살핌으로 상처를 다 처치한 뻐꾹새가 북두칠성이 기울어질 무렵 쑹마마와 다시 만날 시간을 기약하고 그곳을 떠난다. 뻐꾹새는 그 길로 산 속에 들어가 대오를 거느리고 쑹마마네 집으로 달려온다. 뻐꾹새와 그 대원들이 놈들을 처단하고 쑹마마네 집에 이르니 원수놈들과 비타협적인 투쟁을 전개하던 쑹마마와 왕펑이 이미 놈들에게 처참하게 살해되었다. 이에 뻐꾹새와 유격대원들은 너무 비분하여 흐느껴운다. 뻐꾹새는 쑹마마와 왕펑의 시체 위에 붉은 기를 덮어주면서 끝까지 싸울 결의를 다지는 때에 비장한 추모의 노래 속에서 막이 천천히 내린다.

≪혈해지창≫은 비장하고도 격동적인 사건들과 첨예하고도 긴장한 극적 갈등을 통하여 일제침략으로 하여 피바다로 된 당시의 참혹한 현실을 반영하면서 극악무도한 일제와 그 주구들의 죄악적 본질을 폭로규탄하였으며 피바다 속에서도 항일 무장투쟁을 견지해나가는 중화민족의 영웅적 모습을 서사시적 화폭으로 일반화하였으며 조한민족 간의 피로써 맺어진 혁명적인 친선단결을 감명깊게 표현하였다.

≪혈해지창≫의 중심에는 뻐꾹새, 쑹마마, 왕펑의 형상이 놓여 있다.

작품의 주인공 뻐꾹새는 ≪후리후리한 키에 우렁우렁한 목소리를 가진≫ 유격대 정찰원이다. 일찍 혁명투쟁의 도가니 속에서 혁명투사로 육성된 그는 농민들에게 지주자본가들의 착취본성을 밝혀주고 빈궁의 근본적 원인을 케여주며 혁명의 씨앗을 심어주고 민중을 각성시킨다.

뻐꾹새는 발악하는 원수들 앞에서 긴요한 고비일수록 결단성이 있으며 기민하고 용감하게 싸운다. 황지주의 아들 황자가 뻐꾹새의 수상함을 알아채고 군경을 데려다가 그를 체포하려 호각을 부며 달아나는 위급한 고비에 황자를 육혈포로 쏘아 눕히고 ≪여러분 어서 피하십시오, 뒷일은 내가 책임지겠습니다.≫고 하는 처사는 상술한 성격적 특징을 잘 보여주고 있다. 뿐만 아니라, 뻐꾹새의 이런 처사는 위기일발의 시각에도 대중들의 생명안전을 먼저 돌보고 그것을 위해 자아희생적으로 싸우는 혁명자의 고귀한 정신적 기질을 웅변적으로 말해주고 있다.

또한 뻐꾹새는 항일 조직이 준 어려운 과업을 성과적으로 수행하기 위하여 일시적인 감정충동을 억제하고 이지적으로 처사할 줄 아는 혁명적 투사이다. 그는 친형제처럼 믿고 함께 싸우려던 왕펑을 잡아가는 원수들을 눈앞에 보았을 때 당장 요정내려는 격렬한 감정 속에 사로잡힌다. 그것은 동지에 대한 인간으로서의 자연스런 감정의 발로이며 후더운 동지애의 표현일 뿐만 아니라 간악한 원수에 대한 증오심의 표현이다. 그러나 그는 결코 자기가 맡은 반일과업마저 잊어버리고 원수앞에서 망동하는 것이 아니라 치미는 충동을 가까스로 억제함으로서 이지적으로 처사한다.

유격대 정찰원 뻐꾹새는 그 어떤 역경 속에서도 혁명승리에 대한 확고한 신념을 가지고 싸워나가는 혁명적 낙관주의자이다.

이와 같이 ≪혈해지창≫은 항일투사의 형상을 진실하고도 생동하게 창조하였을 뿐만 아니라, 또한 이 작품의 다른 주인공 쑹마마의 형상을 보다 성공적으로 부각하였다.

쑹마마는 쓰라린 생활고를 겪은 농촌의 어질고 순박한 한족 어머니이다. 쑹마마는 혁명군을 지지하여 싸우다 죽은 남편의 사상영향과 어려운 생활체험 가운데서 착취제도와 일제침략자들의 죄악적 본질을 더욱 똑똑히 깨닫게 되며 천대받고 가난한 모든 사람들이 민족을 불문하고 한데 뭉쳐 싸워야 한다는 혁명의 진리를 터득하게 된다. 따라서 쑹마마는 부상당한 항일 유격대원 뻐꾹새가 주는 어려운 임무를 맡을 때 ≪그 애한테 부탁하오. 그 애도 무산자의 아들이요.≫라고 하면서 아들의 행동을 적극 지지해 나선다. 또한 그는 왜놈 군경들이 숨겨둔 유격대원을 내놓지 않으면 극진히 아끼는 아들 왕펑을 총살하겠다고 위협 공갈할 때 애초엔 착잡한 생각에 갈마들었으나 종당에는 이지를 회복하고 단호히 모르쇠를 놓음으로써 유격대원을 구원한다. 그는 자기의 혈육인 왕펑이 놈들의 총에 맞아 살해되자 그 시체를 안고 몸부림치면서도 아들의 죽음과 항일 무장투쟁의 연대성을 자각한다. 이처럼 작품은 어질고 순박하기만 하던 한 한족어머니가 피눈물나는 생활의 시련과 암흑한 현실투쟁의 영향하에 혁명의 진리를 깨닫고 어엿한 혁명투사로 성장되는 과정을 진실하게 전형화하였다.

≪혈해지창≫에서는 왕펑의 형상도 생동하게 창조하였다. 왕펑은 원수들 앞에서 태연자약할 뿐만 아니라 원수들을 증오하고 경멸하며 혁명동지를 구원하려고 떳떳이 몸바쳐 싸우는 혁명적 청년의 영웅적 형상이다.

작품은 쑹마마 일가의 생활과 투쟁과 운명을 중심으로 한 극적 형상을 통하여 당시의 인민대중이 생활의 모진 시련 속에서 점차 혁명을 인식하고 투쟁의 길에 나서는 과정을 형상적으로 생동하게 반영하였으며 또한 쑹마마 일가와 뻐꾹새의 관계를 통해 민족단결의 주제를 힘있게 밝히었다.

≪혈해지창≫은 내용적 면에서 뿐만 아니라 그 예술적 면에서도 커다란 성과를 거두었다.

이 작품은 혁명적 사실주의 창작방법에 입각하여 진실성의 원칙을 고수하였다. 작품은 1930년대 후반기의 참혹한 현실과 이에 대한 부동한 계층의 각이한 생각을 진실하게 표현하였으며 인물형상 창조에 있어서도 인물을 터무니없이 이상화 한 것이 아니라 인물의 성격발전의 논리에 맞게 창조함으로써 독자와 군중들에게 친절감과 진실감을 안겨주어 더욱 미덥다.

또한 이 작품은 비장한 분위기 속에서 쑹마마 일가의 비극적 장면을 대담하게 건드리면서도 그 뒤에 혁명적 낭만성을 안받침함으로써 혁명적 사실주의의 위력을 효과적으로 담보하였다.

≪혈해지창≫은 갈등이 첨예하고 긴장하며 동작성이 강하고 극적 분위기가 짙다. 작품에서 시간, 공간적 전환이 타당하게 처리되었기 때문에 사건전개가 자연스럽고 순통하며 층차가 분명한 이야기선, 행동선이 뚜렷한 것이 특징적이다. 또한 작품의 구성에 있어서 대조와 대응의 수법을 기묘하게 사용하였다. 이를테면 작품에서의 극의 마지막에 울리는 비장한 노래와 서로 대응관계를 이루면서 작품의 주제를 한결 더 두드러지게 하고 있는 것이 매우 인상적이다.

≪혈해지창≫은 언어구사에 있어서도 그 특색을 보이고 있다. 대화가 평이하고 생동하며 독백이 서정적이고 솔직하고 심각하며 표현력이 풍부한 구두어를 골라쓰기에 모를 박았는가 하면 생동한 배유와 과장, 반의어와 상징 및 완곡법 등을 대사에 도입하였으며 고전명작의 언어와 조상들의 언어표현 형식을 적절하게 채용함으로써 민족적 색채를 짙게 하였다.

≪혈해지창≫은 상술한 바와 같은 사상예술적 성과로 하여 이 시기 중국 조선민족 극문학에서는 물론 조선민족의 전반 극문학 발전사에 있어서 자못 뚜렷한 자리를 차지하고 있다.

동북 항일 유격구에서는 또 당시 간행된 신문과 잡지, 이를테면 ≪반일보≫, ≪전투일보≫, ≪서광≫, ≪투쟁≫, ≪3·1월간≫, ≪화전민≫ 등에 실린 문예성을 띤 정론, 격문, 통신, 서간, 수필 등이 적지 않았다. 지금까지 전해지고 있는 산문작품으로는 격문 ≪반일투사 동무들아 힘있게 싸우자≫(1936년), ≪강도 왜놈의 통치에 신음하는 소년들에게 격함≫(1937년), 수필 ≪적진에서 보내온 한 정치위원의 편지≫(1936년) 등이 있는데 우리는 이런 제한된 작품과 편단을 통하여 이 시기 동북 항일 유격구 내의 산문문학의 일모를 엿볼 수 있다. 아래에 그 중의 몇 단락을 들어본다.

≪망국노란 더러운 이름을 벗기 위하여 과감하고 힘찬 싸움을

전개하는 투사동무들은 추위와 괴로움을 헤아리지 않고 산을 넘고 들을 건너 두 주먹을 부르쥐고…싸움을 하지 않으면 안된다.…

여름에는 숲 속에서 찬비와 찬이슬을 맞고 겨울에는 땅속과 눈우에서 일상생활을 하고 있다. 동무들아 우리도 동일하게 개놈들의 강탈에 집과 밭, 돈, 곡식을 모조리 빼앗기고 각골한 생활에서 신음과 아우성을 치면서 눈물 흘리는 우리 아닌가! 그러면 우리도… 놈들의 대전의 화염 속에 밀어 넣으려는 기만정책을 여실히 폭로하면서, 바삐 우리 대내에 편입하여 싸우는 가운데서 망국노라는 더러운 이름을 벗어야 한다. 우리의 자유와 평화는 투쟁에 있다. 힘있게 싸우자!≫

     - 격문 ≪반일 투사 동무들아 힘있게 싸우자≫에서[2]

≪해는 벌써 서산에 넘어가고 마을 집집 굴뚝에서 연기가 불쑥불쑥 나는데 나는 고픈 배를 다시금 띠졸라 매고 아니 나가는 걸음으로 집마당까지 오니 집안에서는 어린 동생들의 우는 소리가 난다. 가만히 서서 들으니 밥투정을 하는 울음소리다. 이 울음을 듣는 나의 뜨거운 가슴은 터질 지경이다. 어린 동생들은 강냉이죽 더 달라고 발버둥친다. 나는 배고픈 것과 종일토록 일한 몸으로 뼈가 찌긋찌긋해 나는 것을 참고 문을 열고 들어가니 동생들은 울음을 멈추었다. … 냉수 같은 물에 시래지(시래기) 둥둥 뜬것을 밥이라 먹고 좀 앉아 있으니 벌써 배는 또다시 고팠다.

온종일 노동하고 잠자리를 찾아 누우니 빈대, 벼룩이 설렁거려 잘 수 없고, 일하던 맵시로 그냥 누운 모양, 우마동양으로 생활하고 있다.

화전민 소년들아!…… 우리 화전민 소년들은 먹음에 굶주림과 배고픔의 고통을 받으면서 있는 데도 <산림보호구> 개들은 자기

---

2) ≪항일 무장투쟁에서 창조된 혁명적 문학예술≫, 106p, 평양: 과학원출판사, 1960년 7월 출판.

들의 세금과 부역에 순응하지 않으면 축출령을 내리지 않는가.…
우리도 잠자지 말고 일어나서 과감한 반일투쟁을 전개하자. 서만
주에서 활동하는 동무들은 산림 속에서 새를 온돌로 삼고 잠조차
새우고 있지 않는가!≫
　　　－ 격문 ≪강도 왜놈의 통치에 신음하는 소년들에게 격함≫에서3)

　이런 격문에서는 민족의 비운을 통탄하면서 망국노의 운명에서 벗어
나기 위한 성스런 투쟁에 한결같이 궐기하라고 격정적으로 호소하고
있다. 더욱이 격문 ≪강도 왜놈의 통치에 신음하는 소년들에게 격함≫
은 당시 화전농 소년들의 비참한 생활의 척도를 형상적으로 전시하였
을 뿐만 아니라 선명한 대조 속에서 당시 사회의 비리를 파헤치었으며
청소년들을 투쟁으로 힘차게 부르고 있다. 이밖에도 서간체 수필 ≪적
진에서 보내온 한 정치위원의 편지≫에서는 일제의 ≪대토벌≫을 멋들
어지게 격퇴한 장관적인 일각을 선명한 화폭으로 펼쳐보이면서 사기충
천하는 유격대원들의 투쟁모습을 정서적 흥분 속에서 구가하고 있다.

　1930년대 후반기에 특히는 ≪7·7≫사변 이후, 제2차 국공합작의 실
현과 더불어 항일 민족통일전선의 형성과 진일보의 확대는 전국 인민
의 투쟁을 크게 고무하였으며 전국 범위 내에서 항일 투쟁의 일대 앙
양을 가져오게 하였다. 이런 정세 하에서 계림, 중경, 서안, 무한, 태항
산 등지에 있던 10여만 조선민족군민들은 공동의 원수 일제를 무찌르
기 위한 항일투쟁의 세찬 불길 속에 뛰어들었다. 이들은 조선의용대,
조선의용군, 광복군 등을 조직하여 자기의 혁명활동을 벌렸다. 그들은
이 때 ≪조선의용대통신≫, ≪민족해방≫(원 ≪조선청년≫), ≪전고≫,
≪한국청년≫ 등 근 20종으로 헤아리는 간행물을 내고 있었는데 이에
는 시와 소설, 산문 등 다종다양한 형식의 작품들을 게재하였다. 그리
고 조선민족 전사들로 조직된 각종 ≪선전대≫, ≪전지공작대≫, ≪조

---

3) 동상서 105p.

선의용군연예대≫ 등 직업적인 문예공연대와 더불어 과외로 지직된 공연대들에서는 가무와 다양한 형식의 극을 공연하여 항일투쟁에 이바지하였다.

항일 혁명부대들에서는 ≪문학작품 현상모집 활동도 벌려놓고 대원들을 자기의 장기에 따라 시도 쓰고 산문도 쓰게 하였다. 그 때 지도부에서는 동지들이 써낸 작품을 평의를 거쳐 1, 2, 3등을 내오고 1등 작품에는 상 대신에 붉은 별을 달아주었다. 그 때 동지들이 쓴 시와 산문은 그 얼마나 혁명적 격정으로 충만되고 그 얼마나 기세가 높았던가! 전쟁시기여서 작품을 인쇄하지 못하고 보관하지 못하여 지금 그 때의 작품들을 다시 보지 못하는 것이 퍽이나 유감스럽다.≫4) 그리고 이 때 태항산 모부대에서는 ≪행군노정≫에서 벽보활동을 전개하였는데 그 이름을 <곰방대>라 달았다. <곰방대> 벽보는 유광지를 16절로 베여서 행군도중 15분간 휴식할 때 새로운 소식이나 전사들의 감회를 써서 돌려보았다.…진정 벽보 <곰방대>는 행군의 길동무로 되었으며 부대내의 미담, 미덕을 노래하는 돌림신문으로도 되었다. 부대가 태항산을 떠나 청장하를 건널 때였다. 이 때 이윤영이란 대원은 정든 근거지를 떠나기 아쉬워하는 자기의 심정을 다음과 같이 읊었다.

> 지나온 길 돌아보니 흰구름 가리였네
> 오지산도 마음 있어 우리를 바래누나
> 아마도 감자동무의 눈물가린 수건이리5)

이렇게 관내에 있던 조선민족 군민들은 항일 투쟁에 적극 뛰어들어 일제와 싸우면서 문예활동을 활발하게 벌리었다. 이 때 이 지역에서 창작된 작품들은 그곳의 언어적 환경으로 인하여 직접 조선문으로 발표된 작품은 퍽 적었다. 막상 조선문으로 창작된 작품이라 하더라도 왕왕 한어문으로 번역하여 게재하였다. 이런 문예작품 가운데서 가장

---

4) ≪중국의 광활한 대지우에서≫(연변인민출판사, 1987.3).
5) 유동호 ≪태항산에서의 조선족 문예활동≫(<문학예술연구>, 1982.4).

압도적인 비중을 차지한 것은 시가와 연극이었고 산문도 적지 않게 나왔다. 그리고 소설작품도 출현하였댔으나 그 수량이 적게 나온 데다 나중에 인멸되다보니 지금에는 그 작품들을 찾을 길이 없다.

관내의 조선의용군, 광복군들이 활동하던 지역에서 창작된 가요에서는 일제의 죄악을 폭로단죄하며 항일군민들의 사상정신적 풍모를 구가한 것이 가장 중요한 위치를 차지한다. 혁명가요 ≪최후결전≫(석정 작사),. ≪의용군행진곡≫(이덕산 작사), ≪어둠을 뚫고≫(김학철 작사), ≪광복군 항일전투가≫(송호성 작사), ≪민족해방가≫(작자미상), ≪자유는 빛난다≫(작자미상), ≪선봉대가≫(이두산 작사) 등이 바로 이런 주제에 바쳐진 대표적 작품들이었다. 그 중의 일부분 작품을 들어보면 다음과 같다.

> 포연탄우 떠도는 땅에
> 지리한 어둠이 샌다
> 천년 압제에 시달린
> 겨레의 영혼 일어나라
> 노예의 잔여를
> ……
>
>   － ≪어둠을 뚫고≫에서

> 동아의 노예들 단결하여 일떠나
> 다같이 쳐부시자 일본군벌
> 우리는 동아의 참다운 주인공
> 다 앞으로 동무들아!

> 조선의 형제 대만의 동포
> 그 압박 또 어찌 받을소냐
> 혁명의 기발 높이 추켜들고
> 다 앞으로 동무들아!
>   － ≪전가≫

이와 같이 상기한 노래에서는 자기의 처지와 운명에 대한 계급적 자각에 기초한 항일 투쟁에로의 궐기를 호소함과 아울러 원수격멸의 투지와 혁명 승리에 대한 굳은 확신을 힘있게 일반화하였다.

사나운 비바람 치는 길에서
다 못가고 쓰러지는 너의 뜻을
이어서 이룰 것을 맹세하노니
진리의 그늘 밑에 길이길이 잠들어라
......

　　　　　　- 《조선의용군 추도가》에서

더럽힌 동방하는 전운을 뚫고
광명은 불꽃같이 굽이쳐 빛나
뛰노는 가슴파도 쇠북 치나니
사무친 원한 풀어 나가자
[후렴]우리 자유 우리 행복 우리 나라
　　　이 주먹 이 총칼로 빼앗아 오자.
......

　　　　　　- 《진군가》에서

이런 가요들에서는 조선의용군들의 강의한 의지와 백절불굴의 투쟁정신을 구가하였으며 굴함 없이 싸우다 희생된 투사들에 대한 추모의 감정을 표현하였다. 그리고 《의용군 추도가》와 같은 경우에 그 시적 정서는 비록 비장한 색채가 강하지만 시형상 전반에서 전투적 기백과 혁명적 낭만이 도도히 여울치고 있는 것이 특징적이다.

이 밖에도 당시 조선민족 인민이 처한 망국노적 운명을 통탄하고, 고국의 고향산천에 대한 절절한 그리움을 노래한 《망향가》, 《그리운 조선》, 《고향이별가》 등이 부대와 대중들 속에서 널리 애창되었으며 연안의 대생산운동과 그에 뛰어든 군민들의 정서를 반영한 《호미가≫(유동호 작사), ≪미나리 타령≫(집체 작)과 같은 가요들도 전사와 인민들의 사랑 속에서 불리워졌다.

관내의 반일부대 내에서는 상기한 가요 외에 시집 ≪자유의 노래≫(프린트본, 작품을 찾지 못하고 있음)를 인쇄해 내었고 적지 않은 자유시들이 창작되어 간행물에 발표되었다. 지금까지 전해지고 있는 시편들 중에서 민족의 부흥을 가망한 서정시 ≪조국을 부흥의 길로≫(여전 1940년), ≪너 또 왔는가 - 3·1절을 기념하여≫(이두산, 1940년), ≪광복≫(진구, 1941), 망국노가 된 전통의 정과 민족의 재생을 쟁취하고야 말 결의를 읊조린 ≪압록강≫(백치, 1941), ≪어머니를 그리며≫(운청, 1940년)와 중조인민간의 친선을 구가한 ≪양자강≫(김유, 1941년) 등이 감명적인 시편들로 알려지고 있다. 그리고 산문작품도 이 시기에 창작되었는데 조선청년들의 불우한 처지를 반영한 ≪적진에서 보내 온 한 청년의 편지≫(작자미상, 1940년), ≪망명생활 - 최근 적진에서 뛰쳐나온 한 청년의 자술≫(김태성, 1941년)이 그 대표적인 작품들이라고 할 수 있다.

그리고 이 시기에 상해, 북경 등 지역에서 활약한 작가 김광주, 주요섭 등도 적지 않은 좋은 작품들을 발표하여 당시의 조선민족 문단에 기여하였다.

작가 김광주(1910~1973)는 1930년대 초에 중국에 온 후 광복할 때까지 줄곧 문학활동을 진행하였다. 그는 1933년에 상해에서 동인지 ≪보헤미언≫을 발간하고 또 ≪보헤미언 연극사≫도 꾸렸다. 작가는 이 시기에 일본군국주의 탄압 하에서의 지식인들의 생활고와 시대적 불안을 묘사한 단편소설 ≪남경로의 창공≫(1935년), ≪북평서 온 영감≫(1936년), 화류계에 몸을 둔 여인들의 비참한 처지와 내심의 고통을 파헤친 단편소설 ≪얘지(野鷄) - 이쁜이의 편지≫(1936년) 등 특색이 있는 작품들을 세상에 내놓았다.

이 시기에 공연된 극작품들로는 민족의 독립과 해방을 전취하기 위하여 싸움터로 나가는 젊은 일대를 형상화한 단막극 ≪서광≫(김학철, 1941년)과 ≪두만강변≫(집체작, 1944년), 항일투사들의 피어린 투쟁과 그들의 고귀한 품성을 노래한 ≪태항산에서≫(진동명, 1942년), 일제의 탄압과 약탈에 항거하여 일으킨 농민들의 쟁의와 그들의 열망을 반영한 ≪조선의 딸≫(의용군선전대, 1943년), 국민당과 그 주구들의 매국적인 추악성을 폭로한 ≪승리≫(작자미상, 1942년)와 ≪황군의 꿈≫(김××, 1943년), 반일투쟁에 단호히 나선 의용군 용사들을 찬양하고 우경기회주의 투항행위를 신랄하게 폭로 규탄한 ≪북경의 밤≫(집체 작, 1944년) 등이 있다. 이 중에서도 장막극 ≪강제징병≫, ≪태항산에서≫, 풍자극 ≪황군의 꿈≫이 관중들 속에서 넓은 공명대를 획득하였다.

3막 4장으로 된 장막극 ≪강제징병≫은 서울 남대문역에서 조선의 한 어머니가 사랑하는 외동이를 징병에 내보내는 정경을 다룬 것이다. 작중의 홀어머니는 유복자인 외동이를 애지중지 귀엽게 키워서 대학에까지 보냈다. 자기는 험한 세상에서 온갖 천대와 수모를 받아가며 손발이 닳도록 남의 집 삯일을 하면서도 아들이 대학을 마치고 나오기만 하면 남부럽지 않게 살 수 있으리라는 일루의 희망을 걸고 모든 풍상고초를 다 이겨나간다. 그런데 뜻밖에 세상 뜨신 이 애아버지의 제삿날에 아들은 갑자기 일제의 강제병으로 뽑혀 끌려나간다. 기적을 울리며 떠나는 기차는 어머니와 아들을 멀리 떨어지게 한다. 바람에 머리카락이 볼품없이 흩어진 어머니는 목메여 아들을 부르다가 실신한다. 어머니는 정거장에 나와있는 일제놈들에게 마구 달려들어 놈들을 쥐여뜯는다. 제2막과 3막에서는 강제로 끌려갔던 외동이가 일본 부대에서 도망쳐 나와 항일의 길에 들어선다. 이것은 지금까지 전해지고 있는 극 ≪강제징병≫의 이야기 줄거리이다.

장막극 ≪태항산에서≫는 1941년에 있은 호가장전투를 역사적 배경으로 하여 쓴 것인데, 이 극의 줄거리는 다음과 같다. 막이 오르면 항일부대 용사들이 한창 노래와 춤으로 즐기고 있다. 이 때 돌연 상급으로부터 전투에 투입하라는 긴급지시가 내린다. 병사들은 상급의 지시에 좇아 용감하고도 기승스럽게 적의 봉쇄선을 꿰뚫고 적의 후방에 들어가 적을 무찌른다. 그런데 대오내에 몰래 잠복해있던 배신자가 일제와 내통하여 적군들을 끌어드리자 우리의 전사들은 불의의 습격을 받게 된다. 이에 우리 전사들과 놈들간에는 가열처절한 백열전이 벌어지는데 이 싸움에서 우리의 전사들이 많이 희생된다. 살아남은 전사들은 희생된 동지들을 추모하며 선열들의 다하지 못한 위업을 이어 끝까지 싸울 것을 굳게 다지는 때에 막이 내린다.

1940년 여름 서안과 중경 등지에 설립된 전지(戰地) 공작단 등 연예단들에 의하여 단막극 《국경의 밤》(집체 작, 1941년), 《조선의 한 용사》(박동운, 한유한 작. 1940년), 가무극 《아리랑》(한유한, 1940년)이 공연되어 일대성황을 이루었었다고 당시의 《대공보》는 보도하면서 여러편의 관후감과 평론을 발표하였다. 그 중에서도 단막극 《조선의 한 용사》가 관중들의 주목을 받았다고 하는데 그 이야기 줄거리는 다음과 같다.

극중의 주인공은 민족심과 항일의식을 지닌 일본헌병대의 조선통역관이다. 그는 직무의 편리를 이용하여 헌병대장을 감쪽같이 속여넘기면서 체포당하여 옥에 갇혀있는 항일 유격대원들을 많이 구원해 준다. 그러던 어느 날 그 지대에서 이름난 한 유격대장이 불행하게도 체포된다. 극중의 주인공은 유격대장을 구원하기 위하여 유격대장과 접근하였으나 유격대장은 이 헌병대 통역을 믿을 수 없기에 좀치도 곁을 주지 않았다. 그 뒤 일제 헌병대에서 유격대장을 사형에 처하게 되는 전날 이 주인공은 하는 수 없이 기회를 타 이 유격대장 앞에서 일본 헌병대장을 까눕힌다. 이에 진상을 알게 된 유격대원은 주인공과 함께 그곳에 갇힌 유격대원들을 구원하고 또한 헌병대의 무장과 기밀서류들을 몽당 채서 말에 싣고 항일유격대로 돌아와 광범한 군민의 열렬한 환영을 받는다.

13. 동북 항일 유격구에서 출연된 연극을 논함

    1930년대 동북 항일 유격구에서 창작 공연된 연극은 항일 무장투쟁에 적극적인 영향을 주었을 뿐만 아니라 조선민족의 연극사에서도 중요한 자리를 차지하고 있다. 항일시기 유격구에서 출연된 연극을 전일적으로 고찰하고 연구하는 것은 비단 항일 연극유산을 참답게 계승하기 위하여 수행하여야 할 필수적 작업일 뿐만 아니라 전반 조선민족 문학의 연구에도 중요한 의의를 가지고 있다.

    허나 목전에 이르기까지 동북 항일 유격구에서 출연된 연극에 대하여 심입된 연구가 진행되지 못하고 있다. 그것은 지난 시기 항일 연극에 대한 이런저런 편견과 더불어 항일 전반시기에 창조된 연극자료와 문학자료를 보다 체계적으로 수집하고 정리, 연구하는 기초적 작업이 뒤따르지 못한 데에 있다. 물론 항일시기 연극자료를 수집하자면 많은 어려움이 있다. 그것은 지난 시기의 모진 세파에 많은 자료들이 인침된 데다 또한 종래의 연극형식은 기타 문학쟝르의 경우와는 달리 주로 공연을 위한 연출대본으로 씌여졌기에, 왕왕 출판되지 못한 채 연극공연의 결속과 동시에 산일되었기 때문이다.

    지금 전해지고 있는 항일 연극작품은 많지 않다. 그 중 ≪혈해지창≫(까마귀 작), ≪싸우는 밀림≫(까마귀 작) 등은 극본이거나 연출대

강이 있으며 이밖에 일부 스토리가 전해지고 있는 것이 10여 부, 그리고 극의 대체적 내용이거나 극명(劇名)이 알려지고 있는 것이 근 30부에 달한다.

이제 필자는 목전에 찾을 수 있는 자료에 토대하여 동북 항일 유격구에서 벌어진 연극활동에 대하여 개략적인 고찰을 하면서 그 과정에서 거둔 성과를 살펴보려 한다.

동북 항일 유격구에서의 연극활동은 시종 항일 무장투쟁과 발걸음을 같이하면서 일제를 타도하고 민족해방을 전취하는 간고한 투쟁속에서 진행되었다. 그리고 이와 같은 연극활동은 민중을 항일에로 동원하는 선전사업의 실제수요에 순응하였기에 커다란 생명력을 과시하였다. 물론 당시 연극활동은 일제의 잔혹한 ≪토벌≫과 맞대매로 대결하는 전투적 환경 속에서 진행되다보니 아주 많은 어려움이 있었다. 극작가들은 전투 중의 여가나 행군길에서, 그렇지 않으면 숙영지의 귀틀막에서 작품을 구상하고 창작하였으며 장치도 없는 무대에서 연극을 공연하지 않으면 안되었다. 이런 어려운 환경에서 연극활동을 계속할 수 있은 것은 항일민중들의 드높은 열성과 지지가 있었고 항일 유격구의 자유로운 정치적 환경이 있었기 때문이다. 이와 같은 항일 유격구의 특정된 환경은 정치적으로 언론출판의 자유를 조금치도 보장받지 못하였던 적 강점지구와는 그 정형이 전혀 판이하였다.

항일시기 유격구에서의 연극활동은 또한 퍽 광범한 지역, 심지어는 편벽한 산간벽지의 민중에게까지 널리 보급되었다. 20년대 후기만 하여도 연극공연은 민중이 많이 모여 사는 도시나 진에 국한되었고 연극관람엔 극소수의 시민계층이나 지식인이 참가하였을 뿐이나 이 시기 항일연극은 광범한 군민 속에 깊이 뿌리를 내리고 그들의 적극적인 지지와 호응 속에서 발전하였다.

항일 유격구의 연극활동은 시종 항일 무장투쟁의 발전과 발걸음을 같이하면서 항일의 시대적 요구를 반영하였다. 이제 항일 투쟁의 역사와 시대의 전진운동과의 연관 속에서 연극발전을 살펴볼 때 항일 무장투쟁초기와 중기, 그리고 그 후기에 있어서의 연극활동은 부동한 투쟁환경과 현실의 요구에 응하였기에 연극의 내용과 형식면에서도 일부 부동한 양상을 보여주고 있다.

우선 항일 무장투쟁의 초기로 간주되는 1931년 ≪9·18사변≫ 이후로부터 1935년에 이르는 사이에 유격구에서의 연극활동은 발랄하게 전개되었다. 이 시기에 급격히 발전하는 항일무장투쟁에 민중을 궐기시키기 위하여 일제의 침략적 만행을 폭로규탄하고 항전의 절실한 염원을 반영한 근 30부에 달하는 여러 가지 형태의 극이 공연되었다. 그리고 이 시기 연극은 격변하는 정세에 비추어 편폭이 짧고 내용이 간소한 촌극, 선전기동극, 대화극, 단막극이 많이 출현되었다. 그 대표적 작품들로는 연극 ≪4·6제≫, ≪아버지는 이겼다≫, ≪유언을 받들고≫, ≪그가 찾은 길≫, ≪엿물벼락≫, ≪굶주린 사람들의 탄식≫ 등이 있다. 우리는 이상 열거한 제목만 보고서도 그 때 연극활동이 얼마나 활발하게 널리 진행되었는가 하는 것을 알 수 있다. 물론 이때 창작된 연극들은 당시 격변하는 현실을 직관적이며 서정적으로 반영한 응시지작이 많고 또한 거개는 민중적인 창작으로 되다보니 현실생활을 묘사하는 심도, 인물형상의 창조, 예술적 기법 등에서 이런저런 부족점 들을 동반하고 있다.

다음 항일 무장투쟁이 가열화 되던 1930년대 중기에 들어서면서 연극활동은 더욱 커다란 발전을 가져오게 되었다. 당시 항일 유격대는 변화된 정세에 적응하기 위하여 항일 유격근거지를 떠나 항일 민족통일전선을 널리 결성하고 광활한 지역에서 더욱 기동적이며 집중적으로 일제를 격멸하기 위하여 대부대활동으로 넘어갔다. 바로 이런 작전방침의 변화로 하여 형성된 특정한 투쟁환경은 당시 연극활동에 유리한 조건들을 지어주었다. 그리고 장기간 투쟁 가운데서 시련을 겪고 생활의 체험과 예술적 실천경험을 쌓은 연극창작자들이 나타남으로 하여 이 시기의 연극활동은 보다 높은 단계에로 올라설 수 있었으며 많은 우수한 작품들이 나타날 수 있었다. 우리의 연극 발전사에서 중요한 문헌적 의의를 갖는 ≪혈해지창≫(까마귀 작), ≪싸우는 밀림≫(까마귀 작)을 비롯하여 ≪경축대회≫, ≪화전민≫, ≪희망의 길≫과 같은 많은 장막물의 출현이 바로 그 중요한 징표로 된다.

그 후 1940년대에 들어선 후 일제는 더욱 발광적으로 날뛰면서 항일유격대에 집중적인 ≪포위토벌≫을 감행하였다. 일제의 대거진공 앞에서 항일유격대는 자체의 역량을 보존하면서 적의 유생역량을 소멸하고 최후의 승리를 쟁취하기 위하여 대부대를 여러 개의 소부대로 개편한 후 일본침략군에 향하여 더욱 영활하고도 기동적인 기습전을 전개하는 방략을 취하였다. 이로부터 항일유격대는 소부대로 분산되어 활동하여야 하였기에 전시기와 같은 상대적으로 온정된 환경을 가질 수 없었다. 이런 형편에서 연극활동을 한다는 것은 거의 불가능하였다. 현존한 일부 역사기록에 의하면 그같이 어려운 처지에서도 일부 소부대들에서는 촌극, 대화극 등을 출연하였다고는 하나 아직 이와 관계된 연극자료를 수집하지 못하고 있다. 우리는 당시 연극활동의 진상을 진일보로 밝힐 수 없는 것을 유감스럽게 생각한다.

항일시기 연극에서 주되는 주제는 원수일제를 때려 부시고 민족의 자주독립을 쟁취하며 새로운 사회를 건설하려는 고매한 혁명적인 정신이다. 이런 주제로 그 주선을 이룬 연극은 항일무장투쟁 가운데서 나서는 초미의 문제들을 다루면서 항일의 현실과 민중의 염원을 다각적으로 반영하였다.

그 때는 물론 그 후에도 항일 유격구에서 창작된 연극을 항일연극이라고 불렀는데 이것은 당시 연극에서 다른 주제의 주류적 경향을 아주 잘 집약하였다. 이 시기에 항일은 어느 분야 할 것 없이 압도적인 중심과업으로 되었고 또한 항일은 연극창작자들의 생활의 주요조성부분으로 되었다. 이에 시대의 전초에 선 연극 창작작들은 항일의 본질을 깊이 파악하기에 힘썼고 항일의 주제를 심각히 밝힌 작품들을 많이 창작하려 하였다. 그들의 노력에 의해 1930년대 후기에 공연된 ≪혈해지창≫과 같은 성과작들이 나타나게 되었다. 이런 연극작품들에서는 항일에 몸바쳐 나선 항일 투사거나 민중의 형상을 통하여 일제의 야수적 만행을 폭로단죄하고 민족의 자주독립을 실현하기 위하여 싸우는 투사들의 불의의 정신을 칭송하였으며 또한 공통한 적과의 투쟁 중에서 맺어진 각 민족간의 단결과 친선의 위대성을 구가하였다.

이 시기 항일 연극에서 다룬 주제와 소재는 퍽 다양하였다. 이 때 공연된 많은 연극들에서는 당시의 전투적인 사회적 현실과 항일 군민의 생활을 아주 다각적으로 묘사하고 있다. 예를 들면 1930년대 초에 공연된 ≪유언을 받들고≫, ≪그가 찾을 길≫, ≪혁명가의 안해≫, ≪아버지는 이겼다≫, ≪엿물벼락≫…에서는 항일 유격구의 장성과 무기탈취투쟁을 생동하게 반영하였으며 연극 ≪4·6제≫, ≪굶주린 사람들의 탄식≫, ≪화전민≫ 등에서는 망국의 한을 달래며 가난과 수모에 모대기던 노동자 농민들이, 날로 심화되는 항일 무장투쟁의 영향하에서 민족적, 계급적으로 각성하여 투쟁의 제1선으로 달려나가는 모습을 심각하게 묘사하였다. 항일시기의 성과작 ≪혈해지창≫, ≪싸우는 밀림≫과 더불어 ≪결의형제≫, ≪아버지와 남편을 찾는 사람들≫, ≪한길≫ 등에서는 성격이 부동한 영웅형상들의 투쟁경위를 통하여 항일의 본질적 특성을 서사시적 화폭으로 집약하였으며 적들과의 피어린 투쟁 중에서 맺어진 항일 민족통일전선과 국제주의 친선을 격조높이 구가하였다. 풍자극 ≪경축대회≫, ≪게다짝이 운다≫, ≪혼나간 오장≫, ≪미련한 순사≫ 등에서는 일제놈들의 허장성세와 패망상을 여지없이 폭로조소하고 항일의 필연적 승리를 힘있게 보여주었다. 그리고 점차 각성하여 일제와의 투쟁의 길로 나가는 하층지식인들을 묘사한 ≪한 지식인의 각성≫, ≪용정의 고학생≫, ≪징벌≫ 등도 퍽 감명적이다. 이밖에도 문화계몽의 내용을 다루면서 민중의 지향과 염원을 여러모로 묘사한 연극도 많이 공연되었었다. 그 대표적 작품으로는 미신의 허위성을 폭로 풍자한 ≪귀신굴≫, ≪굿과 약≫, ≪무당과 의원≫, ≪풍수쟁이≫ 그리고 몽매한 봉건적 관념과 폐습을 폭로 비판한 ≪민며느리≫, ≪우는 마당≫, ≪강제결혼≫, ≪매혼≫ 등을 들 수 있다.

항일 연극에서 창조한 인물들의 계보에는 개성이 선명한 항일 영웅들과 노동자 농민의 형상이 뚜렷한 자리를 차지하고 있다. 당시 공연된 우수한 작품들에서는 부동한 인물들의 정신세계와 성격이 다각적으로 부각되었다. 그 성공적인 일예를 먼저 연극 ≪싸우는 밀림≫에서 찾아볼 수 있다. 연극 ≪싸우는 밀림≫에서 묘사된 인물들의 중심에는 모 항일 유격대의 군수부장 박민을 등장시키고 있다. 작품은 눈물 없이는 볼 수 없는 참혹한 사실과 영웅적인 소행을 통하여 인물들의 고상한 품성을 보여주고 있으며 그들을 보다 완비한 항일 투사로 묘사하였다. 이런 전형적인 성격을 구현한 인물들에게서 찾을 수 있는 기본적 특징은 일제를 더없이 증오하고 자기민족과 인민을 사랑하고 자기의 모든 것을 항일 성전에 바치는 숭고한 정신이다. 주인공 박민은 얼마 전에 있었던 적군과의 백병전에서 다리에 입은 상처가 썩게 되자 통졸임 통을 오려내어 만든 ≪톱≫을 수술도로 대용하여 썩은 살을 도려내었다. 박민은 이제 얼마 안가서 해산하게 될 아내마저 항일을 위한 민중의 조직사업에 내보내기를 주저하지 않았다. 그는 또한 조직적 재능이 있고 전투지휘를 잘 하는 유격대의 지휘관으로서의 특색을 구현한 영웅적 인물이다. 나중에 그는 일제놈들과의 가열한 전투에서 사랑하는 아내와 그가 그렇게 아끼고 믿던 왕노인 마저 잃으면서도 끝가지 전투에서 물러서지 않았다. 이 시기에 공연된 연극들인 ≪혈해지창≫, ≪홍수≫, ≪4·6제≫ 등에서 창조된 항일 유격대원 ≪뻐꾹새≫, 자기를 바쳐 많은 민중을 구한 이름 모를 전사, 농촌기층 조직의 지도일꾼 강수 등의 형상도 다들 감명적이다.

항일 연극들에서는 노동자 농민들의 형상이 또한 중요한 자리를 차지하고 있다. 그 중의 쑹마마, 오병방, 박돌이, 길남이, 혁명가의 아내…는 당시 민중들 속에서 널리 칭송되던 미더운 노동자 농민들의 형상들이다. 그 중에서도 쑹마마(≪혈해지창≫)의 형상은 더욱 돋보인다. 쑹마마는 부상당한 유격대의 정찰병 ≪뻐꾹새≫를 구원하기 위하여 애지중지 하던 유복자 왕평과 자기의 생명마저 다 바쳤다. 쑹마마는 선량하고 근로하며 순박한 한족어머니로서 그 어느 농촌에서나 흔히 볼 수 있는 보통여인이다. 그의 남편은 혁명군을 숨겨준 것이 ≪죄≫가 되어 지주 황가놈에게 무참히 타살당하였다. 청상과부로 된 그는 유복자 왕평에게 모든 것을 기탁하고 갖은 고난과 시달림을 겪어냈다. 그는 부상당한 유격대원 ≪뻐꾹새≫를 혈육의 정으로 대하였다. 일제 헌병과 순경들이 숨겨둔 유격대원을 내놓지 않으면 아들을 총살하겠다고 협박할 때 그는 모른다고 딱잡아 떼었다. 쑹마마는 아들이 일제놈들의 총에 맞아 쓰러지자 그 시체를 안고 몸부림치면서도 끝까지 자기 지조를 굽히지 않고 원수들 앞에서 위엄있게 호령하고 영용하게 자기의 최후를 마쳤다. 쑹마마의 비장한 희생은 사람들로 하여금 정의를 지켜 싸우는 인간의 힘과 항일위업의 정당성을 더욱 깊이 깨닫게 한다. 뿐만 아니라 쑹마마의 형상을 통하여 항일 민족통일전선의 위력과 항일의 성전에서 피로써 맺어진 친선을 더욱 깊이 감득하게 된다. 항일 투사와 노동자 농민의 형상을 성공적으로 창조한 것, 이것이 바로 항일시기 연극창작에서 거둔 가장 중요한 성과이며 또한 항일 연극으로서의 특색을 보다 선명하게 과시한 부분이다.

항일 유격구에서 공연된 연극들은 새로운 정신세계를 펼쳐 보여줌과 동시에 혁명적 낭만주의로 충만되고 있다. 이는 이 시기 항일 연극의 또 하나의 특색으로 된다.

이 시기 연극에서 창조된 비극적 예술은 우선 영웅성과 혁명적 낭만성이 통일되어 있다. 그러한 영웅성과 혁명적 낭만성은 주로 그 주요 인물이 구현한 새로운 정신세계와 이상에 대한 긍정에서 온다. 이 시기에 공연된 연극들을 총체적으로 고찰할 때 비극적인 주제와 제재를 다룬 작품이 절대적 비중을 차지하고 있다. 연극 ≪혈해지창≫, ≪싸우는 밀림≫, ≪홍수≫, ≪유언을 받들고≫, ≪굶주린 사람들의 탄식≫, ≪굿과 약≫… 등은 다들 비극적인 내용을 담은 것들이다. 그러나 이런 연극들에서는 비극성을 충분히 강조하여 보여주면서도 또한 아름다운 심령과 이상을 지닌 비극적 주인공과 추악하고 잔인한 적, 또는 부정인물들과의 부동한 성격간의 대결 속에서 불의를 미워하고 정의를 위해 몸바치는 영웅적 성격의 비장한 승리를 충분히 돋혀 내었다. 연극 ≪싸우는 밀림≫에 등장하는 항일 여전사 계순의 형상은 그 좋은 예로 된다. 계순의 영웅적 성격은 일편단심 민족을 구하고 새로운 사회를 건설하려는 지향에 토대하고 있다. 그는 그처럼 어려운 처지에 있으면서도 언제나 항일사업을 앞세웠고 각 민족간의 단결을 소중히 여겼던 것이다. 비록 이 여전사는 희생되었으나 그의 정신은 영원히 살아있다. 사람들은 이런 영웅들의 아름다운 정신세계와 깨끗한 품성과 불굴의 투쟁정신을 본받아 일제와 끝까지 싸워 이길 결의를 다지었다.

이 외에도 항일연극은 여러 가지 특색을 갖고 있으나 편폭의 제한으로 하여 여기에서는 略한다. 끝으로 항일연극에 대한 평가를 두고 몇 마디 더 부언하려 한다. 지난날 항일연극은 물론 항일 유격구에서 산생한 문학의 평가에 있어서 그 견해들이 통일되지 않고 있었는데 그 경향성을 보면 낮게 평가하는 것이 많고 심지어는 부정하는 논조도 있었다. 이에 필자는 반드시 항일 무장투쟁이라는 역사적 특성을 감안하여 평가하여야만 비로소 항일 연극의 실제에 맞는 결론을 도출할 수 있다고 강조하고 싶다.

이에 항일 연극의 성과를 충분히 긍정함과 동시에 그 내용의 심도와 예술적 기법이 세련되지 못한 등의 결함 등에 대하여도 간과하지 말아야 한다. 어디까지나 실사구시의 견지에서 항일시기 연극을 연구총화하는 것은 자못 중요하다.

1990년 7월

14. 청년문사 송몽규의 행적을 더듬어

생각만 하여도 몸서리치는 지난 날, 우리 민족이 비운에 허덕이던 일제 강점기에 민족에 대한 충정과 지조를 간직한 선구자들은 자기의 생명도 마다하고 민족의 자주와 독립을 되찾기 위하여 분투하면서 수많은 빛나는 업적을 창조하여 조선민족의 항전의 혈사에 찬란한 한 페이지를 장식하였다.

이들 가운데는 반일 무장투쟁의 제1선에서 놈들과 싸우다 장렬하게 전사한 열사들이 많지만 또한 한편 항상 적후에서 만단곡경을 겪으며 단호히 투쟁하다 영용하게 최후를 마친 문화전사들도 적지 않다. 이를테면 민족독립운동단체인 의열단에 참가하여 중국과 조선을 넘나들며 일제와 맞대매로 싸우다가 북경감옥에서 옥사한 시인 이육사(1904~1944), 시종 민족을 위하여 고결한 지조를 간직하고 저항의 의지와 사념과 동경으로 얽힌 주옥같은 시편들을 남기고 일본 복강형무소에서 비참하게 최후를 마친 젊은 시인 윤동주(1917~1945년), 그리고 윤동주와 일생을 거의 함께 보내면서 민족문화를 깊이 연구함으로써 민족의 위업에 이바지하려는 큰 뜻을 품고 더욱 심층적인 투쟁을 설계하고 준비하는 과정에 일제 특고경찰에 체포되어 옥중에서 처참하게 요절한 청년문사 송몽규 등이다.

본문에서는 송몽규에 대한 유관자료와 국내외의 연구성과 그리고 이 고장에서 조사하고 수집한 자료에 토대하여 일생을 민족독립자주를 실현하기 위한 민족문화연구에 집념하여 자기를 바친 젊은 문사의 숭고한 민족정신과 애국애족의 충정으로 일관된 그의 형적을 재조명하며 그를 기리려 한다.

청년문사 송몽규의 묘소를 찾아서

청년문사 송몽규가 일본 후꾸오까 형무소에서 옥사한 뒤 아버지의 품에 안겨서 고향 땅인 용정시 지신향 장재촌 북산에 자리잡은 송씨 가문 묘지에 와 고이 잠든 지 수십 년이 지난 1980년대 중기에 이르기까지도 민족의 참다운 문화전사로서의 그의 빛나는 존재가 세인에게 알려지지 못하고 있었다. 그 후 중국이 개혁개방의 새로운 역사시기에 진입하면서 국제적 문화교류가 활성화됨에 따라 그의 성화와 업적이 점차 전송되게 되었다. 1985년 4월 일본 와세다대학의 오오무라 마스오 교수가 연변대학에 객원 교수로 오셨는데 그는 시인 윤동주 실적조사의 과제도 가지고 있었다. 그는 우리에게 시인 윤동주와 청년문사 송몽규에 대해서 이들에 관한 연구정황 등을 알려주었다. 그 후 우리는 협력하여 윤동주의 묘소를 찾고 그의 행적을 더듬으며 조사연구를 진행하는 과정에서 시인 윤동주에 대한 인식을 더 깊이 하였으며 더불어 송몽규의 빛나는 생애와 업적에 대하여서도 보다 많은 것을 알게 되었다.

송몽규와 윤동주는 고종사촌간으로서 한집에서 석 달을 사이 두고 태어났다. 그들 둘은 평생을 거의 함께 보내다 싶이 하였다. 윤동주는 온화하고 어질고 내성적인데 반해 송몽규는 외향성적인 성격의 소유자였음에도 그들은 언제 한번 얼굴을 붉힌 적이 없었다 한다. 생활의 지향이 서로 같았던 그들은 한 생을 민족문화를 수호하고 발전시키는 과업의 수행에 바친 형제이자 동지였다.

송몽규의 묘소가 용정시 자신향 장재촌 부근에 있다는 것은 1985년

5월 시인 윤동주의 묘소를 찾고 그의 행적을 조사 연구하는 과정에서 거론되어 알게 되었으나 당시 그 구체지점은 딱히 확인하지 못하고 있었다.

그 후 안 대체적인 선색에 따라 송몽규 묘소 채문에 나선 원 용정중학교 교장 유기천 등이 장재촌 노인들을 통하여 그 구체 지점을 알게 되었다. 그 후 1989년 12월 18일 유기천과 필자 등 몇몇은 추모의 정을 한 가슴에 지니고 그 묘소를 찾았다.

송몽규의 묘소는 용정시 지신향 장재촌에서 1리쯤 상거한 북산언덕에 자리잡은 송씨가문의 묘지에 있었다. 그 묘소를 지켜보노라니 여러해 동안 묘소를 찾은 사람이 없어서 그 주변에는 잡초가 무성하여 보기에도 몹시 스산하였다. 묘소 우켠에 송씨 가문에서 언젠가 심어 놓은 우뚝 자란 노간주나무(이곳에서는 노루향나무라 부름)만이 유표하게 서 있었다.

묘소를 마주한 필자는 민족과 문화를 수호하여 분전하던 한 문사가 비참하게 최후를 마치고 이 곳에 와 묻힌 지 40여 년이 지나도록 제대로 모시지 못한 후학으로서의 자책감을 억누를 길 없어 머리만 숙이었다.

오래동안 가토를 하지 못한 무덤은 퍽 작아졌고 그 앞에 세운 묘비조차도 넘어져 있었다. 우리 일행은 그 묘비를 일구어 바로 세우려다가 동토에 상할 것 같아 이듬해 봄에 다시 와서 바로 잡아놓기로 하였다.

묘비정면에는 달필로 ≪青年文士宋夢奎之墓≫라 정중하게 씌여 있었다. 묘비명은 시인 윤동주의 묘비명을 짓고 쓴, 일찍 명동학교에서 학감을 지냈던 한학자 김석관 선생이 쓰신 것이었다. 그 비석은 청석으로 된 것이었는데 봉분한 바로 앞에다 밑 받침돌을 놓고 그 위에 세웠다. 묘비의 높이는 87cm., 넓이는 36.5cm, 두께는 14.5cm로서 소박하면서도 정중스러웠다.

좌측면에다는 강덕 12년 을유 5월 20일 해사 김석관 짓고 씀. 동생 우규, 세규 삼가 세움이라고 썼다.

후면과 우측면은 한문으로 쓰인 묘비명이다. 그 묘비명을 번역하여 옮겨놓는다.

≪천하에 가석한 이 하나뿐이 아니언만 재기의 꽃이 스러짐은 더욱 애석하도다. 고 문해 송군 몽규는 나와 가까운 벗인 창희씨의 아들로서 정사년 8월 13일 명동리에서 고고성을 올렸다. 14세에 명동소학교를 졸업하고 이어서 화룡 현립 제1교 고등과에 편입하여 그해 겨울에 졸업하였다. 15세에 용정 은진중학에 입학하였다가 갑술년에 길림 문광중학교에 전학하였다. 이듬해인 을해년에 <동아일보>신춘문예 현상모집에서 군이 지은 단편소설이 1등으로 당선되어 문단에 영예를 날리었다. 그 해 남경국립대학 예과에 입학하였으나 그 학교가 폐교되었기에 불쾌한 심정으로 돌아왔다. 무인년 봄에 대성중학교를 졸업하고 그 해 서울 연희전문학교 문과에 입학하여 신사년 겨울에 졸업하였다. 임오년에 영예롭게 경도제국대학에 진학하였다가 불행히 배움의 바다에서 외로이 배를 젓다가 물과 함께 세상을 버리었으니 그 때가 을유 3월 7일이었다.≫

상기 묘비명에서 몇 가지 밝혀둘 것이 있다.
① 비문에서는 송몽규의 출생 년월일이 ≪정사년 8월 13일≫로 씌였는데 이것은 음력이며 서력으로는 1917년 9월 28일이다. 문해(文海)는 그의 호다.
② 송몽규의 사망 년월일은 1945년 3월 10일로 알려지고 있다. 그러나 비문에서는 음력 을유 3월 7일로 되어 있다. 이는 서력으로 1945년 4월 18일이 된다. 유가족의 증언도 이와 같다.
③ 묘비를 세운 것은 을유 5월 20일이다. 이는 서력 1945년 6월 29일이다. 윤동주 묘비보다 15일 뒤에 세워졌다.
④ 묘비명에 ≪갑술년 길림 문광중학교에 진학≫, ≪남경국립대학 예과에 입학≫이라고 썼는데 이것은 1935년에 낙양군관학교 한인반 2

기생으로 입학하여 학습하다가 그 학교가 해산되니 제남에 있는 민족
독립운동단체를 찾아 전전하던 그의 행적을 가리워 일본경찰의 눈을
기이기 위함이였다.

묘소를 찾은 이듬해인 1990년 4월 5일 청명절에 용정중학 동창회의
주최 하에 송몽규의 묘를 용정시 동산 중앙교회 묘지에 있는, 시인 윤
동주 묘와 서쪽으로 약 20m 상거한 곳에다 이장하였다. 용정중학교 동
창회에서 이렇게 한 것은 한 집에서 태어나 한 생을 그림자처럼 붙어
다니며 공부하고 지향을 같이하여 민족을 위한 위업을 기획하다 일제
에게 체포되어 감옥에서 비명에 간 그들을 함께 있게 함으로써 고인들
의 영혼을 위로하기 위한데서 였다고 한다.

청년문사 송몽규 묘를 이장할 당시의 정경을 살펴보면 다음과 같다.

≪묘를 약 1m 높이로 파헤쳤을 때 그 속에는 붓나무 껍질이 덮
인 정방형의 관이 나타났다. 관의 길이는 80cm, 한 변의 길이는
30cm였다. 관속에는 높이가 20cm, 내경이 10cm가량 되는 뚜껑을
덮은 흰 사기단지가 들어있었다. 그 속에는 담황색을 띤 골회가 담
뿍 들어있었고 그 사기단지 주변에는 뼈가루 부스러기가 섞인 모
래가 흩어져 있었다.≫[1]

골회함으로 쓴, 사기단지 주변에 있는 뼈 부스러기가 섞인 그 모래
는 비보를 받고 일본에 갔던 그의 부친 송창희가 시신을 찾아 화장하
고 나서 골회함에 넣기 위해 탄 뼈를 가루 낼 때 튄 것 이였다. 송창
희는 <내 어찌 몽규의 뼈 한 점이라도 원수의 땅에 남기겠느냐>면서
뼈 부스러기가 섞여 있는 모래까지 다 쓸어왔던 것이다.

송몽규의 골회를 미리 준비하여 가지고 간 골회 함에 정중히 옮겨
넣고 봉한 다음 그날 11시경에 원묘지를 떠나 용정동산 중앙교회묘지
에 이르렀다. 그곳에는 이장을 위하여 땅을 1m 깊이로 파낸 데다 벽돌

---

1) 원 용정중학교장 유기천의 증언.

로 50cm 높이에 40cm 넓이로 쌓은 묘혈이 준비되어 있었다. 대성중학 재학 시에 송몽규와 절친하게 지냈던 동창생 김길수 선생은 눈물을 머금고 골회 함을 두 손으로 어루 쓸며 ≪한범아, 내 길수가 너를 보려고 찾아왔다.≫고 하면서 몹시 비감해하였다.

이장을 마치자 청년문사 송몽규를 추모하는 장중한 추도식이 장엄한 ≪선구자≫의 노래 속에서 거행되었다. 그 후에 김길수 선생은 대성중학 재학 시에 송몽규와 함께 있던 때를 회상하며 다음과 같은 증언을 남기였다.

≪후리후리한 키 꼴에 성격이 활발하고 명랑했습니다. 영어과목에 특수했지요. 우리 둘은 늘 100점을 맞았습니다. 나의 별호는 <글벌레>이고 그의 별호는 <활동가>였지요. 그는 찍하면 <스물네칸집>(학생들의 기숙사로 쓰이던 초가집)에서 기숙생활을 하는 나를 찾아와 내 한범이 왔다. 한 10분간만 말하고 가겠다면서 나와 마주하고 귀속말을 나누었지요. 민족의식이 강렬하였던 그와 늘 문학을 많이 담론하였는데 그는 나에게 대학엘 꼭 가야 한다면서 싸인첩에다 <문학이란 무엇인가>라고 써서 주기까지 하였습니다.≫

이에서도 문학에 정진하여 문필로 조선민족문화의 번성에 기여하리라 다짐하는 송몽규의 형상이 연연히 나타난다.

청년문사 송몽규의 행적을 더듬어

청년문사 송몽규의 생애와 업적에 대하여서는 이미 한국과 일본 등지에서 보다 심입된 연구들이 진행되고 있다. 이미 간행된 많은 저술 중에서 시인 윤동주와 문사 송몽규의 행적을 함께 다룬 ≪윤동주 평전≫(송우해 저. 1988년 열음사)은 중요한 성과의 하나다. 아래에 본문

중에 인입한 많은 자료와 증언들은 이 ≪윤동주 평전≫의 것에 준하였음을 밝혀둔다.

송몽규는 1917년 9월 28일 길림성 화룡현(현재 용정시) 명동촌에 있는 외가집에서 당시 명동소학교 교원을 지내고 있던, 송창희와 같은 기독교신자인 윤신영(윤동주의 고모)의 장남으로 태어났다.

송몽규 가문의 내력을 보면 아주 큰 집안을 이룬 대가정으로서 일찍 새로운 문명과 접촉하고 또한 그로 하여 민족독립운동에 일떠선 많은 인물들을 배출한 자호할만한 역사를 가진 가문이었다. 이런 가정적 환경은 어린 송몽규의 성장에 크나큰 영향을 주었다.

그의 가문의 지난날을 개략적으로 살펴보면 아래와 같다. 송몽규의 조부 송시억은 1904년 충청도로부터 함경북도 웅기읍 웅상동에 솔가하여 터를 잡은 후 슬하에 6남 1녀를 두게되고 집안을 크게 일구었다. 그리고 해변인 웅기민가에 자리잡은 웅상동은 바로 조선의 국경지대인데다 또한 러시아의 연해주로 가는 길목이기도 하여 많은 사람들이 왕래하는데서 새로운 사물을 접촉하는데도 아주 유리하였다. 이런 특유한 환경하에서 신문명을 먼저 받아들이게 된 이 송씨가문에서는 웅상동에다 초등교육을 진행하기 위한 북일학교를 세우고 자라나는 어린이들을 육성하였다.

송창희는 송시억 노인의 6남 1녀 중의 다섯째 아들이다. 그는 웅상동에서 출생하여 가정과 친족들의 사랑을 받아가며 초등교육을 마치고 청년기에 들어서자 당시 민족문화 계몽운동이 세차게 벌어지고 있던 서울로 올라가 신학문을 열심히 익혔다. 그는 서울서 ≪청년학관≫, ≪오성학교≫, ≪보성전문≫ 등을 다녔다. 그리고 서울에 있는 동안에 저명한 국어학자인 주시경 선생이 꾸린 강습회에서 한글 문법이며 철자법을 습득하였으며 한면 실용기술을 전수하는 학교[2]들을 다녀 수료증 또는 졸업장을 취득하였다.

---

2) 양잠기술을 전수하는 학교가 그 일례로 됨.

송창희는 자기보다 먼저 명동학교에와 교편을 잡고 있던 친구인 박태환의 알선으로 명동마을에 오게 되었다. 1916년 봄 25세가 되는 송창희는 명동촌의 유지인사 윤하현 장로의 큰딸 윤신영과 결혼하고 정식살림도 처가 집에서 하였었는데 그것은 당시 송창희가 명동학교에 단신으로 교직에 부임하여 와 있었기 때문이였다.

송창희 부부는 결혼 후 9개월을 잡는 1917년 9월에 맏아들 몽규를 낳았다. 몽규의 아명은 한범이라 불렀다. 그가 은진중학을 다닐 때에 이 이름을 썼고 낙양군관학교에 갔다가(재학 시에는 몽규란 이름을 쓰고 한범은 별명으로 씀) 온 후 대성중학에 편입한 때에도 역시 이 이름을 썼다. 몽규란 이름은 후에 그의 어머니가 꿈에 유표하게 큰 별을 보고 그를 낳은데서 꿈 몽자를 택하고 집안 항렬이 규자돌림이여서 그 규자를 썼다고 한다.

송창희는 송몽규가 4살 되는 해에 처가인 윤장로 집으로부터 자기 살림을 할 집으로 옮겼다. 그 집은 처가와는 동쪽 켠에 위치하였었는데, 자그마한 물곬을 사이 두고 있었다. 그 집에서 교회당에 이르자면 원래 있던 처가에서 교회당에 가는 것과 그 거리가 비근하였다. 이 집은 지금도 그대로 남아있다. 이 집에 옮겨와서 송창희는 칠도구소학교로 전근되였으며 그 후 한시기는 이 학교의 교장으로 있었다. 1930년대 말 송몽규가 일본에 가 유학하게 된 그 무렵에는 달라즈촌(지금의 지신촌) 촌장으로 있었다. 반일사상이 농후하였던 그는 막상 촌장을 맡으면서도 일본말을 배우지 않았으며 또 그 고장의 벼슬나부랭이, 더욱이는 경찰서장 따위와 어울리지 않았다. 그래서 때로는 송창희 선생이 경찰서장을 만나고 온 날이면 홧김에 술을 마시고 와 둘째 아들 우규를 불러다 앞에 앉히고 ≪우리 송씨 집안에서는 단 한 사람이라도 총칼 차는 사람이 나오면 안 된다.≫고 훈계를 하였다 한다.

송몽규는 바로 이처럼 성품이 엄하면서도 자식들의 마음을 잘 이해해주는 아버지의 슬하에서 구김 없이 자라났다.

1925년 4월 여덟 살을 잡은 송몽규는 윤동주, 김정우, 문익환 등과 함께 명동소학교에 입학하였다. 이 소학교는 일찍 1899년에 명동촌에

온 이 고장의 개척자이며 간도 교육계의 원로의 한 분이였던 김약연이 1908년 4월 27일에 설립한 명동의숙(그 이듬해에 명동학교로 개칭)의 후신이다. 이 학교를 설립한 김약연은 당시 민족 독립운동에 투신한 지사 이동녕과 함께 민족 독립운동단체를 지도하였으며 또한 상해 대한민국임시정부에 은밀히 가담한 분이었다. 그는 명동학교를 더 잘 꾸리기 위하여 민족 의식이 강한 교사진을 뭇기에 힘을 다하였다. 이로 하여 건교 초기로부터 박우림, 남위언, 김학연, 김하규, 여준, 박태환, 황의돈, 장지영, 김철…과 같은 저명한 학자들을 초빙하였고 그 후로도 송창희, 한준명, 김석관 등과 정신태, 이의순, 이봉운 등을 받아들여 교편을 잡게 하였다. 학교의 성망이 날이 갈수록 높아짐에 따라 동북 각지와 조선, 러시아의 연해주의 학생들까지도 이 배움터에 모여와 당시 명동학교는 활력에 차넘쳤었다.

전하는 데 의하면 민족 독립군 부대에서 장교를 지내던 김홍일 교관이 체조와 군사체육을 담당하였었다. 무관의 직접적인 지휘하에 학생들은 사기도 드높이 조련하면서 《명동학교교가》, 《소년모험행진가》(일명 응원가), 《행보가》 등을 우렁차게 불렀다. 그 중의 몇 대목을 들어보면 다음과 같다.

> 흰뫼가 우뚝코 은택이 호대한
> 한배검이 깃치신 이 터에
> 그 씨와 크신 뜻
> 넓히고 기르는 나의 명동
>
> 웅장한 조상의 피 이 속에 흐르니
> 아무런 일 겁날 것 없구나
> 정신은 자유요
> 의기가 용감한 나의 명동
>   - 《명동소학교 교가》의 두 대목

2천만 동포 우리 소년아
민족의 수치 네가 아느냐
천부의 자유권 차가 없거늘
우리 민족 무슨 죄로 욕을 받는가

민족 사랑하는 자 적지 않지만
모험 행진하는 자 몇이 되느냐
깰지라 소년들아 험한 마당에
조금도 사양말고 달려나가세
　　　　　－ ≪소년모험행진가≫

무쇠골격 돌근육 청년남자야
애국의 정신 분발하여라
다달았네 다달았네 우리 앞에는
청년들의 활동시대 다달았네
　　　　　－ ≪행보가≫의 첫 번째 대목

　민족의식을 고취하는 상무정신으로 기개를 떨치게 하던 이런 노래들은 1920년대 초까지도 널리 불리워 반일 민족독립투쟁의 기세를 북돋워 주었다.

　그러나 송몽규와 그 또래들이 입학하여 다니던 때엔 일제와 중국군벌의 통치하에서 이 학교도 예외 없이 모진 단속을 받았다. 지난날 활력에 찼던 우리 겨레의 배움터 — 명동학교에도 일제의 세력이 뻗치기 시작하였다. 이 때 명동소학교도 종래의 사립학교로서의 성격이 무시 당하고 군벌정부의 반동적 시책과 강요 하에 현립학교로 강제편입 당하지 않으면 안되었다. 그리고 그전까지도 입으로 되뇌이기조차 싫어하던 일본어가 정규과목으로 자기의 드팀 없는 자리를 차지하였고 그에 따라 일본어과의 전임교사가 배비되었다. 그렇지만 명동학교에 깊이 뿌리박은 민족의 얼은 그렇게 쉽사리 사라지지 않고 숨쉬고 있었다. 게다가 사회주의사상 등 진보적 사조는 이 학교에 새로운 충격파를 안다아 주었다.

이와 같은 사회적 환경과 풍조 속에서 어린 송몽규는 윤동주와 함께 공부하면서 문학을 지향하여 동년의 꿈을 키워갔다. ≪이 때 그는 머리가 좋고 공부를 잘할 뿐만 아니라 성격이 활발하고 매사에 적극적이어서……동학들 중에서 그 언제나 리더격이었다.≫ 송몽규와 윤동주의 적극적인 활동과 주선 하에서 그들의 학급은 문학소년반과 다름없는 그런 길로 나아갔다.

이렇게 문학을 각별히 즐기던 송몽규의 또래들은 5학년이 되면서부터 자기들의 잡지를 등사본으로 꾸릴 것을 결의하였다. 송몽규 등은 급우들의 원고를 모아 편집을 끝내고 그 잡지명칭을 토의하던 끝에 그 당시 담임선생님인 한준명 목사님을 찾아가 자문을 청하여 선생님의 뜻에 쫓아 ≪새명동≫이라 이름한 자기들의 잡지를 꾸렸으며 그 후 몇 기를 계속 냈다. 송몽규는 또 동학들을 이끌고 성탄절이나 학기말이면 선생님의 지도를 받아가면서 연극을 출연하기도 하였다.

1931년 3월, 우수한 성적으로 명동소학교를 졸업한 송몽규는 윤동주 등과 함께 명동촌에서 10리 상거한 달라즈촌에 있는 화룡현 현립 제1소학교 6학년에(그의 묘비명에는 화룡현립 제1교 고등과로 씌었음) 편입하여 1년을 다니고 1932년 4월에는 용정에 있는 은진중학교에 입학하였다. 그는 그 때부터 이미 용정에 이사한 윤동주네 집에 가 있으면서 윤동주와 함께 학교를 다녔다.

소학시절부터 문학을 각별히 즐기던 송몽규는 중학교에 가서도 더욱 습작에 열심히 하였다. 그의 알찬 노력으로 하여 3학년 때에 당시 조선 ≪동아일보≫ 신춘문예 현상모집에서 그가 지은 콩트 ≪숟가락≫이 입선되었다. 어린 중학생으로 성년 문학도들과 겨루며 신춘문예 현상응모에 감히 나선 것도 괄목할 만한 일이어니와 평범한 일상생활에서 취재하여 진지한 애정과 불합리한 사회현실간의 모순을 고발한 그의 시도, 구상력과 기법에서도 그의 재질을 엿볼 수 있었다.

1934년 중학교 3학년시절 송몽규는 자기의 호를 문해(文海)라고 지었다. 이에서도 문학의 한길로 달리려는 그의 열렬한 지향과 포부를 볼 수 있다. 그러나 그와 같이 문학적 염원을 드러냈던 송몽규는 당시 은진중학교에서 동양사와 국사 그리고 한문을 가르치시던 열렬한 민족주의자였던 명희조 선생의 영향하에서 결연히 직접 민족 독립운동에 투신하는 길로 나갔다. 송몽규 등은 명희조 선생 등을 통하여 관내에는 민족 독립운동단체에서 설립한 군관학교가 있고 우리 은진중학교 출신 중에도 거기에 가 있는 사람이 있다는 사연과 그곳으로 가는 경로와 연락지점들을 알게 되자 4학년에도 진급하지 않고 곧 관내로 달려들어갔다. 송몽규는 바로 이와 같이 일종의 점조직으로 이어진 경로를 따라서 당시 김구 선생의 주선에 의해 설립된 중앙군관학교 낙양분교의 한인반에 가게 되었던 것이다.

중앙군관학교 낙양분교 한인반은 중국 국민당정부 주석 장개석의 지원 하에 한국임시정부의 요인으로 활약하던 김구 선생이 반일 민족독립전쟁이 수요되는 군사간부를 양성하기 위하여 꾸려진 학교였다. 이 학교의 교관들은 다들 명망 높은 무관들이었는데 그 중에는 엄항섭, 안공근, 이청천, 김인 등과 분들이 있었다. 허나 이 한인반은 재력의 단절 등 피치 못할 사정으로 하여 1935년 4월에 62명의 졸업생을 내고는 더는 다시 공개적으로 꾸려나갈 수 없었다. 송몽규는 비록 이 학교의 제2기생으로 입학하였으나 그 때 학교는 이미 한국독립군 특무대 예비양성소로 개칭하였던 때이다. 송몽규는 이 양성소에서 열심히 군사적 기능을 연마하였다. 그는 또 군사훈련의 여가에 학생들을 인도, 조직하여 문화활동을 활발하게 벌렸다. 이 학교에서 송몽규와 함께 같이 지냈던 라사행은 다음과 같은 증언을 남기고 있다.

≪송몽규가 중심이 되어 잡지를 만든 일이 있었다. 우리가 용지사에 있을 때 였지요. 송몽규가 우리보고 다들 원고를 써내라고 하여 꽤 두꺼운 책을 만들었습니다. 한 3백 페이지쯤 됐어요. 나도 <모든 것을 조국독립을 위하여! 모든 것을 겨레를 위하여! 모든 것을 그리스도를 위하여!……> 그렇게 나가는 글을 써서 냈

더니 그 책에 실어주었어요.

　송몽규는 문학에 재능이 있었지요. 성격이 쾌활하고 글씨도 잘 썼어요. 그래서 등사판을 새로 사다가 직접 써서 등사로 인쇄하여 만들었습니다. 김구 선생이 몹시 칭찬하시고 책이름을 <新民>이라고 지어 주셔서 그런 제목으로 책이 되어 나왔지요.》3)

　이와 같은 증언에서도 어린 문필가의 실적을 구체적 사실로 밝혀주고 있다.

　당시 이 양성소에서 군사기능을 연마하던 《2기생》들은 1935년 10월초에 용지사로부터 남경으로 들어온 후 곧 해산되었다. 송몽규는 민족독립운동을 계속하기 위하여 1935년 11월에 남경을 떠나 산동성 제남에 있는 조선독립운동 단체를 찾아갔다. 그것은 거기에 조선 독립운동단체 일파의 주요성원이고 또한 은진중학 출신인 이웅(일명 이준식)이 활약하고 있다고 들었기 때문이다. 그런데 찾아가서 몇 달이 지난 1936년 4월 10일에 송몽규는 영문도 모르고 제남주재 일본영사관 경찰에게 체포되었다. 나중에 안 일이지만 당시 이웅이란 자는 이미 2중첩자로 전락되었었다. 얼마 후 그의 정체가 탄로 나자 민족 독립운동단체에서는 이웅을 곧 처단하여 버리고 말았다.

　송몽규는 이렇게 영문도 모르고 체포되어 야만적인 고문에 시달리며 갖은 곡경을 겪다가 1936년 4월 구사일생으로 집에 돌아왔다. 그러나 이곳도 일제놈들의 치하에 있었기에 그는 또다시 수감당하였다. 일제 당국은 그를 본적지인 조선 함경북도 웅기경찰서에 압송하여 가두어 넣고 또 반복적인 심문을 들이대었다. 그 후 그는 겨우 놓여 나오기는 하였으나 그 때로부터 그에게는 《요시찰인》이란 딱지가 붙어 늘 일제당국의 감시망 속에서 놈들을 기이며 살아야 했다.

　함경북도 웅기읍 경찰서에서 모진 고문에 시달리다 놓여 나온 송몽

---

3) 송우혜 저 ≪윤동주 평전≫ 132p.

규는 옥중에서 겪은 고초의 후유증 때문에 집에서 요양하다가 다시 학교에 진학하기로 마음먹었다. 송몽규는 이전에 다니던 은진중학교에 들어가려 하였으니 계속 사찰을 받고 있는 문제 있는 학생을 학교당국에서 받을 수 없다기에 다시 대성중학교에 신청하여 4학년에 편입하였다. 이로부터 송몽규는 2년 남짓이 중단하였던 학업을 다시 계속하게 되었다.

송몽규는 대성중학교 재학 시에 송한범이란 이름을 썼었다. 그는 공부도 잘하고 학교와 반 급의 활동에서도 늘 앞장에 서서 나아갔기에 동학들의 추대를 받았다. 송몽규와 대성중학을 함께 다닌 동급생 김길수는 다음과 같이 회억하고 있다. ≪송몽규란 이름을 나는 지금까지 알지 못하고 있었으나 송한범이라고 하면 너무나 다정스럽던 친구였다. 그와 헤어진지도 54년이란 긴 세월이 흘렀어도 학교 때 그렇게 극진하게 지내던 한범이를 잊을 수 없다. 한범이는 아주 총명하였으며 학습성적이 우수하였고 영어과에서는 더욱 뛰어났었다. 문학에 극진한 흥취를 가지고 있었고 동학들과 널리 사귀였으며 말도 변설이었다.≫

송몽규는 문학을 즐기어 그것에 대한 집념이 대단하였다. 이는 김길수의 상기 증언에서도 감득할 수 있으며 또한 1937년 11월 26일 졸업을 앞두고 전언부에다 영어로 ≪일체는 문학을 위하여≫라고 까지 싸인을 한 등에서도 볼 수 있다.

1938년 2월 대성중학(4년제)을 졸업한 송몽규는 윤동주와 함께 연희전문학교 문과에 합격하자 1938년 초봄에 나란히 서울로 올라갔다. 송몽규는 입학통지서를 접하고 학교로 갈 즈음에 달라즈, 명동, 장재 등 부근의 마을을 다니며 여러 유지와 스승들을 찾아 ≪서울로 공부하러 간다≫고 인사드리고 겸허 도움도 바랐다. 당시 명동소학교에서 교편을 잡고있던 김창걸 선생4)의 증언에 의하면, 장래가 기망되는 그를 아끼던 동네의 유지와 스승들은 몽규가 연희전문학교에 입학하여 서울로 간다니 몹시 기꺼워들 하면서 주머니 끈을 풀어 얼마간씩이라도 학비

---

4) 김창걸: 중국 조선민족의 저명한 소설가 광복 후 연변대학 교수를 지냄.

에 보태라고 주었다 한다.

송몽규와 윤동주는 연희전문학교 문과에 적을 두고 한 학급에서 4년이란 세월을 그림자처럼 서로 따르며 문학을 익히고 습작을 하면서 아주 끔찍스레 지냈다.

송몽규가 연희전문학교에 입학할 무렵의 사회적 현실은 퍽 복잡하였다. 일제는 1930년대 말기에 이르러 더욱 황민화 운동을 강요하고 무단적으로 조선민족의 민족적 특색을 거세하려 하였다. 일본 당국은 수다한 법령 이를테면 ≪조선육군 지원병령≫(1938년), ≪일본국가 총동원법≫(1938년), ≪조선교육령≫(1938년) 등을 반포하고 조선민족을 완전히 전시체제에 몰아넣으려 미친 듯이 날뛰었다. 당시 일제치하에서 그들의 소위 법과 령을 어기면 곧 폐교 당하고 걸핏하면 진보적인 선생들과 학생들이 걸려들어 모진 박해와 수난을 겪기가 일쑤였다. 이런 어지러운 사회상황 속에서나마 기독교계통의 학교들은 다른 계통의 학교들보다는 나은 편이었다. 그래서 일정한 한계 내에서나마 자유로운 분위기를 형성할 수 있었고 민족운동의 본산적인 역할을 놀 수 있었다. ≪그것은 정치적으로는 학교의 소유주이다 경영자인 선교사들이 서양국적을 갖고 있었기에 가능했고 이념적으로는 기독교의 윤리가 자유평등을 모토로 하고 있었기에 그나마 가능했던 형상이며 분위기였다.≫5) 송몽규가 입학할 무렵의 교장은 선교사인 원한경 박사였고 그 아래에 외국인 교수 외에도 당대 조선의 저명한 학자들 이를테면 유억겸, 이양하, 최현배, 손진태, 이묘묵, 현제명, 하경덕, 민태식, 최규남, 백락준, 김선기, 신태환, 정인섭, 이춘호… 들로 문과의 교수진을 구성하고 있었다.

이런 민족의 정화들로 무어진 교수진은 민족의 장래를 떠이고 나갈 포부를 품은 많은 청년학생들을 흡인하였다. 송몽규와 그의 벗들은 이 연희동산에서 민족의 얼이 슴배인 스승님들의 사랑과 가름침을 받아가며 민족의 정신을 키우고 민족의 문화를 익혀나갔다.

---

5) 동상서 184p.

1940년대에 들어오면서 멸망에 직면한 일제당국은 조선민족의 민족적 특성을 거세하고 황국 신민화를 기하기 위하여 더욱 미친 듯이 날뛰었다. 일제는 1940년 2월부터 1939년 말에 반포한 ≪창씨개명령≫에 쫓아 창씨하고 개명한 새 성과 이름을 계출받고 새 호적등본을 내도록 독촉하였다. 하여 온 조선민족은 정치문화생활로부터 경제적 물질적 생활의 매 영역에 이르기까지 ≪국민정신총동원령≫의 통제와 그리고 얼핏하면 피비린 검속이 뒤따르는 백색테로 속에서 허덕이지 않으면 안되었다.

일제의 무단통치하에서도 송몽규 등 진보적 학생들은 항상 어떻게 하면 민족의 문화를 살리고 발양하며 민족의식을 강화하고 잃었던 민족의 모든 것을 되찾는가에 집념하였다. 하여 송몽규는 그같이 사람을 질식케하는 정치적 현실 속에서도 ≪하늘 속에 맘을 잠그고≫ 부지런히 배우고 학우들과 여러모로 문화활동을 벌려나갔다. 이때에 그는 연희전문학교 문과학생회 문우회인 잡지 ≪문우(文友)≫의 간행을 주선하여 1941년 6월 5일에 펴냈다. ≪문우≫의 출간은 이 시기 연희전문학교 문과생들에게 크나큰 의미를 부여하였다.

≪문우≫지는 실로 어려웠던 여건 하에서 당시 문우회 문예부장이었던 송몽규 등의 피타는 노력에 의하여 이루어졌다. 원고수집, 수필, 배판, 검열, 교정에 이르기까지 직접 참가하면서 몇몇 학우들과 함께 펴내고 ≪편집후기≫도 그가 썼다.

당시 이 ≪문우≫지에, 이미 학교에서 조선어 사용이 엄격하게 금지된 상황하에서 부득이 일본어로 쓴 소설, 논문, 기사들을 내면서도 또한 한글로 쓰인 학생들의 시 7편, 동시 4편, 역시 2편 도합 13편을 실은 것은 특기할 만한 장거이다. ≪문우≫에 게재된 시 7편 중에는 윤동주의 시 ≪새로운 길≫(1938년 5월 지음), ≪우물 속의 자상화≫(1939년 9월 지음, 후에 ≪우물속의 자화상≫으로 개제)와 함께 송몽규의 시 ≪하늘과 더불어≫가 포괄되어 있다. 송몽규는 자기의 시 ≪하늘과 더불어≫를 낼 때 자기의 이름을 굳이 한글로 풀어서, ≪꿈별≫이라 필명을 만들어 썼는데 이렇게 한데는 그로서의 뜻하는 바가 있었다.

연희전문학교에서는 일제의 전시체제의 요구에 부응하여 본래는 1942년 3월에 치루어야 할 졸업식을 앞당겨서 1941년 12월에 진행하였다. 이로써 송몽규는 4년의 연희전문학교 생활을 마무리 지었다. 그동안 그는 실로 많은 어려움을 겪었지만 연희전문학교의 뛰어난 교수진과 민족위업을 위한 엄숙하였던 학습분위기는 그의 청운의 뜻을 키움에 있어서 더없이 좋은 환경과 기회로 되었었다.

　연희전문학교를 우수한 성적으로 마친 송몽규는 또 윤동주와 함께 일본 유학의 길을 택하였다. 그들은 민족의 독립과 번성발전을 기하기 위하여서는 민족문화를 깊이 연구하여야 하는데 ≪다만 전문학교 정도의 문학연구로서는 부족하다≫고 생각하였다. 하여 날로 험악해지는 전시체제 하에서 많은 어려움과 받아내기 힘든 굴욕이 뒤따를 것을 알면서도 단연 일본에 가 유학하기로 하였던 것이다.

　일본으로 유학 가는 데 우선적으로 부딪친 문제는 바다를 건너는 데 필요한 도항증명서를 내야 하였으며 또한 그 도항증을 수속하자면 창씨개명한 자만이 가능하였다. 그런데 창씨개명계를 제출하는 것은 그들에게 있어서 보통의 심각한 문제가 아니었다. 치욕적인 창씨개명을 하지 않으면 안되는 때에 그들은 그 얼마나 고통스럽고 모진 사색에 모대겼는가를 윤동주가 남긴 시작 ≪참회록≫에서도 보아낼 수 있다.

　송몽규와 윤동주는 그같이 내심적 고통에 모대기면서도 내일에 이룩할 더 큰 일을 위하여 본의 아니게 창씨개명계를 도일 임박에야 제출하였다. 그것도 일본식으로 창씨하지 않고 본래의 성 宋자에다 마을 村자를 한자 덧붙여서 송촌(宋村)이라고 지었는데 이에서도 일제의 반동적 시책에 대한 그의 반발을 가늠할 수 있다.

　1942년 3월초에 일본에 건너간 송몽규는 원 지망대로 경도제국대학 서양사학과에 입학하였다. 그와 함께 간 윤동주는 사정에 의하여 동경의 입교대학에 입학하였다가 그해 가을에 경도의 동지사대학 영문과로 적을 옮기였다. 이렇게 되자 송몽규와 윤동주는 또 다시 한데 모이게 되었다.

　송몽규는 경도제국대학에서 열심히 학문을 탐구하는 한편 강렬한 민족의식의 지배하에서 민족독립의 미래를 기획하였다. 그는 동학들과 민족의 문화와 민족의 내일을 변론하고 일제당국의 조선민족과 문화에 대한 말살정책을 비난하였으며 암암리에 일제의 시책을 역이용하여야 한다는 자기의 견해도 피력하였다. 그중 일제의 악랄한 제도 이를테면 조선청년들을 자기들의 대포밥으로 만들려고 획책, 제정한 징병제도를 그는 앞으로 조선민족의 거족적 무장봉기의 군사골간을 양성하는데 이용할 수 있다는 자기의 견해들을 말한 것 등이다.

그 뒤에 안 일이지만 요시찰인의 딱지가 붙은 송몽규를 일본 특별고등경찰에서는 줄곧 감시를 늦추지 않고 있었다. 거기에다 당시 특별고등경찰에서는 ≪요시찰인에 대한 시찰내용을 강화하는 것은 물론 특히 학생 지식계급의 동향에 유의하고…특히 이들 분자의 모략활동에 주의할 것≫(1943년 1월 내무성 경보국 ≪치안대책요강≫)이라는 등의 지령에 쫓아 촉각을 세우고 감시망을 늘이던 때였다. 이런 때에 송몽규의 상기 언향활동은 일제당국으로 보면 한낱 중대한 사건이 아닐 수 없었다. 하여 일본특별고등경찰은 송몽규를 ≪재 경도 조선인 학생민족주의 그룹사건≫의 주모로 단정하고 수사에 나섰던 것이다.

송몽규는 1943년 7월 10일에, 그와 관련이 있는 윤동주 등은 며칠 뒤에 일제당국에 의해 체포되었다. 그후 송몽규는 1943년 12월 6일에 검사국으로 넘어가 1944년 2월 22일에 기소되고 3월 31일에 징역 2년을 언도받았다.

아래에 당시 송몽규의 활동과 주견들을 실증하기 위하여 좀 길지만 일제당국에서 터무니없이 작성한 소위 ≪판결문≫을 원본 그대로 옮겨본다.

송몽규에 대한 치안유지법 위반 피고사건(조선독립운동) 판결
- 경도지방재판소 보고

본건 관계자 처분결과 일람표

씨명	연령	학력	직업	처분	결과
송몽규	28	경대문과부 선과재	학생	1943. 7.10 검거 1944. 2.22 공판을 요구 1944. 4.13 징역 2년(구형 3년)	1944.4.17 확정
윤동주	27	동지사 대학재	학생	1943. 7.14 검거 1944. 2.22 공판을 요구 1944. 3.31 징역 2년(구형 3년) 미결구류 120일 산입	1944.4. 1 확정
외 1명				불 기 소	

판 결

본적 : 조선 함경북도 경흥군 웅기읍 웅상동 422번지
주소 : 경도시 좌경구 북백천 동평정정 60번지 청수영일방
        경도제국대학문학부사학과 선과학생 송몽규
                                  1917년 9월 28일생

우자에 대한 치안유지법 위반 피고사건에 대하여 당 재판소는 검사 강도 효의관여로 심리한바 그 판결은 좌와 같다.

주문(主文)

피고인을 징역 2년에 취한다.

이유

피고인은 만주국 간도성에 거주하는 조선출신 학교 교사의 가정에서 태어나 그곳에서 중등교육을 받았으며 어렸을 때부터 중화민국인의 박해로 인한 민족적 비애를 체험하고 민족적 학교교육 등의 영향으로 점차 치열한 민족의식을 갖게되었으며 1935년 4월경 선배의 권유에 따라 중도

에 학업을 포기하고 남경소재 조선 독립운동단체인 김구 일파가 있는 곳으로 가서 그 운동에 참가하여 더욱더 그 의식을 높이고 우파내부에 있어서의 파벌투쟁 등 추악한 내정을 알게 됨에 따라 동년 11월경 다시 제남 소재의 조선 독립운동단체 이응 일파의 산하에 투신하는 등의 활동에 종사했기 때문에 1936년 4월경부터 본적지 웅기경찰서에서 유치취조를 받고 동년 8월말경 석방된 경력을 가진 자로서 그 후 간도성 용정가 국민고등학교, 경성연희전문학교를 거쳐서 1942년 4월 경도제국대학 문학부 사학과에 선과생으로 입학하여 현재에 이른 바 의연 민족적 편견을 품고 특히 조선내 각 학교에 있어서 조선어 교수과목의 폐지 및 언문에 의한 신문잡지의 폐간 등의 사실에 접하여 제국정부의 조선 통치정책으로서는 필경 조선인의 모든 특이성을 몰각하고 그 국정문화를 절멸하여 드디어는 조선민족의 멸망을 꾀하는 것이라고 망단하고 깊이 그 시설을 원망하고 탄식한 결과 이에 조선민족의 자유행복을 초래하기 위해서는 조선을 제국통치권으로부터 이탈시켜 독립국가를 건설하는 외 다른 도리가 없으며 이의 실현을 위해서는 당면 조선인 일반대중의 문화수준을 앙양하고 그 민족적 자각을 불러일으켜서 점차 독립의 기운을 양성해야만 된다는 결의를 굳게 함에 이르러 이의 목적달성을 위해

제1. 1942년 12월 초순경 하숙하고 있던 경도시 북백천 동평정정 60번지 청수영일의 집에서 같은 민족의식을 품은 제3고등학교 생도 고희욱에 대하여 종래의 조선 독립운동은 외래사상에 편승한 것으로서 확고한 이론이 없으므로 단순한 충동적 감정적 폭동으로 실패하였으므로 금후 우리들이 독립운동을 진행함에 있어서는 학구적 이론적으로 해야만 한다는 취지로서 과거의 독립운동을 비판하고 장래의 방책을 지시하여 동인의 독립의식 앙양을 꾀하고

제2. 1943년 4월경 전기 하숙집에서 소학교 시절 친우이며 같은 민족의식을 품고 있던 동지사대학 문학부 학생 윤동주에 대하여 피고인이 병요양차 약 4개월간 귀성 중에 견문한 만주국, 조선 등의 객관정세에 대하여 최근 조선에 있어서 총독부의 압박으로 소학생, 중등학생이 거의 일본어를 사용하고 있고 조선어 및 조선문은 점차 멸망에 이르고 있다는 것, 또한 만주 국에 있어서 주요식량의 배급에 관하여 조선인은 일본인보다 차별대우를 받고 있다는 등을 고지하고 서로 이를 논란공격 하는 외에

조선에 있어서의 징병제도에 관하여 민족적 입장에서 서로 비판을 가하여 이 제도는 오히려 조선독립 실현에 있어서 일대 위력을 가하리라고 논단하는 등 민족 독립의식의 앙양에 힘썼으며

제3. 동년 4월 하순경 경도시의 팔뢰유원지에서 우 윤동주 및 같은 민족의식을 품고있던 입교대학생 백인준과 회합하여 서로 조선에 있어서의 징병제도를 비판하고 조선인은 종래 무기를 몰랐지만 징병제도의 실시에 의해 새로이 무기를 갖고 군사지식을 체득하기에 이르러 장래 대동아전쟁에서 일본이 패전에 봉착할 즈음 반드시 우수한 지도자를 얻어 민족적 무력봉기를 결행하여 독립운동실현을 가능케 할 것이라는 취지의 민족적 입장으로부터 이 제도를 구가하고 또한 민족독립후의 통치방식에 대하여는 조선인은 당파심 및 시의심(猜疑心)이 강하므로 독립시초에는 군인출신자의 강력한 독재체제에 의하지 않고서는 이를 통치하기 곤란할 것이라고 논정한 끝에 독립실현에 공헌하게끔 각자 실력양성에 전념할 필요가 있다고 강조하는 등 서로의 독립의식의 강화를 꾀하고

제4. 동년 6월 하순경 전기 하숙집에서 우 고희욱에 대해 대동아 전쟁은 무력에 의한 해결이 곤란하며 결국 강화조약에 의하여 종결될 가능성이 큰데 이 회의에 버마, 필리핀 등은 독립국으로서 참가할 것이므로 이 시기에 조석독립의 여론을 환기하고 세계각국의 동정을 얻어 단숨에 바라는 바 목적을 이룩해야 한다는 취지를 역설하여 그 민족의식의 유발에 힘썼으며

제5. 동년 6월 하순경 경도시 좌경구 북백천 무전아파트에서 윤동주와 같이 찬드라보스를 지도자로 하는 인도독립운동의 대두에 대해 논의한 뒤에 조선은 일본에 정복된 후 아직 일천(日淺)하고 또한 일본의 세력이 강대하기 때문에 현재 동씨와 같은 위대한 독립운동 지도자를 얻고자 하여도 용이하게 얻을 수 없는 상태이기는 하나 한편으로는 민족의식은 도리여 왕성함으로 훗날 일본의 전력이 피폐하여 호기(好机)가 도래할 때면 동씨와 같은 위대한 인물의 출현이 반드시 있을 것이니 각자 그 호기를 잡아 독립달성을 위하여 궐기해야 한다는 취지로 서로 격려함으로써 그 목적수행을 위하여 행위한 자임.

증거를 살피건데 판시 사실은 피고인의 당 공정에서의 판시와 마찬가지 취지의 공술에 의하여 이를 인정함.

법률에 비추건대 피고인의 판시 소위는 피고인이 치안유지법 제5조에

해당하는 것으로 소정형기 범위 내에서 피고인을 징역 2년에 처하기로 한다.
　이로써 주문과 같이 판결함

1944년 4월 13일

경도지방재판소 제1형사부
재판장 판사 소서이치
판사 복도 승
판사 성 지효

　(이상 《판결문》은 《사상월보》에 게재된 것을 고희욱이 번역함)6)

　일제가 무단적으로 조작한 그에 대한 이 《판결문》은 민족에 대한 다함없는 충정과 고도의 민족적 자각으로 민족문화를 열애하고 수호, 발전하기 위하여 자기의 일체를 바친 송몽규의 숭고한 소행을 실제사실로 반증하여 주는 동시에 조선민족을 말살하려 미쳐 날뛰던 일제 당국의 죄악적 기록으로 되어 영원토록 진리를 견지하는 세인들의 타매를 받을 것이다.
　그 후 송몽규는 억울하게 2년형을 언도 받고 복강형무소에 이송되어 삭발하고 붉은 수인복을 거치고 비인간적인 복역생활을 하였다. 그는 소위 사상범이라 하여 그 단속이 아주 심하였다. 《희미한 10촉짜리 전구가 밤이나 낮이나 비추는 독감방에 앉아서 단조롭기 끝이 없는 강제적 노역 속에서 하루하루 지내야 하였다.》
　영어의 몸이 되어 시달리던 송몽규의 최후는 너무 처참하였다. 《그를 본 사람들이 통곡을 터뜨릴 정도로 그처럼 비참한 꼴이 되어서도 그는 계속 이름 모를 주사를 맞고 있었다. 더구나 그 주사로 인해 평생의 동료 동주가 이미 죽었고 또 자신 역시 죽어가고 있다는 것을 알

---

6) 동상서 322p.

면서도 강제에 의해 계속 그 주사를 맞아야 했던 그의 심경이 어떠했을까.≫7)

그리고 송몽규는 옥에 갇혀있는 동안 단 한차례의 면회를 하였을 뿐이다. 그것은 윤동주의 시체를 찾으러 갔던 외삼촌 윤영석과 외오촌 윤영춘과의 만남이다. 당시 그를 만난 윤영춘의 증언에 의하면 그 때 몽규는 ≪<반쯤 깨여진 안경을 눈에 걸친> 모습이었고 <피골이 상접이라 처음에는 얼른 알아보지도 못하였다> 하니 송몽규의 감옥살이가 얼마나 처참했던가를 능히 짐작할 수 있다.≫8)

송몽규는 윤영석과 윤영춘과의 면회가 있은 지 얼마 후인 1945년 4월 18일(을유 3월 7일)에 그가 오매에도 그리던 민족의 광복을 보지 못한 채 비명으로 요절하였다.

비보를 접한 송몽규의 부친 송창희 선생은 곧 아들의 시신을 찾으러 일본 복강형무소로 갔다. ≪가서 몽규를 찾으니 시체실의 관속에 담겨 있었다. 그런데 피골이 상접한 얼굴에 수염이 헝클어져 있고 눈을 감지 못해 뻔히 뜬 채 죽은 모습이었다.…≫ ≪그렇게 눈을 감지 못하고 죽은 아들의 처참한 모습을 보고 송창희 선생은 <내가 왔다. 이제 눈을 감아라>하며 손을 들어 눈을 감기였다. 그러자 그제야 눈이 감기더라고 한다≫9)

이렇게 비참하게 간 청년문사 송몽규는 한줌의 재가되어 그가 나서 자란 정돈 고장 지신향 장재촌 북산에 와 묻혔다. 그후 세월이 흘러 그가 고향 땅에 와 안식한 지도 어언 40여 성상이 지난 오늘 민족애로 일관된 그의 숭고한 정신과 업적이 새로운 역사시대의 각광을 받아 다시 그 빛을 뿌리게 되었음을 우리들은 아주 기껍게 생각한다. 이제 이 고장의 후대들은 그를 조선민족의 문화전선의 선구자로 추대함과 아울러 그가 평생에 실현하려던 지향과 이상을 실현하기 위하여 분전하는 것으로써 영원히 그를 기릴 것이다.

---

7) 동상서 344p.
8) 동상서 339p.
9) 동상서 352p.

15. 〈용정의 노래≫의 작사자
윤해영과 그의 광복전 시작

1. 문제제기

    윤해영 작사 조두남[1] 작곡으로 된 ≪용정의 노래≫(해방 후 작곡가 조두남에 의해≪선구자≫로 개제)는 일제 통치시기에 북만주 목단강 지구에서 창작되었다. 그 후 이 가곡은 광복 후 조선반도와 해외를 망라한 백의겨례들 속에서 널리 애창되어 크나큰 영향력을 산생시켰다. 한국의 한 문예평론가는 ≪한 고장을 그리는 노래 중에서 이처럼 가사와 곡이 어울려 장절한 품격과 아름다움을 갖춘 노래는 흔치 않다. 아마도 용정을 두고 앞으로 이보다 더 좋은 노래가 나오기는 힘들 것이다.≫[2]라고 하였는데 실로 우리 동포들에게 이같이 인기를 모으고 높은 평언을 받은 가곡은 그렇게 많지 않다.

    그런데 근년에 이르러 가곡 ≪용정의 노래≫의 작사자, 창작연대 등에 대하여 일부 이견들이 제기되어 문예계의 이목을 끌고 있다. 이와 같은 이견과 더불어 제기된 부동한 견해들은 바로 이 가곡과

---

1) 조두남(1912~1984) 원명 조계원, 호는 석호(夕湖).
2) 송우혜 ≪윤동주 평전≫에서.

그 작가들에 대한 이해, 평가와 연관되고 있는 바 그 문제점들을 정확히 규명하는 것은 우리 조선민족 문예사의 연구에서도 중요한 의의가 있다.

본문에서는 가사 ≪용정의 노래≫의 작사자 윤혜영과 그의 광복전 시작을 현유의 자료에 토대하고 역사적 실상과의 만남 속에서 고증, 연구함으로써 당전 거론되고 있는 중요한 문제들 이를테면 가곡 ≪용정의 노래≫(≪선구자≫)의 창작연대와 개제, 그리고 작사자 윤해영의 신원과 그의 광복전 시세계 등을 나름대로 고찰하여 보려 한다.

2. ≪용정의 노래(선구자)≫의 창작연대와 개제를 두고

필자는 작사자 윤해영의 광복전 시작들을 살피는 과정에서 가곡 ≪용정의 노래≫(≪선구자≫)의 창작연대에 유의하게 되었다.

그런데 근래에 발표된 일부 저술과 적지 않은 논문들에서는 ≪용정의 노래≫ 발표연대를 20년대 후기 심지어는 중기로 터무니 없이 단정하기까지 하였다. 이를테면 ≪현대인물전기 윤극영≫[3]에서는 윤극영이 동흥중학교에 와서 교편을 잡고 있던 1926년 1월에 ≪조두남이 작곡하고 윤혜영이 글을 쓴 <선구자>가 그의 애창곡이었다≫라고 쓰고 있는가 하면 논문 ≪건국전조선민족소년아동음악교육개황≫[4]에서는 1920년대 중기에 ≪중학생들이 애창한 노래 중에서는 조두남의 작곡으로 된 ≪선구자≫가 있었다≫고 진술하고 있는 것 등이다.

그런데 필자를 더욱 아연하게 한 것은 작곡가 조두남은 그가 가출하여 ≪목단강 싸구려 여관에 묵고 있던 1933년 가을도 농익은 저녁 무렵에 찾아온≫ 윤해영에게서 가사를 받아 작곡하였다고 하는 것이다. 가곡 ≪용정의 노래≫ 발표회에 직접 참가하였던 작곡가 김종화는 자

---

3) ≪현대인물전기≫ 1987년 4월 15일 발행.
4) ≪길림예술학원 연변분원학보≫ 1993년 1월 출간 49p.

기의 회상기에서 그 발표연대를 1943년 겨울이 아니면 1944년 초로 단정하고 있는데 아래에 작곡가 김종화의 회상기 ≪(용정의 노래)작사 작곡가를 회상하여≫5) 중의 한 단락을 들어본다.

≪1943년 말이 아니면 1944년 초6)의 일이다. 어느 하루 조두남 씨가 신안진에 있는 나의 집에 찾아와서 영안에서 새 작품발표 공연을 하는데 참여해 달라는 것이었다. 나는 응답을 하고 기타연주를 맡은 한편 새 악사들의 연습도 도왔다. 이번에 나는 <용정의 노래> 작사자 윤해영 씨를 알게 되었다.…

연주회는 영안극장에서 열리었는데 7~8명 악사에 직업가수 몇 분도 참가하였다. 프로는 새 작품발표로서 조두남 작곡 윤해영 작사로 된 <용정의 노래>, <목단강의 노래>, <산>, <흥안령 마루에 서운이 핀다>등이었다. 이번 연주회에서는 그 전해 가을에 목단강에서 연주한 <고향생각>, <한 사나이의 반 평생>도 연주되었다.…≫

이상에서 보는 바와 같이 ≪용정의 노래≫의 발표연대를 밝히는 데 있어서 10년 나마의 차이가 있다. 실로 상례로서는 이해할 수 없는 일이다.

이제 더 이 노래의 발표연대를 드림 없이 실증할 수 있는 사실자료를 입수할 수 없는 상황에서 우리들은 당시의 역사적 실제와 그 창작자들의 실상을 유기적으로 결합하여 심입 고찰함으로써 그 발표연대에 대한 보다 적중한 추정을 시도하는 수밖에 없다.

우선 이 노래의 작사자 윤해영의 경력과 그가 시단에 나선 시기를 보아서 ≪용정의 노래≫는 1930년대 초에 지어졌다고 할 수 없다. 윤해

---

5) ≪문학과 예술≫ 1993년 2호.
6) ≪<선구자노래>의 진위를 묻는다≫(≪두만강≫ 총서 제4집. 1995년 10월 요녕민족출판사 출판 541p)에서는 ≪용정의 노래≫의 발표연대를 1944년 봄으로 단정하고 있다.

영이 조선민족의 시단에 나선 것은 1930년대 후반이며 1940년 좌우시기에 이르러 일부 세인의 이목을 끄는 몇 편의 시를 내놓기에 이른다. 이에 그의 30년대 시작품 계보에는 ≪용정의 노래≫가 끼일 수 없다.

다음 가곡 ≪용정의 노래≫가 1933년작이라면 10년을 지나는 사이에 아주 널리 알려졌을 것인데 조사에 의하면 ≪그 때 용정에서 살았거나 공부를 했던 사람들이 그 노래를 부른 적이 없었다.≫ 뿐만 아니라 작곡가 김종화는 조두남을 1942년 겨울에 처음 안 이래로 해수로 3년이나 그에게서 음악을 배우고 신곡발표회 등에도 어울려 다니면서 무람없이 지내는 사이였지만 그는 1930년대에 ≪용정의 노래를 작곡하였다≫는 ≪그런 말 한마디 없었다≫고 하는 증언은 신빙성이 있다.

그 다음 일부 역사기재와 당시 음악활동에 참가한 이들의 증언에 따르면 조두남은 한 시기 연출대에 참가하여 순회공연에 나섰다가 1940년대 초에야 목단강 지구에 와서 음악활동에 참가하였다. 조두남은 이 시기에 윤해영을 알고 또한 그와 함께 1943년과 1944년 사이에 ≪용정의 노래≫, ≪목단강의 노래≫ 등을 창작한 것으로 알려지고 있다.

그런데 작곡가 조두남은 자기 회고담에서 윤해영을 1933년에 만났고 그에게서 ≪용정의 노래≫ 가사를 건너 받아 작곡하였다고 쓰고 있으니 실로 이해가 가지 않는다. 하여 필자는 다음과 같이 생각을 굴려도 보았다. 그것은 작곡가 조두남 선생이 회고담 ≪한밤중에 찾아왔던 사람의 부탁≫을 지상에 발표한 때는 1980년인데, 그는 두 해 전인 1978년 3월에 ≪한번 쓰러진 뒤부터는 중풍까지 겹쳐≫[7] 병마에 시달리고 있을 때였다. 그래서 그 당시 어느 누가 그의 구술을 대필, 정리하는 과정에 년대와 일부사실을 오기하는 데서 빚어낸 오류가 아닐까 하고…, 그러나 이것은 어디까지나 필자 나름의 추정에 지나지 않는다.

그리고 이밖에 근래에 발표된 일부 글들에서는 ≪용정의 노래≫를 개제하고 노래말을 일부분 고친데 대하여도 비난하고 있다. 이를테면

---

[7] ≪뿌리깊은 나무≫(한국잡지) 1980년 ?호 146p.

≪(선구자의 노래)의 진위를 묻는다.≫8) 등에서 ≪<선구자노래>는 <용정의 노래>의 가사를 뜯어고친 재판에 불과하≫여 ≪노래의 가사가 후세인에 의하여 임의로 고쳐진다면 그것은 역사의 진실을 뜯어고치는 것과 같다≫면서 이렇게 ≪뜯어 고친 것은 조두남 선생의 소행일까 아니면 제삼자의 소행일까?≫하고 문책하고 있다.

필자는 작곡, 작사가가 합작하여 새로운 가곡을 창작할 때에 일부 노래말이나 곡 중의 여의치 못한 부분을 고칠 수도 있는데 어떻게 고쳤는가가 문제로 된다고 본다. 작곡가 조두남은 ≪용정의 노래≫를 ≪선구자≫로 개제하고 제2절과 3절 중의 몇 구절을 바꾸게 된 자기의 저의를 아래와 같이 피력한 바 있다.

≪해방을 맞고 나서 나는 과거의 한이 담긴 <용정의 노래>라는 제목 대신에 윤해영처럼 높푸른 기상을 지닌 독립투사들을 일컫는 <선구자>로 제목을 바꾸어 달았다. 또 유랑민의 서러운 심정이 뚝뚝 묻어나는 이, 삼절의 가사에서도 <눈물젖은 보따리>나 <흘러흘러온 신세> 같은 구절을 빼버리고 <활을 쏘던 선구자>, <조국을 찾겠노라 맹세하던 선구자> 등을 넣고 일절의 것을 그대로 후렴으로 반복시켰다.≫9)

이를 보면 작곡가의 시도는 좋았으나 그가 고쳐 넣은 몇 대목은 그만 놔두기만 못한 것 같다.

3. 시인 윤해영의 신원에 대하여

오늘에 이르기까지 시인 윤해영의 신원을 자상히 밝힌 자료는 입수하지 못하고 있다. 그러나 편린적으로나마 그의 행적이거나 일사를 적은 글들은 더러 찾아볼 수 있다. 이를테면 작곡가 조두남의 회고담 ≪한밤

---

8) ≪두만간≫ 총서 제4집 1995년 10월, 요녕민족출판사 출판 535p.
9) 주해 ⑦을 참조(149p).

중에 찾아왔던 사람의 부탁≫10) 작곡가 김종화의 회고록 ≪<용정의 노래>의 작사, 작곡가를 회상하여≫11) 등과 더불어 일부 글들, 예하면 ≪그리움≫12), ≪현대인물전기 윤극영≫13), ≪윤해영은 독립군이 아니라 시인이었다≫14), ≪윤해영 작품에 대한 초보적 연구≫15), ≪<선구자 노래> 진위를 묻는다.≫16) 등이 있다.

그 중 1930년대의 윤해영의 행적을 기술한 중요한 글로는 조두남의 회고담 ≪한밤중에 찾아왔던 사람의 부탁≫을 맨 먼저 꼽을 수 있다. 조두남은 이 글에서 윤해영과 만났을 때에 받은 인상에 비추어 그를 독립군 투사로 추단하고 있다. 당시의 사회상과 만남의 정경을 알기 위하여 그 중의 유관단락을 좀 길지만 그대로 옮겨본다.

≪…윤해영이 찾아온 날은(조두남이 21세 때임) 가을도 농익은 시월의 저녁무렵 이었다. 목단강으로 뉘엿뉘엿 빠져드는 저녁 해를 무심히 바라보면서 나는 떠나온 고향생각을 하고 있었다.…이런저런 생각에 막 잠겨있을 때였다. 방문을 두들기는 소리가 조심스럽게 들려왔다. 만주의 허허벌판에서 낯선 사람의 방문을 받는다는 것은 반갑다기 보다는 신경을 곤두세우게 하는 일이기 때문에 나는 바짝 긴장을 했다. 그 시절의 만주에서는 사람끼리 만나서도 서로의 과거를 알려들지도 말하려 들지도 않았다. 그러나 조그마한 키와 깡마른 체구에 낡은 외투를 걸친 초췌한 젊은이가 귀에 익은 함경도 말씨로 자기는 윤해영이라는 사람으로 이리저리 떠돌아다니며 장사하는 사람이라고 자신을 소개했을 때에 벌써 나는 이 사람이 독립운동을 하는 사람임을 알았다. 나보다 서너살 위로 보이던 윤씨의 눈빛은 침착하고 강렬했으며 깊은 의지

---

10) 주해 ⑦을 참조(149p).
11) 주해 ⑤를 참조.
12) ≪가곡의 고향≫(한국) 1988년 3월 한국일보사 발행.
13) 주해 ③을 참조.
14) 동아일보 1990년 2월 28일 8판 참조.
15) 고려성 ≪은하수≫ 1987년 12호.
16) 주해 ⑦을 참조.

가 담겨있어서 아무리 보아도 장사하는 사람의 눈빛은 아니었기 때문이다.

<"조선생이 작곡을 하신다는 말씀은 벌써 전부터 들었읍니다만 이곳저곳 떠돌아다니다 보니 이제서야 찾아왔습니다.

조선생께 부탁드릴 것은 이곳에 흘러들어 와 사는 우리 동포들이 시원하게 부를 수 있는 노래를 하나 만들어 달라는 것입니다">.…

차근차근한 목소리로 이야기를 들려주던 윤해영은 그가 가져온 가사에 곡을 부쳐주며 달포를 지난 다음에 다시 찾아와 노래를 배워 가겠다는 말만 남긴 채 바람처럼 떠나갔다.…나는 그 후 해방이 될 때까지도 만주벌판을 돌아다니며 가는 곳마다 윤해영의 소식을 물었으나 끝내 찾을 길이 없었다.…≫[17]

이와 같이 작곡가 조두남은 윤해영을 1930년대 초에 만난 것으로, 그리고 그를 ≪높푸른 기상을 지닌≫ ≪독립운동을 하는 사람≫으로 알았다고 쓰고 있다.

그러나 상기 사실과 이곳 조선민족 문학연구진에서 오늘에 이르기까지 더듬어 본 윤해영의 행적과는 너무나도 상부되지 않기에 필자는 당혹함을 금할 수 없었다. 아래에 이곳 연구진에서 수집한 단편적인 자료와 일부 인사들의 증언을 들어 윤해영의 행적을 살펴본다.

시인 윤해영은 1909년 함경도에서 출생하였다. 그의 출생년대와 본적지에 대하여서는 작곡가 조두남과 김종화의 회고담에서 다들 그같이 인정하고 있다.

시인 윤해영의 문화수준은 그 정도가 비교적 높은 것으로 알려지고 있으나 그가 지난날 어디서 어느 때에 어떤 학교를 다녔는지 등 편력은 자상히 알려지지 않고 있다. 한국에서 출판한 ≪현대인물전기 윤극영10≫에 의하면 시인 윤해영은 조선의 저명한 작곡가 윤극영의 먼 동생벌이 된다. 그리고 또한 윤해영은 1930년 좌우시기에 용정에서 지낼

17) 주해 ⑦을 참조.(148p)

때(구체년도 미상)에 윤극영과 내왕이 있었음을 밝히고 있다.

시인 윤해영은 1930년대 후반으로부터 적지 않은 시편을 발표하였는데 지금 남아 있는 광복전 작품은 10여 편에 지나지 않는다. 그의 시작 중에는 짙은 민족의식에 잇닿은 가락이 있는가 하면 또한 괴뢰만주국의 국책을 구가한 친일적인 작품도 더러 끼여있다. 시인 윤해영은 1940년대 초로부터 광복후인 1946년 6월에 이르기까지 줄곧 흑룡강성 영안현성에서 지냈다. 이 시기 그의 생활형편에 대하여서는 그의 종친 윤홍선[18]과 그와 노래를 같이 창작한 작곡가 김종화의 증언을 통하여 대체적인 것을 알 수 있다.

≪윤해영의 나이는 나보다 한 10년 더 위였다. 그런데 그는 족보를 놓고 항렬을 따져보더니 내가 그보다 2세대나 앞이어서 단둘이 만날 때엔 웃으면서 날보고 할아버님이라고 불렀다. 나는 1942년 초에 그를 알게 되었는데 그와는 그후 종종 만나 종친의 정을 나누었다. 이 시기에 그는 부인과 함께 영안소학교에서 교편을 잡으면서 시도 쓴 것으로 알고있다≫(윤홍신의 증언)

≪윤해영씨는 조두남 씨보다 2~3년 연장자로서 키는 중키가 될까 말까하고 매우 친절하며 인자스러웠다. 광복 전에 영안에서 교원노릇을 하면서 글짓기를 하였고 그의 아내도 교편을 잡았었는데 얼마 전 (1943년 필자 주)에 세상을 떴다.…≫(김종화의 증언)

이밖에 윤해영은 1940년대에 영안현 협화회 홍보고에서 사무원으로 있었다.[19]

이상의 자료거나 증언에서 보여준 그의 행각을 보아서는 작곡가 조두남이 못내 그리워 찾던 ≪높푸른 기상을 지닌 독립투사≫거나 ≪선

---

18) 윤홍선(1917~1993) 1940년대 초부터 영안현공서의 사무원으로 있었음. 1980년대 초부터 흑룡강성 수리청 부청장을 지냄.
19) 여류작가 최현숙(1924~1991), 시인 김예삼(1913~), 작곡가 김종화 등의 증언에 따름. ≪중국조선민족문학선집≫ 제10권 38p에서도 증언하고 있음.

구자≫로 단정하기에는 무리가 뒤따른다. 오히려 그를 보통시인 또는 문화인으로 간주하는 것이 적절할 것이다.

광복후의 윤해영의 행적은 비교적 명확하다. 그는 1945년 8월 영안에서 광복을 맞은 뒤 대중적인 문화계몽운동의 열조 속에 뛰어들어 활약하였다. 그는 이 시기에 영안동북인민민주대동맹 선전문화부에서 꾸린 잡지 ≪효종(曉鍾)≫을 주관하는 한편 신안촌조선인문공단의 지도와 감독을 맡았었으며 시가창작에서도 남다른 성과를 거두었다. 그는 1945년 광복직후부터 1946년 상반년에 이르기까지 사이에 신문 ≪인민신보≫와 잡지≪건설≫, ≪효종≫ 등에 ≪동북인민행진곡≫(김종화 작곡), 시 ≪동북 자치순사자의 영령을 추도함≫, 시조 ≪해림음≫(海林吟), 산문 ≪아주까리 등불아래≫ 등 20여 편을 발표하였다. 그 중에서도 가곡 ≪동북인민행진곡≫은 광범한 조선민족 집거구에서는 물론 부대의 병사들에게까지 널리 애창되어 영향력을 산생하였다. 시인 윤해영은 당시 노해방구였던 목단강 지구에서 토지개혁운동이 바야흐로 심입전개되던 1946년 7월에 영안을 떠나갔다. 작곡가 김종화는 그 후의 윤해영의 행적을 다음과 같이 증언하고 있다.

≪그 후 윤해영은 도문에 가서 그곳에서 근 반년을 머물다가 그 해말에 두만강을 건너 조선으로 갔다. 조선에 간 후 윤해영은 1947년도에 발간된 ≪대중문예≫인지 그렇지 않으면 어느 ≪가요집≫에 토지를 분여받은 조선농민들의 희열의 정을 노래한 가사를 발표한 것을 본적이 있다. 그후 그의 종적은 더는 더듬을 길이 없다.≫

4. 광복전의 윤해영의 시세계

시인 윤해영이 시단에 등단한 것은 1930년대 후반부터이며 그때로부터 광복에 이르기까지 적지 않은 시작품을 발표하였다. 그의 많은 시작은 모진 세파에 부대껴 산실되다 보니 오늘엔 그의 일부분 작품이 남아 있을 뿐이다.

　아래에 그의 광복전 시작중의 대표적 작품들인 시 ≪발해고지≫,
≪사계≫, ≪오랑캐고개≫, ≪해란강≫, 시조 ≪척토기≫, 가사 ≪락로
만주≫ 등을 통하여 그 시기 그의 시세계를 읽어본다.

　(1) 5월의 석양
　　　발해 옛터에
　　　지팽이와 나와
　　　풀속에 서다

　　　역사란 모두다
　　　거짓말 같애서

　　　육궁의 남은 자취
　　　주춧돌도 늙었는데

　　　제1궁전지 드높은 곳
　　　응령사 종이 울어 울어…

　　　기와편편 어루만져
　　　회고에 잠기우면

　　　저 언덕 밭 가는 농부
　　　그 시절 백성인 듯!
　　　멍에 민 손잔등에
　　　태고가 어리우다.
　　　　　　　　　－ 시 ≪발해고지≫

(2) 1 봄
　　그옛날 오막살이가 살았다는
　　전설이 서린 각담에

　　냉이와 달래는
　　보람없이 파르렀고

　　한그루 활짝 핀
　　살구나무 가지에는

　　그래도 별들의 살림은
　　옛같이 오붓하이

　　2 여름(략)

　　3 가을
　　앞뜰에 길러놓은 코쓰모쓰
　　꽃이 폈건만

　　여름은 벌써
　　늙어서 갔네

　　쌀쌀한 바람이
　　몸맵시를 흔들고

　　파 - 란 하늘이
　　너무도 매몰차

　　코쓰모쓰는 계절의

계모자식이란다.

4. 겨울(략)
　　　　　　　－ 시《사계》에서

(3) …
　10년전!
　떡 벌어진 두 어께에
　소금 서말이야 무거웠으랴만

　회녕80리 황혼에 떠나면
　영마루 풀숲에 식은 땀 씻을 땐
　북두칠성도 기울어저서

　먼－마을에 개만 짖어도
　캄캄한 공간에 어른거리는
　부이맥이의 환영!

　그때 이 고개는
　밀수군 젊은이들의
　공포의 관문이드니－

　오늘 이 고개엔
　오색기 나부끼고
　목도군 젊은이들의
　노래소리가 우렁차서

　두만강 나루터에 다리가 걸리고
　남쪽으로 연한 길은 넓어서…

이 봄도 나의 족속들이
무데기무데기 이 고개를 넘으리

한숨도 공포도 다 흘러간 뒤
다만 희망의 기쁜노래 부르며 부르며
무데기무데기 이 고개를 넘으리.
                    － 시 ≪오랑캐고개≫에서

(4) 적막한 강이로다
    거룩한 강이로다

    고원 잃은 자식들 젖줄을 빨리기
    해란강 백리언덕에 주름살은 잡혔으니

    전설의 물줄기 더듬어 오르면

    …(중략)
    강낭대 마디마디에 희망을 맺은
    어진 족속들이 벌떼처럼 무성해서

    잎이 필때면
    기러기가 울때면

    회향병 젊은이들의
    로멘스도 실어갔다

    근심많은 사나이들의
    큰뜻도 실어갔다

한세기 수다한 이 지역의 역사를
늙은 해란강 백사장에 찾으리.
                    - 시 ≪헤란강≫에서

(5) …(제1장 략)
사나희는 성을 쌓고 부녀들은 흙을 날라
창세기 신화처럼 새부락은 일워졌다
아들딸 대대손손이 이 망우에 사오리

언덕은 무연하고 온갖 잡초 우거진데
나는 야 소를 몰아 거친땅을 일구는 이
지평선 저넘어로 봄바람은 부러온다.
                    - 시조 ≪척토기≫의 2~3장

(6) 오색기 너울너울 낙토만주 부른다
백만의 척사들이 너도나도 모였네
우리는 이 나라의 복을 받은 백성들
희망이 넘치누나 넓은 땅에 사오리

(제2연 약)

끝없는 지평선에 오곡금과 굼실령
노래가 들리누나 아리랑도 흥겨워
우리는 이 나라에 터를 닦는 선구자
한천년 세월후에 영화만세 빛나리
                    - 가사 ≪낙토만주≫의 2~3연

위에서 인용한 6편의 시가는 시인 윤해영의 광복전 시작의 대표작
들이다. 보는 바와 같이 이 6편의 시가에서는 시인의 의식성향의 변화

에 따라 부동한 서로 대치적인 시세계를 전시하고 있다. 인용한 시 (1), (2), (4) 등 3편은 지난날 ≪눈물 젖은 보따리≫를 짊어지고 흘러 다니던 민족의 한과 지난날에 대한 회고정서와 이어지고 있어서 일정한 감명을 주며 짙은 민족의식을 나타내고 있다.[20] 그러나 시 (3), (5), (6)은 당시 만주의 질곡적인 현실을 5족이 ≪협화≫하여 즐거이 사는 ≪왕도낙토≫로 미화하고, 하는 수 없어 강제노동에 허덕이는 노동인민을 ≪척사≫로, 그들을 위하여 앞에 나선 자를 ≪선구자≫로 구가하고 있다. 그리고 이런 시작들은 대륙정책과 괴뢰 민주국의 건국이념을 찬송하는 등으로 친일 배족적 의식을 더없이 발로한 친일문학의 정상에 오르고 있다. 시인의 이와 같은 소행은 일제말기 무단적 탄압이 가심화된 현실하에서의 일제당국에 대한 굴종의 현상이며 민족의 장래에 대하여 동요하고 신심을 잃는데서 오는 필연적 현상이다. 그런데 시인 윤해영의 경우는 너무도 그 변화가 빠르고 노골화한 것이 특징적이다. 이에 한국 인천대학 국어국문과의 오향호 교수는≪<선구자>(용정의 노래)로 인하여 우리에게 신화처럼 남아있는 윤해영이 설마 이럴 수가 있을까 하는 잔인한 배신감을 느꼈다.≫[21]고까지 말하였다.

1942년 괴뢰만주국협화회 본부에서는 시인 윤해영의 가사 ≪낙토만주≫와 시조 ≪척토기≫ 3장을 괴뢰만주국 건국 10주년을 기념하는 대형문집 ≪반도사회와 낙토만주≫에 파격적으로 수록하였다. 특히 가곡 ≪낙토만주≫는 이 대형기념문집의 뒷면 속표지에 독으로 돋보이게 개재하기까지 하였으며 또한 그 가사에 곡을 붙여 조선민족 집거구에 극구 널리 보급하기 위하여 무등 애를 썼었다. 이에 대하어 원 신앙진중학교 교장 양경희는 다음과 같이 증언하고 있다. ≪내가 목단강 사도학교를 갓 졸업하고(1943년 말 - 필자 주) 부임지인 신안진학교에 가니 <낙토만주>란 노래가 널리 불리고 있었다. 이 때 본지구 홍농합작사

---

20) ≪<선구자의 노래>의 진위를 묻는다≫(549p)에서는 윤해영의 시 ≪발해고지≫, ≪사계≫, ≪해란강≫ 등을 다 친일시라고 단정하였는데 이는 실제와 부합되지 않는 평언이라고 필자는 인정한다.

21) 오양호 ≪일제 강점기 만주 조선인 문학연구≫ 문예출판사 1996년 1월 출판.

에서는 가정부녀들로 가창대를 무어가지고 마을로 순회하면서 이 노래의 보급에 열기를 올리고 있었다.≫

≪암흑기≫로 일컫는 1940년대에 들어서면서 망국의 운명을 눈앞에 둔 일제는 더욱 잔혹한 무단통치를 감행하였다. 이에 따라 우리 작가들에 대한 단속도 더욱 가심화되었는데 이런 악랄한 정치환경하에서 의연히 항전의 일로를 견지한 작가들이 있는가 하면 기약없이 지속되는 참혹한 통치 앞에서 민족의 전도에 대해 그만 신심을 잃고 실망타락한 작가들도 적지 않다. 바로 이와 같이 비상적인 현실에 당하여 우리 작가들의 의식성향에는 변화가 일어났는바 그 의식성향이 같지 않음에 따라 취한 행동양태는 서로 달랐다. 당시의 작가들의 의식성향의 실상에 비추어 대체로 4개 부류로 나누어 볼 수 있다.

그 첫 부류는 일제의 강압하에서 단호히 반일, 민족구국의 기치를 높이 든 작가들이다. 그들에게서는 그 어떤 노예적 근성도 볼 수 없다. 그 대표적 작가로는 민족의 탁월한 작가 시인들로 추대받고 있는 신채호, 강경애, 이육사, 윤동주 등을 들 수 있다. 다음의 한 부류는 일제말기의 그와 같은 극한 상황하에서도 민족의 신념을 간직하고 일제치하의 현실을 정면으로 고발할 수 없는 처경하에서 우회적 또는 상징적 수법으로라도 일제의 황민화 정책을 반대하고 민족의 동질성을 수호하기 위하여 애쓴 작가들이다. 작가 김창걸, 현경준, 이학성 등이 그 예로 된다. 그 다음의 한 부류는 자신의 창작실천 중에서 일정한 성과도 냈지만 파쇼통치가 점차 우심해짐에 따라 여러 가지 원인으로 하여 일제통치에 순응하고 괴뢰만주국의 이념과 시책을 미화, 선양한 작품을 쓰기도 한 작가들이다. 작가 박팔양, 안수길 등의 경우를 대표적 예로 삼을 수 있다. 끝으로 네 번째 부류는 일제에 아부하여 황민문학의 역군으로 타락한 어용작가들이다.

시인 윤해영의 의식성향과 창작실태를 보면 그는 세 번째 부류의 예증으로 되기에 가당하다. 그는 시창작 실천중에서 민족의 의자와 염원과 정서를 대언한 가작도 내놓았지만 또한 ≪낙토주의≫와 같은 가사를 내놓음으로써 당시 한다하는 어용작가로서도 해내기 어려운 일을 하여 크나큰 영향을 끼쳤다. 우리는 반드시 시인 윤해영의 친일 배족적인 행각과 작품에 대하여는 철저히 밝혀내고 엄숙히 비판하여야 한다. 이렇게 비판적 작업을 진행하는 것은 민족문화의 정통을 수호하고 그 영향을 숙청하며 민족의식을 강화하고 외세에 굴복한 전철을 밟지 않기 위하여서도 자못 필요하다. 그리고 이와 같은 비판작업을 진행한 기초 위에서 윤해영의 전반 생활과 창작에 대하여는 작가와 작품을 분별하여 보며 공과 과를 전면적으로 평가하는 원칙하에서 적중한 평언을 주어야 할 것이다. 지난날 어느 작가에게 일부 친일적 행위가 있다 하여 그들을 모조리 ≪어용문인≫으로 치부할 수는 없는 것이다. 그러기에 우리는 우선 그 친일적 소행에 대하여서는 철저히 비판하고 또한 그와 같은 오류를 빚어내게 된 근본적 원인을 확인하는 정신적 궤적을 쫓는 작업이 필요하다.

16. 중국 조선민족 문학사 편찬에서 제기된 몇 가지 문제

- 시기구분 문제를 중심으로 -

중화인민공화국의 56개 민족들에게는 자기의 특성을 고유한 찬란한 문화와 문학적 업적들이 있다. 그러나 50년대 중기에 이르러서까지도 漢族을 제외한 기타 소수민족의 문학은 중국문학사에서 그 위치를 차지하지 못하고 있었다. 중국 문학사 편찬과 연구사업 중에서의 이와 같은 민족불평들 현상을 자각하고 진정한 중화민족 문학사의 편찬을 위하여 ≪중국 소수민족 문학사(개황)≫ 편찬사업을 발기한 것은 1958년부터이다. 중국 조선민족 문학사 편찬도 이와 때를 같이하였다.

중국 소수민족 문학사의 편찬사업과 더불어 중국 조선민족 문학사의 연구가 진척됨에 따라 문학사 연구진들에서는 理論과 實踐上에서 여러 가지 문제들에 부딪치게 되었다. 그중 제기된 주요 이론문제들로는 민족문학 범주의 확정기준, 중국 조선민족 문학과 조선문학과의 관계, 史와 論의 관계처리 문제, 문학사의 시기구분 등이다.

중국 조선민족 문학은 바로 중국에 있어서의 조선민족들에 의하여 창조된 문학이다. 조선민족의 작가들은 자기들의 풍부하고도 다채로운 생활과 부동한 특성을 구현한 많은 빛나는 문학성과로써 우리 문학예술의 대화원을 장식하였으며 조선문학과 더불어 중국문학의 발전에 자못 중대한 기여를 하였다. 이것은 객관적 존재이기에 그 누구도 부인할 수 없다.

그러면서도 오늘 문학사계에서는 민족문학의 범주를 확정하는 기준에 대하여 이런저런 부동한 관점으로 하여 물의가 있다. 그에 대한 문학적 논점들로는 ① 민족문학의 기본적 확정기준은 그 작가의 민족출신에 쫓아야 한다는 관점과, ② 작품에 반영된 생활제재에 따라 그 범주를 획분하여야 한다는 견해, ③ 그 작품에서 사용된 언어에 의하여 그 족속(族屬)을 규정하여야 한다는 견지 ④ 그리고 이밖에 작품에서 체현한 문화적 특징에 의하여 그 족속을 확정하여야 한다는 주장 등이다.

이상의 제반 논점 등에는 다들 일리가 있음은 사실이다. 그러나 오늘 중국문학사계에서는 우선 민족문학은 어디까지나 그 민족의 작가를 떠나서 운운할 수 없다는 견해가 주도적이다. 그들은 민족문학의 근본적 특징은 민족의 기질과 미학적 이상을 반영하는데서 구현되며 그것들은 또한 민족문학의 성격을 규정하는 주요한 표정이라고 인정한다. 그리고 작중에서의 그런 민족적 기질과 지향의 구현은 우선 본 민족작가의 심리적 소질과 누적한 문화소양에 달리는 것이다. 물론 그 민족의 작가 상황의 상이에 따라 여러 가지 복잡한 경우가 있을 수도 있다. 이를테면 타민족에게 완전히 동화되어 민족적 특성을 전적으로 상실할 경우인데 이런 특수한 정황은 예외로 다루는 수밖에 없다. 그러므로 ≪그 작품의 민족적 족속을 판단하려면 일반적으로 오로지 작가의 민족적 성분에 의지하여야 한다.… 작자의 민족성분으로써 표준을 삼지 않고 다시 다른 표준을 내세운다면 그것은 과학적이 되지 못하며 그 결과는 여러 민족의 문학사에서 작가작품을 취급할 때 혼란과 중복을 피치 못하게 될 것이다≫[1]

다음 중국 조선민족 문학사의 편찬과정에서 제기된 문제는 조선문학과의 관계문제이다. 이 문제에 대하여는 줄곧 열렬한 토론을 진행하고

---

1) 하기방 ≪중국 소수민족 문학사 초고토론회 석상에서의 발언≫(<文學評論> 1961년 3호.

있으나 지금까지 의연히 쟁점으로 남아있다. 아래에 나름대로 견해를 피력하여 본다.

중국 조선민족 문학 이는 역사적 개념이다. 중국 조선민족 문학은 조선민족이 중국에 이주한 이래 중화민족의 일원으로서 한 소수민족으로 형성된 역사와 밀착되어 있다. 이런 특수성으로 하여 중국 조선민족 문학은 역사적, 민족적 범주와 더불어 국가적 범주를 그 규준의 하나로 삼아야 하며 또한 이와 더불어 지난날 조선민족이 처하였던 특정한 처경과 문학활동에서 얽혀진 착종적인 관계를 고려하지 않을 수 없다.

역사가 증명하다시피 조선민족은 조선반도에서 중국에 이주한 이래로 줄곧 동일민족으로서, 유구한 역사적 계승성과 공동한 문화유산, 인접한 지리적 환경, 지난날 함께 일제와 투쟁을 전개한 것 등등으로 얽혀진 특수한 관계로 하여 서로 오가고 동족의 정을 이으며 지냈다. 하여 지난날 중국 조선민족의 문학활동 중에서 출연한 작가와 작품의 귀속을 지정학(地政學)적 견지에서 금을 긋듯 명확히 구분하여 낸다는 것은 거의 불가능하다. 이에 필자는 중국 조선민족 문학은 본 민족의 문학전통과 유산의 계승성, 이주이래 문학창작에서 민족의 생활을 대언한 작가작품의 실상을 보아 조선민족 문학의 일부분인 동시에 또한 중화민족의 일원인 소수민족으로서의 조선민족의 특성을 구현한 문학이라고 인정한다. 이상은 어디까지나 필자 나름의 천견이다.

중국 조선민족 문학사 편찬과정에서 이곳 연구가들은 문학의 수용범위, 문학의 이중성 등 문제들을 에워싸고 늘 부동한 관점들을 제기하여 줄곧 열기 띤 쟁론이 벌어지고 있으나 지금까지 상호간의 관점을 모으지 못하고 있다. 이를테면 20세기초로부터 관내에서 문학활동을 전개하며 업적을 이룩한 시인 김택영, 신정 그리고 작가 신채호 등과 그의 문학성과를, 그리고 항일시기 중국동북지구의 항일 유격구 군민들에 의하여 창조된 항일가요거나 연극 등 문학을 중국 조선민족 문학의 범위에 포섭시킬 수 있는가 하는 등이 그 쟁점으로 되고 있다. 이밖에 개별적인 작가나 작품을 에워싸고 벌어진 토론 중에서 제기된 부동한 관점들은 비일비제이기에 이에서는 略한다.

그 다음, 중국 조선민족 문학사 편찬과정에서는 史와 論의 관계를 에워싸고 토론들이 전개되었다. 이는 중국 문학사계에서 종래로 토론되던 문제이나 1983년 7월과 8월에 광명일보에 발표한 두 편의 문장이 계기가 되어 재차 토론이 벌어졌다. 한 학자는 자기의 글에서 ≪한낱 과학으로서의 문학사의 최고임무는 문학의 발전법칙을 탐색하고 발견하고 총화하는 데에 있다.… 엄격히 말하면 문학사의 연구대상과 작가론, 작품론의 硏究대상과는 부동한 바가 있다≫2)고 하였는가 하면 다른 한 연구가는 ≪모종의미에서 보면 문학사는 작가작품으로 조성된 歷史라고 할 수 있는 바 작가작품이 없다면 문학사를 이룰 수 없다. 작가와 작품을 떠나서는 그 어떤 법칙을 운운할 수 없다.≫3)고 자기의 주장을 내세웠다. 이에 대한 토론에서 제기된 견해들을 대체로 귀납하면 다음과 같다.

상기한 바와 같은 부동한 주장에 따르면 이같은 문학사연구와 편찬을 둘러싸고 부동한 목적과 요구가 문학사 저술에 반영될 때 곧 史와 論의 관계문제가 나선다. 여기서 말하는 문학사의 史와 論의 관계는 실제에 있어서는 문학사 저술 중에서 객관 역사적 사실과 주관 논단의 관계를 가리킨다. 하여 문학사 편찬 중에서의 史와 論의 관계는 해당 민족문학의 다양한 현상지간의 상호관계를 탐색하고 집약하는 것이 그 문학사 연구의 근본적 임무이며 또한 문학사 저술 중에 있어서의 史와 論의 관계를 처리하는 출발점으로 된다.

한낱 이론적 저술로서의 문학사는 마땅히 각종 문학현상지 간의 상호 연계성을 될수록 많이 깊게 밝히기에 힘써야 하는데 이에는 마땅히 史와 論이 있어야 할 뿐더러 史와 論이 잘 결합되어야 한다. 그리고 史와 論이 결합된 한 부의 문학사 저술이라면 마땅히 論點은 史實속에서 나와야 하며 또한 史實로서 論据를 삼아야 하고 史實과 論點을 실사구시적으로 배비하여야 할 것이다. 오늘 중국 조선민족 문학사를 편

---

2) 寧宗一 : ≪文學史要探索文學的 發展規律≫ 1983年 7月 19日 ≪光明日報≫.
3) 趙新桐 : ≪文學史的 硏究和文學史著作的 編寫≫ 1983年 8月 30日 ≪光明日報≫.

찬하는 것은 전례가 없는 개척성적 과업으로서 그의 근본적 임무는 각 역사시기에 산생한 본 민족의 각종 문학을 소개하고 본 민족문학 발전의 객관적 법칙성을 밝혀내는 데에 있다. 그러나 중국 조선민족 문학연구는 첫발자국을 내디딘 데 불과한 바 제기된 많은 문제에 대하여 그 인식이 같지 못하며 법칙성적인 것들에 대한 탐색도 깊이 있게 들어가지 못하고 있다. 이에 필자는 목전 조선민족 문학사 편찬사업에서는 우선 사료와 작가 작품의 소개에 치중하여야하며, 각종사료에 대한 인식이 점차 깊어짐에 따라 논의 비례를 적절하에 높이며 본 민족문학의 발전문화의 법칙을 보다 깊이 탐색하는 길로 나가야 한다고 인정한다.

끝으로 필자는 주어진 시간과 지면의 제한으로 기타문제에 대한 진술을 略하고 중국 조선민족 문학사 편찬 중에서 시기구분과 관련하여 제기된 논점과 더불어 초보적으로 시도한 시기구분을 들어 여러 文學史가들의 비평을 받으려 한다.

시기구분 문제는 중국 조선민족 문학사 편찬과정에서 부딪친 중요한 문제였으며 또한 쟁론이 많았던 문제 중의 하나이기도 하였다.

한 민족의 문학발전 운동의 역사 그 자체에는 문학발전의 연속성이 있을 뿐만 아니라 문학발전의 계단성이 반영되고 있는 바 문학사의 시기를 구분하는 것은 곧 문학발전 운동의 역사적 발전 계단을 상호 연접된 若干個로 구분하여 문학발전의 중요궤적을 찾아내기 위한 데 있다. 필자가 살펴본 데 따르면 중국 문학사계에서의 시기 구분방법은 다종다양하나 늘 쓰는 것으로는 아래의 몇 가지가 있다.

① 사회형태로써 문학사 시기를 구분하고 있다. 중국의 일부 문학사가들은 문학은 사회생활의 반영이라는 이 기본적 관점으로 출발하여 중국 문학사의 발전시기를 대체로(일부 따로 일컫는 것도 있지만) 원시씨족 사회문학, 노예사회문학, 봉건사회문학, 자본주의 사회문학, 사회주의 사회문학 등 다섯 개 계단으로 구분하고 있다. 1962년에 편찬한 중국문학사, 1983년에 펴낸 ≪자배트족 문학사≫ 등이 그 예로 된

다. 이런 사회형태에 의한 시기구분 방법은 그 작품에서 다른 사회생활의 내용으로 그 작품의 산생 년대를 대체적으로 확정할 수 있고 또한 작가 작품을 낳게 되니 재반 사회歷史의 원인의 분석에 편리한 등좋은 점들이 있으나 또한 매종 사회형태의 上限線과 下限線을 확정하는데 많은 어려움이 있다. 그리고 중국의 경우 각 지구 민족 집거구의 사회발전이 불평형 하였는 바 사회형태를 문학사 시기구분의 의거로 통용하는 것은 역사적 실제와 잘 부합되지 않는다.

② 歷史朝代로써 문학사 시기구분을 시도하고 있다. 歷史朝代는 일종 정권교체를 표징하는 사획역사 발전의 산물이다. 그리고 일정한 歷史朝代는 일정한 경제 기초 위에 세워진 사회조직 형식이다. 그리고 이런 사회조직 형식은 사회문화에 늘 직접적으로 거대한 영향력을 산생시킨다. 하여 歷史朝代로써 문학사의 시기구분의 의거로 삼는 것은 늘 쓰는 방법으로 되었다. 중국에서 편찬한 문학사는 거재 歷史朝代의 선후로부터 문학발전의 궤적을 찾고 있다. 말하자면 《先秦文學》, 《秦漢文學》, 《魏晋南北朝文學》, 《唐代文學》, 《宋代文學》, 《元明淸文學》 등은 모두가 한조대 또는 몇 개 歷史朝代를 중국문학 발전사를 서술하는 기본적 시간단위로 삼고 있다. 80년대에 펴낸 《白族文學史》를 그 대표적 例로 들 수 있다. 이런 시기구분 방법은 시간계선이 명확하고 각종 문학현실을 신생시키는 경제토대와 정치적 배경을 집중 소개하기에 편리하다. 그렇지만 그 구분 방법도 완선 완미한 것은 아니다. 그것은 문학 자체발전의 변화법칙을 진술함에 있어서 어떤 때는 한 조대가 바뀜에 따라 그 진술을 중단할 수 없기 때문이다. 하여 조대의 교체는 문학의 교체와 동시에 진행된다고 할 수 없는 바 歷史朝代에 의한 구분은 문학자체의 시기구분은 아닌 것이다. 이런 시기구분 방법을 채취할 경우엔 왕왕 따른 보충적 방법을 겯드리지 않을 수 없다.

③ 시대의 변화에 따라 그 시기를 구분하고 있다. 바로 歷史는 시간을 축선으로 하여 앞으로 발전하는 바 문학은 歷史발전의 산물로서 그역시 시간이란 축선을 이탈할 수 없다. 하여 적지 않은 문학사가들은 왕왕 《遠古文學》, 《古代文學》, 《近代文學》, 《現代文學》과 《當

代文學≫ 등으로 그 문학발전 시기를 구분하고 있다. 이를테면 귀주성에서 펴낸 ≪묘족문학사≫, ≪부이족문학사≫ 등이 그 例로 된다. 이렇게 시대변화에 따라 시기를 구분하는 방법은 사회형태거나 歷史時代의 제한도 받지 않고 문학본신의 발전계단에 토대하여 문학사의 시기구분을 고려할 수 있기에 문학자체의 발전법칙을 보다 깊이 있게 제시할 수 있다. 그러면서도 이런 시기구분 방법은 ≪遠古時期≫의 下限線을 긋는 문제거나 고대와 근대의 시간계선을 구분하기 어려운 난제들이 앞서고 있다. 중국에서 편찬한 ≪부이족문학사≫와 ≪백족문학사≫등을 보면 原始社會文學을 전자에서는 기원전 25년전 이전시기로 짚고 있는 데 後者에서는 기원 738년까지로 구분하고 있는 바 이 양자간에는 700여 년이란 차이가 난다. 그러므로 시대의 변화와 그의 遠近을 문학발전의 시기를 구분하는 기준으로 삼는 것 역시 일종 완미한, 그리고 엄연한 과학적인 구분법으로 간주하기는 어렵다.

④ 통용하는 시간 척도(尺度)에 의해 문학사 시기를 구분하고 있다. 각종 문학현상은 상대적인 시간적 순서 가운데 기록되는 것이다. 이에 통용하는 시간 척도 이를테면 기원으로서 문학사의 구분을 시도한 ≪몽골족 문학사≫에서는 아래와 같이 일곱 개 계단으로 나누고 있다.

?	------	13세기 초엽(1206)의 문학
13세기 초엽(1206)	------	14세기 말엽(1368)의 문학
14세기 말엽(1368)	------	17세기 초엽(1640)의 문학
17세기 초엽(1640)	------	19세기 초엽(1840)의 문학
19세기 초엽(1840)	------	20세기 초엽(1921)의 문학
20세기 초엽(1921)	------	20세기 중엽(1949)의 문학
20세기 중엽(1949)	------	20세기 하반엽(1989)의 문학

이와 같이 시기에 의해 문학발전 시기를 구분하는 방법은 종래의 여러 문학사 저술에서도 일정하게 채용되였었는데 매개 시기를 구분하고 그 뒤에다 기원년호를 명확하게 밝혀놓는 것이 상례로 되였었다. 이런

시기구분 방법은 저술자가 장악한 현유의 史料에 의거하여 시기의 시간과 始終年代를 자유로이 장악할 수 있으며 또한 국가 나아가 민족문학사의 시기구분과 횡적비교를 가능하게 한다. 그러나 이런 방법은 또한 매개 歷史時期에서 현시한 문학적 특징이거나 본 민족 문학발전의 특수한 법칙성을 명석하게 밝히는데 어려움을 가져다주는 바 紀元으로 시기구분을 하는 경우 이에 따른 보충적 방법이 수용된다.

⑤ 문학의 기본적 특징에 토대하여 시기를 구분한다. 일부 문학사가들은 시대적 특점을 지닌 作家, 작품이거나 작중의 인물형상 또는 모종 歷史時期의 문학적 대표현상으로 내세우면서 해당민족의 각 역사시기의 본질적 특징을 보다 명석하게 볼 수 있도록 시도하였는데 이것도 주목할만한 시기구분 방법이다. ≪창족문학사≫가 그 대표적 例로 된다. 그러면서 이와 같이 각 시기의 문학적 특징에 의해 시기를 구분할 경우 반드시 그 대표성과 구유한 특징을 정확히 들어내야 하는 바 그렇게 하지 못할 경우 매시기 문학발전의 법칙을 명석하게 들어낼 수 없을 뿐만 아니라 독자들에게 인식상의 혼란과 착각을 인기 시킬 수 있다는 점에 유의하여야 한다.

⑥ 언어거나 문자 등을 문학사의 시기구분 기준으로 삼는 것이다. 이를테면 漢族의 고전문학과 현대문학, 위그르족의 ≪고전문학≫, ≪도루꼬어 시대의 문학≫ 등으로 호칭한 것 등인데 이는 다 언어를 그 기준으로 하여 문학사의 시기구분을 하고 있다.

중국의 문학사가들은 이상과 같은 다양한 시기구분 방법 중에서 대체로 본 민족의 문학발전의 상황에 비추어 나름대로 가장 적중하다고 여기는 방법들을 채취하고 있다. 그리고 문학사가들은 또한 모종 시기구분 방법을 채택하던 간에 반드시 실사구시적 원칙을 견지하여야 하고, 문학자체로부터 출발하여야 하며 문학발전의 계단성, 연대구분에서의 장단과 전후의 일치성 등에 留意하여야 한다고들 강조하고 있다.

중국 조선민족 문학사 편찬진에서는 중국 문학사계와 조선반도 문학사가들이 시도한 여러 가지 시기구분 방법과 경험을 참조하고 자기나름의 인식에 토대하여 중국의 사회역사 발전의 계단성과 이주민족인 조선민족의 역사적 현실의 특성 및 자체문학발전의 특성 등을 감안하면서 중국 조선민족 문학발전의 역사를 다음과 같이 7개시기로 구분한다.

(1) 이주   ---- 1920년의 문학
(2) 1920년 ---- 1931년의 문학
(3) 1931년 ---- 1945년의 문학
(4) 1945년 ---- 1949년의 문학
(5) 1949년 ---- 1966년의 문학
(6) 1966년 ---- 1976년의 문학
(7) 1976년 ---- 현재의 문학

상술한 시기구분을 역사시대에 편입하면 이주~1920년의 문학이 근대에 속하고 1920년~1931년의 문학, 1931년~1945년의 문학, 1945년~1949년의 문학이 현대에 속하고 1949년~1966년의 문학, 1966년~1976년의 문학, 1976~현재의 문학이 당대에 해당된다. 이것은 바로 중국 조선민족문학을 산생케한 시대의 변화에 좇아 문학발전의 시기를 구분한 것으로서 이에는 적지 않은 결점 또는 문제점을 동반하고 있다. 이제 이곳에서 중국 조선민족 문학사에 대한 연구가 종심에로 발전하고 문학사 연구진의 인식이 심화됨에 따라 보다 그 시기구분을 적중하게 할 수 있게 될 것이다.

여러 문학사가, 학자님들의 조언을 기대하여 마지 않는다.

1996. 8

권 철

교수. 1929년 3월 27일 조선 강원도에서 출생. 1952년 연변대학 조문학부
졸업. 1956년 동북사범대학 중국 현대문학연구생반 졸업. 1956년부터 연
변대학에서 교편을 잡음. 조선어문학부교수, 조선어학부 학부장, 과학연구
처 처장, 민족연구소 소장, 북경대학 조선문학연구소 겸직 연구원 등 직을
담임. 중국소수민족문학학회 이사, 길림성민속학회 고문, 연변조선민족민
속학회 부이사장, 연변불교학연구회 고문, 주요저서로 ≪중국현대문학사≫,
≪조선민족문학연구≫(주편, 공저), ≪중국 조선민족 문학통사≫(주편, 공
저), ≪연변지역 조선민족문학연구≫(공저) 등과 60여 편의 문학논문, 평론
이 있음.

光復前 中國 朝鮮民族 文學研究

권 철 지음

인 쇄 1999년 2월 12일
발 행 1999년 2월 28일

발 행 인 김 진 수
발 행 처 **한국문화사**
등록번호 제2-1276호
주   소 (133-112) 서울시 성동구 성수1가 2동 13-156
전   화 (02) 464-7708, 3409-4488
팩   스 (02) 499-0846

정가 15,000원

ISBN   89-7735-592-3

*잘못된 책은 교환해 드립니다.